MARIE CORDONNIER

Oliviane Der Saphir der Göttin

Die Sterne von Armor

BASTEI LÜBBE

BASTEI LÜBBE TASCHENBUCH
Band 18 232

Erste Auflage: August 1999

Sie finden uns im Internet unter
http://www.luebbe.de

Lektorat: Katharina Woicke
Titelbild: Donald Case / Agentur Thomas Schlück GmbH
Umschlaggestaltung: Roland Winkler
Satz: KCS GmbH, Buchholz/Hamburg
Druck und Verarbeitung: 47221
Groupe Hérissey, Évreux, Frankreich
Printed in France
ISBN 3-404-18232-4

Der Preis dieses Bandes versteht sich einschließlich der gesetzlichen Mehrwertsteuer

Vannes

Dezember 1364

»Kein Wort mehr! Du wirst gehorchen! Es ist deine Pflicht zu gehorchen!«

»Nein!«

Dieses eine Wort stand wie eine Mauer aus Eis zwischen dem alten Mann und dem jungen Mädchen. Jeder von ihnen versuchte, dem anderen seinen Willen aufzuzwingen, und am Ende scheiterten beide. Was blieb, war Zorn.

Der Greis empfand kalte Entrüstung, die von der männlichen Sicherheit getragen wurde, daß er am Ende den Sieg davontragen würde. Zusätzlich wurde sein Zorn angeheizt von der Erbitterung darüber, daß sie es überhaupt wagte, ihm zu trotzen. Ein Weib! Wie konnte ein Weib sich anmaßen, ihm die Stirn zu bieten!

Im Herzen der jungen Frau flammte Empörung auf. Alles in ihr lehnte sich gegen das grausame Verdikt des unerbittlichen Seigneurs auf, obwohl sie in tiefster Seele bereits wußte, daß es sich bei diesem Kampf um eine verlorene Sache handelte. Verloren wie alles, was das Haus Rospordon in den zurückliegenden beiden Generationen unternommen hatte, um seinen einstigen Glanz und seine einstige Größe wiederherzustellen.

»Ich hätte nicht erlauben dürfen, daß sie dich in dieses Kloster schickt«, murmelte der Alte. »Zugegeben, es war ein Fehler, aber einer, den ich nicht zu wiederholen gedenke. Du hast deine fromme Zuflucht ohnehin freiwillig verlassen und bist nach Hause gekommen. Das bedeutet, daß du dich wieder in meine Obhut begeben hast und meiner Macht unterstellt bist. Ich bestimme, was unter diesem Dach passiert, und du wirst mir ohne jeden Widerspruch gehorchen.«

Macht. Bei diesem Wort verzogen sich die vollen, edel gezeichneten Lippen der jungen Frau in beißendem Spott. Was war das für eine verachtenswerte Macht, die sie einem Ungeheuer ausliefern wollte? Einem Betrüger, Mörder, Räuber und wortbrüchigen Schuft, vor dem ihre Heimat jahrelang gezittert hatte? Ganz zu schweigen davon, daß er uralt und von höchst zweifelhafter Geburt sein sollte.

»Ich bitte Euch im Namen christlicher Barmherzigkeit, Großvater«, versuchte die junge Frau ein letztes Mal an die Vernunft des Greises zu appellieren. »Erspart mir eine solche Demütigung!«

»Sieh dich um!«

Die steife Geste des Seigneurs umfaßte das spärlich ausgestattete Gemach und meinte noch viel mehr. Es war nicht viel geblieben vom einstigen Glanz und Reichtum des Hauses Rospordon. Auch wenn die edle Linie seiner Ahnen bis zu König Nominoë zurückreichte, der von Vannes aus seine Herrschaft über die Bretagne ausgedehnt hatte, nachdem er im Jahre 826 der Herzog des Landes geworden war – heute gab niemand mehr etwas für vergangenen Ruhm.

Die Festung, einst unverzichtbarer Bestandteil der Ramparts von Vannes, bestand nur noch aus trutzigen Granitmauern und leeren Räumen. Ländereien und Reichtümer gehörten der Vergangenheit an. Das letzte, was sich zu verkaufen lohnte, war längst in fremde Hände gefallen. Das alte Dienerpaar, welches mit dem Greis und dessen Enkelin die öden Hallen und zugigen Räume bewohnte, tat dies nicht aus Treue, sondern aus der verzweifelten Erkenntnis heraus, daß es in seinem Alter nirgendwo anders unterschlüpfen konnte. Armut und Hochmut waren unter dem

Dach der Rospordons eine verhängnisvolle Allianz eingegangen.

»Dies ist das Haus deiner Väter, Oliviane de Rospordon!« verkündete der Greis mit harter Stimme. »Kaum mehr besser als ein Stall. Unsere Truhen sind leer, in den Vorratskammern gibt es nicht einmal mehr Ratten, und unser Name gerät mit jedem Tag mehr in Vergessenheit. Diesen Winter werden wir in allen Ehren in diesen Mauern verhungern, und niemand wird uns eine Träne nachweinen!«

»Ihr übertreibt!«

Woher nahm sie die Stirn, ihn zu unterbrechen? Hatte man sie im Kloster nicht zu Demut und Gehorsam erzogen? Der Greis schnaubte unwillig und setzte seine Rede fort, als hätte sie nichts gesagt. »Es ist deine Pflicht, dies zu verhindern! Du wirst meine Befehle befolgen und diese Ehe eingehen, oder mein Tod und der unserer letzten Getreuen wird dein Gewissen bis zum Jüngsten Tag belasten! Hat man dich im Kloster der heiligen Anna von Auray nicht gelehrt, Vater und Mutter zu ehren? Willst du, daß dein Vater umsonst gestorben ist?«

Mein Vater ist in dem sinnlosen Krieg gestorben, den Jean de Montfort und Karl von Blois um die Herrschaft in diesem Land führen, rebellierte das Mädchen stumm. Hätte er sich rausgehalten, müßte ich nicht hier stehen und mich zu einer Ehe zwingen lassen, die jeden vernünftigen Menschen entsetzen muß.

»Du bist es deinem Namen und mir schuldig zu gehorchen. Du weißt, daß schon Gott der Herr verlangt hat, daß die Frau in Untertänigkeit und Abhängigkeit verharrt. Sie soll in ihrer Jugend denen gehorchen, die sie ernähren; und wenn sie verheiratet ist, soll sie ihrem Manne gehorchen als ihrem Herrn!«

Oliviane schloß die Augen und bemühte sich, Haltung zu bewahren. Untertänigkeit und Abhängigkeit! Es gab kaum Eigenschaften, die weniger zu ihrer aristokratischen

Erscheinung gepaßt hätten. Die junge Frau stand im steinernen Oval einer leeren Fensterhöhlung und wurde von der blassen Sonne des windigen Dezembertages in Licht und Glanz getaucht.

Sie trug ein ärmliches Kleid aus braunem Wollstoff, das um Taille und Brüste spannte und eine gute Handbreit zu kurz war. Aber die Bescheidenheit ihrer Garderobe betonte auf wundersame Weise die biegsame Eleganz ihrer hochgewachsenen, stolzen Gestalt, die den Alten, wie die meisten anderen Leute, um einen halben Kopf überragte.

Es war, als hätte sich in Oliviane de Rospordon die aussterbende Linie eines edlen Hauses noch einmal in makelloser Vollkommenheit manifestiert. Ein keltischer Vorfahre hatte ihr überdurchschnittliche Größe und Haare von der Farbe sonnenbeschienenen Goldes hinterlassen. Unter gewölbten zarten Brauen betrachtete sie die Welt aus braunen Augen, die nur einem Menschen, der sie sehr gut kannte, ihre Stimmung verrieten. Ihr Großvater hatte sich nie die Mühe gemacht, sie wirklich kennenzulernen. Er erwartete bedingungslosen Gehorsam von dieser Schönheit, die den letzten Schatz seines Hauses darstellte.

»Das könnt Ihr nicht verlangen!« wiederholte sie nun mit tonloser Stimme.

»Ich kann es, und ich werde es!«

Der Greis schritt zur einzigen Tür des quadratischen Gemaches, in dem sich nicht mehr als ein Schragenbett, ein schlechtes Kreuz und eine Holztruhe befanden, die zugleich als Sitzgelegenheit diente.

»Du gibst mir dein Wort als eine Rospordon, daß du dich unterwirfst und den Herzog von St. Cado heiratest, oder du wirst diese Kammer erst an dem Tag verlassen, an dem er kommt, um dich zu holen!«

Olivianes Blick flog zur Seite und aus dem Fenster hinaus, über die Befestigungsmauern der Stadt bis zum Horizont, dorthin, wo der Himmel das ›Kleine Meer‹ berührte, wie die einfachen Leute den Golf von Morbihan nannten.

Schon im Kloster war es ihr schwergefallen, die Mauern um sich herum zu ertragen. Der Gedanke, erneut eingesperrt zu werden, ließ sie erzittern.

Was konnte sie erreichen, wenn sie sich dem Alten widersetzte? Er würde nicht zögern, seine Strafe mit brutaler Härte durchzusetzen. Dies war eine Welt, in der die Männer Befehle gaben und die Frauen gehorchten. So hatte ihre Mutter es sie gelehrt, und im Kloster war die Erziehung zu bedingungslosem Gehorsam fortgesetzt worden.

Sollte sie ihm den Stein geben? Nein, über solche kindischen Anwandlungen von falschem Vertrauen war sie hinaus. Er würde das Juwel an sich nehmen und sie trotzdem mit dem Ungeheuer verheiraten. Am Ende würde ihr nur eines zu tun übrigbleiben: sich ihm zu beugen.

»Ihr habt mein Wort«, wisperte sie und erkannte die eigene Stimme kaum wieder.

Sie schloß die Augen. Der schlurfende Schritt, das gleichzeitige harte Aufklopfen eines Stockes und das Zuschlagen der Tür verrieten ihr, daß ihr Großvater dieses Wort akzeptierte und ging. Es war das Wort einer Rospordon. Sie maß diesem Namen selbst zuviel Wert bei, um auch nur daran zu denken, ihr Wort zu brechen. Sie unterwarf sich verzweifelt, aber in dem Bewußtsein, daß sie keine andere Wahl hatte.

Doch der Gedanke an die Folgen ließ sie erschauern. Die Heirat, die Jean de Rospordon arrangiert hatte, war schlicht grotesk. Freilich war sie gleichzeitig für beide Seiten von so großem Vorteil, daß Oliviane begriff, weshalb ihr Großvater sie trotz seines empfindlichen Ehrbewußtseins in Betracht gezogen hatte.

Langsam hob Oliviane die Lider und stieß den angehaltenen Atem aus. Was hatte sie nur auf den Gedanken gebracht, daß das Haus ihres Großvaters Sicherheit versprach? Wäre es nicht besser gewesen, sie hätte Mutter Elissa getrotzt und sich geweigert, das Kloster der heiligen Anna von Auray zu verlassen, als es in Gefahr geriet?

Nicht einmal der Überfall einer Söldnerhorde konnte schlimmer sein als diese geplante Verbindung mit einem Mann, der gemeinhin als der Anführer all dieser Mordbrenner galt. Warum hatte die Äbtissin ihr verboten, mit den anderen Nonnen betend in den Tod zu gehen? Weil sie das letzte, das bindende Gelübde noch nicht abgelegt hatte?

O nein, du wolltest fort! erinnerte ihre innere Stimme sie mit grausamer Ehrlichkeit. Du warst unendlich dankbar für diese plötzliche Bedrohung, die dich davor bewahrte, für den Rest deines Lebens hinter Klostermauern eingeschlossen zu werden. Du bist wie von Furien gejagt geflohen, sofort nachdem dir die Äbtissin den Weg in die Freiheit gewiesen hatte.

Ihre Mutter hatte Oliviane noch vor ihrem zehnten Geburtstag nach Sainte Anne gebracht. Sie sollte ein Leben in Keuschheit und Frömmigkeit führen. Nur ein Jahr später war die Dame de Rospordon beim sechsten oder siebten Versuch, einen Erben zu gebären, am Wochenfieber gestorben. Das Kind war wie alle anderen Säuglinge – mit Ausnahme dieser einen Tochter – tot auf die Welt gekommen. Oliviane hatte für ihre Mutter gebetet, aber nicht um sie getrauert. Sie hatte instinktiv gewußt, daß jene im Tode glücklicher gewesen war als in ihrem Leben.

Ihre eigenen Tage in Sainte Anne waren jedoch noch kärger und freudloser als in Vannes. Die Äbtissin herrschte mit strenger Frömmigkeit über die Schar ihrer Nonnen, und ein neunjähriges kleines Mädchen, das sich verzweifelt nach Zuneigung und Wärme sehnte, lernte schnell, diese Wünsche für sich zu behalten. Es lernte, zu schweigen und sein rebellisches Temperament zu bändigen, wenn es nicht nächtelang auf Holzscheiten in der Kirche knien wollte, wie es Mutter Elissa freiwillig tat, um für Sünden zu büßen, von denen niemand etwas wußte.

Vielleicht hatte ihre nie nachlassende Reue ja auch mit dem geheimnisvollen Schatz zu tun, den sie die ganze Zeit gehütet hatte! Mit einer bereits vertrauten Geste berührte Olivianes Hand das Brusttuch unter dem Kleid, wo sie einen runden Gegenstand mit harten Kanten ertastete. Einen geschliffenen Saphir von hell leuchtender, makelloser Schönheit. Einen von fünf Steinen, die man die *Sterne von Armor* nannte.

Auch diesen hier hatte die fromme Frau mit roher Gewalt aus seinem angestammten Platz auf dem Kreuz von Ys gelöst – ein Verbrechen von solcher Tragweite, daß es Oliviane noch jetzt kalt den Rücken herunter lief, wenn sie daran dachte.

Mutter Elisa mußte über der Bedrohung des Klosters den Verstand verloren haben. Der Anblick des zerstörten Kreuzes, um das sich in der Bretagne so viele Sagen und Legenden rankten, hatte sich mit schmerzlicher Klarheit in Olivianes Herz gegraben. Es kam ihr wie ein Symbol für die Vernichtung ihres Vaterlandes vor, für das Ende von Glück und Hoffnung. Wie konnte ihr Volk nach der Schlacht von Auray auf Frieden hoffen, wenn gleichzeitig die Sterne von Armor in alle Winde verstreut worden waren?

Sie hatte es nicht fertiggebracht, ihrem Großvater von dem beunruhigenden Andenken zu berichten, das ihr die Äbtissin mit auf den Weg gegeben hatte. Der Saphir ruhte seitdem in unmittelbarer Nähe ihres Herzens, und jetzt würde sie einen anderen Platz dafür finden müssen. Einen Ort, wo ihn weder ihr Großvater noch ihr künftiger Gatte finden würden. Denn eines wußte sie mit Sicherheit: Sie mußte das Juwel davor bewahren, in die falschen Hände zu fallen.

»Der Stein gehört dir«, hatte Mutter Elissa gegen jeden Protest behauptet. »Tu damit, was du möchtest, aber verrate nie, wer ihn dir gegeben hat. Vielleicht findest du eine sinnvollere Verwendung dafür als die Männer, die an seine

Macht glauben. Es ist nicht gut, daß im Namen eines Kreuzes Blut vergossen wird. Je eher man das Kreuz von Ys vergißt, um so besser wird es sein!«

Olivianes Augen öffneten sich wieder und suchten die vertraute Linie des Horizontes über dem Meer. Sie konnte stundenlang am Fenster stehen und in die Weite schauen, nachdem ihre Augen so lange nur Mauern und Bäume gesehen hatten. Das Land, das sie liebte, schob sich gleich dem Bug eines Schiffes hinaus in die Fluten. Wo man sich auch befand – der Wind trug den Salzhauch des Meeres über die Felder bis in die Wälder hinein. Je nach Jahreszeit vermischte er sich dort mit dem Duft des Heidekrauts und des Stechginsters, mit dem der wilden Heckenrosen und dem harzigen Duft der Kiefern.

Sie fühlte sich diesem Land verbunden, als wäre die Erde die wahre Mutter, die sie geboren hatte, und nicht jene blasse, verbitterte Edelfrau, an deren durchsichtige Züge Oliviane sich kaum zu erinnern vermochte. Es war das Land von Armor, dessen Stern sie bewachte, was immer ihr auch geschehen mochte!

1

»Das ist alles?«

Oliviane de Rospordon reckte das zierliche, energische Kinn eine Spur höher und straffte in verletztem Stolz die Schultern. Das schäbige Bündel ihrer Habseligkeiten entsprach nicht gerade der Mitgift einer Tochter aus edlem Hause, sie wußte es selbst am allerbesten. Aber der Mann, der sie heiraten wollte, tat es wegen ihres Namens und nicht wegen ihrer Reichtümer. Hätte sie dergleichen besessen, hätte nicht einmal ihr Großvater verlangt, daß sie sich mit diesem Ungeheuer verheiraten ließ.

»Was hat er erwartet?« murmelte sie aufsässig. Es war für die Ohren ihres Großvaters bestimmt, aber dennoch so laut, daß auch der Mann es hören mußte. »Aussteuerkarren und Geldsäcke? Es ist nicht zuletzt Herren wie dem seinen zu verdanken, daß unsereins kaum noch das Nötigste zum Leben besitzt!«

»Hüte deine Zunge, Mädchen!« zischte der Seigneur de Rospordon und stützte sich wie üblich auf seinen Stock, weil die zugige Feuchtigkeit des Steinhauses seinen alten Knochen zusetzte. Er hielt sich unter Schmerzen gerade. »Es sind die Männer deines künftigen Gemahls, und du wirst ihnen gehorchen und mir keine Schande machen. Du hast mir dein Wort gegeben! Das Wort einer Rospordon!«

Die Züge der jungen Frau erstarrten zu einer reglosen Maske, hinter der die Gedanken jagten. Auch wenn sie dazu gezwungen worden war: Sie hatte einen Schwur geleistet, und sie war bereit, ihn zu halten. Deswegen stand sie ja in dieser leeren Halle und ließ sich von einem wüsten Haufen kräftiger Flegel begaffen. Sie wurden von einem bärtigen Hünen befehligt, der eher wie der Gehilfe des Satans als der Seigneur eines Herzogs aussah. Aber diesen Titel hatte sich Paskal Cocherel, der Herzog von St. Cado, ja auch selbst verliehen.

»Es ist nicht nötig, daß Ihr mich daran erinnert, Großvater!« sagte sie mit spröden Lippen und fixierte die fadenscheinigen Banner der Rospordons, deren Reste hoch über den Köpfen der Besucher im Zugwind wehten. Sie besaßen nicht mehr als die Ehre ihres Namens, und sie würde nie und nimmer diejenige sein, die ihn in den Schmutz zog.

»Dann geh mit Gott und meinem Segen«, bellte der alte Mann und zeichnete seiner Enkelin mit knochigen Fingern ein flüchtiges Kreuz auf die makellose Stirn.

Oliviane murmelte einen kaum hörbaren Dank und heftete einen unterkühlten Blick auf den Bärtigen, der den Abschied mit nachlässig verschränkten Armen beobachtet hatte. Seine Haltung ließ trotzdem keinen Zweifel daran, daß er so schnell wie möglich aufbrechen wollte und jede Verzögerung seinen Unwillen erregte. Sie spürte förmlich seine Gereiztheit, die ihn wie ein unsichtbarer Mantel umgab.

»Seid Ihr bereit?« fragte er mit der rauhen Stimme, die den bretonischen Dialekt, den er sprach, noch gewöhnlicher klingen ließ.

Oliviane zögerte einen Moment. Sie hatte in seiner Gegenwart ausschließlich das höfische Französisch des Hochadels gesprochen. Zuzugeben, daß sie seinen Dialekt verstand, bedeutete, sich auf dieselbe Stufe wie er zu begeben. Ihr Stolz bäumte sich dagegen auf, aber sie wollte nicht schon in Gegenwart des alten Mannes den ersten Streit vom Zaun brechen. Sie schloß stumm ihren Umhang und nickte. Das konnte er nun auslegen, wie er wollte.

Viel zu schnell stand sie auf den unregelmäßigen Pflastersteinen des Hofes, der auf drei Seiten von den grauen

Granitmauern der Burg und der Stadtbefestigung begrenzt wurde. Es war das einzige Stück Heimat, das sie kannte. Weshalb mußte sie es verlassen?

»Man hat mir gesagt, Ihr könnt reiten«, drang die rauhe Männerstimme erneut in ihre Gedanken. »Mein Herr hat Euch einen sanften Zelter geschickt, der einer Dame angemessen ist! Was Eure Magd betrifft ...«

»Ich habe keine Magd!«

Unerschrocken hielt sie dem düsteren Blick stand, der ebenso schwarz wie Bart, Haupthaar und Brauen des Mannes war. Irgendwo in der Tiefe ihres Magens krampfte sich etwas zusammen, aber sie widerstand hartnäckig der Versuchung, als erste die Augen abzuwenden. Am Ende war er es, der die Schultern zuckte und der Sache etwas Positives abgewann.

»Um so besser, sie hätte uns ohnehin nur aufgehalten! Ich hatte schon befürchtet, einer der Männer müßte sie vor sich auf den Sattel nehmen. Es gibt genügend Frauen in der Burg von Cado!«

Oliviane wandte sich ein letztes Mal zu ihrem Großvater um. Er stand auf den Eingangsstufen, schmal und grau, als wäre er selbst schon ein Teil der verwitterten Mauern. In diesem Moment konnte sie ihm nicht einmal mehr böse sein. Er tat, was er für richtig hielt, weil er die Ehre seines alten Namens über das Wohl eines einzelnen Menschen stellte. Spontan kehrte sie die wenigen Schritte zu ihm zurück, kniete vor ihm nieder und küßte respektvoll seine Hand.

Der Greis stutzte. Daß ihn seine Enkelin damit in ihrer Verzweiflung um eine einzige Geste der Zuneigung bat, kam ihm nicht in den Sinn. Sein Herz brachte keine Gefühle mehr auf, und auch sein Wunsch, dem Namen des Hauses neuen Glanz zu verleihen, entsprang mehr seiner lebenslangen Hartnäckigkeit als einer emotionalen Regung.

»Geh schon und mach mir keine Schande«, murmelte er

denn auch eher peinlich berührt und zog seine Hand heftig zurück.

Oliviane fühlte keine Enttäuschung. Sie hatte gelernt, von nichts und niemandem etwas zu erwarten. Schon gar nicht von den Männern ihrer Familie.

»Nun denn ... Laßt uns aufbrechen!«

Das harte Kommando riß Oliviane aus ihrer Benommenheit. Sie erhob sich mit fließender Grazie wieder von ihren Knien. Mit einer knappen Bewegung schüttelte sie dabei den Staub aus dem schweren Umhang aus mehrfach gewalkter, brauner Wolle. Es mangelte ihm zwar an modischem Schick, aber dafür hielt dieser Männermantel bretonischen Regengüssen ebenso wie Stürmen stand und ließ sie so zerbrechlich aussehen, daß der Söldnerführer ihr in einer überraschend fürsorglichen Geste den Arm hinhielt.

Oliviane übersah das Angebot absichtlich. Sie mochte vielleicht zu dieser Heirat gezwungen werden, aber sie würde sich nicht mit dem Landstreichervolk gemein machen, das in den Diensten ihres künftigen Gatten stand. Sie raffte sogar ihre Röcke, damit sie nur ja nicht die Stiefel des Mannes streiften, der in diesem Moment bereits seine spontane Handlung bereute. Oliviane benutzte den Prellbock, um aufs Pferd zu steigen, und meisterte das kurze überraschte Ausbrechen des Zelters mit sicherer Hand.

Das Urteil des Mannes stand fest: Oliviane de Rospordon war eine hochnäsige adelige Gans, die es auf den Titel der Herzogin von St. Cado abgesehen hatte und ihr blaues Wunder erleben würde. Sein anfängliches Mitleid wich gleichgültiger Gelassenheit. Es war nicht seine Aufgabe, über die Ehe zu urteilen, die Paskal Cocherel eingehen wollte. Wenn das Mädchen damit einverstanden war, die Zuchtstute für ihn zu spielen, dann würde er sie nicht davon abhalten.

Als sie nun unter dem Torbogen mit dem steinernen Wappen des Hauses Rospordon hindurch ritten, erhaschte er einen zufälligen Blick auf ihr schmales, weißes Gesicht, das mühsam beherrscht wirkte. War es möglich, daß sie dieser zugigen alten Höhle und dem griesgrämigen Patriarchen darin nachtrauerte?

»Die Festung unseres Seigneurs in Cado ist vielleicht nicht der Herzogpalast in Rennes, aber ich kann Euch versichern, daß Ihr dort mehr Komfort finden werdet als im Hause Eures Großvaters«, sagte er beruhigend und zügelte seinen mächtigen unruhigen Braunen, damit sie zu ihm aufschließen konnte.

Oliviane streifte das finstere Männerantlitz, dessen Einzelheiten hinter dem wild wuchernden schwarzen Bart nahezu völlig verschwanden, nur flüchtig. Sie mied den glühenden Blick der rußfarbenen Augen, die von dichten Brauen beschattet wurden und wie Lichter glühten. Lieber konzentrierte sie sich auf einen Punkt über seiner Schulter, der sich irgendwo in der dämmrigen Schlucht der Gasse verlor.

»Wie lange werden wir reiten?« fragte sie, ohne auf seine Bemerkung einzugehen.

»Wir sind in zwei Tagen nach Vannes geritten, aber ich denke, der Rückweg wird uns drei Tage kosten.«

Sie nickte stumm. Ihretwegen hätten sie drei Jahre unterwegs sein können – drei Leben, die sie am liebsten fern von einem Manne verbracht hätte, der im Verein mit den englischen Truppen ihre Heimat in Blut und Tränen ertränkt hatte. Mochte nach außen hin der Kampf vermeintlich zwischen Jean de Montfort und Karl von Blois getobt haben – ohne die fremden Söldner, die Compagnies und die Halunken, die jedem dienten, der sie gut genug bezahlte, hätte es in den vergangenen Jahren weniger Not und Elend gegeben.

Was wohl mit den frommen Frauen in Sainte Anne geschehen war, deren Kloster sich unglücklicherweise so nahe am Schlachtfeld von Auray befunden hatte? Oliviane schwankte zwischen dem Wunsch, es wissen zu wollen, und der Einsicht, daß es besser war, in Unkenntnis zu bleiben. Sie preßte die schön geschwungenen Lippen zusammen und straffte die Schultern noch eine Spur trotziger.

Sie mochte auf dem Weg sein, den übelsten Mordbrenner ihrer Heimat zu ehelichen, aber sie wollte nicht, daß man ihr Schwäche nachsagte. Daß sie bitteren Ekel und lähmende Angst empfand, mußte ihr Geheimnis bleiben. Wen kümmerte es schon, was eine Frau empfand!

Der Reiter an ihrer Seite war wider Willen fasziniert von der reglosen Maske ihres vollkommenen Antlitzes. Eine pochende bläuliche Ader an ihrer Schläfe verriet, daß sie längst nicht so gelassen war, wie sie sich gab. Aber die kühle Arroganz, mit der sie die Tatsachen akzeptierte, erboste und rührte ihn zugleich.

Er hatte damit gerechnet, eine widerwillige, weinende, protestierende Braut nach Cado bringen zu müssen. Es wäre nur natürlich gewesen, denn jeder Mensch mit einem gesunden Verstand mußte sich gegen diesen ungleichen Bund auflehnen. Er hatte heimlich über den undankbaren Auftrag geflucht, der ihn aus Cado fortgeführt hatte, denn er verspürte wenig Lust, die lästige Rolle des Kindermädchens zu spielen, während Gordien seinen Einfluß auf den Alten verstärkte. Doch sein Ärger wich nun wachsendem Interesse. Dieses Mädchen war anders als alle anderen weiblichen Wesen, die er bisher kennengelernt hatte.

Die Torwache von Vannes wagte es nicht, die Reiter nach Papieren und Passierscheinen zu fragen. Der Anblick der schwerbewaffneten Männer sprach für sich. Oliviane hatte eben noch Zeit, die Kapuze des Umhanges ganz über ihre Haube zu ziehen und ihren Sitz im Damensattel zu überprüfen, dann stob die Schar der Reiter in Richtung Westen – landeinwärts, so daß Oliviane nicht einmal mehr der tröstende Blick auf das Meer blieb.

Unwillkürlich erinnerte sie sich an den Ritt, der sie vor nicht allzu langer Zeit heim nach Vannes geführt hatte. Sie hatte es für ein kleines Wunder der heiligen Anna gehalten, daß sie im Morgengrauen am Waldrand ein herrenloses Pferd gefunden hatte, dessen blutüberströmte Flanke verraten hatte, daß es in Panik vom Schlachtfeld geflohen sein mußte. Sie hatte sich nicht darum gekümmert, ob es irgendwo einen Herrn dafür gab, sondern sich ohne viel Federlesens in den ungewohnten Männersattel gezogen.

Immerhin hatte sie genügend Verstand besessen, das Tier in den Wald zu dirigieren und Auray in weitem Bogen zu umgehen. Die wenigen Menschen, denen sie begegnet war, waren ihr ausgewichen, denn das Mädchen im Novizenkleid auf dem Rücken des mächtigen Schlachtrosses war den meisten wie eine gespenstische Erscheinung vorgekommen, die nichts mit der Wirklichkeit zu tun hatte.

Das Ufer des ›Kleinen Meeres‹ hatte ihr den Weg nach Vannes gewiesen, und das Pferd war in den leeren Ställen ihres Großvaters verschwunden. Ob er es verkauft oder geschlachtet hatte, vermochte sie nicht zu sagen. Sie hatte es dem alten Mann überlassen, das Richtige zu tun, und in kindlicher Einfalt geglaubt, daß ihm ihr Wohl am Herzen läge.

Es lag ihm am Herzen, aber ihre jeweiligen Ansichten über die Bedeutung dieses ›Wohls‹ gingen dramatisch auseinander. Sie steckte in der Falle, war gefangen von den Ränken ihres eigenen Großvaters und dem Familienstolz, der nicht zuließ, daß sie ihm den Gehorsam verweigerte.

Oliviane blinzelte gegen den Wind. Sie würde nicht weinen – sie weinte nie. Man hatte ihr das Weinen in Sainte Anne ausgetrieben. Eine Rospordon ging erhobenen Hauptes in ihre Schlachten!

»Wir werden hier lagern!«

Eine Hand griff in ihre Zügel, und der Zelter gehorchte, ohne daß Oliviane ihm den Befehl dazu gegeben hatte. Sie starrte auf die Männerfaust im Lederhandschuh, und ein Schauer lief ihr über den Rücken. Sie hatte keine Ahnung, wo sie sich befanden; die anfangs freie und übersichtliche Straße wand sich nun zwischen hohen Kiefern und Eichen hindurch, und am rasselnden Atem der Pferde merkte sie, daß es höchste Zeit wurde, die Tiere an einem Bach oder einem Brunnen zu tränken.

Ihr Pferd trottete hinter den anderen her auf eine Lichtung, an deren Rand ein kleiner Bach rauschte. Die Anordnungen des Bärtigen drangen nur wie von fern an Olivianes Ohr, bis er sich ungehalten direkt an sie wandte: »Was ist nun, wollt Ihr im Sattel übernachten? Es dürfte sich als unbequemer erweisen als das Lager im Farn, das meine Männer für Euch bereiten.«

Oliviane rümpfte ärgerlich die Nase und schwieg. Sie hob das Knie über das Sattelhorn und rutschte steif zu Boden. Sie hatte keine Ahnung, wie lange sie geritten waren, aber ihre Beine schienen in dieser Zeit verlernt zu haben, sie zu tragen. Schwankend tastete sie nach einem Halt und fand sich von einem Arm gestützt, der ihre Taille umspannte, damit sie nicht fiel.

Von dem Griff ging eine so verblüffende Mischung aus Schutz und Wärme aus, daß sie im ersten Moment gar nicht auf den Gedanken kam, sich aus ihm zu befreien. Ein paar Herzschläge lang nahm sie dankbar die Hilfe an, die ihr geboten wurde. Sie war es nicht gewohnt, in so mörderischem Tempo zu reiten, aber sie hatte sich jeden Protest verboten. Sie forderte von niemandem Rücksicht.

Während sich ihre verkrampften Muskeln wieder dehnten, erkundete sie mit geschärften Sinnen die Welt um sich herum. Sie nahm den herben Hauch des winterlichen Waldes nach getrockneten Blättern und Verwesung wahr, die dampfenden Pferde, die zum Wasser drängten, das Knirschen und Klirren der Sättel und den Geruch des Mannes – das Aroma von Schweiß und Kräutern, von Leder und Pferd, das so untrennbar zu ihm gehörte wie die verborgene Stärke seines kraftstrotzenden Körpers.

»Der Ritt hat Euch erschöpft, kleine Dame«, drang sein Bretonisch an ihr Ohr, und plötzlich klang es sanft und melodisch. »Warum habt Ihr nicht längst um eine Rast gebeten?«

Wie kam er dazu, sie ›kleine Dame‹ zu nennen? Sie überragte die meisten Frauen und einen Teil der Männer! Unwillkürlich richtete sie sich noch mehr auf. »Ich bitte nicht!«

»So sieht es aus«, entgegnete er trocken. »Trotzdem nehme ich an, Ihr wollt erst die Büsche aufsuchen, ehe Ihr Euch niederlegt ...«

»Die Büsche?« wiederholte sie verwirrt. Was hatten die Büsche mit der Lähmung zu tun, die von seinen Händen direkt in ihr Blut überzugehen schien? Sie spürte das leise Lachen, das ihn erbeben ließ, obwohl er keinen Laut von sich gab. Machte er sich über sie lustig?

»Wollt Ihr Euch nicht erleichtern?« erkundigte er sich im selben Moment tatsächlich belustigt.

Oliviane spürte verlegene Hitze in ihre Wangen steigen, und der Ärger darüber schenkte ihr neue Energie. Sie riß sich los und maß den Bärtigen mit einem empörten Blick. Sie wußte nicht, was sie mehr aufbrachte: daß sich ein wildfremder Mann um ihre Belange kümmerte oder daß dieser Kerl es fertiggebracht hatte, daß sie ein paar Herzschläge lang Herkunft und Haltung vergessen hatte.

Mit ein er Überheblichkeit, die von der anerzogenen, lebenslangen Überzeugung herrührte, von edlerem Blut als die meisten anderen Menschen zu sein, gab sie einen entrüsteten Laut von sich. Sie lief blindlings in den Wald hinein, nur von dem Wunsch getrieben, den spöttischen Augen und dem amüsierten Getue dieses Flegels zu entkommen.

Das rauhe Gelächter der Männer folgte ihr. Sie wagte erst stehenzubleiben, als sie es nicht mehr hören konnte. Im Schutze der hereinbrechenden Dunkelheit hockte sie sich nieder und raffte ihre Röcke. Erst als sie sich wieder erhob und ein paar Schritte machte, wurde ihr bewußt, daß sie keine Ahnung hatte, wohin sie sich wenden mußte. Das nächtliche Dunkel des Waldes umgab sie in finsterer Gleichförmigkeit.

In den Baumwipfeln rauschte der Wind, als wollte er eine Melodie zu den leisen Lauten pfeifen, die Oliviane zu erkennen versuchte. Knacken, Rascheln, Quieken, der Ruf eines Nachtvogels – Lebensbeweise von Tieren, deren Gegenwart sie hören, aber nicht sehen konnte. Es gab Wölfe in den bretonischen Wäldern! Hungrige Bestien, die ihre Zähne bevorzugt in lebendiges Fleisch gruben …

»Heilige Anna, bitte hilf!« Das Stoßgebet endete in einem leisen Aufschrei, als sich gegen das Dunkel vor ihr eine noch schwärzere Silhouette abzeichnete, die ihr den Weg versperrte.

»Laßt die heilige Anna in Frieden, und haltet Euch an Eure eigene Vernunft!« riet der Schatten mit einer Stimme, die Oliviane inzwischen nur zu gut bekannt war. »Was habt Ihr Euch dabei gedacht, kopflos in einen fremden Wald zu stürmen? Meint Ihr, es macht Vergnügen, hinter Euch herzulaufen und dafür zu sorgen, daß Ihr Euch nicht aus lauter Dummheit verletzt?«

Oliviane war glücklich über die Nacht, welche das Feuer der Verlegenheit auf ihren Wangen verbarg. Hatte er sie schon länger beobachtet? Sie wollte nicht, daß ihr dieser Grobian ständig auf den Fersen blieb!

»Ich dachte … Eure Männer …«, stammelte sie zwischen Wut und Befangenheit.

Er verstand, wovor sie Angst gehabt hatte. »Ihr seid die Braut unseres Seigneurs, niemand wird Euch zu nahe treten, wenn er sein Leben liebt«, erklärte er nüchtern. »Der Herzog führt ein eisernes Regiment über seine Truppen. Jeder von uns weiß, daß er sein Leben riskiert, wenn er auch nur den Saum Eures Umhangs begehrlich ansieht. Es gibt einiges, um das Ihr Euch sorgen müßt, Eure Tugend gehört nicht dazu!«

Oliviane hätte ihn zu gerne gebeten, sich genauer auszudrücken, aber ihr Stolz ließ es nicht zu. Sie würde sich nicht bloßstellen, indem sie ihre Furcht vor der Zukunft verriet.

»Bringt mich zum Lager zurück!« forderte sie in ihrem hochfahrendsten Ton.

»Gewiß, edle Dame!« gab er so übertrieben untertänig zur Antwort, daß sie den Ausdruck seiner Züge zu erforschen versuchte. Dummerweise war es zu dunkel dafür. »Reicht mir Eure Hand, damit Ihr nicht über die Wurzeln stolpert ...«

Oliviane hatte nicht die Absicht, das zu tun, aber im selben Augenblick verfing sich ihr Fuß tatsächlich in einer Wurzel. Sie strauchelte und fand sich gegen eine breite Brust im Lederwams gepreßt. Der Mann war so unerwartet nah und vertraut, daß ihr die Luft wegblieb.

Dafür spürte sie, wie sich seine Brust hob und senkte, während unter ihrem Umhang energische Hände in beunruhigender Weise über ihre Taille glitten. Die lähmende Berührung konzentrierte ihr ganzes Fühlen auf den rasenden Herzschlag und das Rauschen ihres Blutes. Sie wußte nicht mehr zu sagen, wo seine Gestalt aufhörte und die ihre begann.

Im selben Moment zerriß ein unterdrückter Fluch über ihrem Scheitel den eigenartigen Nebel, der sie umfing. Die Hände griffen fester zu, hoben sie hoch und stellten sie reichlich unsanft und in schicklicher Entfernung wieder ab.

»Habe ich Euch nicht gesagt, daß Ihr meine Hilfe braucht?« schimpfte er, als hätte sie sich mit Absicht diese Wurzel gesucht. Er packte sie am Handgelenk und zog sie rücksichtslos weiter, bis sie förmlich auf die Lichtung taumelte. Ein winzig kleines Feuer glühte unter Moospolstern, um der kühlen Nacht ein wenig Wärme abzutrotzen und wilde Tiere abzuhalten.

In unmittelbarer Nähe des Feuers hatte man ein paar Decken auf ein Lager aus Farnwedeln gelegt, und Oliviane ließ sich, ohne zu fragen, darauf nieder. Sie lehnte das Brot und den kalten Braten, den man ihr reichte, stumm ab. Sie wollte weder essen noch trinken – sie wollte einzig die Augen schließen und im Schlaf Vergessen finden.

Wenn da nur nicht dieser ungute Mensch auf der anderen Seite des Feuers gewesen wäre. Neben ihm waren die anderen Männer zur völligen Bedeutungslosigkeit verdammt. Er beherrschte sie nicht nur durch seine körperliche Größe oder weil er ihr Anführer war – Oliviane glaubte die grimmige Entschlossenheit förmlich zu spüren, die von ihm ausging.

Er beobachtete sie. Sie fühlte es. Welche Anmaßung! Welche Frechheit! Hatte ihm noch nie jemand gesagt, daß es sich für seinesgleichen nicht gehörte, eine Dame anzustarren? Kleine Dame! Wie kam er überhaupt dazu, sie so zu nennen, dieser ungehobelte Flegel?

O Gott! Sie hatte ihm in seiner Sprache geantwortet! Erst jetzt fiel es Oliviane auf. Sie war so selbstverständlich in die Sprache ihrer Kindheit zurückgefallen, daß sie es nicht einmal bemerkt hatte.

Je länger sie darüber nachdachte, desto zorniger wurde Oliviane auf den Mann am Feuer. Noch im Halbschlaf bedachte sie ihn mit Ausdrücken, von denen sie nicht geahnt hatte, daß sie sie überhaupt kannte. Gleichzeitig aber begriff sie auf einer anderen Ebene ihres Bewußtseins, daß sie nur schlafen konnte, weil er dort saß und über sie wachte.

2

Wie konnte man sie in eine derartige Falle laufen lassen? Eine Dame, denn das war sie, trotz der ärmlichen Kleider, die sie trug, und der elenden Ruine, die ihr Vaterhaus war. Wußte sie nicht, was sie erwartete? Oder hatte der alte Mann sie ohne jede Rücksicht auf ihre Person einfach verschachert? Das glatte, vollkommene Antlitz gab keines seiner Geheimnisse preis.

Und doch, dann und wann hatte er den Eindruck gewonnen, daß pures Feuer unter diesem Eis brodelte. Daß sie nicht so gelassen und emotionslos ihrem Schicksal entgegenging, wie sie nach außen hin wirkte. Würde sie diese Fassade auch in Cado aufrechterhalten? In jener waffenstarrenden Festung, die nur auf den großen Kampf zwischen Jean de Montfort und Paskal Cocherel wartete?

Er starrte in das rötliche Glühen des Feuers und versuchte, die eigenen Gedanken unter Kontrolle zu bekommen, die ihn nicht zur Ruhe kommen ließen. Gedanken, die sich ausschließlich um das stolze Mädchen drehten, das dort so schmal und reglos unter der schweren Decke lag. Oliviane de Rospordon hatte sich die Kapuze des Umhangs halb über das Gesicht gezogen, aber er mußte sie ohnehin nicht sehen, um sich ihre Züge zu vergegenwärtigen.

Sie war unschuldig und stolz, von bezaubernder Reinheit und unvorstellbarer Vollendung, eine tugendhafte, lautere Schönheit, wie geschaffen dafür, beschützt, verehrt und angebetet zu werden.

Paskal Cocherel würde nichts von alldem tun. Er würde

dafür sorgen, daß ihre Unschuld zerstört und ihr Stolz gebrochen werden würde. Es gefiel ihm, Frauen zu demütigen. Und es gab keinen Anhaltspunkt dafür, daß er es mit einer Gattin anders halten wollte als mit seinen zahllosen Huren.

Doch was ging ausgerechnet ihn das Schicksal dieser eingebildeten jungen Frau an? Er hatte einen Schwur geleistet und eine Aufgabe zu verrichten. Es kam nicht in Frage, daß er sich und diese Angelegenheit in Gefahr brachte. Nicht einmal um der traurigen Augen einer hochnäsigen, entzückenden Edeldame willen. Sie ging einem Los entgegen, das auf alle Mädchen ihrer Herkunft wartete: einer Ehe, die aus Machthunger und Standesdünkel, aus Ehrgeiz und politischen Motiven geschlossen wurde.

Er fühlte das Herannahen der Dämmerung, noch ehe sich die Konturen des Waldes unmerklich lichteten. Einzelheiten traten aus dem Schatten heraus. Er streckte Arme und Schultern, um die Verkrampfung aus Muskeln und Gelenken zu vertreiben. Die schlaflose Nacht beeinträchtigte weder seine Kraft noch seine Aufmerksamkeit. Im Gegenteil, er hatte gelernt, vor allem den besonders stillen Nächten zu mißtrauen.

»Wacht auf! Wir müssen weiter!«

Die Hand an ihrer Schulter ließ Oliviane erschreckt hochfahren. Hatte sie einmal mehr die morgendliche Frühmette verschlafen?

»Was …« Sie brach ab, als ihr mit einem Schlag klarwurde, daß sie nicht auf dem harten Strohsack in der Kammer der Novizinnen von Sainte Anne lag.

Der Mann, der sich über sie beugte, bedachte sie mit einem prüfenden Blick. »Wir müssen weiter!« wiederholte er. »Mir ist befohlen worden, Euch so schnell wie möglich nach Cado zu bringen!«

Ehe Oliviane aufgestanden und halbwegs bei Sinnen war, standen ihre Begleiter bereits wartend bei den Pferden. Ein Weinschlauch machte die Runde, und dieses Mal war sie durstig genug, um das saure Zeug zu trinken, das ihr den Gaumen pelzig machte und wie alter Essig durch die Kehle rann. Ein Brotfladen und ein Stück Ziegenkäse vervollständigten das karge Frühstück. Oliviane kaute noch, als der Befehl zum Aufbruch gegeben wurde.

Da es auf der Lichtung keinen Prellbock gab, mußte sie widerwillig die Hilfe des Anführers annehmen, damit sie in den Damensattel kam. Hastig nahm sie Platz und zog ihre Röcke in züchtige Falten. Inzwischen war es hell genug, daß er den unausgeschlafenen und leicht giftigen Blick bemerkte, mit dem sie ihn bedachte.

»Habt Ihr eigentlich einen christlichen Namen, oder nennt man euch einfach ›He-du-da‹?« erkundigte sie sich plötzlich.

In seinem dichten schwarzen Bart blitzten zwei überraschend weiße Reihen kräftiger Zähne. Er lachte. »Man nennt mich Landry, kleine Dame. Den Schwarzen Landry, weshalb auch immer!«

Er machte sich lustig über sie. Oliviane rümpfte die Nase und zahlte es ihm auf rospordonsche Weise heim. »Und mich nennt man Dame Oliviane. Für Euresgleichen bin ich jedoch die Dame de Rospordon!«

Nicht mehr lange, mein schönes Kind! schoß es dem Schwarzen Landry durch den Kopf, aber er sprach es nicht laut aus. Wenn es ihr Genugtuung bereitete, auf dem hohen Roß zu sitzen und dies auch noch zur Schau zu stellen, dann sollte sie dieses Vergnügen ruhig genießen. Es würde auf Cado nicht mehr viel geben, das ihr Freude machen würde.

Als die Reiter im aufsteigenden Nebel eines kalten, durchdringend feuchten Winternachmittages über die Zugbrücke von Cado trabten, war Oliviane von dem Gewaltritt so erschöpft, daß sie Mühe hatte, sich einigermaßen im Sattel zu halten. Die Einzelheiten verschwammen grau und riesig vor ihren Augen. Sie hatte lediglich den Eindruck von monumentalen Mauern, die sie in jeder Himmelsrichtung umschlossen und einsperrten.

Zu beiden Seiten des Torturmes brannten Pechfackeln. Sie beleuchteten einen Innenhof, der mehr einem Heerlager als einer Burg glich. Menschen, Hunde, Hühner, Kinder und Schmutz vermischten sich zu einem lärmenden Kaleidoskop.

»Willkommen in Eurer neuen Heimat, Oliviane de Rospordon!«

Der Schwarze Landry lenkte seinen Hengst so dicht an ihren Zelter, daß sich ihre Oberschenkel berührten. Oliviane zuckte zusammen und erinnerte sich erschauernd an die stumme Szene am ersten Abend ihrer Reise. Sie versuchte, ihm auszuweichen, aber es gab keinen Platz dafür. Sie konnte nur eines tun: seine Aufdringlichkeit ignorieren.

Oliviane verengte die Augen, um sie vor dem grellen Licht der Fackeln zu schützen, und bemühte sich um Haltung. Seltsamerweise war es gerade die anfangs so unliebsame Berührung, die ihr dabei half. Es kam ihr vor, als ginge ein Teil seiner verborgenen Kraft in sie über. Sie konnte sich endlich auf die Einzelheiten ihrer Umgebung konzentrieren.

Das quadratische Wohnhaus der Burg war von einem Zinnenkranz umgeben, dessen Spitzen bereits der Nebel verschluckte. Die wenigen tiefen Fensterschlitze deuteten auf düstere, zugige Räume hin, die vermutlich gut zu verteidigen, aber ungemütlich zu bewohnen und kaum zu wärmen waren. Breite Stufen aus Felsplatten führten zu einem doppelflügeligen Portal, das offenstand und zu dessen beiden Seiten ebenfalls Fackeln brannten.

Männer liefen rein und raus, und alles in allem gewann Oliviane den Eindruck, daß sich niemand groß um ihre Ankunft zu kümmern schien. Schon gar nicht Seine Gnaden, der selbsternannte Herzog von St. Cado. Der Impuls, ihr Pferd zu wenden und einfach wieder davonzureiten, war nahezu übermächtig.

»Die Braut! Sie haben die Braut gebracht! Die Braut ist da!«

Einzelne Worte erhoben sich plötzlich über den allgemeinen Lärm, und mit einem Schlag verstummte das Getöse um sie herum. Erst als sich alle Köpfe zur Treppe wandten, begriff Oliviane, weshalb. Paskal Cocherel stand plötzlich dort. Auf den ersten Blick erinnerte sie ihr künftiger Gemahl an einen der heidnischen Steine, die man überall in ihrer Heimat fand. Schwer, gedrungen, die halblangen grauen Haare wie eine Mähne um den Kopf stehend, bot er ein Bild verwitterter, massiger Kraft und Stärke.

Ein prächtiges, goldbesticktes Wams umspannte seinen breiten Oberkörper, und seine stämmigen Beine steckten bis zu den Oberschenkeln in Stiefeln. Ein schwerer, ärmelloser Samtmantel, dessen dunkles Pelzfutter im Fackelschein glänzte, ließ ihn wie einen Felsblock aussehen, als er die mächtigen Arme vor der Brust verschränkte. Er musterte die Ankömmlinge aus schmalen Augen, die unter schweren Lidern fast verschwanden. Es war ein Blick, der Oliviane wie der Bolzen einer Armbrust traf.

Der Schwarze Landry sah aus dem Augenwinkel, daß sie sich stolz aufrichtete und ihre letzten Kräfte mobilisierte. Mit leiser Befriedigung beobachtete er, daß sie zwar trocken schluckte, aber in scheinbar gelassener Würde das Folgende abwartete.

»Bringt sie ins Haus!« bellte der Herzog über den Hof und ließ seinen Blick über die Neugierigen schweifen. »Was gafft ihr so? An die Arbeit mit euch – oder ich sorge persönlich dafür, daß Ihr euch unter dem Torturm eine Weile ausruhen könnt!«

Oliviane sah, daß sich die Menschen unter dem Gebrüll des Herzogs duckten und so schnell wie möglich davonschlichen. Sie zweifelte keinen Moment mehr daran, daß sich unter dem Torturm die Folterkammer befand. Sie fror, aber es war eine Kälte, die tief aus ihrem Inneren kam und nichts mit den unfreundlichen Temperaturen des Dezembertages zu tun hatte.

»Kommt!«

Der Schwarze Landry lenkte jetzt die Pferde vor die Freitreppe und sprang aus dem Sattel. Für einen Augenblick unaufmerksam, bewunderte Oliviane die mühelose, athletische Geschmeidigkeit seiner Bewegungen, dann hielt er ihr bereits die Hand hin, damit sie absteigen konnte. In einem kurzen Anflug von Panik irrten ihre Augen zwischen ihm und dem Herzog, der vier Stufen weiter oben auf sie wartete, hin und her. Er lauerte dort geradezu und machte keine Anstalten, sie höflich zu begrüßen.

»Kommt«, murmelte Landry so leise, daß nur sie es hören konnte. »Ihr macht es nicht besser, wenn Ihr jetzt Schwäche zeigt.«

Die Tatsache, daß er zweifellos recht hatte, weckte wieder ihre Lebensgeister. Oliviane zwang sich, ihr Bein über das Sattelhorn zu heben, und glitt anmutig aus dem Sattel. Sie gab Landrys Hand so schnell frei, daß er kaum den Druck spürte. Dann raffte sie ihre Röcke und schritt hocherhobenen Hauptes die wenigen Stufen hinauf.

Als sie vor Paskal Cocherel stand, befanden sich ihre Augen auf gleicher Höhe. Sie stellte erstaunt fest, daß er nur wenig mehr als mittelgroß war. Seine massige Statur ließ ihn größer wirken, doch nach dem ersten Blick in seine Augen, die so gelblich wie das Fackellicht schimmerten, beging sie nicht den Fehler, ihm zu trotzen.

Sie brachte ihren Respekt in einem anmutigen Knicks zum Ausdruck, dessen höfische Eleganz den Schwarzen Landry entzückte, dem Herzog hingegen nur ein unwilliges Knurren entlockte. Er hatte seine Probleme mit noblen Umgangsformen, und er überspielte dies am liebsten, indem er sich noch ruppiger als sonst gab.

»Dann seid Ihr also hier«, brummte er so unwillig, als hätte sie ihm eine Liste alter Schulden präsentiert. »Nun herein mit Euch, es ist kalt. Maé wird sich um Eure Unterbringung kümmern. Maé! Zum Teufel, wo steckt das elende Weib schon wieder?!«

Ohne sich der Artigkeiten zu erinnern, die er einer Dame und erst recht seiner zukünftigen Frau schuldete, stapfte er durch das Portal in die große Halle zurück und ließ Oliviane alleine über die Schwelle ihres künftigen Heimes treten. Immerhin entging ihm auf diese Weise ihr entsetzter Blick auf die schmutzigen Schragentische, den Unrat auf dem strohbedeckten Boden und die Spinnweben an den Wänden.

Das einzig Positive, das das junge Mädchen seinem zukünftigen Heim abgewinnen konnte, waren die offenen Fensterschlitze, die immerhin verhinderten, daß es hier zu allem Überfluß auch noch bestialisch stank. Es würde Wochen dauern, diesen Stall in einen bewohnbaren Zustand zu versetzen!

Dabei schien das hohe Gewölbe mit Kerzenleuchtern, geschnitzten Stühlen, Truhen und Wandteppichen auf das luxuriöseste ausgestattet zu sein. Nur hatte sich offensichtlich noch nie jemand die Mühe gemacht, die Dinge hübsch zu arrangieren und regelmäßig zu säubern! Auf den Tischen lagen zwischen Weinpfützen und umgeworfenen Silberbechern die Reste vergangener Mahlzeiten, die sich Hunde, Ratten und anderes Ungeziefer auf dem Boden schmecken ließen.

»Maé!« brüllte der Herzog.

Oliviane zuckte unmerklich zusammen, aber die dralle blonde Frau, die nun betont gemächlich herbeischlenderte und sie aus neugierigen Augen musterte, wirkte völlig unbeeindruckt. Offensichtlich war dies die normale Lautstärke, in der sich der Herzog von St. Cado äußerte, wenn ihm etwas mißfiel. Aber noch mehr als die stoische Ruhe der Magd verblüfften Oliviane Maés gewaltige, wogende

Brüste. Sie quollen über den herausfordernd freizügigen Ausschnitt ihres schmuddeligen Hemdes, als besäßen sie ein Eigenleben. Auch der Rock sah aus, als hätte sie sich seit Wochen bei jeder Gelegenheit die schmutzigen Finger daran abgewischt.

»Was gibt's?« fragte sie freundlich und bedachte den Herzog mit einem Lächeln, das Oliviane schlagartig ahnen ließ, daß Maé in ihrer ganzen speckigen Üppigkeit durchaus sein Wohlgefallen fand.

»Schaff sie in ihre Kammer und sorg dafür, daß es ihr an nichts fehlt«, schnauzte Paskal Cocherel. »Bring ihr etwas zu essen und auch Kleider. Ich wünsche nicht, daß meine künftige Gemahlin wie eine Vogelscheuche herumläuft und mir Schande macht!«

Oliviane verbarg ihr Entsetzen hinter einer reglosen Miene. Sie richtete ihre braunen Augen auf den Mann, der ihr Gemahl werden sollte.

»Ich danke Euch für den freundlichen Empfang«, erwiderte sie so kalt und förmlich, daß nicht einmal der Schwarze Landry sicher war, ob sie es ironisch meinte. »Werdet Ihr mir sagen, auf welchen Tag Ihr unsere Vermählung angesetzt habt?«

»Die Vermählung findet statt, sobald sich eine vertrauenswürdige Person davon überzeugt hat, daß Ihr Eure monatliche Reinigung bekommt, gesund seid und noch nie bei einem Mann gelegen habt. Ich hoffe, Euer schurkischer Großvater hat mich in dieser Sache nicht belogen!« knurrte der Herzog. »Ich habe es nicht gerne, wenn man mir das Fell über die Ohren zieht!«

»Aber ich schwöre ...« Oliviane verstummte, zu stolz, um den Satz, der ihr spontan über die Lippen gekommen war, zu beenden. Eine zarte, blauschimmernde Ader pochte an ihrer Schläfe.

»Ich bin kein Narr!« erklärte ihr Bräutigam mit einem Lächeln, das ihr einen Schauer des Entsetzens über den Rücken jagte. »Ich verlange von Euch, daß Ihr mir einen

Erben schenkt, der jenseits jeden Zweifels geboren wird. Ich erwarte eine adlige Jungfrau in meinem Hochzeitsbett, habt Ihr verstanden?«

»Ihr beleidigt mich, Seigneur!« hauchte Oliviane mit starren Lippen.

»Je eher Ihr Euch daran gewöhnt, daß ich die Dinge beim Namen nenne, desto besser kommen wir miteinander aus«, bellte er. Gleichzeitig griff er so rasch nach ihrem Handgelenk, daß sie es nicht schnell genug zurückziehen konnte. Ein Schraubstock umschloß die zierlichen Knochen und unterbrach die Blutzufuhr. »Ihr werdet mir gehorchen. Widerspruchslos, sofort und zu jeder Zeit. So lautet die Abmachung, die ich mit dem Seigneur de Rospordon getroffen habe. Ihr seid ihm und mir Unterordnung schuldig. Ich werde mich nicht mit einer widerspenstigen Gattin herumärgern!«

Er blies ihr seinen ekelerregenden Atem ins Gesicht, der stark nach säuerlichem Wein und Zwiebeln roch. Dennoch hielt Oliviane dem stechenden Raubvogelblick des alten Straßenräubers mit stolz erhobenem Kopf stand. Das Leben mit ihrem Großvater hatte sie gelehrt, sich nie einschüchtern zu lassen.

»Ich werde meine Pflichten als Eure Gemahlin erfüllen, sobald ich diesen Schwur vor dem Altar geleistet habe«, sagte sie in kühler Ruhe. »Bis dahin schuldet Ihr mir den Respekt, den jeder Edelmann seiner Braut entgegenbringen soll. Wenn es Euch nach einer Magd gelüstet, so haltet Euch an jene dort ...«

Der Schwarze Landry merkte nicht, daß er den Atem anhielt. War sie verrückt, den Alten auf diese Weise zu provozieren? Ein einziger Faustschlag von ihm würde sie quer durch den Raum schleudern und ihr schönes Antlitz für immer verunstalten!

»Zum Henker! Ihr habt Mut, das gefällt mir!«

Die Anspannung löste sich unter dem polternden Lachen des Söldnerführers. Er ließ Olivianes Hand los und griff nach einem juwelenverzierten Pokal, der auf dem verwahrlosten Tisch stand.

»Nun denn, meine feine Braut, auf Euer Wohl! Ihr habt Glück. Nach genau dieser Art von nobler Herablassung habe ich gesucht. Ihr werdet sie meinen Söhnen in die Wiege legen und ihnen damit das Rüstzeug geben, dieses Land zu beherrschen. Enttäuscht mich nicht, und wir werden prächtig miteinander auskommen!«

Olivianes Knie zitterten, als sie ihm durch eine Verbeugung ihren Respekt erwies, aber die schweren, schmutzbedeckten Röcke verbargen das verräterische Zeichen von Schwäche.

»Es liegt in Gottes Hand, ob ich Euch Söhne schenken kann«, erwiderte sie leise.

Weshalb diese fromme Antwort ihrem künftigen Gemahl ein dröhnendes Gelächter entlockte, blieb ihr ein Rätsel.

»Vergeßt das Kloster«, rief er und wischte sich wie ein Bauer den Mund mit dem Handrücken sauber. »Unter diesem Dach liegt alles in meiner Hand!«

»Kommt schon«, drängte Maé, und Oliviane folgte der Magd, die hüftschwingend aus dem Saal schlenderte, nur zu gern. Ihr letzter, vorsichtiger Blick unter halb gesenkten Lidern galt jedoch nicht dem barschen unfreundlichen Herzog, dessen Frau sie werden sollte, sondern dem Schwarzen Landry.

Er stand neben einer steinernen Säule, die Arme über dem Lederwams verschränkt, die Augen wie dunkle Kohlestücke in einem wilden Gestrüpp aus Bart, Brauen und Haaren. Welch seltsamer, beunruhigender Mann! Und doch, sie entdeckte zu ihrer eigenen Überraschung, daß es ihr schwerfiel, ihn zu verlassen.

3

Zwei bullige Kerle in Lederwesten wuchteten die geschnitzten Truhen in das Turmgemach und ließen sie mit solcher Wucht auf den Boden fallen, daß Staubwolken zwischen den Bohlen aufstiegen. Maé kam in aller Eile hinterhergeschnauft und scheuchte die neugierigen Söldner in einem Schwall von Beschimpfungen wieder aus der Kammer, ehe sie persönlich die Tür hinter ihnen schloß.

»Entschuldigt, aber sie sind alle neugierig«, erklärte sie in fröhlicher Unbefangenheit. »Ihr sollt unserem Herrn zu Ansehen und echtem Adel verhelfen, da will natürlich ein jeder wissen, wie Ihr ausseht! Diese Truhen da enthalten Eure Kleider, der Seigneur hat befohlen, nur die feinsten für Euch auszuwählen!«

Oliviane sah nur flüchtig auf die mächtigen Holzkästen mit den eisernen Bändern – Räuberbeute! Mit Sicherheit hatte der Herzog keine Näherinnen für sie beschäftigt. Er würde noch merken, daß sie nichts trug, was einer anderen Frau gehört hatte.

Maé schnaufte enttäuscht über Olivianes mangelndes Interesse, aber die junge Frau überhörte es absichtlich. Sie hatte nicht die Absicht, ihre Gedanken der Dirne des Herzogs anzuvertrauen.

Wenigstens war die Kemenate im Gegensatz zum großen Saal sauber. Die beiden Bogenfenster besaßen sogar richtige Glasscheiben, die in grün-weißen Rauten kunstfertig mit Blei zusammengefügt waren. In den Ecken verbreiteten eiserne Glutbecken ihre Wärme, und vor die feuchten Mauern hatte man prächtige gestickte Wandteppiche gehängt. Freilich zeigten sie dermaßen blutrünstige Jagdszenen, daß ihnen Oliviane sofort den Rücken zuwandte.

»Ich hoffe, es ist alles zu Eurer Zufriedenheit, denn Ihr sollt diese Kammer nicht verlassen«, übermittelte Maé die Befehle, die sie erhalten hatte. »Wenn noch etwas fehlt, müßt Ihr es mir nur sagen.«

Oliviane hob schaudernd die Schultern. Als ob sie auch nur im geringsten die Absicht gehabt hätte, unter den wüsten Kerlen herumzuspazieren, die ihrem künftigen Gatten dienten! Im Gegenteil, sie war dankbar für die stabile Tür, die sie von den übrigen Burgbewohnern trennte. Wenn sie etwas vermißte, dann höchstens einen Riegel, den sie von innen vorlegen konnte. Und natürlich ihre wenigen persönlichen Besitztümer.

»Wo ist mein Bündel?«

Vier Worte, die der Magd durch ihren bloßen Tonfall verrieten, daß die künftige Herrin nicht zum Plaudern neigte und allein zu bleiben wünschte. Eine von der eingebildeten Sorte, die auf Cado erst noch lernen mußte, daß man hier nach anderen Regeln lebte, sagte sich Maé und verzog spöttisch den Mund. Sie zuckte mit den Schultern, daß ein wahres Erdbeben die Fleischmassen in ihrem Ausschnitt erschütterte.

»Der Herr wird's haben, wenn's nicht hier ist«, entgegnete sie mürrisch.

Oliviane hob die Brauen. »Sieh zu, daß du mir bringst, was mir gehört. Schnell und vollständig, hast du verstanden?«

»Ich bin ja nicht taub«, maulte Maé, die es beileibe nicht für eine Ehre hielt, der neuen Herrin dienen zu müssen. »Wenn's so wichtig ist, werdet Ihr auf Euer Essen warten müssen. Ich hab' nur ein Paar Beine, und die können bloß in eine Richtung laufen. Entscheidet Euch zwischen der Halle und der Küche!«

Oliviane stieß vorsichtig den Atem aus und unterdrückte den Ärger, der in ihr aufsteigen wollte. Das Weibsbild war es nicht wert, daß sie sich mit ihm auseinandersetzte! Wenn sie erst die Burgherrin war, würde sie sich ihre eigenen Mägde schon erziehen, bis dahin wollte sie sich gedulden.

»Ich pflege meine Befehle nicht zu wiederholen«, sagte sie eine Spur leiser. »Geh!«

Sie fand mühelos jenen Ton, mit dem ihre Mutter das Gesinde zurechtgewiesen hatte, das in ihrer Kindheit dem Hause Rospordon noch angehört hatte. Die bitterste Armut war nach dem Tod ihres Vaters über die Familie gekommen. Er hatte in einem der zahllosen Scharmützel, die die Bretagne im Kampf um die Macht spalteten, das Leben gelassen. Bis dahin hatte er bei Turnieren und Kämpfen halbwegs für sie gesorgt, und die Händler in der Stadt hatten ihnen Kredit eingeräumt.

»Bitte, dann hol' ich eben das Bündel«, nuschelte Maé und schob sich durch die Tür.

Ein Knirschen verriet Oliviane, daß der Riegel, den sie hier drinnen vermißte, auf der Außenseite angebracht sein mußte, aber sie wollte sich im Moment nicht den Kopf darüber zerbrechen, was dies zu bedeuten hatte. Sie stieß erleichtert den Atem aus, froh darüber, daß ihr ein Moment der Einsamkeit vergönnt war. Endlich einmal keine Blicke, keine Befehle, keine fremden Augen!

Oliviane sank mit weichen Knien auf den geschnitzten Ebenholzstuhl, der zwischen den beiden Fenstern stand. Sie verbarg ihr Gesicht in den Händen und krümmte ihren Körper in einem Schmerz, der ihr ein heiseres Aufschluchzen entlockte. Die Angst, die sie bisher so mühsam unter Kontrolle gehalten hatte, überfiel sie jetzt mit aller Macht.

Sie war nicht so dumm gewesen, von ihrem künftigen Gemahl Freundlichkeit und Wohlerzogenheit zu erwarten. Sogar in die Abgeschiedenheit von Sainte Anne waren die Gerüchte von der Rücksichtslosigkeit und der Mordgier des ›Wolfes von St. Cado‹ gedrungen. Aber sie hatte wenigstens in einem Winkel ihres Herzens gehofft, daß er ihr Blut und ihren Namen, die er so teuer erkauft hatte, respektieren würde. Sie hatte kühnerweise erwartet, ihn mit ihrem Stolz und ihrem Auftreten überzeugen, wenn nicht gar einschüchtern zu können. Immerhin war er lediglich ein Abenteurer, der sich anmaßte, eine Verbindung mit dem ältesten Blut des Landes einzugehen. Welch ein Irrtum!

Sie hatte nicht damit gerechnet, einem Raubtier auf zwei Beinen zu begegnen, einem Mann, der sich keinerlei Grenzen auferlegte und Menschen nur dazu benutzte, seine Ziele zu erreichen. Von ihm waren keine Freundlichkeit, keine Güte und kein Funke christlicher Nachsicht zu erwarten. Er würde sie, Oliviane de Rospordon, vom Altar weg in den Alkoven zerren und keine Ruhe geben, bis sie schwanger war – bis sie mit ihrem Körper dafür sorgte, daß es auch in Zukunft Widerlinge wie ihn gab.

Und sie? Sie hatte auf die Ehre ihres Hauses geschworen, diese Pflicht zu erfüllen und die Gemahlin dieses Rohlings zu werden, damit die Rospordons wieder zu jenen gehörten, welche die Bretagne regierten. Hatte ihr Großvater gewußt, welchem Schicksal er sie, seine einzige Enkelin, auslieferte?

Vermutlich. Aber auch er gehörte nicht zu jener Sorte von Männern, die Skrupel hatten, andere für die eigenen Interessen zu mißbrauchen. Er erwartete bedingungslosen Gehorsam, darin ähnelte er dem Herzog von St. Cado.

Heilige Anna, war es das wert? Oliviane versuchte, die Stimme in ihrem Inneren zum Schweigen zu bringen, die dies leugnete, die ihr zuflüsterte, daß sogar ein Leben als rechtlose Magd jenem der Gemahlin dieses Mannes vorzuziehen sei!

Sie war eine Rospordon, und ein Mitglied dieser untadeligen Familie gab nicht auf, nur weil sich ihm Schwierigkeiten in den Weg stellten. Wenn sie das Schicksal an die Seite dieses gräßlichen Mannes stellte, dann mußte sie ihr

Möglichstes tun, um auch diese Aufgabe in ehrenvoller Weise zu erfüllen. Sie hatte die Verpflichtung, ihrem Namen und ihrer Abstammung Ehre zu machen.

Sie suchte, wie sie es von Kind auf gelernt hatte, Trost im Gebet. Als Maé die Kemenate wieder betrat, fand sie die junge Frau auf den Knien. Die Augen geschlossen und die Perlen eines schlichten, hölzernen Rosenkranzes zwischen den schlanken Fingern, betete Oliviane de Rospordan leise und andächtig. Unwillkürlich bekreuzigte sich die Magd ebenfalls. In dieser Burg, deren Herr schon seit Monden vom Teufel besessen zu sein schien, konnte es nicht schaden zu beten.

»Ich habe Euch Euer Essen gebracht«, unterbrach sie dann jedoch entschlossen die fromme Litanei.

Sie winkte einer barfüßigen kleinen Magd im Hintergrund, die ein großes Tablett trug. Das Mädchen, fast noch ein Kind, war mit einem fadenscheinigen Kittel bekleidet, der nur von einer Schnur um die Taille gehalten wurde. Es stellte die Schalen, Kannen, Platten und Töpfe auf den viereckigen Tisch, der, von zwei kleinen Bänken flankiert, in der Mitte des Raumes stand. Man sah der Kleinen an, daß sie begierig den Düften nachschnupperte, die aus den Gefäßen aufstiegen. Sie ließ sich nur höchst widerwillig fortschicken, während Oliviane keine Anstalten machte, das Gebet zu unterbrechen und das Mahl zu würdigen.

»Ihr müßt hungrig sein«, versuchte Maé erneut ihr Glück. Aber erst als sie Oliviane kurz entschlossen an der Schulter rüttelte, fuhr die junge Frau zusammen und kehrte wieder in die Wirklichkeit zurück.

Sie hatte die Fähigkeit, sich dermaßen in ein Gebet zu vertiefen, daß sie alles um sich herum vergaß, in Sainte Anne zur Perfektion gebracht. Jetzt erhob sie sich langsam und schob den Rosenkranz sorgsam zurück in das kleine Almosentäschchen an ihrem Gürtel.

Maé beobachtete sie mit unverhohlener Neugier. Es waren seltsame, fromme und ungewohnt unschuldige

Mädchen, die plötzlich nach Cado gebracht wurden. Der letzten hatte sie persönlich zur Flucht verholfen*, aber diese hier sollte bleiben – als Herrin des Hauses. Ob sie wußte, was mit dieser Position auf sie zukam?

»Der Herr sagt, er hat Euer Bündel ins Feuer geworfen«, überbrachte sie nun die Botschaft, wegen der Oliviane sie fortgeschickt hatte. »Ihr sollt Euch Kleider und alles, was Ihr braucht, aus den Truhen nehmen, die er Euch zur Verfügung stellt. Er will, daß Ihr Euch umzieht und daß auch die Kleider verbrannt werden, die Ihr jetzt tragt. Sie sind ihm nicht schön genug.«

Oliviane reagierte mit keiner Silbe darauf. Maé fiel lediglich auf, daß ihre Rechte das kleine Stoffbeutelchen umklammerte, in das sie den Rosenkranz gesteckt hatte.

»Ich möchte essen! Hast du mir Wasser gebracht, damit ich meine Hände waschen kann?« fragte sie nach langem Schweigen.

Maé schnaubte. Das bißchen Mitleid, das sie gerade noch mit der jungen Frau gehabt hatte, verflüchtigte sich angesichts der stolzen, herrischen Befehle.

»Seid Ihr Euch zu fein, um wie jeder normale Mensch mit den Fingern zu essen?«

»Nein, aber ich möchte nicht mit schmutzigen Fingern essen«, entgegnete sie sachlich. »Außerdem möchte ich baden, ehe ich andere Kleider anziehe. Bitte kümmere dich darum, daß Wasser heraufgebracht wird und daß mir eine Magd zur Hand geht. Möglichst schnell, solange die Glut in den Becken noch Wärme abgibt. Worauf wartest du?«

Maé fuhr mit wirbelnden Röcken auf dem Absatz herum und stürmte wutentbrannt aus der Kammer. Oliviane musterte seufzend ihre Finger. So, wie es aussah, würde das Wasser noch eine Weile auf sich warten lassen, aber die verlockenden Düfte der Speisen folterten ihren

* Marie Cordonnier: *Jorina – Die Jade-Hexe*. Die Sterne von Armor, Band 2. Bastei-Verlag, 18 197

leeren Magen. Mit einer Grimasse rieb sie die schmutzigen Handflächen aneinander und erinnerte sich an Mutter Elissas Mahnungen vor der Sünde der Eitelkeit. War es eitel, nicht mit schmutzigen Fingern essen zu wollen?

Ein Holzlöffel, der neben einer Schale mit dampfender Hafergrütze lag, bot einen Ausweg aus diesem Dilemma. Oliviane bekreuzigte sich erneut, murmelte ein eher hastiges als frommes Dankgebet und fiel hungrig über die Speisen her. Noch nie hatte sie eine solche Fülle herzhafter Köstlichkeiten zur Auswahl gehabt. In Sainte Anne hatte es für die Novizinnen die Reste von der Tafel der Nonnen gegeben: so gut wie nie ein wenig Fleisch, selten Trockenfisch, meist nur Getreidebrei und Gemüsebrühe, angestoßene Früchte und hartes, grobes Brot. Von Wildragout, gebratener Ente, zarten Kapaunstückchen und herzhaftem Rübengemüse hatte sie dort nur träumen können.

Am Ende mußte Oliviane jedoch vor halbleeren Schüsseln kapitulieren. Sogar das Apfeltörtchen, das sie sich als Krönung der Genüsse bis zum Schluß hatte aufheben wollen, war plötzlich zuviel für ihren Magen. Nach zwei Bissen legte sie es zurück und erhob sich. Ruhelos trat sie an eines der Fenster und versuchte, draußen etwas zu erkennen. Es war so sinnlos wie der Versuch, sich gegen den Lauf der Dinge aufzulehnen!

»Du mußt aufhören, dir den Kopf zu zerbrechen!« beschwor sie sich selbst. »Du mußt einfach nur warten und gehorchen.«

Beides hatten sowohl ihre Mutter als auch die Nonnen von Sainte Anne sie gelehrt. Aber weshalb fiel es ihr trotz allem so schwer?

Sie massierte die Schläfen mit den Fingerspitzen und berührte dabei die eng geschnürten Ränder ihrer Haube. Kein Wunder, daß ihr Kopf in diesem schmucklosen Gefängnis eines klösterlichen Kopfputzes zu platzen drohte! Seufzend begann sie, die Leinenhaube zu lösen und die festgesteckten Zöpfe zu befreien. Ohne Nadeln und Bänder fielen ihre Haare in dichten Wellen über ihren Rücken. Das Pochen hinter ihrer Stirn ließ nach, und sie konnte wieder halbwegs klar denken.

Vorsichtig nestelte sie den Almosenbeutel von ihrem Gürtel ab und zog die Bänder auseinander. Auf dem Rund des Stoffs lagen neben dem Rosenkranz ein quadratisches Stück verblichener Spitze und ein Salbendöschen aus Alabaster, die beide ihrer Mutter gehört hatten. Ein schlichter Holzkamm und eine Haarspange aus Elfenbein vervollständigten ihre Besitztümer.

Vorsichtig löste Oliviane den Deckel des Gefäßes und fuhr mit der Fingerspitze über die gelbliche Ringelblumenpaste. Dann verschloß sie das Gefäß hastig und hüllte es in die Spitze, ehe sie es zusammen mit dem Rosenkranz wieder aufnahm. Wo konnte sie die Gegenstände verstecken, damit ihr Geheimnis gewahrt blieb?

Nein, kein Versteck! Verstecke waren verdächtig. Was man nicht verbarg, entging der Aufmerksamkeit viel eher. Wenn ihr künftiger Gemahl verlangte, daß sie nicht einen Faden ihrer Vergangenheit am Leib trug, dann war es auch besser, diese Dinge nicht ständig bei sich zu tragen. Aber ein Kamm, eine Spange, ein Salbendöschen, die in einer Kammer herumlagen, erregten keinen Verdacht. Weiberkram, Spielzeug – der Aufmerksamkeit eines Mannes unwürdig.

Vorsichtig legte sie daher ihre bescheidenen Besitztümer zu Füßen des ziselierten Silberleuchters ab, der auf einem kleinen Bord am Kopfende des Alkovens stand. Ein kostbares Stück, das ganz so aussah, als wäre es aus einem zerstörten Gotteshaus gestohlen worden, wo man es bestimmt nicht als Nachtlicht verwendet hatte.

Es war das Meisterwerk eines unbekannten Silberschmiedes. Ihre Finger berührten vorsichtig die erhabenen Ornamente, während sie ihre Gedanken dazu zwang, jede noch so unglaubliche Möglichkeit in Betracht zu ziehen. Was, wenn nicht der Zorn über ihre offensichtliche Mittellosigkeit, sondern die Suche nach einem ganz besonderen Kleinod die Handlungen ihres Bräutigams bestimmte? War es möglich, daß er bei ihr nach dem Stern von Armor suchte?

»Unsinn, du träumst!« rief sie sich selbst zur Ordnung. »Er kann nicht wissen, daß du das Juwel besitzt. Niemand außer Mutter Elissa weiß es. Nur wir beide waren in der Krypta des Klosters, als sie mir den Saphir gab!«

Ihre Gedanken wurden von einem unmenschlichen Gebrüll unterbrochen, das jäh durch das Treppenhaus bis hinauf in ihr Gemach schallte. Waffenklirren, schrille Frauenschreie, metallisches Getöse, dann verlor sich der Lärm in johlendem Gelächter, in dem Oliviane dennoch eine durchdringende, verzweifelte Frauenstimme auszumachen glaubte.

Sie wich bestürzt zurück, bis sie die samtige Fläche eines Wandteppichs im Rücken spürte. Ebenso erschrocken von dem tosenden Lärm wie von den Bildern, die er in ihr wachrief, grub sie die Zähne in die Unterlippe, um ihrerseits einen Schrei zu unterdrücken. Gewalt, Blut, Tod und Folter – aus den Ritzen dieser Burgmauern sickerte das Grauen ebenso wie die Feuchtigkeit. Darüber konnten weder die kostbaren Wandteppiche noch die geschnitzten Sessel hinwegtäuschen.

Heilige Anna, wie sollte sie hier Ehre und Stolz bewahren, wenn sie schon in der ersten Nacht vor Panik den Kopf verlor? Sie durfte nicht zulassen, daß ihr die Angst solche Streiche spielte. Sie mußte aufhören, sich ständig die schlimmsten Greuel auszumalen. Sie war eine Rospordon! Die Letzte einer Reihe der edelsten Ritter und stolzesten Damen. Sie durfte ihnen keine Schande machen!

Die vertraute Beschwörungsformel verlieh Oliviane die Kraft, ihre vermeintliche Zuflucht an der Wand wieder zu verlassen. Der Mann, der wenig später die Kemenate betrat, fand sich einem selbstbewußten Edelfräulein gegenüber, das ihn wie einen anmaßenden Dienstboten betrachtete.

Unter diesem Blick vergaß der Schwarze Landry schlagartig die Gründe, die ihn zu ihr getrieben hatten. Diese Frau hier hatte keine Erklärung, keinen Schutz nötig. Sie hatte schon jetzt die Allüren der Dame des Hauses.

»Ich hatte die Magd geschickt, mir ein Bad zu bereiten«, verkündete sie gelassen. »Was steht dem entgegen? Weshalb erscheint das dumme Ding nicht mehr? Die Lakaien in diesem Hause sind offensichtlich faul und viel zu nachlässig ...«

»Ein Bad«, wiederholte der Schwarze Landry und verzog unter seinem dichten dunklen Bart verwundert die Lippen. Der Ausbruch nackter, sinnloser Gewalt, dessen Zeuge er eben geworden war, als der Herzog von St. Cado den stummen Sohn Maés massakriert hatte, nur weil der Junge ihm nicht sofort eine Antwort gegeben hatte, verlieh ihrer Forderung in seinen Augen geradezu etwas Paradoxes. Er lachte zynisch auf.

»Zum Henker, ich wünsche Euch, daß ein Bad Euer einziges Problem in diesem Hause bleibt, kleine Dame.«

»In einem Schweinestall wie dieser Burg wohnen zu müssen, erfordert wohl nicht zwingend, daß man selbst ein solches Borstentier sein muß«, entgegnete Oliviane spitz. »Was wollt Ihr von mir?«

Ihr vielsagender Blick, der auffallend auf seinen schmutzigen Stiefeln und den Kleidern ruhte, in denen er nun seit vielen Tagen ritt und schlief, verriet überdeutlich, daß sie auch ihn zu den erwähnten Schlammwühlern zählte.

»Eigentlich wollte ich Euch eine Warnung zukommen lassen, aber wie es aussieht, habt Ihr derlei nicht nötig«, stieß er in jäh aufflammendem Zorn hervor.

Ihr Hochmut brachte ihn aus der Fassung. Er hatte erwartet, eine Verzweifelte vorzufinden. Sie mußte die Schreie und den Lärm doch gehört haben – mußte begriffen haben, daß ihr Großvater sie geradewegs in die Hölle geschickt hatte. Daß sie so gelassen und arrogant darüber hinwegging, konnte nur eines bedeuten: Sie war mit dem schmählichen Handel einverstanden, den ihr Großvater mit dem Herzog von St. Cado geschlossen hatte. Sie verkaufte sich aus eigenen Stücken – für Macht und Reichtum!

»Eine Warnung?« wiederholte Oliviane, von seinem langen, bitteren Schweigen verunsichert.

»Vergeßt es«, winkte er ab. »Ich sehe, Ihr versteht es vortrefflich, für Euch selbst zu sorgen. Nehmt trotzdem einen letzten Rat von mir: Wagt es nicht, Eurem künftigen Gemahl zu trotzen. Er hält sich weder an ritterliche Pflichten noch an christliche Gebote!«

»Ich habe nicht die Absicht, mich zu widersetzen«, erwiderte sie völlig unpersönlich. »Ich habe mein Wort gegeben, und ich werde es halten. Aber ich erwarte natürlich nicht von Euch, daß Ihr dergleichen begreift.«

Er runzelte die Stirn über den rabenschwarzen Augen, die nicht verrieten, wo die Pupillen endeten und wo die Iris begann. »Daß ich *was* begreifen kann?«

»Dinge wie Ehre, Stolz und Pflichtbewußtsein müssen einem Söldner notgedrungen fremd sein, wenn er seine Person und seine Kampfkraft an den nächstbesten Anführer verkauft und sklavisch dessen Befehle ausführt.«

Oliviane hielt seinem wütenden Blick leidenschaftslos stand. Was es sie kostete, blieb ihr Geheimnis. Sie wußte nur eines: Auch vor ihm durfte sie keine Schwäche zeigen.

»Hütet Euch, kleine Dame!«

Vier Worte nur. Er zischte sie nach ein paar schnellen Schritten, die ihn so dicht vor sie brachten, daß sie den Hauch seines Atems an ihrer Schläfe spürte. Sein unbändiger Zorn schien sie förmlich zu hypnotisieren. Oliviane vermochte sich nicht zu rühren. Sie konnte lediglich das Kinn ein wenig heben und ihn ansehen – kühl, gelassen und so ruhig, daß sich sein Jähzorn ebenso schnell verflüchtigte, wie er aufgeflammt war.

Sie bemerkte das Spiel seiner Kinnmuskeln, die Bewegung der Lippen. Er wollte etwas sagen, entschied sich aber dann doch dagegen. Lediglich ein unvollständig unterdrückter Fluch verriet, wie sehr er sich beherrschen mußte, damit er sie wortlos stehenlassen konnte. An der Tür drehte er sich noch einmal zu ihr um.

»Wie es aussieht, werdet Ihr auf Euer Bad ein wenig länger warten müssen. Er hat Maé in den Torturm werfen lassen. Es ist nicht gut, den Unwillen des Herzogs zu erregen.«

»Aber …«

Sie bekam keine Antwort mehr. Die Tür klappte, und der Riegel knirschte. Oliviane preßte die Hand auf ihr wild klopfendes Herz. Sie fühlte sich, als wäre sie stundenlang viel zu schnell durch unwegsames Gelände gelaufen. Jeder Atemzug kostete sie unendliche Mühe, und sie sank bebend auf die Bank am Tisch. In ihrem Kopf drehte sich alles, und selbst wenn sie die Augen schloß, sah sie das kantige, wütende Gesicht des Schwarzen Landry vor sich.

Woher nahm dieser Schurke das Recht, ihr Ratschläge geben zu wollen? Hatte sie nicht auch ohne ihn schon so viele Probleme, daß sie nicht wußte, welches sie zuerst angehen sollte? Wodurch, um Himmels willen, hatte die unverschämte Magd ihren Herrn verärgert?

4

Oliviane starrte die Reitpeitsche wie gelähmt an. Sie bestand aus einem kurzen, steif geflochtenen Handgriff und einer dicken Lederschnur, die zur Spitze hin schmäler wurde. Eine sich windende, gefährliche Schlange, die mit leisem Klatschen an die hohen Stiefel aus spanischem Leder schlug, als wollte Paskal Cocherel seinen Worten damit noch mehr Nachdruck verleihen.

Die Peitsche wäre nicht nötig gewesen. Oliviane empfand auch so schon genügend Entsetzen vor der breiten Gestalt, deren prächtige Kleider verbargen, daß ihre Massigkeit nicht mehr ausschließlich von Muskeln, sondern zunehmend von fleischiger Fülle bestimmt wurde. Im Takt der Peitsche flammte das düstere Feuer eines kieselsteingroßen Rubins auf, der am linken Zeigefinger ihres künftigen Gemahls ein Eigenleben zu führen schien.

Es kostete sie alle Kraft, den spontanen Abscheu zu verbergen, der sie bei seinem Anblick überfiel, und sich auf das überraschende Verhör zu konzentrieren, dem er sie unterzog. Als er näher kam, sah sie die Weinflecken auf dem goldbestickten Wams und die geplatzten Äderchen im gelblichen Weiß seiner Augen. Er wirkte, als hätte er seit Tagen nicht mehr geschlafen und seine Zeit mit den wüstesten Ausschweifungen verbracht.

»Ich weiß nicht, wovon Ihr sprecht ...«, sagte sie, um äußerste Gelassenheit bemüht. Sie trug entgegen seines Befehls ihr eigenes, schäbiges Gewand, dessen Falten ihre angestrengt verkrampften Hände verbargen.

»Halte mich nicht zum Narren, Mädchen!« Klatsch, wieder ein Hieb mit der Peitsche. »Ich weiß, daß das Kreuz von Ys im Kloster von Sainte Anne versteckt wurde. Ich weiß zudem, daß diese alte Närrin von Äbtissin die Sterne von Armor herausgebrochen hat. Möge sie dafür in der Hölle schmoren. Eine jede Novizin hat einen Stein bekommen, auch du! Wo hast du ihn?«

Oliviane zwang sich, nicht zum Alkoven hinüberzusehen. Sie hatte es geahnt. Plötzlich fügten sich die Teile des Mosaiks zu einem erkennbaren Muster zusammen. Wieso hatte sie sich nicht früher gefragt, woher Paskal Cocherel davon wußte, daß sie das Kloster verlassen hatte und als Braut zur Verfügung stand?

»Ich habe keine Ahnung, wovon Ihr redet«, wiederholte sie und spielte weiter die Ahnungslose.

Der Hieb traf sie völlig unvorbereitet. Er fuhr quer über ihre Schulter und biß sich durch den mürben Stoff des alten Gewandes bis auf die Haut durch. Oliviane taumelte, ohne im ersten Moment zu begreifen, wie ihr geschah. Die Schmerzen setzten mit Verzögerung ein, aber dann um so heftiger. Es war ein flammendes Feuer, das sich über Schulter und Oberarm zog, als hätte jemand eine Fackel an ihre Haut gehalten. Sie griff mechanisch mit der linken Hand hinüber und berührte die Stelle, wo die Peitsche sie getroffen hatte und nun blanke Haut zu spüren war.

»Was …«, stammelte sie fassungslos.

»Eine kleine Warnung, meine Liebe!« spottete der Seigneur und stand mit einem Mal so dicht vor ihr, daß sie den Knauf der Peitsche unter ihrem Kinn spürte. Sie mußte dem Druck nachgeben, obwohl ihr Kopf damit schmerzhaft in den Nacken gerissen wurde. »Ich erwarte Gehorsam von meiner Gemahlin, bedingungslosen Gehorsam. Du wirst mir sagen, wo der Stern von Armor ist, oder ich …«

»Oder was?« Obwohl Oliviane zitterte und der Schmerz an ihrer Schulter ihr nahezu den Atem nahm, war sie nicht bereit, einen einzigen Schritt nachzugeben. »Wollt Ihr mich weiter auspeitschen? Bitte, ich kann Euch nicht daran hindern. Ich bin Eurer Macht unterstellt. Aber erinnert Euch daran, wer ich bin! Die Frau, die Ihr heiraten wollt, die Euren Kindern eine Mutter sein soll und die das älteste Blut der Bretagne in sich trägt. Wollt Ihr es selbst entehren, indem Ihr mich zu Tode prügelt? In dem Fall müßt Ihr Euch nach einer anderen Braut umsehen. Ich bin zu Frömmigkeit, Ehrbarkeit und Demut erzogen worden, ich weiß nicht, weshalb Ihr mich eine Lügnerin schimpft und mich wie eine Dirne behandelt. Aber vermutlich kann man von einem Seigneur Eures Schlages nichts anderes erwarten.«

»Zum Henker!« Der Peitschenknauf löste sich abrupt von ihrem Kinn. »Alle Weiber lügen, egal, ob sie in der Kemenate einer Herrin oder in der Strohhütte einer Bäuerin geboren wurden. Wo hast du den Stern von Armor vor mir versteckt, Mädchen?!«

Oliviane atmete vorsichtig ein, und ihr ruhiger brauner Blick hielt den gelben, halb geschlossenen Raubtieraugen des Herzogs tapfer stand. »Ich schwöre bei meiner ewigen Seligkeit, daß ich nichts vor Euch versteckt halte. Wie sollte ich auch, wenn Ihr doch mein Bündel ohnehin an Euch genommen habt ...«

»Dann zieh dich aus!«

Sie öffnete den Mund, aber dieses Mal brachte sie keinen Ton heraus. In fassungslosem Entsetzen wich sie vor ihm zurück, bis sie die harte Kante des Tisches an ihrer Hüfte spürte.

»Mach schon – oder ich peitsche dir die Fetzen vom Leib!« Ein weiterer Hieb ging neben ihr nieder, und Oliviane erbebte.

Sie schloß die Augen und preßte die zitternden Lippen aufeinander, ehe sie mit aller Anstrengung die Lider wieder hob. Sie verabscheute rohe Gewalt. Die Schmerzen brannten noch immer wie Feuer, aber je elender sie sich fühlte, desto unmöglicher war es ihr nachzugeben.

»Tut, was Ihr nicht lassen könnt!« flüsterte sie rauh.

»Dennoch bin ich Eure Braut. Der Anstand gebietet Euch, mich zu ehren. Wenn Ihr mich schändet, ehe der Priester unseren Bund gesegnet hat, wird der Himmel Euch für Eure Sünden strafen.«

Der Blick des Herzogs von St. Cado verriet lodernde Wut, aber auch Anerkennung. Das Mädchen, das da in zerfetzten Kleidern, mit halb aufgelösten Zöpfen und leichenblassem Gesicht vor ihm stand, besaß einen Mut, der ihm wider Willen Respekt einflößte. Ihre Tapferkeit wäre eines Mannes würdig gewesen. Ob sie dieses überschäumende Temperament, diese entschlossene Kampfkraft auch im Bett an den Tag legte?

Unverhofft nahm er die blasse seidenzarte Haut ihrer Schulter wahr, über die sich der rote Striemen der Peitsche wand. Er reichte bis zum Ansatz eines wohlgeformten Busens. Paskal Cocherel juckte es förmlich in den Fingern, ihn zu berühren. Seine Männlichkeit, die ihm in letzter Zeit Probleme bereitet hatte, regte sich in jäher Vorfreude.

»Ihr könnt mir nicht entkommen, schöne Oliviane«, brummte er merklich weniger unheilvoll und sprach sie das erste Mal mit ihrem Namen an. »Am Ende werde ich immer der Sieger in diesem Spiel sein. Als meine Gemahlin gehört mir jedes Stück, das Ihr besitzt – bis hin zu Eurem Leben. Überlegt Euch gut, ob Ihr es weiterhin ratsam findet, mir zu trotzen.«

»Ich trotze Euch nicht«, flüsterte sie heiser und versuchte, die Risse in ihrem Gewand zusammenzuhalten.

»Laßt das!« Er packte ihr Handgelenk und riß den Stoff über der Schulter so weit auf, daß Olivianes Brüste nur noch von einem schlichten, fadenscheinigen Hemd bedeckt waren. »Ich habe gesagt, ich will Euch nicht mehr in diesen Fetzen sehen!«

Oliviane erstarrte vor Ekel unter seinen gierigen Blicken. Sie verlor für einen Moment ihre eiserne Beherrschung. »Ihr … Ihr seid abscheulich!«

»Und Ihr seid verführerischer, als es diese Lumpen vermuten ließen! Es wird mir Vergnügen bereiten, mich in der Hochzeitsnacht mit Euch zu beschäftigen!«

Sein gemeines Lachen wurde vom Geräusch der zufallenden Tür gedämpft, dann hörte Oliviane seine Stiefeltritte die Treppe hinunter poltern. Sie machte eine Bewegung zum Bett, aber der Schmerz in ihrer Schulter entlockte ihr ein heiseres Aufstöhnen. In diesem Moment wurde ihr die Ausweglosigkeit der Situation, in der sie sich befand, in aller Deutlichkeit bewußt.

»Heilige Anna, ich kann es nicht tun! Ich kann diesen Unmenschen doch nicht heiraten ...«, flüsterte sie hilflos, während ihr die Tränen in die Augen stiegen.

»Du mußt es tun. Du hast dein Wort gegeben. Eine Rospordon hält ihr Wort! Deine Ehre ist alles, was du besitzt!«

Es war eine Tatsache, Oliviane konnte es nicht leugnen. In all der Einsamkeit, der Lieblosigkeit und Strenge, die ihr Leben beherrschte, gab es, seit sie denken konnte, nur einen Stern, dem sie bedingungslos folgte: den Stolz darauf, eine Rospordon zu sein. Ihre Mutter hatte dafür gelebt, und ihr Vater war dafür gestorben. Wenn die Tochter diese Ehre verriet, verriet sie auch das Andenken ihrer Eltern. Sie mußte ihren Schwur halten. Aber dieser Schwur betraf nicht den Stern von Armor!

»Stellt den Zuber dort in die Ecke und bringt neue Glutbecken, marsch! Und vergeßt nicht die Handtücher und das übrige Wasser!«

Oliviane drehte sich verblüfft um und betrachtete die Frau, die ihre Kammer betrat. Es handelte sich um eine dunkel gekleidete, mürrische Dienerin mit tief gefurchten Gesichtszügen, die zwei Knechte mit einem Zuber und eine Schar von Mägden herumkommandierte. Aus den Kannen und Eimern, die sie herbeischleppten, stiegen dampfende Wolken auf. Heißes Wasser! Das Bad! Das Bad, um das sie Maé schon am vergangenen Abend vergeblich gebeten hatte.

»Wo ist Maé?« fragte sie die Frau.

»Fort!« nuschelte sie knapp. »Ich bin Ava und soll Eure Magd sein. Der Herr sagt, Ihr wollt Wasser für ein Bad. Der Zuber dort ist bereit. Was Ihr sonst noch braucht, sollt Ihr mir nennen ...«

Man merkte ihr an, daß diese lange Rede sie beinahe überforderte. Oliviane unternahm trotzdem einen zweiten Versuch, sie zum Weitersprechen zu bewegen. »Was ist mit Maé geschehen?«

Die Alte streifte sie mit einem mürrischen Blick. »Der Herr sagt, er prügelt uns die Haut vom Rücken, wenn wir ihren Namen erwähnen. Er will ihn nicht mehr hören.«

Oliviane zuckte zusammen, obwohl es sie nach ihren eigenen Erfahrungen nicht mehr überraschte, daß Furcht und Terror in dieser Burg herrschten. Sie sah stumm zu, wie der Zuber gefüllt wurde und außer Ava alle Knechte und Mägde verschwanden. Die Hände in der Taille verschränkt, blieb die Dienerin neben dem Tisch stehen und machte keinen Versuch, Oliviane dabei zu helfen, die schmutzigen Kleider abzulegen. Sie war ganz auf das wachsende Häufchen Stoff konzentriert, das dabei entstand. Als die junge Frau in den Zuber stieg, packte Ava es schnell und huschte wie eine Diebin aus der Kammer.

Oliviane unterdrückte einen Seufzer. Der Herzog von St. Cado würde auch in diesen armseligen Lumpen nicht finden, wonach er suchte. Was dachte er? Daß sie den Stern von Armor in einen Saum genäht oder in einer heimlichen Tasche verborgen hatte? Sie konnte nur beten, daß er nicht wieder zu seiner gräßlichen Peitsche griff, wenn er seine Hoffnung enttäuscht sah.

Sie ließ sich vorsichtig in das dampfende Wasser gleiten. Wenn sie die Fersen bis an die Oberschenkel zog, konnte sie immerhin bis zum Hals in die angenehme, entspannende Wärme des Wassers tauchen. Ein paar Herzschläge lang schloß sie die Augen und ließ die unverhoffte Wohltat in alle Poren dringen.

Als kleines Mädchen war sie mit ihrer Mutter regelmäßig in die Badestuben von Vannes gegangen. Sie erinnerte sich an einen Raum voller Dampf und Wärme, an fröhliche Stimmen und aromatische Kräuterdüfte, an angerauhte Lappen, die ihren Kinderkörper abrubbelten, bis er sich rosig und wunderbar warm und sauber anfühlte. Die Bilder der Erinnerung weckten so viel traurige Sehnsucht in ihr, daß Oliviane sie gewaltsam aus ihren Gedanken verbannte.

Die kurze Spanne ungestörter Entspannung war ohnehin schon wieder vorbei. Ava kam zurück, natürlich ohne die Kleider. Wie es aussah, würde sie sich nun doch in dieser verhaßten Truhe bedienen müssen. Paskal Cocherel hatte seine eigene Methode, die widerspenstige Braut zum Gehorsam zu zwingen. Dieser Punkt ging an ihn.

»Such mir passende Kleider aus der Truhe«, befahl sie der Dienerin. »Außerdem brauche ich Seife und ein Tuch zum Abtrocknen!«

Ava bückte sich mürrisch über die Truhe, nachdem sie die gewünschten Gegenstände auf die Bank neben den Zuber der jungen Frau gelegt hatte. Oliviane ergriff das rechteckige Seifenstück und rieb sich damit so kräftig über Haut und Haare, daß sogar ein wenig Schaum entstand. Es war grobe Seife, die viel zuviel Lauge und Asche enthielt, aber sie tat im Verein mit der großen Menge warmen Wassers ihren Dienst.

Am Ende erhob sich Oliviane und goß sich die letzten Kannen, die neben dem Zuber dafür bereitstanden, über Haare und Körper. Sie streifte die Wasserperlen mit den Händen von den Gliedern und stieg aus der hohen Wanne, um sich in das Trockentuch zu hüllen. Ava machte sich noch immer in der Truhe zu schaffen. Es hatte ganz den Anschein, daß ihr das Wühlen in Samt- und Seidenstoffen mehr Vergnügen bereitete, als ihrer künftigen Herrin zu helfen.

»Etwas Schlichtes!« befahl Oliviane verärgert, als Ava eine hochrote Seidenrobe mit protzigen, schweren Goldstickereien hochhob.

»Der Herr sagt, Ihr sollt Eurem Rang gemäß gekleidet werden!«

Oliviane verzog die Lippen und vermied den offenen Widerspruch. »Das ist eine Robe für ein Bankett oder ein Fest, sie ist nichts für alle Tage. Leg sie für eine solche Gelegenheit zur Seite. Jetzt brauche ich ein möglichst warmes Gewand. Ich kann mir nicht vorstellen, daß der Seigneur möchte, daß ich friere!«

Ava machte sich wieder in der Truhe zu schaffen und brachte nach und nach die luxuriösesten Kleidungsstücke zum Vorschein. Aber offensichtlich hatte sich niemand die Mühe gemacht, die Vollständigkeit dieser eleganten Ausstattung zu überprüfen. Da gab es Unterkleider, Tuniken, Schmuckärmel und gefütterte Röcke in allen Farben, aber nach ein paar passenden Strümpfen und einem ordentlichen Hemd hielten sie vergeblich Ausschau. Auch fanden sich bestickte Atlas-Pantöffelchen und feine Ziegenleder-Slipper, aber nicht ein vernünftiger Schuh, mit dem man auch über schmutzige Burghöfe laufen konnte.

Obwohl jedes einzelne dieser Teile von großem Reichtum kündete und prächtiger als alles war, was Oliviane je besessen hatte, konnte sie keine Freude darüber empfinden. Unzweifelhaft waren es zusammengestohlene Gewänder; die Beute von Raub und Mord, gesammelt in einem verheerenden Bruderkrieg, der Olivianes Heimat mit Blut und Tod überzogen hatte. Was war aus den Frauen und Mädchen geworden, die jene Kleider vor ihr getragen hatten? Waren sie vergessene, vergewaltigte, ermordete Opfer?

Schaudernd schlüpfte sie schließlich in ein langes feines Hemd aus so dünnem Leinen, daß sie die eigenen Glieder hindurchschimmern sah. Eine feine, gedrehte Kordel aus steifen Goldfäden wand sich um Ausschnitt und Ärmel, aber sie kratzte leicht auf der Haut. Oliviane griff nach dem nächstbesten Untergewand. Es bestand aus einem weichen florentinischen Wolltuch, und der helle Braunton zwischen Bronze und Gold erinnerte an die Herbstfärbung der Moorbirken rund um das ›Kleine Meer‹.

Das einzige Übergewand, das dazu paßte, war eine ärmellose Tunika aus kastanienfarbenem Samt, die unter beiden Armen mit Goldbändern auf Figur geschnürt wurde. Goldene Stickereien wanden sich in einem alten keltischen Schneckenmuster um Säume und Ausschnittkanten. Auch dies war ein Festgewand mit höfischem Ausschnitt, wie geschaffen für den Auftritt in einer großen Halle.

»Hilf mir mit diesen Bändern«, befahl sie Ava. »Siehst du nicht, daß ich dich brauche? Hast du endlich Strümpfe gefunden?«

Schnaufend richtete sich die mißmutige Magd auf und hielt ein paar weiße, fein gewirkte Damenstrümpfe in der Hand, die mit Bändern oberhalb des Knies befestigt wurden. Rehfarbene Lederslipper, die wie angegossen an Olivianes schmale Füße paßten, vervollständigten ihre Toilette. Nachdenklich fuhr sie mit den Handflächen über den seidenweichen Samt. Das Streicheln entlockte ihr ein kleines Lächeln. Sie hatte nie viel auf ihre Kleidung gegeben, aber das höchst angenehme Gefühl von feinem Leinen, wärmender Wolle und schmeichelndem Samt auf ihrer Haut übte eine verführerische Wirkung auf sie aus. Plötzlich kam sie sich wieder mutiger und selbstsicherer vor.

Nur die nassen Haarsträhnen, die nach und nach aus dem Tuch rutschten, das sie sich um den Kopf gebunden hatte, störten ihr Wohlbefinden. Sie löste den Knoten und schüttelte die schwere, feuchte Pracht so nahe wie möglich an einem Glutbecken aus. Während sie mit dem Kamm versuchte, die Strähnen zu entwirren, rief Ava das Gesinde, damit es den Zuber und die feuchten Tücher entfernte. Mit der letzten Kanne verschwand auch die Dienerin. Oliviane zuckte dieses Mal beim Geräusch des kreischenden

Riegels, der von außen vorgelegt wurde, nicht einmal mehr zusammen.

Im Gegenteil, sie begann jene Stunden zu schätzen, in denen sie weder mit neugierigen Blicken noch mit unliebsamen Befehlen behelligt wurde. Sie brauchte Muße zum Nachdenken, denn es war dringend nötig, daß sie sich ebenfalls eine Strategie überlegte, wie sie ihrem künftigen Gemahl begegnen wollte.

Sie hatte bereits gelernt, daß er jähzornig und unberechenbar war, daß er es liebte, Schrecken zu verbreiten und anderen weh zu tun. Gleichzeitig schien er jedoch Mut und Entschlossenheit zu respektieren. Es galt offensichtlich, einen höchst schwierigen Balance-Akt zwischen Gehorsam und Widerspruch zu vollführen, wenn sie nicht zur willenlosen Sklavin an seiner Seite werden wollte.

Das Problem war nur, daß sie weniger denn je an der Seite Paskal Cocherels sein wollte! Sie hatte im Kloster von Freiheit geträumt und nicht von der Gefangenschaft unter dem Joch eines Mannes. Die bittere Erkenntnis, daß es keine Menschenseele auf der Welt gab, die sich dafür interessierte, wovon sie träumte, entlockte ihr nun einen traurigen Seufzer.

»Gehorche, Oliviane de Rospordon!« wisperte sie heiser und spöttisch den Satz, der sie verfolgte, seit sie seinen Sinn erfaßt hatte.

5

»Wie ich sehe, beginnt Ihr Euch mit Eurer Position anzufreunden!«

Oliviane fuhr erschrocken herum und bedachte den Mann, der in ihrer offenen Kammertür stand, mit einem vernichtenden Blick.

»Könnt Ihr Euch nicht bemerkbar machen, ehe Ihr auf diese Weise in meine Kemenate platzt!« wies sie ihn scharf zurecht.

»Was erwartet Ihr? Daß ich wie ein Page an Eurer Tür kratze? Ich denke, das Lärmen des Riegels ist Anmeldung genug«, entgegnete der Schwarze Landry. Er schloß die Tür und blieb, gegen die Füllung gelehnt und mit verschränkten Armen, unter dem Mauerbogen stehen.

»Was wollt Ihr?« erwiderte sie. Sein unverkennbarer Spott reizte sie. »Oder seid Ihr gekommen, um mir eine Botschaft Eures Seigneurs zu überbringen?«

Unter dem prüfenden Blick der schwarzen Augen fühlte sie eine Unsicherheit, die sie zusätzlich verärgerte. Welche Funktion hatte dieser Kerl im Haushalt ihres künftigen Gemahls? War er sein Stellvertreter? Ein Lakai? Ein Waffengefährte? Ein Spion?

Der Schwarze Landry dachte gar nicht daran, sie aufzuklären. Er hätte ja selbst nicht zu begründen vermocht, was ihn dazu trieb, sich um sie zu kümmern. Bis zu diesem Augenblick hatte er sie nicht einmal für besonders verführerisch gehalten. Er hatte sich gesagt, daß jene Art von vollkommener Glätte, die ihr Antlitz bot, für seinen Geschmack zu perfekt, zu leblos, zu statuenhaft war – so, als wäre sie schon jetzt das Opfer, das sie erst noch werden sollte: beherrscht und fromm.

Aber nun hatte sie in Haltung, Erscheinung und Ton nicht mehr die geringste Ähnlichkeit mit einem bedauernswerten Opfer. In der goldbestickten Tunika und dem eleganten Untergewand glich sie einer Herbstkönigin. Glänzende goldene Haarfluten flossen über ihren gestrafften Rücken, und in den braunen Augen funkelten helle Lichter.

Der üppige Mund wölbte sich in unverkennbarem Hochmut, und die fein gezeichneten, fragend gerundeten Brauen schienen den ruhigen Blick Lügen zu strafen. Das goldgerandete, höfische Dekolleté betonte die Wölbung verführerischer Brüste, und die Taille war so eng geschnürt, daß Landry sie vermutlich mit beiden Händen mühelos umspannen konnte. Wenn es je eine Frau gegeben hatte, die weniger zur Nonne geeignet war, dann stand dieses Geschöpf in diesem Moment vor ihm.

»Habt Ihr das Sprechen verlernt?« fuhr sie ihn gereizt an und bekämpfte den Impuls, ihm den Rücken zuzuwenden. Seine stummen Blicke begannen sie zu verunsichern. »Hat Euch noch niemand gesagt, daß es sich nicht gehört, eine Dame anzugaffen? Ihr benehmt Euch wie ein Bauer!«

»Was habt Ihr erwartet?« Hinter Landrys Bartgestrüpp blitzten überraschend weiße Zähne. »Einen ergebenen Hofstaat von Bewunderern? In dem Falle hättet Ihr Euch auf die Seite von Herzog Jean schlagen müssen, nicht auf die seines Herausforderers!«

»Also wird er es tun?!« rutschte es Oliviane gegen ihren Willen heraus.

»Was?«

»Ihn herausfordern«, wiederholte sie ungeduldig. »Den Krieg weiterführen, obwohl das Land nichts mehr braucht als Frieden!«

»Solange nicht einwandfrei feststeht, wer die größere

Macht in der Bretagne besitzt, kann es auch keinen Frieden geben!«

»Welch schreckliche Dummheit!« stieß Oliviane scharf hervor. »Am Ende wird einer von ihnen über verbrannte Felder und menschenleere Städte herrschen. Ist das ein erstrebenswertes Ziel?«

Der Schwarze Landry hob die buschigen Brauen. Seine Augen funkelten. »Habt Ihr Angst, daß unser Seigneur verlieren könnte? Daß Ihr Eure schönen Kleider wieder einbüßt, an die Ihr Euch eben gewöhnt habt?«

»Ich habe nie Angst!«

Oliviane merkte nicht, daß sie herausfordernd auf den Fußballen wippte, als wollte sie ihn zum Kampf herausfordern. Dabei versuchte sie nur instinktiv, sich von Landrys Größe und Energie nicht überwältigen zu lassen.

»Zumindest würdet Ihr es mir gegenüber nie zugeben«, erwiderte er und bewies damit größere Menschenkenntnis, als sie ihm zugetraut hätte. »Warum habt Ihr Euch zu dieser Ehe zwingen lassen?«

Zum Henker, das war nicht die Frage, die er ihr hatte stellen wollen, aber es war schon geschehen. Oliviane de Rospordon versteifte sich merklich, und ihre Lippen wurden schmal. Sie warf den unbedeckten Kopf in den Nacken, und ihre Haare schienen im diffusen Licht, das hinter ihrem Rücken durch die dicken Fensterscheiben drang, zu glitzern.

»Geht's Euch etwas an, Hauptmann oder was immer Ihr seid?«

»Hatten wir uns nicht auf Bauer geeinigt?«

Er machte sich lustig über sie, einwandfrei. In dem Versuch, Haltung zu bewahren, verschränkte sie die langen schlanken Finger ineinander. Oliviane reckte ihr Kinn vor und schwieg. Sie hatte ohnehin schon zuviel gesagt. Dieser Mensch hatte etwas an sich, das so unmittelbar auf ihre Nerven Einfluß nahm, daß alle ihre Sinne Gefahr witterten.

»Sprecht, was wollt Ihr von mir?« forderte sie ihn knapp

auf und verschanzte sich hinter ihrer üblichen kühlen Miene.

Sie beherrschte diesen hochmütigen Blick so perfekt, daß der Schwarze Landry nun seinerseits gegen eine Woge des Zornes ankämpfen mußte. Allein durch ihre Haltung, ihren Ton gab sie ihm zu verstehen, daß sie ihn zu dem übelsten Gesindel zählte. Er war es nicht gewohnt, so verächtlich behandelt zu werden. Weder früher noch heute hatte es je ein Mensch gewagt, ihn derart blasiert abzufertigen – und schon gar kein weibliches Wesen!

»Nur die Ruhe, kleine Dame!« stieß er hervor, und ehe Oliviane begriff, was er vorhatte, fand sie ihre Schultern von dem stählernen Griff seiner kräftigen Fäuste umspannt. »Mir scheint, es ist an der Zeit, daß man Euch Bescheidenheit und Demut beibringt, von Geduld ganz zu schweigen.«

»Gebt mich auf der Stelle frei!« zischte Oliviane, und ihr Zorn stand dem seinen in nichts nach.

In ihren Augen blitzte pures Feuer, und die Wut rötete ihre zarten Wangen. Landry nahm den Schimmer einer höchst ebenmäßigen Zahnreihe wahr und verlor sich in den goldgesprenkelten Lichtern ihrer großen Augen. Die steifen Röcke ihres Gewandes wippten um seine Beine, und unter seinen Händen spürte er die Geschmeidigkeit eines Körpers, der biegsam wie der eines Knaben und verlockend wie der einer raffinierten Dirne war.

Sie erstarrte unter seinem brennenden Blick. Eine Woge der verwirrendsten Gefühle erfaßte sie und ließ sie jede Vernunft vergessen. Der neuerliche Schmerz an ihrer Schulter, wo seine Hand den Striemen des Peitschenhiebes berührte, mischte sich auf höchst irritierende Weise mit einer quälenden, fremdartigen Sehnsucht, die tief in ihrem Inneren aufbrach und ihr den Atem raubte. Sie rang in kurzen keuchenden Zügen nach Luft und fuhr sich völlig unbewußt mit der Zungenspitze über die trockenen Lippen.

Die verführerische, ahnungslose Aufforderung entlockte Landry einen heiseren Laut und riß die letzte Barriere seiner Selbstbeherrschung nieder. Mit einem unterdrückten Stöhnen, das wie das Knurren eines angreifenden Wolfes klang, zog er Oliviane vollends an seine breite Brust und nahm den feuchten Mund mit den bebenden Lippen in Besitz.

Es war ein Kuß purer, ungezügelter Leidenschaft, der das junge Mädchen völlig unvorbereitet traf. Sie hatte mit Gewalt gerechnet, nicht mit Begierde. Mit Schmerzen, nicht mit dem Feuer, das plötzlich mit einer Glut durch ihre Adern rann, die sie förmlich in seinen Armen dahinschmelzen ließ. Ihre spröden, unwissenden Lippen, süß wie die Unschuld, wurden weich unter seinem fordernden Mund.

»Hölle, Pest und Verdammnis!« Mit einem wüsten Fluch schob Landry die benommene Edeldame von sich.

Oliviane taumelte gegen die Kante des Tisches. Der Ruck brachte sie wieder zu sich. Zwei Herzschläge lang zeigten ihre schönen Züge eine seltsame Mischung aus Erschrecken und Freude, aus Befangenheit und ungläubiger Ratlosigkeit. Sie berührte ihre brennenden Lippen mit den Fingern und starrte fassungslos den Mann an, der so entsetzt vor ihr zurückwich, als hätte sie ihn mit einem heidnischen Bann belegt.

»Was habt Ihr getan?« wisperte sie tonlos.

»Einen Narren aus mir gemacht!« Das schiefe Lächeln, das diese Antwort begleitete, blieb unter dem Gestrüpp seines Bartes verborgen. »Wahrhaftig, Ihr versteht es, einem Mann den Kopf zu verdrehen, kleine Dame! Aber ich denke, es ist besser, wenn Ihr Eure Verführungskünste für Euren künftigen Herrn und Gemahl aufspart. Ich möchte mir ungern Ärger einhandeln.«

»Meine Verführungskünste?« wiederholte Oliviane fassungslos, und eine feine Falte erschien auf ihrer sonst so glatten Stirn. Die Lähmung, die ihren Körper und ihren Geist umfangen hielt, wich nur langsam. »Was wollt Ihr damit sagen?«

Er schwieg, doch als sie das spöttische Funkeln in seinen Augen sah, verstand sie, und die sanfte Röte auf ihren Wangen vertiefte sich zu einem brennenden verlegenen Rot.

»Wollt Ihr etwa behaupten, ich hätte Euch aufgefordert, mich zu küssen? Mit welchem Wort und welcher Geste? Habt Ihr den Verstand verloren?«

Mit zunehmender Festigkeit ihrer Stimme hob sich auch ihr Ton. Die letzten Worte schrie Oliviane sogar in aufflammendem Zorn.

»Nun, zumindest beherrscht Ihr die Kunst, einen Mann zu umgarnen, in vollendeter Meisterschaft«, stichelte Landry weiter. »Vielleicht gelingt es Euch damit sogar, den alten Wolf, der Euch in sein Bett holen möchte, zu bändigen.«

»Hinaus!« Olivianes Hand schoß vor und wies ihn aus ihrer Kammer. »Schert Euch in den Stall zurück, aus dem Ihr gekommen seid, Flegel!«

»Einen Flegel nennt Ihr mich? Wenn man Euch so hört, dann scheint die Ausdrucksweise der Novizinnen von Sainte Anne große Ähnlichkeit mit jener von Marktweibern gehabt zu haben!« konterte Landry etwas leiser, aber nicht minder beleidigend. Sein Zorn konnte sich mit dem von Oliviane ohne weiteres messen. »Aber keine Angst, stolze Dame. Ich befreie Euch nur zu gern von meiner Gegenwart!«

»Verschwindet!« fauchte sie kalt und rieb sich so heftig mit dem Handrücken über ihre Lippen, daß die Geste an sich schon eine Beleidigung war.

Landry schoß das Blut ins Gesicht. Am liebsten hätte er sie gepackt und übers Knie gelegt. Er vertrug es allgemein schlecht, wenn man ihn beleidigte, aber Oliviane verstand es, ihn zutiefst in seiner Selbstachtung zu treffen, und das war etwas, was er normalerweise unter allen Umständen verhinderte.

»Einen schönen Tag wünsche ich Euch, kleine Dame!« höhnte er und ging.

Beim Geräusch des Riegels sank Olivianes Hand kraftlos zwischen die Falten ihres Gewandes. Sie rang angestrengt nach Atem und preßte die andere Hand auf ihr wild pochendes Herz. Heilige Anna, was war geschehen? Das stürmische Wechselbad der Gefühle, das Hin und Her von Wut und Leidenschaft, Verachtung und Hingabe, Stolz und Kränkung zeigte Wirkung. Sie begann am ganzen Körper zu zittern. Ein Laut, der halb wie ein Schluchzen, halb wie ein Stöhnen klang, entrang sich ihrer Kehle.

Gütiger Himmel, was war in sie gefahren? Verlor sie zwischen den teppichverhängten Wänden dieses luxuriösen Verlieses schon nach einem Tag den Verstand? Noch nie hatte sie solche Dinge gesagt oder empfunden! Wie hatte sie sich auch nur einen Herzschlag lang wünschen können, für immer in den Armen dieses Gesetzlosen zu liegen? Der Schwarze Landry war ein gewöhnlicher Halunke, ein bezahlter Söldner, ein Galgenvogel, ein ... Die Bezeichnungen gingen ihr aus.

Wie kam es, daß seine Küsse dennoch so außergewöhnlich heftig in ihr nachbebten? Daß ihre Lippen sich wie taub anfühlten und ihr Herz – einem Granitbrocken gleich – schwer in ihrer Brust lag? Welche Macht besaß er, daß sie in dem Rausch, den er entfesselte, sogar Würde und Stolz vergaß?

Heilige Anna, sie hatte sich benommen wie eine Dirne! Sie hatte sich an ihn gepreßt und seinen fordernden Kuß erwidert! Kein Wunder, daß er sich danach das Recht herausnahm, sie seinerseits wie eine liederliche Person zu behandeln! War das Böse in dieser Festung dermaßen allmächtig, daß sie schon davon angesteckt worden war?

Oliviane wußte nur eine Hilfe gegen die Wirrnis, die in ihrem Herzen und in ihrem Kopf herrschte: Sie mußte beten. Einmal mehr umklammerte sie ihren Rosenkranz wie einen Rettungsanker. Aber die vertrauten Worte der Litanei wollten ihr nicht in der gewohnten Reihenfolge einfallen.

Die Flüche des Schwarzen Landry hallten noch von den Wänden ihres Gemaches wider, und ihr Körper schmerzte vor unstillbarer Sehnsucht nach etwas, dem sie keinen Namen geben konnte.

»Verdammt, irgendwo muß sie diesen vermaledeiten Stein doch versteckt haben!«

Paskal Cocherel hieb mit der Faust in das Durcheinander des langen Tisches. Halb aufgerollte Pergamente lagen dort neben einer hingeworfenen Feder, einem offenen Tintenfaß und einer silbernen Kanne, aus welcher der heiße, gewürzte Wein dampfte. Der Schwarze Landry lehnte an der dicken Platte dieses Tisches und wartete in aller Ruhe darauf, daß sich der Jähzorn seines Anführers wieder legte.

»Seid Ihr sicher, daß sie den Stern von Armor überhaupt noch besitzt?« erkundigte er sich trocken. »Ich konnte keinen Hinweis darauf entdecken. Vielleicht hat ihr Großvater ihn an sich gebracht? Er scheint ein wahrer Geizhals zu sein.«

»Denkst du, ich hätte mich nicht längst um ihn gekümmert?« Cocherel lachte brutal auf. »Gordien hat ihn sich vorgenommen, sobald das Mädchen bei uns in Sicherheit war. Er versteht sich auf die Kunst, einem widerstrebenden Kerl am Ende jedes Geheimnis zu entlocken. Doch der Alte wußte von nichts!«

Die Falten in Landrys Mundwinkeln vertieften sich unter seinem Bart. Die Folterkünste von Hauptmann Gordien jagten sogar einem so abgebrühten Kämpfer wie ihm einen eisigen Schauer über den Rücken. Er empfand kein besonderes Mitleid mit einem Mann, der seine Enkelin auf diese Weise verschachert hatte, aber mit den Qualen, die der alte Edelmann unter Gordiens Händen erlitten haben mußte, hatte er zumindest einen Teil seiner Sünden gebüßt.

»Nein, ich weiß, daß meine liebe Braut den Saphir

irgendwo bei sich trägt«, verfolgte Cocherel seine Gedanken weiter. »Ich habe keinen Grund, an den Worten der Äbtissin zu zweifeln. Die Hexe war sich ihres Streiches einfach zu sicher. Sie dachte, sie hätte die fünf Steine für immer vor mir in Sicherheit gebracht!«

Landry kratzte sich den Bart. »Ihr habt bis zum letzten Faden alles durchsucht, was sie nach Cado gebracht hat. Was wollt Ihr noch tun?«

»Da sie ohnehin in meiner Gewalt ist, gönne ich ihr noch ein paar Tage vermeintlicher Sicherheit. Aber sobald der Medicus und der Priester eingetroffen sind, werde ich mich dieser Schönheit annehmen. Ich denke, das Weihnachtsfest werde ich bereits mit meiner stolzen kleinen Frau feiern – auf meine ganz besondere Weise ...«

Landry schwieg. Sein Herr wunderte sich nicht darüber. Der Schwarze Landry war kein Freund von überflüssigen Worten, aber er hatte Kampfkraft und Schlauheit bewiesen, ohne wie Gordien gleich nach der Macht zu schielen. Soweit er überhaupt dazu fähig war, vertraute Paskal Cocherel seinem zweiten Hauptmann.

Landry hingegen benötigte seine ganze Selbstbeherrschung, um die Erinnerung an ein paar seidige Lippen zu verdrängen, die sich süß und verführerisch unter den seinen geöffnet hatten, und um zu vergessen, wie sich der wohlgerundete Busen an seinen Brustkorb geschmiegt hatte, bis er vor Verlangen den Kopf verloren hatte.

Der Gedanke, daß all das von einem lüsternen, machtgierigen Grobian zerstört werden sollte, setzte ihm immer stärker zu. Oliviane de Rospordon mochte ihre Fehler haben, aber sie verdiente es nicht, von zwei alten Männern auf diese Weise verschachert zu werden. Freilich, was sollte er tun? Alle Beteiligten waren mit dieser Heirat einverstanden. Nicht zuletzt die Braut!

Der Herzog goß seinen juwelenbesetzten Becher von neuem voll und prostete dem Schwarzen Landry düster zu. »Es muß ein Ende mit dem Ärger haben, den mir die

Weiber machen. Es bereitet mir kein Vergnügen mehr, seit Maé sich ebenfalls gegen mich gewandt hat!«

»Dann laßt Ihr sie frei?«

»Meinetwegen soll sie unter dem Torturm verrotten. Ich will sie nicht mehr sehen ...«

Landry hütete sich, seine Erleichterung zu zeigen. »Wenn Ihr meint ...« Er zuckte gleichgültig die Schultern. »Wann erwartet Ihr den Medicus und den Priester?«

»Verdammt, sie sollten längst da sein.«

»Zweifelt Ihr wirklich daran, daß das Mädchen noch Jungfrau ist?« hakte der Schwarze Landry nach und ärgerte sich sogleich über seine Frage. Was hatte ihn das zu interessieren?

»Sie war Novizin, ich denke, sie ist rein wie frisch gefallener Schnee«, erwiderte der Söldnerführer und grinste gehässig. »Aber ich habe gelernt, keine Katze im Sack zu kaufen, mein Freund. Außerdem kann es nicht schaden, wenn die Dame erkennt, daß es nicht ratsam ist, mich zu belügen. Die Untersuchung durch den Medicus wird sie lehren, mich nicht zu unterschätzen! Wir werden sehen, wie die allzu hochfahrende, stolze Dame auf eine hübsche kleine Demütigung reagiert ...«

»Ihr könntet das von einer Hebamme tun lassen«, schlug Landry beherrscht vor.

»Noch ein Weib? Ich denke nicht daran!« fluchte der Herzog in einem neuerlichen Zornesausbruch. »Ich traue keinem Weib! Unter diesem Dach wird kein Weib etwas zu sagen haben, solange ich der Herr im Hause bin!«

Landry verzichtete auf eine Antwort. Unter dem gelben, bösartigen Blick des Herzogs, der die schmalen Lippen über dem eckigen Kinn verzog, erschien es ihm ratsam zu schweigen. Zu viel war in den letzten Wochen geschehen, das diesen gefährlichen Wolf bis aufs Blut gereizt hatte. Und Landry befürchtete, daß Oliviane de Rospordon das Ihre dazutun würde, Paskal Cocherel endgültig zur Weißglut zu bringen.

Der Herzog schwieg und schüttete den heißen Wein in langen durstigen Zügen die Kehle hinunter. Wenn er genügend Alkohol trank, gelang es ihm vielleicht, endlich zu vergessen.

»*Am Ende wird es eine Frau sein, die dich dein Leben kostet!*«

Aber was er auch tat und wieviel er auch trank, es gelang ihm nie, den verhängnisvollen Satz völlig aus seinem Gedächtnis zu verbannen, den ihm seine Tochter wie eine giftige Saat ins Hirn gepflanzt hatte – jenes Teufelsweib, das er besser nicht gezeugt hätte, denn mit dieser Tochter hatten all seine Schwierigkeiten begonnen.*

»Verdammt! Der Krug ist leer! Sie sollen mir neuen Wein bringen!«

Landry eilte hinaus. Der wütende Befehl kam ihm gerade recht, damit er von dem Gespräch erlöst wurde. Ärgerlich war nur, daß er seinen Gedanken damit nicht entfliehen konnte. Gedanken, die sich in zunehmendem, verbotenem Maße um eine Frau drehten, die ihm nie gehören würde.

* Marie Cordonnier: *Graciana – Das Rätsel der Perle.* Die Sterne von Armor, Band 1, 18 193

6

Oliviane vermißte die Glocken. Sie war daran gewöhnt, ihren Tagesablauf nach dem Klang der Glocken einzuteilen, und sie kam sich ohne diesen Anhaltspunkt verloren und orientierungslos vor. Das dünne Klosterglöckchen von Sainte Anne hatte die Zeit ebenso verkündet wie die mächtigen Glocken der Gotteshäuser von Vannes. In St. Cado schien es weder Kirche noch Glocke, weder Priester noch Gottesdienst zu geben.

Ava reagierte wie üblich mürrisch, als die junge Frau sie danach fragte.

»Der Herr unterwirft sich nicht einmal dem Herrgott im Himmel«, sagte sie trocken. »Manchmal, wenn ein wandernder Mönch vorbeikommt, hält er unten im Dorf die Messe und nimmt den Leuten die Beichte ab. Aber das ist schon lange nicht mehr der Fall gewesen. St. Cado hat keinen eigenen Priester, der das Wort Gottes predigt. Aber vielleicht bleibt derjenige bei uns, der kommt, um Eure Ehe zu segnen.«

Oliviane verstummte. Sie wußte nicht mehr, was sie sich wünschen sollte. Daß das Warten endlich vorbei war oder daß es so lange wie möglich dauern sollte? Am Ende des täglichen Einerleis, das so schrecklich an ihren Nerven zerrte, stand schließlich der Vollzug ihrer Ehe. Sie würde mit Körper und Geist an einen Mann gekettet sein, den sie verabscheute und verachtete.

Ja, wenn es wenigstens der Schwarze Landry gewesen wäre ... Gütiger Himmel, was dachte sie da? Sie erstarrte mitten in ihrer unruhigen Wanderschaft, die sie vom Bett zum verschlossenen Fenster und wieder zurück führte. Erst als sie Avas neugierigen Blick bemerkte, die gerade die kaum berührten Laken ihrer Bettnische richtete, setzte sie sich wieder in Bewegung. Am Fenster blieb sie stehen und schaute durch eine der weißen Glasrauten, ohne in Wirklichkeit etwas zu sehen.

Sie hatte viel zuviel Muße, ihren Gedanken nachzuhängen, denn es gab nichts für sie zu tun. Keine Kleider zu stopfen, keine Tapisserien zu sticken, kein Leinenzeug zu säumen, keine Kerzen zu ziehen. Nicht einmal die Arbeiten einer Haushälterin, die sie im Hause ihres Großvaters verrichtet hatte, fielen an. Die ermüdende Langeweile des Lebens in dieser Kammer war nur auszuhalten, wenn sie sich in die Welt ihrer eigenen Gedanken flüchtete, in die Welt, in der der Schwarze Landry einen unerwartet beständigen Platz gefunden hatte.

Er reizte sie wie ein feiner Dorn, der direkt unter der Haut saß und nicht entfernt werden konnte. Sie hätte zu gerne gewußt, woher er kam, was ihn zu einem Parteigänger des Herzogs von St. Cado gemacht hatte und ob Landry überhaupt sein richtiger Name war. Sie wollte wissen, wie er ohne Bart aussah, und wollte von ihm hören, weshalb er sich als gedungener Söldner durch das Leben schlug. Doch sie war in allen Punkten auf ihre eigenen Vermutungen angewiesen. Es sei denn …

Sie sah unter halb gesenkten Lidern zu Ava, die auf dem Regalbrett den Kamm, das Salbendöschen und die Haarspange zurechtrückte. Sie bemerkte das Stirnrunzeln, und ihr Atem setzte aus. Was …?

»Eine Dame trägt das alles in einer Tasche an ihrem Gürtel, nicht wahr?« vermutete Ava, und Oliviane nickte rasch, weil sie fürchtete, ihre Kehle würde kein weiteres Wort mehr freigeben.

»Wenn Ihr Wert darauf legt, kann ich den Schwarzen Landry fragen, ob sich in den anderen Truhen ein solcher Beutel befindet«, bot Ava an.

»Das …« Oliviane räusperte sich angestrengt und versuchte, ihre Gefühle unter Kontrolle zu bringen. »Das wäre sehr freundlich von dir. Meinst du, der Schwarze Landry weiß über so etwas Bescheid?«

»Man kann mit ihm reden«, antwortete Ava sachlich. »Er ist kein solcher Galgenstrick wie die anderen.«

»Ach …« Oliviane versuchte, das Gespräch nicht stocken zu lassen. »Wo kommt er eigentlich her, dieser Schwarze Landry? Welchem Herrn hat er zuvor gedient? Den Engländern?«

»Er spricht unsere Sprache, als wäre er hier geboren«, ließ sich Ava auf den Tratsch ein und faltete müßig die Hände vor ihrem Bauch. Ihr war jeder Anlaß recht, der sie vom Arbeiten abhielt. »Aber hier redet keiner der Männer viel über das, was gewesen ist. Sie denken alle nur an die nächste Schlacht, die nächste Beute, die nächste Frau. Vom Frieden wollen sie nichts hören …«

Wie zur Bestätigung drang das wüste Schreien der Männer, die im Hof ihre Kampfübungen abhielten, zu ihren Fenstern herauf. Sie droschen mit riesigen Schwertern gleichermaßen erbittert auf Strohpuppen und Menschen ein. Tag um Tag trieb Paskal Cocherel seine Söldner an, ihre Kampfkraft zu stählen. Inzwischen hatte sich Oliviane schon so an die barbarische Geräuschkulisse gewöhnt, daß sie kaum noch hinhörte.

»Wer weiß, ob der Frieden nicht ohnehin nur ein Traum ist«, fügte Ava mit einem Seufzer hinzu. »Ich werde gehen und nach einem solchen Beutel für Euch suchen …«

Oliviane preßte beunruhigt die Handflächen gegeneinander. Am liebsten hätte sie die Magd zurückgehalten. Sie war schon so weit, daß sie Ava um die simple Tatsache beneidete, daß diese die Kemenate verlassen durfte und etwas zu tun hatte!

Die junge Frau nahm ihre Wanderung durch das dämmrige Gemach wieder auf. Durch die grün-weißen Fenster fiel normalerweise mehr Licht, aber an diesem Tag schien es überhaupt nicht hell werden zu wollen. Ob der Schwarze Landry dort unten ebenfalls seine Schwertkünste übte?

Schlagartig erinnerte sich Oliviane an die männliche Härte seines Griffes, an die Umarmung, die sie rücksichtslos gegen seine breite Brust gedrückt hatte. Und diese Umarmung hatte sich einen Kuß lang so angefühlt, als hätten ihr Körper und ihr dummes Herz schon ein ganzes Leben lang nur darauf gewartet.

»Himmel, woran denkst du?« schalt sie sich selbst aufgebracht. »Was redest du dir da ein? Wenn du so weitermachst, hat er noch mit vollem Recht an deiner Tugend gezweifelt!«

Sie hatte die Drohung nicht vergessen, mit der sie von ihrem künftigen Gemahl empfangen worden war. Inzwischen waren viele ereignislose Tage vergangen, Tage, in denen auch Oliviane vergeblich auf das allmonatliche Zeichen gewartet hatte, das ihr Frauenleben normalerweise so regelmäßig begleitete. Die Aufregungen und der Gewaltritt nach St. Cado blieben offenbar nicht ohne Folgen und gewährten Oliviane eine Galgenfrist, die ihre Eheschließung zwar hinauszögerte, die aber nichts an ihrem Jawort ändern konnte.

Die Ausweglosigkeit ihres Schicksals bereitete ihr so tiefes Unbehagen, daß sich ihr Magen schmerzlich verkrampfte. Was konnte sie anderes tun als warten und gehorchen? Was waren Frauen schon? Nichts als Zuchtstuten, deren Wert von ihrer Fähigkeit, Kinder zu gebären, abhängig war! In Demut zu gehorchen und für die Sünden zu büßen, die schon Eva auf sich geladen hatte, das waren ihre einzigen Aufgaben. Oliviane unterdrückte ein wütendes Schluchzen, indem sie die Zähne so hart in ihre Fingerknöchel grub, daß eine Reihe von ebenmäßigen Abdrücken auf ihrer Haut zurückblieb.

Die Tür flog auf und knallte donnernd in den Angeln zurück. Erst jetzt registrierte Oliviane die Stiefeltritte, die sich ihrer Kammer genähert hatten. Ihr künftiger Gemahl trat ein, und sein leichter Harnisch, die Stiefel und das Schwert an seiner Seite verrieten, daß er direkt von seinen Waffenübungen kam. Er brachte den Geruch nach Männerschweiß, Waffenfett und Pferd in den Raum. Die störrischen grauen Haare, die nur noch wenige blonde Strähnen aufwiesen, standen wie eine Mähne von seinem Kopf ab, und die normalerweise schlaffe graue Haut seines Gesichts leuchtete rot vor lauter Anstrengung.

Erst auf den zweiten Blick entdeckte Oliviane das dürre ganz in Schwarz gekleidete Männchen, das ihn begleitete. Es trug einen merkwürdigen langen Umhang mit Ärmeln und einen spitzen Hut, unter dessen breiter Krempe die flinken, unbeständigen Augen eines Wiesels blitzten. Die flusigen Enden seines spärlichen, grauschmutzigen Schnauzbartes hingen zu beiden Seiten seiner Hakennase traurig über die Mundwinkel herab und gaben seinem hageren Gesicht einen Ausdruck melancholischer Schwermut, der in einem seltsamen Gegensatz zu den aufmerksamen Augen stand.

Oliviane zuckte vor der unverhohlenen Neugier, die sie darin las, zurück. Der Fremde machte den Eindruck, als wüßte er etwas über sie, von dem sie selbst keine Ahnung hatte. Sie zwang sich zur Höflichkeit und verneigte sich in vorgetäuschtem Respekt vor ihrem Bräutigam. Es war das erste Mal seit jener Auseinandersetzung um den Stern von Armor, daß er sie aufsuchte, und das bösartige Lächeln, mit dem er sie bedachte, mahnte sie zur Vorsicht.

»Seigneur …«, murmelte sie leise.

»Ich bringe Euch den ehrenwerten Medicus Abraham ben David, meine liebe Braut«, verkündete der Herzog boshaft.

»Ich … ich bin nicht krank …« Oliviane versuchte, sich ihre Unsicherheit nicht anmerken zu lassen.

»Das möchte ich auch hoffen«, entgegnete Paskal Cocherel knapp. »Der Medicus wird euch dennoch untersuchen. Macht Euch an die Arbeit, Maître! Ihr wißt, was Ihr prüfen sollt, und seht ja genau hin!«

Oliviane wollte es nicht glauben, aber das hochrote, verlegene Gesicht des schwarz gekleideten Wiesels sagte ihr mehr als jedes Wort.

»Das ... könnt Ihr nicht tun!« hauchte sie fassungslos. »Er ... er ist ein Mann!«

»Ihr werdet keine Schmerzen fühlen, edle Dame!« versuchte der Medicus ihr blankes Entsetzen zu mindern. »Wenn Ihr so freundlich wärt, Euch dort auf das Bett zu legen und Eure Röcke hochzuschlagen. Es dauert auch gar nicht sehr lange.«

»Ich denke nicht daran!«

Oliviane vergaß mit einem Schlag ihre guten Vorsätze. Sie würde sich von diesem seltsamen Gnom nicht anfassen lassen! Auf keinen Fall!

»Was Ihr denkt, interessiert mich nicht!« schnauzte der Herzog.

»Aber ...« Oliviane holte tief Luft und suchte nach Worten. In diesem Moment traf sie ein Faustsstoß mitten ins Zwerchfell. Noch bevor sie wußte, wie ihr geschah, sackte sie rückwärts auf die Matratze im Alkoven.

»Macht Eure Arbeit!« hörte sie den Herzog von ferne befehlen, während ein stechender Schmerz, der von ihrem Magen aus ging, ihren Körper lähmte.

Paskal Cocherel beobachtete mit Genugtuung das hilflose Mädchen. Es bereitete ihm besondere Befriedigung, ihren Stolz auf diese schmutzige und barbarische Weise zu brechen.

Er sah dem Medicus genau auf die Finger, wie dieser Über- und Untergewand sowie das feine Hemd zurückschlug, das Oliviane darunter trug, und sie bis zur Hüfte entblößte. Lüstern betrachtete der Herzog die langen schlanken Beine in den weißen Strümpfen und das blonde Dreieck, das ihre Weiblichkeit bedeckte. Er beugte sich begierig vor, als der Medicus die leblos wirkenden Beine aufstellte und zur Seite drückte, so daß die Scham enthüllt wurde.

Oliviane schluchzte verzweifelt auf, als ihr grausam klar wurde, daß ihre intimsten Stellen den lüsternen Blicken der Männer preisgegeben waren. Einer Ohnmacht nahe, verkrampfte sie sich unter den dünnen Fingern des Medicus, der die Untersuchung in peinlicher Genauigkeit vornahm, und begann leise zu wimmern.

»Virgo intacta, Euer Gnaden!« verkündete der Medicus schließlich so stolz, als wäre dies sein persönliches Verdienst. Er nahm seine Hände mit sichtlichem Bedauern von Oliviane. »Aber Ihr werdet keine Schwierigkeiten haben, Euer Vergnügen bei Eurer kleinen Braut zu finden. Das Becken ist zudem breit genug – es verspricht viele problemlose Geburten.«

»Sehr gut!« Der Herzog riß sein Schwert aus dem Gürtel und strich damit die Röcke wieder über Olivianes entblößten Körper. Dann setzte er die Spitze genau zwischen ihre Brüste, die sich in dem eckigen Ausschnitt ihres Kleides in panischem Entsetzen hoben und senkten. »Damit dürfte unserer baldigen Eheschließung nichts mehr im Wege stehen, meine Liebe. Ich kann es kaum erwarten, Euch zu besitzen! Sicher teilt ihr meine Vorfreude.«

Oliviane starrte ihn aus riesigen entsetzten Augen stumm an. Sie hatte nicht geahnt, daß es eine solche Demütigung überhaupt geben konnte. Ja, sie fühlte sich dermaßen beschmutzt und erniedrigt, daß ihr der Anblick des Schwertes plötzlich wie ein Ausweg erschien. Mit der Kraft der Verzweiflung warf sie sich der Spitze entgegen, aber sie erntete nur ein höhnisches Lachen. Gleichzeitig hinterließ das Schwert in der zarten Haut zwischen ihren Brüsten einen schmerzhaften Kratzer.

»Nicht so stürmisch, meine Liebe! Wenn Ihr mein Brandzeichen haben wollt, so könnt Ihr es an einer anderen Stelle erhalten!«

Oliviane schloß schaudernd die Lider. Warum stieß er

nicht endlich zu? Warum machte er der Sache nicht auf diese Weise ein Ende?

»Gehabt Euch wohl, meine entzückende Braut!« vernahm sie die rauhe Stimme des Söldnerführers. »Ihr seht mich zufrieden, daß Ihr die seid, die mir versprochen wurde. Am Christtag wird uns der Priester seinen Segen geben!«

Oliviane war zu keiner Antwort fähig. Sie vergrub das Gesicht in den Kissen und spürte das feine Rinnsal warmen Blutes, das aus der Wunde zwischen ihren Brüsten sickerte. Krämpfe des Abscheus schüttelten sie – selbst dann noch, als die beiden Männer die Kammer längst verlassen hatten.

Sie rollte sich wie ein verlassenes, zitterndes Kind auf dem Bett zusammen, zog die Beine eng an den Leib und schlang die Arme um den Oberkörper. Trotzdem schlugen ihre Zähne klappernd aufeinander; ihr Körper bebte vor unterdrücktem Schluchzen. Sie konnte nicht einmal weinen. Alles in ihr war zerstört.

Ava fand sie einige Zeit später halb besinnungslos vor Entsetzen zwischen den blutverschmierten Laken. Ihr Aufschrei lockte den Schwarzen Landry und den Herzog gemeinsam herbei.

»Halt's Maul, du dumme Gans!« bellte Cocherel. »Was ist passiert?«

»Sie ist … Man hat sie …« Ava fand nicht die richtigen Worte. Sie konnte nur mit bebender Hand auf die junge Frau deuten. »Da ist Blut! Habt Ihr sie umgebracht?«

Der Schwarze Landry unterdrückte einen Fluch und stürzte zum Alkoven. Er ergriff die verkrampften Hände der reglosen jungen Frau und runzelte beim Anblick der Schwertwunde wütend die Stirn. Die Verletzung war nur oberflächlich, und die Wunde blutete nicht mehr. Trotzdem hatte er Mühe, den kalten Zorn zu unterdrücken, der in diesem Moment in ihm aufstieg.

»Sagtet Ihr nicht, daß der Medicus sie untersucht habe?

Hat er sie verletzt?« zwang er sich zu einer Ruhe, die er nicht empfand.

»Zum Henker, natürlich nicht! Ich war doch dabei!« brüllte der Herzog gereizt und betrachtete Oliviane verächtlich. »Vorhin war sie völlig gesund! Was soll dieser närrische Anfall? Ist sie krank im Kopf?«

»Sie ist keine Magd, sondern eine junge Frau aus noblem Hause«, entgegnete Landry zähneknirschend. »Ihre Nerven sind vielleicht nicht besonders gut für Eure Spiele mit dem Schwert geeignet ...«

»Verflucht, dann holt diesen Arzt und seht zu, daß sie auf der Stelle wieder gesund wird. In drei Tagen soll unsere Hochzeit sein. Ich werde nicht länger warten! Und ich will verdammt noch mal keine närrische Mutter für meine künftigen Söhne!«

Er polterte aus der Kammer, ohne Oliviane eines weiteren Blickes zu würdigen. Seine Flüche waren noch zu hören, bis er um die Windung der Treppe verschwand. Der Schwarze Landry tauschte einen Blick mit Ava und wagte es, Olivianes Stirn prüfend zu berühren. Sie war heiß, aber nicht unbedingt fiebrig.

»Weißt du, was man mit ihr getan hat?«

Die Magd schüttelte stumm den Kopf.

»Ich nehme nicht an, daß der Medicus ihr helfen kann«, vermutete Landry. »Vermutlich ist es sogar besser, wenn sie ihn nicht mehr zu Gesicht bekommt. Sieh zu, daß du ihr ein Nachtgewand anziehst. Ich werde mich um einen Mohntrank kümmern, damit sie schlafen kann. Ich nehme an, mit der nötigen Ruhe wird sie sich beruhigen ...«

Ava nickte gehorsam und machte sich an die Arbeit. Beim Auskleiden entdeckte sie eine weitere Ursache für Olivianes Krämpfe. Ihre monatliche Reinigung hatte eingesetzt, und sie plagte sie aufgrund der Verzögerung besonders heftig. Ein kleines Lächeln huschte um die Lippen der Magd, während sie Oliviane versorgte.

»Schlaft, Dame!« murmelte sie voller Mitleid. »Der

Himmel hat Euch Aufschub verschafft. Nicht einmal der ungeduldigste Freier wird Euch in diesem Zustand zum Altar führen wollen …«

7

Landry hieb voller Wucht mit der Faust gegen die Mauer, aber nicht einmal der Schmerz der aufgeschürften Haut drang durch den roten Nebel seines Zorns. Der Wunsch, jeden einzelnen Stein dieser vermaledeiten Festung zwischen seinen Fingern zu zermalmen, war so übermächtig, daß Landry um seinen Verstand fürchtete. Nichts von all dem, was bisher geschehen war, hatte ihn so an den Rand seiner Beherrschung gebracht wie der Anblick der zitternden, verletzten jungen Edeldame in den blutigen Laken.

Cocherel hatte sie aus niederen Motiven, aus purer, gemeiner Zerstörungswut vernichtet. Beschmutzt und zu allem Überfluß auch noch tatsächlich verletzt. Der Schwarze Landry starrte auf seine verkratzten Fäuste, dann gab er es endlich auf, sich selbst für etwas zu bestrafen, das er gar nicht verschuldet hatte. Oder doch? Immerhin war er es gewesen, der Oliviane de Rospordon nach St. Cado gebracht hatte.

Einen tiefen Atemzug lang stützte er sich auf die Zinnen des Wehrganges und sog die nebelfeuchte Luft der kühlen Dezembernacht tief in seine Lungen. Es brannte wie Feuer, aber nach und nach fiel die rotglühende Wut, die ihn in ihren Klauen hielt, von ihm ab.

Er mußte die Ruhe bewahren. Es hatte keinen Sinn, alles aufs Spiel zu setzen. Einmal mehr mußte er zwischen seinen Gefühlen, seiner persönlichen Sicherheit und seinem Auftrag abwägen. Er entspannte bewußt seine verkrampften Finger und legte den Kopf in den Nacken, bis der

Nebel seinen Bart, seine Haare und seine Brauen mit einem feuchten Gespinst überzog.

Aus dem großen Saal drang das Grölen betrunkener Söldner und das schrille Gekreisch der Mägde, die ihnen Gesellschaft leisteten. Er konnte darüber hinwegsehen, solange sich dort Gleiches mit Gleichem vergnügte. Die Mägde, die in den Dienst des Herzogs von St. Cado traten, waren keine unschuldigen Lämmer. Sie lebten das leichtfertige Leben von Troßweibern, die sich ihre Gefälligkeiten in klingender Münze bezahlen ließen und wußten, worauf sie sich einließen. Die wenigen ehrbaren Frauen waren bereits so alt, daß niemand sie an ihrer eher nachlässigen Arbeit in Haus oder Hof hinderte.

Seit der Herzog seine Männer nur noch truppweise und zu ganz gezielten Aktionen einsetzte, lebte der Großteil seines Heeres in der Festung von St. Cado. Die Ställe, Hütten und Häuser der Vorwerke quollen über vor Menschen und Waffen. Der Schwarze Landry wußte wie alle anderen, weshalb Paskal Cocherel sich mit all diesen Männern umgab, weshalb er sie in täglichen Waffenübungen zu einer noch schlagkräftigeren Truppe auszubilden versuchte und ihnen nicht einmal die übliche Winterruhe gönnte.

Die große Auseinandersetzung stand bevor. Die letzte Schlacht zwischen Jean de Montfort, der dem Recht nach seit der Schlacht von Auray über die Bretagne herrschte, und Paskal Cocherel, der sich anmaßte, ihm dieses Recht streitig zu machen. Der Wolf von St. Cado träumte den ehrgeizigen Traum eines Emporkömmlings. Er wollte eine Dynastie von Herrschern und Herzögen gründen und sich für immer in das Buch der Geschichte einschreiben. Womit Landrys Gedanken ganz von selbst wieder den Bogen zu jener Frau geschlagen hatten, die der Alte für diesen Zweck zur Gemahlin nehmen wollte und die er, Landry, nicht aus seinen Gedanken vertreiben konnte!

Oliviane de Rospordon – stolz, hochgeboren, bildschön,

aber so rechtlos wie jeder Stein in dieser Mauer. Das Schicksal hatte sie als Frau zur Welt kommen lassen und sie damit zum Handelsobjekt von Vätern, Ehemännern und Politikern gemacht. Daß sie ein Mensch mit Wünschen und Gefühlen war, interessierte niemanden. Sie hatte ihre Pflicht zu tun, zu gehorchen und zu schweigen – und nicht zuletzt jene kostbaren Söhne zur Welt zu bringen, die Paskal Cocherel für so wichtig hielt.

Willst du die Welt und ihre Gesetze ändern? fragte eine bittere Stimme in seinem Kopf. Sie ist freiwillig mit dir nach St. Cado gekommen. Sie akzeptiert, was du nicht wahrhaben willst. Es ist das Los der Frauen, verheiratet zu werden!

Ein Los, das ihn so sehr erbitterte, wie ihn in seinem bisherigen Leben noch nichts erbittert hatte. Er vermochte die Bilder nicht aus seinem Kopf zu verbannen, die ihm der Zorn vorgaukelte: Paskal Cocherel über die zarte Gestalt Olivianes gebeugt, die ihn hilflos erdulden mußte, die den gemeinen, gewalttätigen Spielen ohnmächtig ausgeliefert war. Konnte er, der Schwarze Landry, dies ertragen, ohne den Versuch zu machen, ihr zu helfen? War er zu so großer Grausamkeit fähig?

»Du wirst nicht alles für eine Frau aufs Spiel setzen!« befahl er sich selbst. »Sie ist nur eine von vielen. Vielleicht ein wenig schöner, ein wenig hochnäsiger und ein wenig verführerischer, aber was hat's dich zu kümmern? Du hast einen Schwur geleistet!«

Landry umklammerte von neuem das rauhe Mauerwerk der Zinnen von St. Cado und starrte blicklos in die neblige Nacht hinaus. Er nahm weder die Kälte noch die Feuchtigkeit wahr. In seinem Blut tobte die Erinnerung an verführerische weiche Lippen, die sich unter seinen Küssen öffneten, an süßen Atem, der sich mit dem seinen vermischte, an eine zarte Gestalt, die wie geschaffen dafür war, in seinen Armen zu liegen.

Oliviane erwachte mit einem Gefühl dumpfer Benommenheit. Sie blinzelte gegen den holzgeschnitzten Baldachin ihres Bettes und hatte das inzwischen schon vertraute Empfinden, die geformte Welt aus Blättern, Ranken und Blumen würde sich wie der Deckel eines Sarkophags über ihr schließen. Ihr Kopf lag zentnerschwer auf dem Kissen, und der Rest ihres armen Körpers fühlte sich so zerschlagen und fremd an, daß sie ihre Augen mit einem Seufzer sofort wieder schloß.

»Nicht doch«, brummte eine Frauenstimme im breiten, bretonischen Dialekt. »Bleib bei uns, Mädchen. Du mußt das hier trinken, damit es dir besser geht.«

Der Rand eines metallenen Bechers drückte gegen ihre Lippen, während gleichzeitig eine energische Hand ihren Kopf hob, damit sie besser schlucken konnte. Aromatische, warme Flüssigkeit rann in ihre Kehle, und Oliviane schmeckte Kräuter, Honig und eine kräftige Portion Fenchelsamen in dem Getränk.

»Das ist Frauenmantel«, beantwortete die Stimme Olivianes stumme Frage. »Er lindert deine Krämpfe. Du wirst sehen, morgen geht es dir schon wieder besser!«

Oliviane war versucht, einfach nicht zu antworten, aber dann siegte ein schwacher Anflug von Neugier. Die Stimme klang wohlwollend, geradezu mütterlich und besorgt. Wer war diese Frau, die sich Sorgen um sie machte?

Sie öffnete die Augen und sah in das breite, faltige Gesicht Avas. Allerdings dauerte es geraume Zeit, bis sie sich an diesen Namen erinnerte und an die nüchterne, unbeteiligte Art, mit der die Magd sonst zu ihr sprach.

»Was ist geschehen?«

Die junge Frau bemühte sich, die wirren Bilder in ihrem Kopf zu vernünftigen Erinnerungen zusammenzufügen, aber es wollte ihr nicht recht gelingen. Da war etwas Dunkles, Grauenvolles, vor dem sie zurückschreckte, weil ihr eine innere Stimme riet, keineswegs daran zu rühren.

»Ihr dürft euch nicht aufregen«, fand Ava zu ihrem üblichen unwirschen Ton zurück, auch wenn die Anrede respektvoller klang. »Ihr habt Eure monatliche Reinigung heftiger als sonst bekommen. Ihr hattet schlimme Krämpfe und ein wenig Fieber, aber das ist jetzt vorbei. Warum habt Ihr mir nicht gesagt, daß Ihr Schmerzen habt? Ich hätte Euch schon früher einen Kräutertrank machen können.«

Oliviane lehnte sich gegen das Kopfende des Bettes. »Ich wußte es nicht«, murmelte sie matt und hob die Hände, um ihre Schläfen zu massieren.

Die Bewegung weckte einen scharfen Schmerz zwischen ihren Brüsten, und als sie das Hemd zur Seite schob, entdeckte sie genau auf dem Brustbein einen fingerbreiten, blutverschorften Schnitt. Der Anblick brachte mit einem Schlag auch die übrigen Erinnerungen zurück, die an den Fausthieb, die Demütigung, die fremden Hände ...

Ihr panischer Blick flog an Ava vorbei. »Ist ... ist er fort?« wisperte sie rauh.

Die Magd ahnte mit sicherem Gespür, von wem sie sprach. »Der Medicus? Aber natürlich! Ich habe nicht zugelassen, daß er Euch weiter plagt. Männer haben keine Ahnung von Frauenleiden!«

Die energische Behauptung ließ ein bitteres Lächeln um Olivianes blasse Lippen zucken. Sie versuchte sich entschlossen den Bildern zu stellen, die sich ungebeten vor ihre Augen schoben. Ihr künftiger Gemahl hatte sie wie ein Stück Vieh behandelt – wie eine Stute, die von einem erfahrenen Stallmeister auf ihre Gebärfähigkeit hin überprüft werden sollte. Die tiefe Demütigung dieser Untersuchung und der maßlose Ekel vor den Berührungen des fremden schwarzen Mannes ließen sie erneut erschauern.

Sie hatte nicht gewußt, daß Männer solche Dinge taten. Daß sie einer Frau von Anstand und Tugend so etwas antun *durften*, ohne daß der Himmel sie mit Blitz und Donner strafte. Offensichtlich gab es eine ganze Reihe von Sachen, die sie nicht wußte, obwohl sie sich so klug vorkam.

»Vergeßt es«, riet die Dienerin. »Habt Ihr nicht gelernt, die Dinge geschehen zu lassen? Es tut nicht gut, zu rebellieren und zu widersprechen! Man handelt sich nur Ärger damit ein.«

Oliviane kam es vor, als hörte sie Mutter Elissas leise, raschelnde Stimme aus der Vergangenheit zu ihr nach St. Cado klingen. Ihre Auswahl an passenden Ratschlägen hatte ganz ähnlich geklungen. Gehorsam, Demut, Frömmigkeit und Fleiß hatte sie ihr angeraten, und sie, Oliviane, hatte sich wahrhaftig bemüht, diesen strengen Anforderungen zu genügen. Aber wohin hatte sie diese Ergebenheit gebracht? Unter die Herrschaft eines Schurken, der jedes christliche Gesetz mit Füßen trat!

»Legt Euch wieder nieder«, redete Ava ihr gut zu. »Ich werde Euch eine Schale Brühe aus der Küche bringen. Ihr werdet sehen, in ein paar Tagen habt ihr alles vergessen und fühlt Euch wieder wohl ...«

»Aber die Hochzeit ...«, wisperte Oliviane zögernd. »Welchen Tag haben wir heute?«

»Heute feiern wir Christi Geburt!«

Die junge Frau wurde merklich blasser. »Himmel, dann muß ich ja aufstehen!«

Ava drückte sie ohne große Umstände in die Kissen zurück. »Nein! Keine Sorge, das Hochzeitsfest wurde auf den Dreikönigstag verschoben. Das wäre ja noch schöner, wenn man Euch in diesem Zustand vor den Altar zerren würde! Das mußte sogar der Herr einsehen!«

Aufschub! Galgenfrist! Ein erleichterter Seufzer hob Olivianes Brust, obwohl sie wußte, daß das Schlimmste im Grunde nur hinausgezögert wurde. Bestürzt registrierte sie die eigene beschämende Feigheit. Wo war der stolze Gleichmut geblieben, den sie sich zu bewahren geschworen hatte? War das Oliviane de Rospordon, dieses zaghafte, mutlose Geschöpf, das sich am liebsten vor der Welt versteckt hätte?

»Wenn Ihr wieder gesund seid, wird Euch alles halb so

schlimm vorkommen«, behauptete Ava beherzt. »Es gibt Dinge, die übersteht jede Frau. Ihr werdet da keine Ausnahme sein!«

Sie eilte aus dem Raum, um die versprochene Mahlzeit in der Küche zu besorgen, und Oliviane gönnte sich endlich den Luxus aufzuschluchzen. Mit den Fingerspitzen berührte sie die kleine Stichwunde oberhalb ihres Herzens. Wieso hatte sie sich dem tödlich scharfen Schwert nicht gezielter entgegengeworfen?

Der dunkle Schorf zeigte an, daß die Haut darunter bereits zu heilen begann. Vielleicht würde sie nicht einmal eine Narbe zurückbehalten. Zumindest nicht an dieser Stelle. Die Wunde, die ihrem Stolz beigebracht worden war, ging tiefer. Ob sie sich jemals wieder davon erholen würde?

8

»Verdammt noch mal, warum wehrt Ihr Euch eigentlich nicht?«

»Wehren?« Oliviane murmelte das Wort, als würde sie seinen Sinn nicht richtig verstehen.

»Warum Ihr ihm keinen Widerstand leistet, frage ich Euch!« wiederholte der Schwarze Landry seinen wütenden Vorwurf. »Warum laßt Ihr Euch wie das Lamm behandeln, das am Dreikönigstag geschlachtet werden soll?«

Oliviane strich sich eine mattblonde Strähne aus der Stirn, die Avas eher ungeschicktem Versuch entkommen war, ihr die Haare hochzustecken, damit sie die Kapuze des Umhanges darüber ziehen konnte. Sie verschwand geradezu in dem mit kostbarem Rauchwerk gefütterten Mantel, der sie umhüllte. Von dunklem Pelz umrahmt, schien ihr blasses, ebenmäßiges Gesicht wie eine Gemme im Dunkeln zu schweben.

Er hatte seinen Augen nicht getraut, als sie im Dämmerlicht des sinkenden Silvestertages vor ihm auf den Zinnen von Cado erschienen war. Genau in dem Moment, in dem er aufgeatmet hatte, weil es ihm einigermaßen gelungen zu sein schien, sich selbst und seine Empfindungen wieder unter Kontrolle zu bringen und der drohenden Versuchung zu widerstehen. Von Ava wußte er, daß Oliviane genesen war und außer ein wenig angegriffenen Nerven und einer kleinen Narbe keine bleibenden Schäden zurückbehalten hatte.

Doch die großen braungoldenen Augen, die sich halb verständnislos, halb flehentlich auf ihn hefteten, machten seine Bemühungen um Selbstbeherrschung mit einem Schlag zunichte. Wußte sie nicht, wie es auf einen Mann wirkte, wenn ihre Lippen so anrührend bebten und ungeweinte Tränen die Augen wie Sterne aufleuchten ließen?

»Ich weiß nicht, wovon Ihr redet«, wisperte sie jetzt und grub die Zähne in jene Lippen, als hätte sie seine Gedanken gelesen. »Wenn ich Euch im Wege bin, so werde ich wieder gehen. Aber *er* hat mir erlaubt, daß ich die Kammer unter Avas Aufsicht verlasse! Sie sagte, ich könne hier oben ein paar Schritte tun, ohne jemandem zu begegnen. Wenn ich Euch störe, werde ich wieder gehen ...«

Er – Paskal Cocherel, der Herzog von St. Cado! Ungeduldiger Bräutigam dieser Schönen und Herr der waffenstarrenden Festung. Der Schwarze Landry hatte Mühe, seinen Zorn zu bändigen. Er hätte nicht zu sagen gewußt, wer ihn in diesem Moment wütender machte, sein Anführer oder dieses Mädchen.

»Warum nehmt Ihr alles so geduldig hin?« warf er Oliviane voller Groll vor.

»Ich weiß nicht, wovon Ihr redet!«

»Wovon schon? Von der Art, wie er Euch behandelt!« knurrte er.

Oliviane schnappte empört nach Luft. »Was maßt Ihr Euch an?«

»Beruhigt Euch und dämpft Euren Ton«, knurrte Landry. »Aber habt Ihr vergessen, daß Ihr etwas besitzt, das er unbedingt haben will und mit dem Ihr handeln könnt? Er ist hinter dem Kreuz von Ys her, und er wird nicht ruhen, bis es sich komplett in seinem Besitz befindet. Eure Person ist nur die Zugabe. Ihr entsprecht zufälligerweise auch noch seinen ehrgeizigen Anforderungen an eine passende Gemahlin. Wie ist es Euch nur gelungen, den Stern von Armor bisher vor ihm zu verbergen?«

»Was erwartet Ihr?« flüsterte Oliviane tonlos. »Daß ich Euch verrate, was sonst niemand weiß? Für wie dumm haltet Ihr mich?«

»Für dumm genug, um Euch selbst zu schaden«, entgegnete Landry brüsk. »Warum wollt Ihr unbedingt eine Märtyrerin aus Euch machen? Haben Euch die Nonnen in Sainte Anne den Kopf vernebelt mit frommen Geschichten darüber? Laßt Euch versichert sein: Die Wirklichkeit sieht anders aus!«

Oliviane schluckte und zog den wärmenden Umhang enger um ihren Körper. »Ihr wißt nicht, wovon Ihr redet! Laßt mich gehen.«

»Ich denke nicht daran!« Landry, ohnehin nicht der Gelassenste, packte sie heftig an den Schultern. Immerhin besaß er aber noch so viel Verstand, sie zwischen die Mauern einer breiten Pechnase zu drängen, so daß man ihre Gestalten vom Hof aus nicht sehen konnte. »In sechs Tagen sollt Ihr Frau Herzogin werden! Seid Ihr so betört von der Aussicht auf diesen Titel, daß jede Vorsicht und Vernunft aus Eurem ehrgeizigen kleinen Schädel verschwunden ist? Gebt ihm diesen verdammten Stein, und erkauft Euch damit Eure Freiheit und Eure Unversehrtheit!«

Oliviane schluckte verblüfft und ließ sich von dem flammenden Blick des Mannes noch mehr beeindrucken als von seinem starken Griff. »Meine Freiheit? Ihr seid verrückt, Landry! Mein Großvater hat diese Ehe arrangiert, und ich habe mein Wort gegeben, daß ich ihm keine Schande machen werde!«

»Gütiger Himmel!« Landry verdrehte in wütender Ungeduld die Augen. »Macht Euch nicht lächerlich! Kein Mensch von Verstand kann verlangen, daß ein Fräulein von Rang einen Wahnsinnigen wie St. Cado zum Manne nimmt, schon gar nicht ein Verwandter. Falls Ihr die erste Woche Eurer Ehe überlebt, habt Ihr gute Chancen, bei der Eroberung von Cado von den Truppen Jean de Montforts massakriert zu werden. Gibt es denn keinen Funken von Scharfsinn in Eurem bildschönen Kopf!«

»Aber Ihr habt mich doch selbst in diese Festung

gebracht«, erinnerte ihn Oliviane, die nicht verstand, was ihn zu diesem unkontrollierten Ausbruch trieb.

»Ich hatte keine andere Wahl«, entgegnete er kurz angebunden.

»Ich habe sie auch nicht«, wisperte sie traurig. »Ich mußte meinem Großvater bei meiner Ehre schwören, daß ich diesen Mann zu meinem Gemahl nehme.«

»Narretei!« zürnte Landry, packte sie an den Schultern und schüttelte sie. »Seit wann hat der Schwur einer Frau Bedeutung? Haltet Ihr Euch für einen Ritter? Macht Euch nicht lächerlich, kleine Dame!«

Er brachte es fertig, mit drei simplen Sätzen eine solche Erbitterung in ihr zu entfachen, daß sie sich gewaltsam von ihm losriß und mit dem Fuß aufstampfte.

»Man kann natürlich von einem Halunken wie Euch nicht verlangen, daß er von Dingen der Ehre und des Gewissens weiß. Laßt Euch eines gesagt sein, Herr Söldner: Das Wort einer Oliviane de Rospordon ist vom gleichen Wert wie das eines Herzogs – eines richtigen Herzogs aus edlem Geblüt! Wenn es einmal gegeben wurde, kann man es nicht zurücknehmen – und gelte es das eigene Leben!«

»Weshalb?« fragte er ungehalten. Ihr Ton brachte ihn mindestens so auf wie ihre Worte. »Weil dich die vermeintliche Macht reizt, die er unter Umständen einmal haben wird? Vielleicht verrechnest du dich, noch ist das Fell des Bären nicht verteilt, auch wenn man über Frieden in der Bretagne spricht! Jean de Montfort gehört keineswegs zu den Männern, die man so einfach besiegt.«

»Redet keinen Unsinn«, gab sie ebenso heftig zurück. »Hätte ich die Wahl, ich würde lieber in der unwohnlichen Burg meines Großvaters als alte Jungfer enden, als mich die Herzogin von St. Cado nennen!«

»Warum zum Teufel verkaufst du dann diese Jungfernschaft an den Herrn dieser Festung?«

»Ich habe es Euch gesagt«, erklärte Oliviane erschöpft. Ihr Zorn war ebenso schnell in sich zusammengefallen, wie er aufgeflammt war. »Weil ich dazu gezwungen wurde, mein Wort zu geben. Weil ich nicht anders kann, als dieses Wort zu halten. Meine Ehre ist alles, was ich besitze. Laßt mich in Ruhe, wenn Ihr es nicht versteht!«

»Bei Gott, ich wollte, ich könnte dir diesen Wunsch erfüllen«, knurrte er mühsam beherrscht. »Ich habe mich redlich darum bemüht!«

Er strich ihr die vorwitzige Haarsträhne hinter das Ohr, mit der sie vorhin selbst gekämpft hatte. Es war eine Geste von so unerwarteter Zartheit, daß sie kaum eine Berührung spürte. Trotzdem erbebte sie vom Kopf bis zu den Zehenspitzen. Sie vergaß zu atmen.

»Du hast mein Blut vergiftet, Oliviane de Rospordon!« hörte sie seine Stimme so dicht an ihrem Ohr, daß sie die Bewegung seiner Lippen spürte. »Ich kann nicht essen, nicht trinken, nicht schlafen, nicht kämpfen und nicht denken, ohne daß ich deine Augen vor mir sehe. Ohne daß ich mich frage, wie sich deine seidige Haut unter meinen Fingern anfühlen wird. Ich will mich in dir verlieren, dich mit Haut und Haaren besitzen!«

Oliviane erstarrte unter der unverhüllten, leidenschaftlichen Glut dieses Geständnisses. In der zunehmenden Dämmerung ragte Landrys Gestalt in der kleinen Mauernische gleich einem dunklen Koloß vor ihr auf. Schwarz, gefährlich und so unendlich verheißungsvoll, daß sie gar nicht auf den Gedanken kam, gegen die Tatsache zu protestieren, daß er so ausschließlich von Besitz und Leidenschaft gesprochen hatte und gar nicht von Liebe.

»Ihr seid verrückt«, erwiderte sie tonlos. »Ihr dürft das nicht zu mir sagen!«

»Ich bin verrückt! Verrückt nach dir!« stimmte er zu und griff nach ihr.

Oliviane sah, wie er die Arme ausstreckte. Sie mußte nur zurücktreten, die Nische verlassen. Ihr Herz schlug zum Zerspringen; sie kam sich vor, als stünde sie neben sich selbst. Sie wußte, was sie tun sollte, was sie tun *mußte*, und sie beobachtete sich dabei, wie sie es nicht tat. Wie sie sich in Landrys Arme schmiegte und das Gesicht fragend zu ihm erhob. Wie sie sich selbst, ihr Leben und ihre Sicherheit in seine Hände gab. Wer von ihnen beiden hatte nun den Verstand verloren?

Im Zwielicht des provisorischen Verstecks schimmerte ihr schönes Antlitz wie zartes Elfenbein, und ihre Augen erinnerten an dunkle, verheißungsvolle Teiche. Landry begehrte sie. Er verlangte so sehr nach ihr, daß sein ganzer Körper vor Anspannung schmerzte. Je mehr er dagegen ankämpfte, desto schlimmer wurde es. Er beugte sich über den bebenden Mund, und sein leidenschaftlicher Kuß besiegelte ihre Niederlage.

Ja, Oliviane kapitulierte. Die überwältigenden Empfindungen, die sie bei diesem Kuß überfielen, entlockten ihr unter seinem Mund ein unterdrücktes heiseres Stöhnen, das Landrys Sinne erst recht betörte. Da war keine Auflehnung mehr in der zärtlich biegsamen Gestalt, die er in den Armen hielt.

»Komm!«

Oliviane begriff nicht, was er von ihr wollte. Seine Küsse machten sie willenlos. Oliviane wollte nichts mehr sehen als den Blick seiner Augen, sie wollte nichts mehr spüren als die Berührung seiner Arme. Sie wurde zu Wachs in seinen Händen.

»Komm mit!« wiederholte er noch eindringlicher und zog sie durch den sinkenden Nebel und die Dunkelheit die Zinnen entlang zum nächsten Turm.

»Wohin ...«

»Schscht! Gleich ...«

Oliviane stolperte über einen vorstehenden Stein und wäre gefallen, hätte Landry sie nicht festgehalten. In ihrem Kopf drehte sich alles, und die Nacht tat ein übriges, um ihr die Orientierung zu rauben. Sie merkte nicht, daß er sich mit mißtrauischen Augen umsah. Sie wußte nichts von dem Stoßgebet, mit dem er den Himmel anflehte, ihnen nicht ausgerechnet jetzt einen der Wachposten über den Weg zu schicken, die auch in dieser Nacht ihren Dienst versahen.

Oliviane hatte erst ein einziges Mal den Wachgang auf den Zinnen betreten. Sie hatte keine Ahnung, wohin sie der Weg führte, den sie hastig entlanggezogen wurde, geschweige denn wußte sie, was sie von dieser unverhofften Entführung halten sollte, die ebenso jäh, wie sie begonnen hatte, mit einem Mal in undurchdringlicher Finsternis endete. Sie spürte die Mauern, die sie umgaben, ohne sie zu sehen. Die dumpfe Feuchtigkeit alter Steine und der Moderhauch vergessenen Strohs waren unverkennbar.

»Wo sind wir hier?« wisperte sie erschrocken und klammerte sich Halt suchend an Landrys Arm, der ihr wie der einzige Fixpunkt in einer fremden Welt erschien, in der sie nur noch fühlen konnte.

»Im Söller der ehemaligen Burgherrin«, erhielt sie zur Antwort. »Warte einen Augenblick, es gibt hier irgendwo einen Leuchter mit Kerzen. Ich muß nur den Feuerstein finden!«

Olivianes Herz überschlug sich. Was hatte das alles zu bedeuten? Ava würde sie vermissen, wenn sie zu lange ausblieb! Sie hatte nur ein paar Augenblicke auf den Zinnen allein sein wollen, allein in der frischen Luft, den endlosen weiten Himmel über sich und nicht von den Wänden ihrer Kammer eingeschlossen, die von Blut und Jagd erzählten.

»Dort oben ist um diese Zeit keine Seele«, hatte Ava ihr versprochen. »Die Wachen sind über dem Haupttor postiert, denn in diesem Nebel würde nicht einmal ein Feind den Weg finden. Ihr könnt unbesorgt ein paar Schritte tun, ich werde auf Euch warten …« Wie unbesorgt, das merkte sie erst jetzt.

»Was soll das? Was wollt Ihr von mir?« versuchte sie, zu ihrer alten Selbstsicherheit zurückzufinden.

Die erste Kerze flammte auf, eine zweite folgte, die

ebenso nervös flackerte. Schatten tanzten über grobe Steine, in deren Fugen grünlicher Schimmel wuchs. In den undefinierbaren Resten von Stroh und Unrat zu ihren Füßen raschelten aufgestörte, tierische Bewohner, von denen Oliviane lieber nichts Näheres wissen wollte. Neben den länglichen, engen Fensterhöhlen standen ein schwerer Eichentisch und ein dreibeiniger Hocker. Bis auf ein grobes Bettgestell aus gehobelten Brettern, auf dem ein durchgelegener Strohsack lag, war der runde Raum, der sich genau der Form des Turmes anpaßte, leer.

Fröstelnd kuschelte sich Oliviane enger in ihren wärmenden Umhang. Sie hatte Angst. Es war eine andere Angst als jene, die sie vor Paskal Cocherel und der Zukunft empfand, aber doch eine Bangigkeit, die ihr Denken und Handeln auf seltsame Art lähmte. Sie begann sich selbst zu mißtrauen.

Ein Geräusch aus den Dachsparren ließ sie nach oben sehen. Ein paar Tauben drängten sich dort aneinander und gaben leise, mißbilligende Laute von sich. Trotz aller Sorge rümpfte sie die Nase über die Kotflecken, die überall im Raum davon Zeugnis ablegten, daß dies seit langem nur mehr das angestammte Zuhause der Vögel war.

»Der Söller der Burgherrin?« wiederholte sie argwöhnisch. »Was ist aus der Dame geworden? Hat der Herzog sie mitsamt ihren Damen in Tauben verwandelt?«

»Sie fand den Tod wie alle anderen, als Paskal Cocherel diese Festung vor einem guten Dutzend Jahren eroberte«, berichtete der Schwarze Landry, ohne auf ihren spöttischen Ton einzugehen. »Die Leute aus dem Dorf glauben immer noch, daß die fromme Dame in hellen Nächten hier oben spukt. Deswegen wagt sich auch niemand herauf. Du kannst unbesorgt sein, wir sind in Sicherheit.

Unbesorgt? Jäher Zweifel stieg in Oliviane auf, während sie im unruhigen Kerzenschein den Mann musterte, der vor ihr aufragte. Daß er sie mit der ungenierten Vertrautheit eines guten Freundes duzte, verringerte den natürlichen Abstand zwischen Edelfrau und Abenteurer auf gefährliche Weise. Er kam ihr in Worten und Taten zu nahe. Viel zu nahe!

Sie versuchte, ihn wie einen völlig Fremden zu taxieren. Ihre Augen wanderten von den Reitstiefeln bis hinauf zu dem dichten, schwarzen Schopf, der so aussah, als wäre er aus lockigem nachtdunklen Fell gemacht. Sein wild wuchernder Bart, der die Hälfte seines Gesichts bedeckte, faszinierte sie ebenso, wie er sie beunruhigte. Oliviane wurde das Gefühl nicht los, daß er wie ein Jäger auf den richtigen Moment lauerte, an dem seine Beute die erste Schwäche zeigte – eine Schwäche, wie eben auf dem Wehrgang.

Ohne daß ihr die Bewegung bewußt wurde, wich sie an die Wand zurück, bis ihre Schultern die feuchten Quader berührten.

»Was wollt Ihr von mir?« flüsterte sie mit bebenden Lippen.

»Das fragst du noch?« wunderte er sich und kam zu ihr. Er stemmte die muskulösen Arme links und rechts neben ihrem Kopf gegen die Wand, so daß sie zwischen den Steinen und seinem Körper ausweglos gefangen war. Als er sprach, streifte sein Atem ihre Wangen. »Dich will ich!«

Olivianes Protest erstickte in einem Kuß. Sie konnte sich nicht einmal mehr darüber wundern, welch verheerende Magie seine Lippen auf sie ausübten. Die Berührung machte sie ganz und gar wehrlos und erweckte gleichzeitig all ihre Sinne. Sie drängte sich suchend an ihn, schlang die Arme um seinen Nacken und stellte sich auf die Zehenspitzen, um so eng mit ihm zu verschmelzen, daß sie nicht mehr wußte, wo sein Körper aufhörte und der ihre begann.

Ein sehnendes Fieber, das das Blut in ihren Adern erhitzte, erfaßte mit solcher Gewalt ihren Körper, daß sie leise aufstöhnte. Instinktiv wußte sie, daß dieses Verlangen nur von Landry gestillt werden konnte. Daß er die Medizin war, die die quälende Sehnsucht in Wonne verwandeln würde.

Verzaubert, aber auch ein wenig verblüfft über ihr leidenschaftliches Entgegenkommen, spürte der Schwarze Landry, daß sie ihn immer tiefer in den Strudel dieser Leidenschaft hineinzog. Es war eine Sache, aus der Distanz die kühle Geschäftsmäßigkeit dieser Frau zu rügen, mit der sie eine Ehe einging, aber eine ganz andere, dieses betörende Geschöpf warm und lebendig in den Armen zu halten. Der sinnliche Druck ihrer festen Brüste und die seidigen, vollkommenen Lippen wirkten auf Landrys Sinne wie ein Gift, das jede Vernunft auslöschte.

Sachte drängte er sie auf den einfachen Strohsack, der zwar nicht bequem, aber doch leidlich sauber war, weil Landry von Fall zu Fall die Einsamkeit dieser Zuflucht schätzte. Anmutig und geschmeidig sank Oliviane auf das grobe Lager. Ihr Umhang klaffte auf, und darunter wurde ein mit Pelz abgesetztes, königsblaues Samtkleid sichtbar, das sie über einem Untergewand aus hellblauer, silberbestickter Seide trug.

Der herzförmige Ausschnitt enthüllte den Ansatz ihres vollkommenen Busens, dessen blasse Haut im Kerzenschein lockend schimmerte. Landrys sehnige Hände streichelten begehrlich ihre festen Brüste, und der kaum hörbare Seufzer, mit dem Oliviane auf diese kühne Zärtlichkeit antwortete, verriet Hingabe und Sehnsucht.

»Wie schön du bist, meine Kleine!« raunte der Schwarze Landry bewundernd.

Oliviane kam sich in seinen Armen tatsächlich klein und schutzbedürftig vor. Das Blut rauschte in ihren Adern, und ihre Brüste schienen unter der Berührung seiner Hand größer zu werden. Die empfindsamen Spitzen verhärteten sich, und Oliviane hatte das Gefühl, als strömte von dort aus reines Feuer in einem tosenden Fluß durch ihren Körper. Um so mehr, als sie spürte, daß plötzlich kein Stoff mehr zwischen seinen Händen und ihrer Haut war.

Landrys kräftige Finger lagen rauh und gleichzeitig erregend fest um ihren Busen. Die Schwielen auf seinen Handflächen, die vom Gebrauch der Zügel und des Schwertes herrührten, rieben über die Knospen ihrer Brüste und riefen in Oliviane süße, nie gekannte Empfindungen wach, die sie nach einer Steigerung fiebern ließen. Leise und sehnsüchtig seufzte sie auf.

»Laß dir helfen, komm ...«

Oliviane wehrte sich nicht, als er die Schlaufen und Bänder ihres Gewandes löste. Die Geschicklichkeit, mit der er dabei vorging, verriet, daß er über eine reiche Erfahrung auf diesem Gebiet verfügte, doch dieser Gedanke kam Oliviane nicht. Sie war viel zu verstört über den eigenen Wunsch, daß es schneller gehen sollte, viel zu verwirrt von ihrem Hunger nach seinen Berührungen, nach seiner Nähe. Schon glitt das Gewand über ihre Schultern, Hemd und Strümpfe folgten.

Die alabasterfarbenen Linien ihres makellosen Körpers, dessen erregende Konturen sich hell von dem seidenweichen Biberpelz abhoben, wurden durch das Futter des Umhangs noch betont. Die Kerzenflammen warfen zudem schimmernde Reflexe auf ihre samtige Haut. Wäre da nicht die rötliche, fingerbreite Narbe zwischen ihren herrlichen Brüsten gewesen, Landry hätte Oliviane für eine jener künstlerisch vollkommenen Statuen gehalten, welche man manchmal an Orten fand, an denen vor Hunderten von Jahren die Villen römischer Besatzer gestanden hatten.

Doch was Landry am meisten berührte, waren ihre Augen, in denen er ein scheues unschuldiges Staunen las. Er hatte sie überrumpelt, aber er fühlte nicht die geringste Reue. In dieser Nacht zwischen den Jahren hatte er das Gefühl, auch zwischen die Fronten und die Zeiten geraten zu sein. Der Nebel umgab den Söller und verbarg ihn vor der Welt. Sie waren allein.

Oliviane begriff nicht, was hinter Landrys Stirn vorging,

aber sie erkannte die grenzenlose Bewunderung in seinem Blick. Sie fühlte die Sanftheit seiner Berührungen und genoß die Küsse, unter denen sie seufzend erbebte. Seine Zunge zeichnete die Kurven ihrer Wangenknochen nach, umschmeichelte den feinen Schwung ihrer Lippen und berührte spielerisch die harten Brustwarzen, die sich ihm sehnsuchtsvoll entgegenreckten.

Die junge Frau vergaß unter dem erregenden Spiel seines Mundes und seiner Hände alles um sich herum. Sie nahm weder das leise Gurren der Tauben noch das Rascheln des Strohs wahr. Alles verlor an Bedeutung, es gab nur noch Landry und seine Zärtlichkeiten, die ihren Körper in einen Rausch versetzten und in ihr ein nie gekanntes Begehren weckten. Denn wie von selbst fanden Landrys Lippen und Hände jene Stellen, die am meisten nach seinen Berührungen verlangten und die beinahe vor Sehnsucht schmerzten.

»Ah, wie wundervoll samtig du bist, meine stolze Kleine!«

Landrys Fingerspitzen suchten sich einen Weg durch das weiche Nest blonder Löckchen zwischen ihren Schenkeln. Sie war so sehnsüchtig leidenschaftlich, wie er es von einer Jungfrau nie erwartet hätte. Denn daß sie dies war, hatte Paskal Cocherel triumphierend und lautstark selbst dem letzten Knecht in dieser Festung verkündet. Eine adelige Jungfrau in Cado, das rechnete er sich als persönliches Verdienst an.

Der unvermittelte Gedanke an den Herzog von St. Cado riß den Schwarzen Landry gewaltsam aus seinem zärtlichen Traum. Für einen Moment richtete er sich auf und sah auf das bezaubernde, atemlose Mädchen hinab, das sich ihm in ungezügelter Leidenschaft entgegendrängte. Nein, *er* sollte sie nicht bekommen!

»Er wird dich nicht bekommen, zumindest nicht so, wie er sich das erhofft!« flüsterte Landry, und in seine Begierde mischte sich die sonst so sorgsam gebändigte Wut, die er auf Paskal Cocherel empfand. »Du gehörst mir! Hörst du?«

Mit einem einzigen mächtigen Stoß drang er in sie ein, so unvermutet und heftig, daß Oliviane leise aufschrie und der scharfe Schmerz, den sie verspürte, in der Verblüffung über diesen unerwarteten Überfall beinahe unterging.

Oliviane rang nach Luft und riß die Augen weit auf, als sie etwas spürte, was sie den kurzen Schmerz sofort vergessen ließ. Sie fühlte ihn in sich, groß, kraftvoll und heiß, und sie konnte nichts tun – und wollte es auch gar nicht –, als sich ihm und dem, was er mit ihr vorhatte, ganz zu überlassen.

Erschrocken über die eigene Eile, verharrte er einen Moment in der Bewegung, und dieses Zögern machte sie so unruhig, daß sie sich unter ihm sacht zu bewegen versuchte, bis Landry ihr nachgab, sich halb entfernte und dann erneut in sie eindrang.

»Oh!« murmelte Oliviane, und es klang ebenso verwundert wie erstaunt.

Sie merkte, wie sich die seidigen Muskeln ihres Schoßes unter dem neuerlichen Reiz ganz von selbst zusammenzogen, um ihn zu umfangen und tiefer und tiefer in sich aufzunehmen. Instinktiv fand auch sie den Rhythmus der Liebe, und jede Bewegung trug sie höher, weiter weg von der Realität, hin zur Glückseligkeit. Schweißperlen glitzerten auf ihrer Haut, während sie sich an seine breiten Schultern klammerte und eine Welle höchster Sinnenlust ihren Körper erzittern ließ – pure, unbändige Lust, die ihr Echo in den heftigen Zuckungen des Mannes fand, der seinen Samen in sie ergoß.

Ich sterbe! waren die letzten zusammenhängenden Worte, die Oliviane denken konnte, dann riß die Woge der Verzückung sie mit sich fort. Sie gab sich ganz dieser wundervollen Ekstase hin und wußte nicht, daß sie auch ihm einen Rausch schenkte, der ihn für immer in ihre Hand gab.

Der Schwarze Landry sank über ihr zusammen. Erschöpft und bis in die Tiefen seiner Seele berührt, deren Existenz er bisher höchst erfolgreich verleugnet hatte.

9

»Was ist das?«

Oliviane vernahm den ungewohnten Lärm aus der Ferne: Grölen, das Kreischen von Frauen, die Geräusche eines wüsten Gelages. Der Nebel nahm den Tönen die Richtung, so daß sie geradewegs aus den Steinen und Mauern zu dringen schienen.

»Sie feiern in der großen Halle den Beginn des neuen Jahres«, murmelte der Schwarze Landry, das Gesicht in den duftenden hellen Haaren vergraben, die nach Sommer und Sonne rochen und sich zwischen seinen Fingern wie Seide anfühlten.

»Das neue Jahr ... O Gott!« Oliviane wollte sich aufrichten, aber das Gewicht des schweren Körpers, der sie auf den Strohsack preßte, ließ es nicht zu. »Ava wird mich suchen!« wisperte sie ängstlich und rüttelte an seinen Schultern. »Ich muß fort, laßt mich gehen! Ich bitte Euch, so helft mir doch!«

»Ava weiß, daß du in dieser Burg nicht verlorengehen kannst«, murmelte Landry. »Die Zugbrücke wurde geschlossen, nachdem der Bote des Herzogs aus Rennes eintraf. Im schlimmsten Fall nimmt sie an, daß du dich irgendwo verirrt hast. Aber ich denke, daß sie mit den anderen Frauen beim Festmahl ist! Sie ist keine treuergebene Magd, die sich sorgen um ihre Herrin machen würde.«

»Aber wenn *er* nach mir sucht?«

»*Er* ist mit Gordien in seiner Kammer und brütet über den Nachrichten aus Rennes«, gab Landry einen Teil seines Wissens preis. »Wie es scheint, gefällt es ihm nicht, was er gehört hat. Er hat heute nacht anderes im Sinn als eine widerspenstige Braut!«

»O Gott!«

Das Stichwort ›Braut‹ machte Oliviane unvermittelt klar, daß sie in Schwierigkeiten steckte, in großen Schwierigkeiten. Ihre Augen flogen verwirrt durch den Söller, ehe sie zu dem Bett zurückkehrten, auf dem ihrer beider Körper noch immer eng umschlungen lagen. Was, um Himmels willen, hatte sie getan?

Eine der Kerzen war heruntergebrannt, und die andere beleuchtete den Raum nur noch spärlich. Beim Ausatmen bildete die Luft kleine Wölkchen vor dem Mund, dennoch fror Oliviane nicht. Landry hatte alles an Stoff über sie beide gebreitet, was er hatte finden können. Aber noch mehr als die wärmenden Stoffe spürte sie die Glut, die von seinem glatten, muskulösen Körper ausstrahlte. Es war, als würde diese Glut bis in die Tiefe ihres Leibes dringen, dorthin, wo das neue, herrliche Gefühl der Lust noch nachbebte.

»Heilige Anna, was habe ich getan?« wisperte sie.

Landry betrachtete sie mit einem Blick, den sie nicht einzuordnen wußte. »Schscht! Du mußt keine Angst haben«, versuchte er, ihr die Furcht zu nehmen. »Cocherel hat seine Bestätigung doch längst erhalten. Er wird kein zweites Mal nachfragen, ob die Ware unbeschädigt ist, die er gekauft hat! Er käme nie auf den Gedanken, daß ihm jemand in seiner eigenen Burg Hörner aufsetzt!«

»Die Ware ...« Oliviane wich abrupt vor ihm zurück. »Ist es das, was Ihr von mir denkt? Daß ich nur eine Ware bin, die Ihr gestohlen habt, um zu beweisen, daß Ihr *ihm* die Stirn bieten könnt?«

Landry vermochte nicht zu sagen, was ihn dazu trieb, diese unselige Diskussion fortzusetzen, die doch nur damit enden konnte, daß sie alles zerstörte, was eben zwischen ihnen entstanden war.

»Eine Braut ist immer eine Ware«, entgegnete er sachlich und kehrte wieder zur korrekten Anrede zurück. »Je neuer und unberührter, um so wertvoller ist ihr Handelswert. Der Eure ist beträchtlich, weshalb empört Ihr Euch darüber? Der Herzog wollte eine Braut aus einer der ersten Familien dieses Landes, und er war dafür bereit, die Forderungen Eures Großvaters zu erfüllen.«

Oliviane schluckte. Ihre Kehle war trocken. Sie war im Bewußtsein ihres Wertes erzogen worden, aber sie hatte ihn nie als Handelswert gesehen. Sie hatte angenommen, die Ehre, eine Rospordon zu sein, erhöbe sie weit über ihresgleichen. Auch wenn ihre Familie mittlerweile arm war – es blieb ihr schließlich der Stolz auf eine lange, ungebrochene Ahnenreihe von Rospordons, die diesem Land gedient hatten. Niemand von ihnen hatte je Schande auf sich geladen. Sie hatte den zweifelhaften Ruhm, die erste zu sein!

»Hat es Euch Vergnügen bereitet, diese *Ware* zu beschädigen!« fauchte sie. Dabei war sie im Grunde wütender auf sich selbst als auf ihn. Sie hatte gewollt, was geschehen war! Sie hatte die Möglichkeit, ihn zurückzuweisen, ungenutzt verstreichen lassen!

Ihr unerwarteter, wütender Angriff verblüffte Landry. Er hatte die üblichen Seufzer und Tränen erwartet. Eine Frau, die seines Trostes bedurfte. Die empörte Rachegöttin brachte ihn freilich aus dem Konzept. Und wie hinreißend, wie verlockend sie war! Die letzte, flackernde Kerze streute einen goldenen Schimmer über die gelösten Haare und ließ die bloßen, ebenmäßigen Schultern wie Perlmutt leuchten. Die vollen Brüste mit den rosigen Spitzen bebten vor Zorn. Sie hatte offensichtlich völlig vergessen, daß sie nichts am Leib trug.

»Ich würde lügen, wenn ich sagen würde, daß es mir unangenehm war«, entgegnete er vorsichtig. »Es ist der Sinn dieser wundervollen Sache, einander Vergnügen zu bereiten, meine kleine Dame! Ihr werdet noch feststellen, daß dieser Zeitvertreib dazu beiträgt, dem Leben ein wenig Würze zu verleihen!«

Oliviane verengte die Augen, bis ihre Pupillen völlig zwischen den dichten, geschwungenen Wimpern verschwanden. Die Kälte, die über ihren Körper hereinbrach, ernüchterte sie ebenso, wie es Landrys lässig dahingeworfene Worte taten.

»Ich tauge nicht dazu, in Eure Schublade mit den Spezereien gesteckt zu werden, Seigneur Landry«, erwiderte sie mit allem Hochmut, den sie in dieser Lage noch aufbringen konnte. Mit jedem Wort begriff sie weniger, weshalb sie sich in die Arme dieses Mannes gestürzt hatte, kopflos wie ein törichtes Insekt in die tödliche Flamme.

»Dabei seid Ihr höchst appetitlich, meine Schöne!« murmelte Landry und knabberte an einer ihrer verlockenden Schultern.

Oliviane erschauerte unter der Zärtlichkeit seiner warmen Lippen. Sie begann sich vor dem Zauber zu fürchten, den seine Berührungen auf sie ausübten. Mühsam versuchte sie zu verbergen, daß sich ihr Herzschlag beschleunigte und daß sich die feinen Härchen auf ihrer Haut in erregtem Frösteln aufrichteten.

Sie konnte noch so wütend über ihn sein, die kleinste Berührung seiner Hände oder Lippen rief gleichwohl ein gefährliches Echo in ihrem Inneren wach, eine beängstigende Nachgiebigkeit, die völlig neu und unbekannt für sie war. Jede seiner Zärtlichkeiten machte sie schwächer und weckte in ihr den dummen Wunsch, sich in seine starken Arme zu schmiegen.

»Hört auf mit diesen albernen Vergleichen«, forderte sie heiser und entzog sich ihm ungeduldig. »Sagt mir lieber, wie ich in meine Kammer zurückkomme, ohne daß mir der dümmste Knecht auf den ersten Blick ansieht, was ich getan habe!«

Der Schwarze Landry verstand die Panik in ihrer

Stimme völlig falsch. Er hielt sie für Angst vor dem Herzog und vermutete dahinter den heißen Wunsch, alles ungeschehen zu machen, damit das Geschäft zwischen den Rospordons und dem mächtigen Paskal Cocherel nicht gefährdet wurde. Da Landry ohnehin auf der Suche nach Dingen war, die er ihr anlasten konnte, griff er diese vermeintliche Charakterschwäche dankbar auf.

Sie mochte noch so nobel, vollkommen und schutzbedürftig aussehen, ihr Verstand war der eines geschickten Geldverleihers! Es gab keinen Grund, sich Sorgen um sie zu machen. Sie war geschickt genug, sich aus jeder Klemme herauszuwinden.

»Laßt Euch helfen, schöne Dame!« bot er übertrieben demütig an. »Ich habe meine Qualitäten als Kammerzofe, und ich bin sicher, daß wir Euch zumindest so herrichten können, daß Ihr im Dunkel der Gänge keinen Verdacht erregt.«

Oliviane verspürte den dringenden Wunsch, ihm den nächstbesten Gegenstand an den Kopf zu werfen. Wollte er sich zu allem Überfluß auch noch über sie lustig machen?

»Laßt mich in Frieden!«

Ehe er es verhindern konnte, hatte sie sich aus dem warmen Nest befreit. Sie schlüpfte in solcher Windeseile in ihre Kleider, daß er nur flüchtig ihren verführerischen nackten Körper zu sehen bekam. Die Tatsache, daß sie noch nie die Hilfe einer Kammerzofe in Anspruch genommen hatte, machte jede Hilfe des Schwarzen Landry ohnehin völlig unnötig.

Sie riß ihren Umhang vom Lager und wandte beim Anblick des breiten, muskulösen Brustkorbes, den ein spitz zulaufendes Dreieck dunkler, lockiger Haare schmückte, befangen die Augen ab.

»So wartet doch, in drei Teufels Namen«, fluchte er und kam mit einem wahren Panthersprung auf die Beine. »So unangenehm es Euch auch sein mag, Ihr werdet wohl oder übel meine Hilfe annehmen müssen, um zurück in Eure herrschaftliche Kammer zu finden!«

Die Tatsache, daß er recht hatte, steigerte Olivianes Zorn nur noch mehr. »Dann beeilt Euch!« fuhr sie ihn an und schlang ihre üppigen blonden Haare zu einem Knoten zusammen, den sie unter der Kapuze ihres Umhangs verbergen konnte. Jede ihrer Bewegungen war so sicher und routiniert, daß Landry einen ärgerlichen Laut unterdrückte. Woher nahm sie die Stirn, so souverän und herrisch Befehle zu erteilen?

»Stets zu Euren Diensten«, knurrte er und richtete sein Gewand. Den Dolch, der sonst in seinem Gürtel steckte, behielt er jedoch in der Hand. Die bedrohlich blitzende Klinge erregte ihre Aufmerksamkeit.

»Wenn Ihr Euch meiner auf diese Weise entledigen wollt, so müßt Ihr es nicht heimlich tun«, sprach sie ihn offen darauf an. »Der Himmel verbietet es mir, selbst Hand an mich zu legen, aber wenn Ihr das für mich tut, wäre es für mich ein Grund, Euch zu preisen.«

»Da soll doch ...« Seine Stirn rötete sich zornig. »Was redet Ihr da für närrisches Zeug?«

»Denkt Ihr, ich hätte nicht wieder und wieder mit diesem Gedanken gespielt?« murmelte sie gedankenverloren. »Die Ramparts von Vannes sind hoch genug, und von unserem Haus gibt es einen Aufgang zur Stadtbefestigung. Aber ich hatte mein Wort gegeben, ganz zu schweigen von der unentschuldbaren Sünde, die ein Freitod darstellt ...«

Der Ton ihrer Stimme verriet, daß sie die Wahrheit sagte, und diese Wahrheit entlockte dem Schwarzen Landry eine ganze Reihe höchst bildhafter Flüche. Er steckte den Dolch in die Scheide, als hätte er sich an seinem Heft verbrannt, und packte Oliviane an den Schultern.

»Untersteht Euch!« zischte er mit mühsam gedämpfter Stimme. »Schwört mir hier und jetzt bei Eurer vermaledeiten Rospordon-Ehre, daß Ihr nie Hand an Euch legen werdet? Nun, wird's bald! Ich warte!«

»Was kümmert's Euch, was aus mir wird!« rebellierte sie kratzbürstig. »Ihr habt bekommen, was Ihr wolltet. Entweder Ihr vollendet das Werk Eurer Zerstörung, oder Ihr laßt mich in Frieden!«

»Euer Wort!«

Oliviane zuckte unter der Wut, mit der er die wenigen Silben hervorstieß, zusammen. »Mein Wort«, wisperte sie geradezu gleichgültig. »Welche Bedeutung es plötzlich gewinnt! Erst mein Großvater und nun Ihr ...«

»Euer Großvater ist ...«

»... ein stolzer alter Mann, der mit allen Mitteln versucht hat, seinem Haus zu neuem Ansehen zu verhelfen, wolltet Ihr das sagen? Wie dumm, daß er sich dabei eines Mädchens bedient hat, das sich von Euch betören ließ und ihn verraten hat! Er hat mich für stärker gehalten, als ich bin ...«

Der Schwarze Landry verzichtete darauf, ihr zu erzählen, was er über das Schicksal des alten Seigneurs wußte. Je mehr Fäden Oliviane mit dem Diesseits verbanden, desto weniger würde das Jenseits eine Versuchung für sie darstellen. Bei dem bloßen Gedanken daran, wie leicht sie sich eben über die Zinnen hätte stürzen können, überlief es ihn eiskalt.

»Sorgt Euch nicht«, unterbrach sie seinen Gedankengang geradezu freundlich. »Es ist vermutlich gar nicht nötig, daß ich selbst Hand an mich lege. Mein ehrenwerter Gemahl wird mir diesen Dienst sicher abnehmen, wenn er in unserem Brautbett erkennt, daß ich nicht mehr die bin, für die er mich hält!«

Noch während sie sprach, wurde ihr klar, daß dies tatsächlich die wahrscheinlichste aller Möglichkeiten war.

Sie bedachte den Schwarzen Landry mit einem rätselhaften Lächeln, das keine Spur von Angst mehr enthielt. »Seid Ihr bereit? Ich möchte gehen!«

Seine Hände sanken herab, und für einen Moment

glaubte sie, neben dem Zorn, der ihn erfüllte, auch Ratlosigkeit in seinen Augen zu lesen.

»Was habt Ihr vor?« erkundigte er sich höchst mißtrauisch.

»Was kümmert's Euch? Laßt uns gehen. Es gefällt mir nicht in diesem Taubenstall ...«

Sie entdeckte ein unerwartetes Vergnügen daran, Worte wie Schwerthiebe zu plazieren. Sie wollte ihn wütend machen. Mit einem entrüsteten Landry konnte sie zurechtkommen. Der zärtliche, behutsame und besorgte Landry brachte sie aus dem Gleichgewicht. Sie hatte keine Erfahrung mit Menschen, die es gut mit ihr meinten.

Der Schwarze Landry sah nur, daß sie wie eine beleidigte Fürstin auf Distanz zu ihm ging, und machte sich seinen eigenen Reim darauf. Sie hatte nichts von ihrer natürlichen, sinnlichen Veranlagung gewußt, und jetzt machte sie sich Vorwürfe. Auf der Suche nach einer Erklärung tat sie das einzige, was ihr einfiel: Sie verleugnete diese Gefühle. Am Ende würde sie ihm die Schuld an allem geben und damit nicht nur ihn in Gefahr bringen!

Zum Henker! Warum hatte er dermaßen die Beherrschung verloren? Was hatte sie an sich, daß er sich wie ein hungriges Raubtier auf sie gestürzt und jede Vernunft vergessen hatte? Himmel, er würde sich etwas überlegen müssen, sonst bestand die Gefahr, daß es am Dreikönigstag nicht nur eine tote Braut, sondern auch einen toten Landry gab.

»Dann kommt«, knurrte er und löschte die letzte Kerze.

Oliviane fühlte, wie er nach ihrem Arm griff. Sie riß sich los und hörte einen neuerlichen Fluch.

»Wollt Ihr Euch auf dem Wehrgang den Hals brechen, störrisches Geschöpf, oder habt Ihr die Augen einer Katze, die im Dunkeln sieht?«

Die nächste Berührung duldete sie, versteifte sich jedoch dabei. Merkte er, daß ihr Herz wie rasend schlug?

Hatte er auch das Gefühl, in Einsamkeit und Elend zu ertrinken?

»So ist's besser«, lobte er sie, als wäre sie ein störrisches Kind. »Überlaßt das Reden mir, falls wir jemandem begegnen sollten!«

Oliviane nickte stumm, ohne daran zu denken, daß er es in der rabenschwarzen Finsternis, die sie beide umgab, gar nicht sehen konnte. Sie raffte mit der freien Hand ihre Röcke und folgte ihm durch die Nacht. An der plötzlichen Feuchtigkeit auf ihren Wangen merkte sie, daß sie sich wieder auf dem Wehrgang befinden mußten. Tief unter ihnen im Burghof grölten ein paar Männer, und durch den dünner werdenden Nebel konnte sie vage das rötliche Glühen der Fackeln am Torturm erkennen.

Landry beachtete beides nicht. Er bewegte sich mit einer lautlosen Geschmeidigkeit, neben der bereits das leise Rauschen ihrer Röcke auf den Steinen überlaut klang. Es war, als folgte sie einem Phantom, das mit den Schatten der Nacht verschmolz und weder Namen noch Gestalt hatte. Wirklich war nur der warme, entschlossene Griff um ihren Arm.

Oliviane kämpfte mit aller Macht gegen das Feuer an, das an dieser Stelle aufglomm und auf ihren ganzen Körper überzugehen drohte. Sie war so ausschließlich darauf konzentriert, daß sie fast taumelte, als er sie plötzlich freigab und die Tür ihrer Kammer öffnete. Oliviane konnte nicht sagen, wie sie hierher gekommen waren. Sie stolperte über die Schwelle und sah im rötlichen Schimmer der Glutbecken, daß Ava tatsächlich nicht auf sie gewartet hatte.

Hinter ihr wurde der Riegel vorgeschoben, und die Erleichterung über diese Tatsache machte Entsetzen Platz. Was hatte sie getan?

10

Welch ein Tag! Im Morgengrauen hatte es zu schneien begonnen, und nun lag die Burg von Cado unter einer feuchten, weißen Decke, die zwar unschuldig aussah, sich aber bei jedem Schritt auf den Hof als schlammiger Morast entpuppte. Sogar wenn die Krieger des Herzogs von St. Cado nicht mit den Folgen des Alkohols zu kämpfen gehabt hätten, wäre an diesem Neujahrsmorgen nicht an Waffenübungen und Kampftraining zu denken gewesen.

Oliviane wehrte sich gegen das Erwachen. Eine innere Stimme sagte ihr, daß es besser wäre, die Augen geschlossen zu halten. Wozu sich auf das neue Jahr einlassen, das ohnehin nur Kummer für sie bereithielt? Doch es hatte keinen Sinn, die Decke über den Kopf zu ziehen. Die Nebel des Schlafes fielen immer mehr, und gleichzeitig kehrten die Erinnerungen an die vergangene Nacht zurück, Erinnerungen an Lust und Zärtlichkeit, an Leidenschaft und unendliche Glückseligkeit.

»Du meine Güte, was habt Ihr mit diesem Gewand getan? Ich möchte wetten, das ist Taubendreck hier am Saum? Wie soll man das jemals wieder aus dem schönen Samt entfernen …«

Oliviane fuhr mit hochrotem Kopf aus den Kissen. »Laß das liegen!« befahl sie Ava heiser. »Ich werde mich selbst darum kümmern.«

Die Dienerin ließ das königsblaue Übergewand sinken, das sie eben so tadelnd gemustert hatte. Sie starrte verblüfft auf ihre Herrin, die mit ihren wirren Haaren und den vom Schlaf geröteten Wangen so unerwartet lebendig und jung aussah.

»Meiner Treu«, murmelte sie bestürzt. »Habt Ihr mich erschreckt! Anscheinend geht es Euch wirklich wieder besser. Ihr seht aus wie das blühende Leben!«

»Deswegen kann ich mich auch sehr wohl um mich selbst kümmern«, behauptete Oliviane. »Du kannst gehen. Ich brauche dich nicht!«

Der unverblümte Hinauswurf durch die sonst so schweigsame und passive Braut des Burgherrn überraschte Ava, aber da sie sich ohnehin nicht gerade um Arbeit riß, gehorchte sie auf der Stelle. Sie ließ das Gewand sinken, deutete einen mürrischen Knicks an und wies auf das Tablett, das sie auf dem Tisch deponiert hatte.

»Euer Morgenmahl. Es ist warme Ziegenmilch mit Honig in dem Krug und ...«

»Danke!« schnitt Oliviane ihr das Wort ab. »Noch etwas. Der Priester, der mich schon am Weihnachtstag trauen sollte – befindet er sich noch immer in der Burg?«

»Natürlich.«

»Schick ihn zu mir. Ich möchte beichten. Es gehört sich nicht, das neue Jahr mit den Sünden des alten zu beginnen.«

»Ihr werdet Euch gedulden müssen. Der fromme Mann hat ebenso tüchtig gezecht wie die Männer des Seigneurs. Ich fürchte, es wird seine Zeit dauern, bis er wieder einen klaren Kopf hat.«

Oliviane biß sich nervös auf die Unterlippe und zwang sich zur Geduld, bis Ava endlich verschwunden war. Dann jedoch stürzte sie aus dem Bett und machte sich hastig daran, das Gewand zu prüfen, das sie in der Nacht ausgezogen hatte, ohne seinen Zustand näher zu beachten. Was gab es da noch, das sie verriet? Taubendreck? Schmutz? Vielleicht sogar Blut?

Der königsblaue Samt hatte etwas von seiner glänzenden Pracht eingebüßt, aber mehr als Knicke, Staub und die erwähnten Taubenspuren konnte auch Oliviane nicht entdecken – so wenig wie sie ein Zeichen an ihrem bloßen Leib fand, den sie prüfend musterte, nachdem sie sich mit dem eiskalten Wasser aus der Waschschüssel gesäubert hatte.

Da war lediglich ein seltsamer, leicht ziehender Schmerz zwischen ihren Beinen, aber das war auch schon alles. Wenn es ein Zeichen für ihre Ehrlosigkeit gab, so trug sie es tief in ihrem Körper, in dem sie noch das Echo der sündigen Leidenschaft spürte.

In der Kleidertruhe, die sie mit Avas Hilfe inzwischen geordnet hatte, fand sie Ersatz für das Gewand, das sie nie wieder tragen wollte. Sie vergrub es ganz tief unter den übrigen Kleidern, als könnte sie damit auch die Erinnerung an die Geschehnisse der letzten Nacht verstecken. Nur die Furcht konnte sie nicht abwerfen. Sie lauerte dicht unter der Oberfläche ihrer Haut – wie das Wissen, daß sie etwas Unentschuldbares getan hatte.

Was sollte sie tun? So groß ihr Bedürfnis auch war, sich mit einer Beichte von den Sünden der Wollust und des Verrates zu reinigen, sie war klug genug zu begreifen, daß es damit nicht getan sein würde. Sie konnte die Dinge nicht ungeschehen machen, sich nicht wieder in die reine Braut zurückverwandeln, die Paskal Cocherel erwartete. Es würde unausweichlich zu einem Drama kommen.

Sie hatte den gewalttätigen Jähzorn ihres künftigen Gemahls bereits kennengelernt. Was würde der Herzog mit einer Verlobten anfangen, die es gewagt hatte, seine sorgfältig gesponnenen Pläne im letzten Moment zu durchkreuzen?

Oliviane fürchtete weniger den Tod als den Weg dorthin. Der Herr dieser Festung war kein Mann, der sich für einen solchen Betrug mit einem sauber gezielten Dolchstich rächte. Er liebte es nicht nur, mit der Folter zu drohen. Es bereitete ihm auch höchstes Vergnügen, sie anzuwenden. Sie zweifelte keinen Augenblick daran, daß er einen

Menschen in ein zitterndes Häufchen Elend verwandeln konnte, das keinerlei Ähnlichkeit mehr mit sich selbst hatte.

Dieser Gedanke flößte ihr mehr Angst ein als der an ihren Tod! Wenn sie schon sterben mußte, dann wollte sie es wenigstens als eine Rospordon tun: stolz, aufrecht und mutig, wie es sich für die Mitglieder dieser Familie gehörte.

Sie griff blindlings nach dem nächstbesten Kleid, um den düsteren Überlegungen zu entfliehen. Es war aus schwerem dunkelblauem Seidenstoff, den fleißige Hände mit verschlungenen Goldranken bestickt hatten, und schmiegte sich eng an Olivianes Körper. Während sie die Bänder verknotete, entdeckte sie den ärmellosen taubenblauen Mantel, der offensichtlich dazugehörte, denn er trug dasselbe Muster an Säumen und Kanten. Mit grauem Rauchwerk gefüttert, schien er zudem genau das richtige für einen Wintertag zu sein. Aber sie konnte noch so viele Schichten über ihren Körper ziehen und sich in Pelze hüllen – am Ende mußte sie feststellen, daß sie immer noch fror.

»Den Priester? Was zum Henker möchtest du von diesem Pfaffen?«

Der Schwarze Landry maß Ava mit einem Blick, unter dem sie ganz von selbst zurückwich, bis sie die nächste Wand aufhielt. Die Dienerin warf einen gehetzten Blick über die Schulter, und erst als sie sicher sein konnte, daß niemand sonst ihre Worte hörte, wagte sie zu antworten.

»Die Dame de Rospordon hat mich nach ihm geschickt. Sie will beten und beichten. Das ist eine fromme Dame, die unser Herr da zur Frau nimmt. Morgens und abends liegt sie stundenlang auf den Knien! Eine Klosterschwester könnte nicht andächtiger sein ...«

Landry verzichtete darauf, der einfachen Frau mitzuteilen, daß Oliviane, abgesehen von jenem kleinen Umweg über Vannes, direkt aus dem Kloster gekommen war. Er hatte Wichtigeres zu bedenken.

»Beichten?« Er ahnte Böses. »Was zum Kuckuck will das Mädchen beichten?«

»Weiß ich's?« Ava hatte gar nicht erst damit begonnen, sich über die Frau den Kopf zu zerbrechen, der sie dienen sollte. Sie nahm die Dinge, wie sie kamen, da sie längst gelernt hatte, daß sie nichts daran ändern konnte. »Sie hat mich dringlich gebeten, den frommen Mann zu ihr zu bringen. Wenn ich den Mönch nur finden könnte!«

»Laß es gut sein«, knurrte Landry und rückte das Schwertgehänge zurecht, das um seine schmalen Hüften hing. »Ich werde persönlich dafür sorgen, daß der Wunsch der Dame erfüllt wird. Und falls sie dich fragt, so sag ihr einfach, daß du ihn noch nicht gefunden hast!«

»Aber ...«

»Du kannst gehen!«

Ava verstummte und eilte so schnell wie möglich davon.

Obwohl der Schwarze Landry zu jenen Männern gehörte, die ihren Unwillen nie am Gesinde ausließen, erwartete er dennoch absoluten Gehorsam.

Landry hingegen starrte geistesabwesend hinter ihr her. Welch ein Segen, daß Ava ihm vertraute! Er mochte sich gar nicht erst ausmalen, wie der ahnungslose Wandermönch, den sich der Herzog anläßlich der Hochzeit nach Cado geholt hatte, auf die Beichte der vermeintlich unschuldigen Braut reagiert hätte. Eine Beichte! Darauf konnte auch nur eine angehende Nonne kommen!

Die leidenschaftliche Geliebte, die das neue Jahr in seinen Armen so ekstatisch begrüßt hatte, war also beim Aufwachen wieder zur prüden Novizin geworden. Gepeinigt von Gewissensbissen, wußte sie nun nichts Besseres zu tun, als ihre Verfehlung in das Ohr eines dummen Mönchs zu flüstern, der mit seinem Wissen vermutlich schnurstracks zu Paskal Cocherel eilen würde.

Fazit, er mußte um jeden Preis verhindern, daß das Mädchen und der Priester einander trafen. Aber wie sollte er das bewerkstelligen? Oliviane war keine Frau, die sich in Geduld faßte. Sie würde Ava die Hölle heiß machen, bis sie bekam, was sie wollte.

Der Schwarze Landry unterdrückte einen lästerlichen Fluch. Was hatte ihn nur geritten, sich an einer Edeldame zu vergreifen, die das Schicksal nicht für ihn bestimmt hatte? Ausgerechnet er, der immer so stolz auf seinen messerscharfen Verstand, seine unerschütterliche Beherrschung gewesen war?

Du weißt es sehr gut, mein Lieber, wies ihn eine innere Stimme sogleich zurecht. Du bist von ihr fasziniert, seit du sie aus dem Hause ihres Großvaters geholt hast. Es imponiert dir, daß sie sich auch unter widrigsten Umständen behauptet. Du wütest gegen die Bestimmung, die sie zur Braut Cocherels gemacht hat. Du warst es, der unbedingt herausfinden wollte, ob hinter ihrer frommen Maske eine Frau aus Fleisch und Blut steckt!

Nun, diese Frage hatte sich in der vergangenen Nacht hinreichend beantwortet. Es gab keine Frau, die es mit ihr an betörendem Reiz, an scheuer Unschuld und natürlicher Leidenschaft aufnehmen konnte. Er hatte sie besessen, nur um feststellen zu müssen, daß die Erfüllung seiner Wünsche noch drängendere, noch heftigere Wünsche in ihm weckte.

Und nun steckte er bis zum Hals in Schwierigkeiten. Er mußte um jeden Preis verhindern, daß Oliviane einem Beichtvater ihre vermeintlichen Sünden gestand. Sie konnte doch nicht annehmen, daß damit die Dinge wieder ins reine gebracht wurden? Oder war sie in diesem Kloster zu einer so weltfremden Denkweise erzogen worden? Er hatte sie besessen, aber er kannte sie nicht!

In diesem Punkt seiner Überlegungen geriet er nur noch

mehr in Rage. Gereizt fuhr er sich mit allen zehn Fingern durch die dichten dunklen Haare. Wollte er wirklich die so sorgsam ausgehandelte Ehe zwischen Oliviane und seinem Anführer verhindern? Weshalb? Fühlte er sich an ihrem Unglück schuldig, weil er selbst sie nach Cado gebracht hatte? Fühlte er sich verantwortlich, weil er wußte, daß es im ganzen Land keinen Menschen mehr gab, der sich um ihr Wohlergehen sorgte?

Was es auch war, mit Sicherheit wußte er nur eines: Er konnte nicht tatenlos zusehen, wie Paskal Cocherel seine schmutzigen Hände auf Olivianes lilienweiße Haut legte. Der bloße Gedanke daran entlockte Landry ein zorniges Grollen. Sie mochte eingebildet und anmaßend sein, aber er wollte nicht zulassen, daß ihr Stolz so rücksichtslos gebrochen wurde. Wenigstens das konnte er für sie tun!

»Hey, Landry! Bist du schon nüchtern? Der Herzog will dich sehen, und seine Laune steht nicht zum besten!«

Landry verbarg seine Bestürzung. Er hatte den Bogenschützen nicht kommen hören. Oliviane de Rospordon brachte ihn noch so weit, daß er jede Vorsicht vergaß. Dabei konnte er es sich wahrhaftig nicht leisten, ertappt zu werden.

Er hatte sich in der Festung Respekt verschafft, aber die Männer hatten ihr Mißtrauen gegen ihn nie ganz verloren. Sie sahen in ihm nicht ihresgleichen, und Landry empfand im geheimen sogar so etwas wie Genugtuung darüber. Er hatte sich sein Leben gut eingerichtet, und die Gefahr, in der er lebte, entsprach seinem abenteuerlichen Naturell. Nur für sich selbst und seine Taten verantwortlich zu sein, das gefiel ihm.

Doch nun hatte eine samtäugige Edeldame all seine Pläne unvermutet durcheinandergebracht. Ähnliches war ihm nie zuvor passiert, und der Schaden schien bereits unabsehbar zu sein.

Er fluchte und suchte das Arbeitskabinett des Herzogs

auf. Cocherels Pläne liefen nicht gut in diesen Tagen, und Landry hätte auch ohne das hämische Grinsen des Bogenschützen gewußt, daß ihn ein brüllender Löwe erwartete. Einer, der nur zu gerne bereit war, ihn in Stücke zu reißen, wenn es den geringsten Anlaß dafür gab.

11

Oliviane huschte an den flackernden Fackeln vorbei und versuchte so schnell wie möglich wieder die Sicherheit ihrer Kammer zu erreichen. Sie verabscheute den unumgänglichen Weg zum Abtritt. Die winzige, übelriechende Kammer mit dem Loch, das sich über dem Burggraben öffnete, besaß weder eine Tür, die man hinter sich zuziehen konnte, noch war sie irgendwann einmal gereinigt worden.

Oliviane wußte, daß die Mägde lieber die Ställe aufsuchten, aber sie wagte nicht, das Obergeschoß der Burg zu verlassen. Sie sagte sich, daß es aus Angst davor geschah, zufällig ihrem Bräutigam über den Weg zu laufen, aber sie wußte, daß sie sich selbst belog. Es war der Schwarze Landry, den sie verzweifelt mied. Solange sie ihn nicht sah, konnte sie die wirren Gefühle unter Kontrolle halten, die sie überfielen.

Drei Tage waren seit dem Jahreswechsel vergangen, und mit jeder Nacht, in der sie sich fast schlaflos zwischen den Laken wälzte, nahmen ihre Furcht und ihre Verwirrung zu. Sie war froh gewesen, als Ava den Priester nicht gefunden hatte, und sie hatte die Magd nicht mehr nach ihm gefragt. Aber sie wußte, daß die Zeit unaufhaltsam verrann.

Sie unterdrückte einen Seufzer und versuchte, die unheimlichen Schatten zu ignorieren, die sie an den Wänden begleiteten. Die eisig-feuchte Kälte drang durch alle Röcke, und der durchdringend scharfe Zugwind verwandelte die Fackeln in zuckende Lichter. Oliviane konnte kaum den Boden unter ihren Füßen erkennen.

Sie ging langsamer, damit sie nicht auf den unebenen Platten strauchelte. In diesem Moment legte sich etwas Dichtes, Schweres, Schwarzes von hinten über ihren Kopf und ihre Arme. Sie öffnete die Lippen, um zu schreien, aber Wolle, Staub und Gewebe drangen in ihren Mund. Ihr Schrei erstickte in einem dumpfen Laut, und sie rang vergeblich mit einer fremden Gewalt, die ihr den Atem aus den Lungen preßte, bis sie schlaff in sich zusammensank. Eine hochgewachsene Gestalt fing sie auf und trug sie davon. Oliviane spürte nichts mehr davon.

Als sie wieder zu sich kam, hatte sie zunächst keine Ahnung, wieviel Zeit vergangen war. Dann jedoch stürzten die unterschiedlichsten Empfindungen zur gleichen Zeit auf sie ein: rhythmisches Stoßen, das Knirschen eines ledernen Sattels und das Schnauben eines Pferdes, das zu höchster Eile angetrieben wurde. Eiskalte, feuchte Luft, die an Olivianes Wangen vorbeistrich, und eine feste Augenbinde, die verhinderte, daß sie etwas von ihrer Umgebung erkannte.

Ihr leises Stöhnen ging im Lärm der trommelnden Hufe unter. Etwas umklammerte sie so schonungslos, daß sie wie in einem Schraubstock festsaß. In ihrem Schock empfand sie weder den körperlichen Schmerz, verursacht durch die verkrampfte Haltung, noch die grimmige Kälte der Schneekristalle, die ununterbrochen vom Himmel fielen. Es mußte ein Alptraum sein. Am Morgen würde sie zerschlagen und übermüdet in ihrem Bett aufwachen, wieder einen entsetzlichen Tag näher am Dreikönigsfest …

»Gott im Himmel, Oliviane, wacht auf! Ihr seid in Sicherheit. Komm schon, Mädchen, das hätte mir noch gefehlt, daß du jetzt die Empfindliche herauskehrst …«

Olivianes Bewußtsein kehrte nur langsam zurück. Warme, energische Hände rieben ihre eisigen Finger, und eine drängende Stimme redete auf sie ein. Die Stimme kommandierte, schalt und schimpfte, als wäre sie ein dummes Kind, das einen Fehler nach dem anderen machte. Mit einem heiseren Protestlaut schlug sie die Augen auf und schaute mitten in das faszinierende Söldnergesicht des Schwarzen Landry. Sie sah verblüfft, wie die Besorgnis in seinen Kohlenaugen einem Ausdruck der Erleichterung wich und er hörbar aufatmete.

»Potzblitz, einen Moment lang fürchtete ich schon, du würdest dich auf höchst unpassende Weise aus dem Staub machen wollen«, knurrte er. »Es hätte mir meine Mühe schlecht gelohnt!«

»Was ... Wo bin ich?« wisperte sie heiser.

»In Sicherheit«, wiederholte er knapp.

»Das ist nicht meine Kammer«, stellte Oliviane fest und brachte ihre Hände vor seiner reichlich rauhen Fürsorge in Sicherheit.

Sie verschränkte die Arme vor der Brust, klemmte die klammen Finger zwischen Oberarm und Oberkörper und sah sich um. Die vier steinernen Wände, die das Reetdach über ihr trugen, gehörten zu einer Bauernkate, so viel konnte sie erkennen. Auf der Feuerstelle, deren Rauch durch die Öffnung im Dach abzog, prasselten glühende Scheite, und neben ihr auf dem Strohsack lagen zwei große gepackte Mantelsäcke.

»Natürlich ist das nicht deine Kammer«, entgegnete Landry unwirsch. »Wir haben die Burg von Cado verlassen. Auf nicht ganz einwandfreie Weise, ehrlich gesagt. Ich entschuldige mich für meine Grobheit, aber es schien mir der einfachste Weg zu sein, um Schwierigkeiten zu vermeiden. Erklärungen hätten uns nur überflüssig aufgehalten.«

»Ich verstehe nicht«, murmelte Oliviane. »Was meint Ihr mit ›in Sicherheit‹?«

»Niemand wird dich hier finden«, erklärte der Schwarze Landry zufrieden. »Die Kate ist viel zu weit vom Dorf und von der Burg entfernt, und ihre letzten Bewohner haben sie vor vielen Jahren aufgegeben. Vermutlich haben die meisten vergessen, daß es sie überhaupt gibt. Der Wald beschützt dich!«

Oliviane runzelte die Stirn. »Wenn Ihr mich hierher verschleppt – vor wem muß ich denn sonst noch beschützt werden?«

»Welch eine Frage«, polterte der Schwarze noch einen Grad brummiger. »Möchtest du in Kürze mit dem Herzog von St. Cado vor den Altar treten? Möchtest du, daß er in der Hochzeitsnacht dahinterkommt, daß du ihn betrogen hast, noch ehe du in allen Ehren seine angetraute Gemahlin wurdest?«

»O Gott ...«

»In dieser Sache hat wohl eher der Satan seine Hände im Spiel«, verbesserte er sie brüsk. »Ich sah mich indessen gezwungen, ihm ins Handwerk zu pfuschen.«

Hinter Olivianes angestrengt gefurchter Stirn überschlugen sich die Gedanken. Er hatte sie entführt, um die Hochzeit zu verhindern! Eine heiße Welle glühender, unerwarteter Freude überflutete sie. Er hatte sie verschleppt, weil er wollte, daß sie ihm gehörte! Daß sie nicht in die Hände eines Mannes fiel, dessen bloßer Anblick sie in Angst und Schrecken versetzte!

All die rauschhaften neuen Gefühle, die sie sich seit der leidenschaftlichen Begegnung im Turm so tapfer verboten hatte, erwachten mit einem Schlag zu neuem Leben. In diesem Moment hatte sie völlig vergessen, daß sie Oliviane de Rospordon war und dieser Mann dort im günstigsten Fall ein Abenteurer, ein Brigant, ein Söldner. Sie waren nur eine Frau und ein Mann, die einander gefunden hatten, zwei Hälften, die zusammengehörten wie Nacht und Tag, wie Sonne und Mond.

»Du bist mit mir geflohen, um mich vor diesem Scheusal zu retten?« wisperte sie heiser, und ihre Augen leuchteten glücklich auf. »Wie soll ich dir jemals dafür danken?«

»Moment, kleine Dame, du verstehst da etwas falsch, denke ich!« fiel er ihr bewußt flegelhaft ins Wort. Sie konnte nicht ahnen, wie sehr ihn die grenzenlose Bewunderung irritierte, die er in ihren Augen las.

Warum konnte sie eigentlich nie so reagieren, wie er es erwartete? Er hatte mit ihrer üblichen Arroganz gerechnet, mit einer blasierten Zurechtweisung, keinesfalls mit diesem impulsiven Gefühlsüberschwang, der so viele gefährliche Erinnerungen in ihm weckte.

Landry unterdrückte einen Fluch und wählte seine nächsten Worte behutsamer. »Ich bin kein Ritter, der für seine Dame in die Schranken reitet, meine Kleine! Ich verfolge ausschließlich meine eigenen Ziele! Ich habe dich nicht aus zärtlichen Motiven in diese Hütte entführt!«

»Deine eigenen Ziele«, wiederholte Oliviane völlig verwirrt und hob ihm mit einer hilflosen Geste die offenen Hände entgegen. »Willst du mir nicht sagen, was das für Pläne sind? Du weißt, daß ich nicht hierbleiben darf! Ich habe meinem Großvater mein Wort gegeben, die Gemahlin des Herzogs zu werden. Ich darf es nicht brechen. Er erwartet von mir, daß ich mich seiner würdig erweise und ihm keine Schande mache!«

»Dein Großvater!« stieß der Schwarze Landry brüsk hervor. »Um sein Wohlergehen mußt du dich wahrhaftig nicht mehr sorgen. Er schmort vermutlich in der Hölle, denn ich kann mir nicht vorstellen, daß die himmlische Gerechtigkeit es belohnt, wenn man eines verbohrten, dummen Familienstolzes wegen die eigene Enkelin opfert!«

Die steinernen Mauern verschwammen vor Olivianes Augen, und ihr Herzschlag geriet aus dem Takt. »Willst du damit sagen, *er* hat meinen Großvater töten lassen? Wer hat es getan? Wer führte die Waffe – *du*?«

Landry wollte schon heftig widersprechen, aber dann unterließ er es. Der falsche Verdacht würde sie am besten von der närrischen Schwäche kurieren, die sie für ihn hatte. Er hatte zwar sein möglichstes getan, um sie außer Gefahr zu bringen, aber er konnte und durfte sich nicht mit einer Frau belasten! Wenn sie sich als Feinde gegenüberstanden, erleichterte es die Angelegenheit. Dann mußte er nicht auch noch zu allem Überfluß Tränen trocknen und Erklärungen abgeben, mit denen er nicht dienen konnte.

»Auf jeden Fall bist du nicht mehr an das Wort gebunden, das du ihm gegeben hast«, erinnerte er sie bewußt leidenschaftslos an die Vorteile des Dramas. »Ich nehme an, deine Trauer hält sich in Grenzen, denn sein Tod hat dich schließlich erlöst.«

Oliviane hörte nur mit halbem Ohr hin. Sie saß wie erstarrt zwischen den Mantelsäcken und schalt sich im stillen eine alberne Närrin.

Hast du wirklich erwartet, daß dieser Halunke menschliche Empfindungen besitzt? dachte sie bitter. Meinst du, er hätte dich in Sicherheit gebracht, weil ihm an dir liegt? Wach auf, Oliviane de Rospordon, du träumst! Er ist ein Mann, und zwischen Männern und Frauen herrscht Krieg!

»Hörst du mir überhaupt zu?«

Der Schwarze Landry verlegte sich aufs Brüllen. Er sah, wie sie zusammenzuckte und noch blasser wurde, sich aber blitzschnell wieder faßte. Teilnahmslos lauschte sie seinen nächsten Worten.

»Ist dir nicht klar, daß ich Kopf und Kragen für dich riskiert habe, mein Mädchen? Weiß der Himmel, weshalb! Aber da es nun einmal geschehen ist, müssen wir beide versuchen, das Beste daraus zu machen!«

Oliviane hob die dichten Wimpern und bedachte den bärtigen Mann mit einem eiskalten, distanzierten Blick. Wenn er Krieg zwischen ihnen wollte, dann sollte er ihn bekommen, auch wenn sich ihr Herz dabei schmerzlich zusammenzog.

»Ihr habt selbst erklärt, daß Ihr nur Euren eigenen Interessen dient. Was geht's mich also an, was Ihr tut ... Erwartet keinen Dank von mir dafür, daß Ihr einen alten Mann umgebracht habt!«

»Bei Gott!«

Das hatte er nun davon. Er hatte nicht geahnt, daß es ihn so treffen würde, wenn sie ihn für einen gemeinen Mörder hielt. Sobald es um diese Frau ging, klafften zwischen Vernunft und Gefühl ganze Welten.

»Laßt Gott aus dem Spiel«, murmelte Oliviane. »Sagt mir lieber endlich die Wahrheit. Weshalb habt Ihr mich hierher gebracht?«

Täuschte er sich, oder verbarg sich hinter ihrem kühlen Gehabe die gekränkte Frau? Er mochte seine Erfahrungen mit Frauen haben, aber keine konnte es mit dieser stolzen Kriegerin aufnehmen, die es sogar wagte, einem Söldner die Stirn zu bieten.

»Damit du nicht die Herzogin von St. Cado wirst!« Damit blieb er wenigstens zum Teil bei der Wahrheit.

»Ich würde es ohnehin nur bis zur Hochzeitsnacht sein ...«

»Und was wird aus dem Stern von Armor? Willst du sein Geheimnis mit ins Grab nehmen?«

»Der ...« Oliviane brach ab. Aber sie konnte nicht verhindern, daß ihre Rechte suchend über die Falten ihres Kleides glitt, bis sie den vertrauten Umriß des modischen Gürteltäschchens fand, das sie stets bei sich trug.

»Laß sehen ...« Der Schwarze Landry hatte die verräterische Geste bemerkt, und ehe sie es verhindern konnte, hatte er das Täschchen an sich gebracht.

Stirnrunzelnd begutachtete er den Inhalt. Rosenkranz, Elfenbeinkamm und das verschlissene Stückchen Spitze legte er sofort zur Seite. Das Alabasterdöschen mit der duftenden Salbe hingegen öffnete er neugierig und betrachtete sichtlich enttäuscht die gelbliche Creme.

»Ringelblumenbalsam«, erklärte Oliviane mit äußerster Beherrschung. »Er hilft gegen rauhe Hände und Risse in der Haut. Aber ich denke nicht, daß er irgend etwas gegen die Risse in Eurem Charakter ausrichten kann. Bedient Euch dennoch, wenn Euch danach sein sollte!«

Der unverhohlene Spott in ihrer Stimme brachte Landry dermaßen auf, daß er ihr das Salbengefäß mitsamt dem leeren Täschchen wütend auf den Schoß warf. Während

Oliviane ihre Habseligkeiten betont gleichgültig wieder hineintat und es am Gürtel befestigte, nahm Landry eine unruhige Wanderung durch die Kate auf.

»Wir wissen beide, daß Ihr den Stern von Armor besitzt«, brummte er und reagierte seine Enttäuschung ab, indem er mit der Faust in die Luft hieb. »Es gibt fünf davon, und jede der Novizinnen von Sainte Anne hat einen erhalten. Jeder dieser Steine ist das Lösegeld für einen König wert.«

»Hier also liegt der Hase im Pfeffer«, erwiderte Oliviane und lächelte zynisch. »Ihr habt Euch entschlossen, Eurem Herrn die Treue aufzukündigen, weil Ihr von mir die größeren Reichtümer erwartet? Wie bedauerlich, daß Ihr einem Irrtum erlegen seid, mein ehrgeiziger Räuberhauptmann!«

Sie hatte ihn getroffen. Sie sah es an der Bewegung der Kiefermuskeln unter seinem Bart und an dem zornigen Funkeln seiner Kohlenaugen. Sie hätte zufrieden sein sollen, doch sie war es nicht. Was sie beobachtete, verstärkte nur den Kummer, der ihr Herz gefangenhielt.

»Sagt mir endlich, wo dieser vermaledeite Stein ist und ...«

»Und was?« fiel ihm Oliviane ins Wort. »Was bietet Ihr mir eigentlich dafür? Eine neuerliche Kostprobe Eurer unbestreitbaren Liebeskünste? Lebenslanges Wohnrecht in dieser bezaubernden Kate? Ihr macht Euch lächerlich, Monsieur Landry!«

Sie ahnte nicht, daß seine ganze Aufmerksamkeit ihrem blassen, vollkommenen Gesicht gehört, während sie ihn mit Schmähungen überhäufte. Absolute Grazie, der weder der Schmutzstrich auf ihrer Wange noch die zersausten Haare und der alte Reiterumhang, in den er sie gehüllt hatte, etwas anhaben konnten.

Unwillkürlich fragte er sich, wie sie wohl aussehen mochte, wenn sie auch noch in modischem Gewand, gepflegt, ausgeruht, gesund und lächelnd vor einem Mann stand? Der arme Teufel würde vermutlich Sprache, Verstand und Herz verlieren.

»Lächerlich ist, daß du mir trotzen willst!« schnaubte er wütend. »Du bist in meiner Gewalt, Mädchen! Vergiß das nicht!«

»Natürlich!« Oliviane spürte instinktiv, daß sich die Auseinandersetzung in diesem Moment zu ihren Gunsten entwickelte, und sie nutzte ihre Chance. »Gewalt ist alles, was Ihr zu bieten habt. Ihr langweilt mich, Schwarzer Landry!«

Sie sah nicht viel von Landrys Zügen, denn die wild wuchernden Bart- und Kopfhaare verbargen das meiste. Trotzdem erkannte sie die ratlose Verblüffung in seinem Gesicht, und sie lächelte zufrieden.

Es war dieses Lächeln, welches Landrys Zorn urplötzlich verrauchen ließ. Sie kämpfte mit allen Mitteln, aber in diesem traurig-spöttischen Lächeln lag soviel anrührende Wehmut, daß er das böse Spiel nicht fortsetzen konnte.

Unter dem dringenden Zwang zu handeln, hatte er das Nachdenken vergessen. Es war höchste Zeit, daß er damit begann. Freilich schien es ihm ratsam zu sein, es dort zu tun, wo ihn ihre Schönheit nicht ständig ablenkte. Der erste Punkt ging einwandfrei an sie.

»Ich muß in die Festung zurück«, verkündete er schroff. »Ich kann nicht länger bleiben.«

»Wann kommt Ihr zurück?« Oliviane haßte sich für diese bange Frage, aber der Gedanke, völlig allein zu bleiben, versetzte sie in Schrecken.

»So schnell wie möglich«, gab er zur Antwort. »Doch es hängt von der Lage in Cado ab. Eurer Verschwinden wird zwar erst mit Anbruch des Tages entdeckt werden, aber niemand kann vorher sagen, zu welchen Aktionen sich Paskal Cocherel in seinem Zorn hinreißen läßt!«

»Ich hoffe, er kommt Euch auf die Schliche und macht Euch einen Kopf kürzer!« fauchte Oliviane gar nicht damenhaft.

Landry lachte spöttisch. »Ich werde es zu verhindern wissen, kleine Dame! Bis dahin, gehab dich wohl und achte darauf, daß das Feuer nicht ausgeht! Ich werde die Kate verschließen, also verschwende deine Kräfte nicht mit dem sinnlosen Versuch davonzulaufen ...«

Ein Schatten glitt über Olivianes Züge und verriet, daß er sie zumindest in diesem Punkt durchschaut hatte. Sie gab keinen Ton von sich – nicht einmal, als draußen das Schaben eines Balkens verkündete, daß er tat, was er angekündigt hatte. Oliviane stand wie gelähmt da und starrte in die tanzenden Flammen des kleinen Feuers. Sie konnte sich nicht rühren, sie konnte nicht einmal in Tränen ausbrechen und ihrer Verzweiflung nachgeben.

12

Die Kälte weckte Oliviane. Sie kroch zwischen den eng verfugten Steinwänden der Kate hindurch, stieg aus dem festgetretenen Lehmboden auf und sickerte durch das dichte Reet des Daches. Obwohl Oliviane sich eng in den Umhang gehüllt und mit den beiden Decken geschützt hatte, die sich in einem der Mantelsäcke fanden, erwachte sie von ihrem eigenen Zähneklappern.

Es war dunkel in der winzigen Kate, und das letzte Glühen des herabgebrannten Feuers wirkte wie ein unheimliches rotes Auge, das die junge Frau auf dem Strohsack mehr erschreckte als wärmte. Sie versuchte, ihr Zittern zu beherrschen und ihren Verstand in Gang zu bringen. Doch die Schleier des Schlafes wichen mehr und mehr der Erkenntnis, daß sie sich in einer verzweifelten Situation befand.

Sie war allein, auf sich selbst gestellt in einem Gefängnis, von dem sie nicht wußte, wo es sich befand und wie viel Zeit sie darin verbringen mußte. Je klarer sie die Umstände erkannte, desto mehr wuchs ihr Zorn. Mit einem Ruck schleuderte sie die Decken von sich und trat die wenigen Schritte zur Feuerstelle.

Unter einer Schicht kälterer Asche hatte sich glühende Holzkohle gehalten. Oliviane blies vorsichtig in die rötlichen Reste, während sie kleine Äste und Kiefernzapfen darüber häufte, die in einem Korb bereitlagen. Die ersten Flämmchen befreiten sich, liefen über die neue Nahrung und fraßen sich gierig in das trockene Holz. Ihr erstes Problem hatte sich in Wohlgefallen aufgelöst.

Wenig später flackerte ein helles Feuer, und in seinem Schein machte sich Oliviane daran, ihre neue Behausung zu inspizieren und sich darin einzurichten. Sie hatte keine Ahnung, ob es Tag oder Nacht war, wie lange sie geschlafen hatte und ob es draußen immer noch schneite.

Immerhin war an einer der Wände ein ausreichender Holzvorrat aufgestapelt, und auf einem Brett fand sie zwei Zinnkannen, ein paar Holzschalen, einen Eisentopf und hölzerne Löffel. Das Wasserfaß unter dem Brett war frisch gefüllt, und ein prallgefüllter Weinschlauch lag bereit, um ihren Durst zu stillen. In einem der Mantelsäcke fand sie einen Laib Käse, zwei runde Brote, ein kleines Säckchen mit Salz, Getreide und grobes Mehl, zuletzt sogar einen geräucherten Schinken, bei dessen Duft ihr das Wasser im Munde zusammenlief. Was auch immer der Schwarze Landry mit ihr im Schilde führte, er wollte sie nicht verhungern lassen.

Mit einer Holzschüssel schöpfte Oliviane Wasser aus dem Faß und säuberte den groben Holztisch, ehe sie ihre Vorräte dort ausbreitete. Danach wusch sie sich Gesicht und Hände und machte sich daran, ihre Haare auszubürsten und zu einem praktischen Zopf zu flechten. Welch ein Glück, daß sie nicht eine jener viel zu luxuriösen Roben trug, die der Herzog für sie bereitgehalten hatte!

Sie hatte Ava die Truhen so lange durchsuchen lassen, bis sich ein Oberkleid aus warmem, braunem Florentiner Wollstoff gefunden hatte. Es war bis zum Hals geschlossen, und das langärmelige hellblaue Unterkleid wärmte wesentlich besser als die knisternden Seidenroben, die unter den bestickten Brokattuniken getragen wurden. Das Gewand hatte ihr Abenteuer bis auf ein paar Schmutzflecken und verknitterte Röcke recht gut überstanden. Mit geflochtenem Zopf und sauberem Gesicht hatte sie das Gefühl, endlich wieder sie selbst zu sein.

Sie goß sich Wein in eine Schale, da sie nirgendwo einen Becher fand, verdünnte ihn mit Wasser und riß sich ein

Stück Brot aus einem der Laibe. Da der Schwarze Landry ihr wohlweislich kein Messer zurückgelassen hatte, biß sie erst ein Stück Schinken und dann ein Stück Käse ab. Sie zwang sich, sorgfältig zu kauen, trank auch den verdünnten Wein und spürte, wie sich ihre Lebensgeister wieder zu regen begannen.

Gesättigt schlug sie das saubere Leinentuch, in dem sich die Vorräte befunden hatten, wieder zusammen und barg es hoch oben auf einem der Bretter. Sie hatte zwar noch keine Mäuse gesehen, aber eine gewisse Vorsicht erschien ihr angebracht, da sie keine Ahnung hatte, wie lange sie hier warten mußte.

Danach sagte sie sich, daß im Moment kein unmittelbarer Grund zur Panik bestand. Es war an der Zeit, die Dinge genauer zu betrachten und darüber nachzudenken, wie es weitergehen sollte. Zum ersten Mal, seit sie denken konnte, war sie völlig auf sich allein gestellt. Es gab keine Mutter, keine Äbtissin, keinen Großvater, keinen Bräutigam und keinen Briganten, die ihr Vorschriften machten.

Sie mußte klarsehen, ehe der Schwarze Landry zurückkam, damit sie nicht wieder dieselben kindischen Fehler beging wie bei ihrer letzten Auseinandersetzung. Was hatte sie zu der unsinnigen Annahme verleitet, er habe sie retten wollen, weil er etwas für sie empfand? Die Tatsache, daß sie sich ihm hingegeben hatte, war schlimm genug, ohne daß sie den törichten Fehler beging, Gefühle ins Spiel zu bringen.

»Die viel gepriesene Liebe gibt es nur in romantischen Balladen und Geschichten«, wisperte sie, als könnte sie es leichter glauben, wenn sie es laut aussprach. »Das Leben sieht anders aus. In Wirklichkeit kümmert sich niemand um die Wünsche einer Frau. Sie hat zu gehorchen, Kinder zu gebären, sie großzuziehen und ihrem Herrn und Gebieter zu Diensten zu sein. Eine ehrbare Frau soll sie sein. Aber das bist du nicht mehr, Oliviane de Rospordon! Du hast deine Ehre, deinen Körper und dein dummes Herz an den Mörder deines eigenen Großvaters verschenkt!«

Die bitteren Selbstvorwürfe vermochten nichts daran zu ändern, daß sie einmal mehr von der Erinnerung an seine Zärtlichkeiten eingeholt wurde. Jeder Fingerbreit ihres Körpers erinnerte sich an die streichelnden Hände, die Küsse und die Seligkeit, die sie bei seinen Berührungen empfunden hatte. Und jeder Fingerbreit schmerzte unter dem Schlag der Erkenntnis, daß es nur eine dumme Illusion gewesen war, ein törichter Traum … Sie ballte die Fäuste, bis sich die Fingernägel in die Handballen gruben und der scharfe Schmerz sie zur Besinnung brachte.

»Den Stern von Armor möchte er haben, der Schurke!« wisperte sie heiser. »Er ist nicht viel besser als der Herzog. Der will meinen Namen *und* den Stern! Alle wollen sie nicht mich, sondern nur die Dinge, die sie sich von mir erhoffen. Meine Person ist ihnen egal!«

Mit fast zwanzig Jahren hatte sie sich immun geglaubt gegen den scharfen Schmerz der Zurückweisung. Aber sie mußte einsehen, daß sie sich getäuscht hatte. Es tat immer noch weh, ungeliebt, unwichtig und nutzlos zu sein. Nein, nicht gänzlich nutzlos. Sie war dennoch eine Rospordon! Sogar die letzte Vertreterin eines großen, ruhmreichen Geschlechtes.

Oliviane hatte früh gelernt, sich an dieser Tatsache festzuhalten. Ihr Stolz war die Krücke, die sie vorwärts trug und die ihr Halt schenkte, eine Stütze, die sie in ihrer augenblicklichen Lage dringender denn je benötigte. Sie legte ein weiteres Scheit auf das Feuer, starrte in das orangefarbene Licht und zwang sich mit aller Gewalt, logisch zu denken. Sie mußte Pläne schmieden!

Nachdem ihr Großvater nicht mehr lebte, gab es in der ganzen Bretagne nur einen einzigen Mann, der das Recht hatte, ihr, Oliviane de Rospordon, Befehle zu erteilen und dem sie sich unterwerfen mußte. Seine Gnaden, Jean de Montfort, Herzog und Herrscher ihres Heimatlandes. Von ihm konnte sie Gerechtigkeit, Schutz und Rache fordern! Er durfte sie nicht abweisen, wenn sie den Namen Rospordon trug!

»Bleibt nur die Frage, wie du diesen hohen Herrn von deinen Forderungen in Kenntnis setzen möchtest«, verspottete sie sich selbst. »Er wird kaum Besuche in schäbigen Bauernkaten abstatten!«

Aber einmal geboren, ließ sich die Idee nicht so leicht wieder verwerfen. Die langen ereignislosen Stunden ließen ihr viel Zeit, jedes Wenn und Aber genau abzuwägen. Es lief im Grunde immer auf dasselbe hinaus: Sie mußte versuchen, aus dieser Kate zu fliehen.

Doch der Riegel sorgte dafür, daß sie dazu nur die Möglichkeit hatte, wenn Landry zurückkam. Da er wiederum diese Absicht nicht gutheißen würde, mußte sie eine Situation herbeiführen, in der er wehrlos war. Und sie wußte auch schon, welche Situation das sein konnte …

Der Schwarze Landry stieß die grobe Bohlentür zu Olivianes Behausung auf und verharrte mitten in der Bewegung. Er wagte seinen Augen nicht zu trauen. Innerlich hatte er sich darauf gefaßt gemacht, eine empört zeternde Oliviane vorzufinden, die sich auf ihn stürzte und mit Vorwürfen überhäufte. Statt dessen trat er in eine wohlig durchwärmte Kate, die nach Kiefernharz und Reet duftete, und der Schein des Feuers beleuchtete eine schlafende Frau, so schön wie eine Fee …

Oliviane hatte den Strohsack mit ihrem Umhang bedeckt und das braune Oberkleid abgelegt. Die wärmende Decke war während ihres Schlafes halb zu Boden gerutscht, und das blaue Unterkleid schmiegte sich eng an die schlanke Figur. Oliviane hatte die Schlaufen des Ausschnittes geöffnet, so daß der helle Stoff bis tief über die Brüste aufsprang. Unter dem feinen Leinenhemd malten sich die Konturen ihres vollen Busens verführerisch ab, und im Licht des Feuers sah man deutlich die dunkleren Schatten der Brustwarzen.

Die gelösten hellgoldenen Haare flossen über den dunklen Umhang bis auf den Boden der Kate hinab. Lediglich eine vorwitzige Locke ringelte sich über Schläfe und Hals. Der schön geschwungene Mund war halb geöffnet, beinahe so, als erwartete er den zärtlichen Kuß eines Liebhabers.

Sofort regte sich in Landry wieder ein heftiges Verlangen. Sogar schmutzig, wütend und verzweifelt übte Oliviane eine verhängnisvolle Anziehungskraft auf ihn aus, das wußte er, aber so ... Noch nie hatte er sie so weiblich, entspannt und verführerisch erlebt. Im Schlaf war aller Stolz von ihr gewichen und hatte einer süßen, verspielten Weichheit Platz gemacht.

Er zerrte an der Schnalle seines Umhangs und ließ ihn achtlos fallen, während er leise die Tür hinter sich schloß. Ihm war heiß, und er wußte, daß nicht allein das gut geschürte Feuer dafür verantwortlich war, daß jenes Feuer für eine Schläferin, die so tief und ruhig dalag, viel zu hell und lodernd brannte. Es war erst vor wenigen Augenblicken nachgelegt worden.

In diesem Moment jedoch hatte er genügend damit zu tun, das Begehren, das ihn zu überwältigen drohte, einigermaßen unter Kontrolle zu bekommen. Bei Gott, sie war schön! Ein anrührender Zauber ging von ihr aus, der sie gleichzeitig schutzbedürftig und grazil erscheinen ließ. Eine Verbindung, die einen Mann förmlich dazu herausforderte, sie in die Arme zu nehmen und sie vor allem Bösen zu beschützen.

Ohne sich Rechenschaft darüber abzulegen, sank er neben ihrem Lager auf die Knie, um sie aus unmittelbarer Nähe zu betrachten. Mit grenzenloser Zartheit ergriff er eine Strähne ihres seidigen Haars und führte sie an die Lippen. Es roch nach Herbstkräutern und Holzfeuer, nach Blumen und jenem gefährlichen Extrakt, der ihre ganz persönliche Note war. Wenn er noch Zweifel an der Richtigkeit seines Handelns gehabt hatte – in diesem Moment lösten sie sich in Luft auf. Was blieb, war der leidenschaftliche Wunsch, sie vor allem Bösen zu bewahren, dafür zu sorgen, daß sie nie wieder Not und Gewalt erlebte.

Landry führte das eigenartige Ziehen in seiner Herzgegend auf den rasenden Ritt zurück, der ihn hierhergebracht hatte. Er hatte noch nie so etwas empfunden, aber die Stunden, die hinter ihm lagen, hätten auch von einem stärkeren Mann ihren Tribut gefordert. Der Impuls, sich neben sie zu legen, sie in die Arme zu schließen und ihre Träume zu teilen, wurde übermächtig.

Oliviane spürte seine Blicke wie Berührungen. Sie zwang sich dazu, regelmäßig zu atmen, während sie sich fragte, was er dachte, was er empfand. Hatte sie die Szene einladend genug arrangiert? Sie hatte dergleichen noch nie versucht, und ihr Körper brannte sowohl vor Scham als auch vor Erregung. War sie schön genug, um ihn den Kopf verlieren zu lassen? Sie hatte sich nie darum gekümmert zu gefallen. Ihre Mutter hatte es für Eitelkeit, die Äbtissin von Sainte Anne für Sünde gehalten.

Schließlich konnte sie das betrügerische Spiel nicht länger aufrechterhalten. Sie schlug die Augen auf und war sogleich von dem glühenden schwarzen Blick des Abenteurers wie gebannt, während er seinerseits von den goldenen Funken, die in ihren tiefdunklen Pupillen schimmerten, zutiefst fasziniert war. Beide vergaßen sie in diesem Moment, ihre wahren Gefühle hinter der Maske aus Stolz und Härte zu verbergen, worum sie sich sonst so sorgsam bemühten.

Oliviane kam es vor, als würde sie ihn in diesem Augenblick zum ersten Mal richtig sehen. Die kraftvollen Züge, die von dem wilden dichten Bart größtenteils verborgen wurden, hatten so gar nichts Grobschlächtiges oder Gewöhnliches. Die scharfe Nase und die geschwungenen dunklen Brauen unterstrichen seine männliche Ausstrahlung mindestens ebenso wie die breiten Schultern und der sehnige Hals.

»Wenn Ihr Euch diesen gräßlichen Bart abnehmen würdet, könnte man Euch für einen rechtschaffenen Christenmenschen halten«, versuchte sie, ihre Verlegenheit zu überspielen.

»Wovor hast du Angst?« fragte der Schwarze Landry leise. »Es gibt nichts mehr, was du fürchten müßtest! Ich werde dich beschützen, du hast mein Wort!«

»Vermutlich so lange, bis du den Stern von Armor in deinen Händen hältst!« erwiderte Oliviane spöttisch, nachdem sie sich von dem ersten Schock erholt hatte. Sie schenkte ihm ein Lächeln und ahnte nicht, wie vorsichtig und ungeübt es war. Doch gerade deswegen wirkte es unglaublich reizvoll.

»Ich habe keine Angst«, wisperte sie und senkte verlegen den Blick. »Ihr habt mich lediglich erschreckt. Ich bin es nicht gewohnt, fremde Männer an meinem Lager zu finden, wenn ich erwache ...«

»Es hätte vermutlich auch gegen die Regeln in Sainte Anne verstoßen«, antwortete er schmunzelnd. Es war der klägliche Versuch, die zunehmende Spannung zwischen ihnen zu vertreiben.

Aber er hatte das falsche Thema angeschnitten, denn es erinnerte Oliviane an eine Frage, die sie längst hatte stellen wollen. Sie wollte auch in diesem Punkt die Wahrheit wissen. »Was ist aus den Schwestern und Mutter Elissa geworden?«

Landry wich ihrem Blick aus. »Frag keine solchen Dinge. Ich war nicht dabei. Ich habe nur andere davon erzählen hören, und die Erzählungen klangen schrecklich. Bete für sie, und dann vergiß die Vergangenheit.«

»Wie Ihr befehlt«, sagte Oliviane so gehorsam, daß er verblüfft die Stirn runzelte.

»So viel Folgsamkeit? Fühlst du dich wohl?«

»Ist es nicht sinnlos, daß wir einander ständig mit Vorwürfen attackieren, wo wir doch aufeinander angewiesen sind?«

»Du bist klug«, antwortete Landry in einem Ton, der verriet, daß er sich nicht unbedingt darüber freute.

»Ihr schmeichelt mir«, wehrte sie ab und fragte sich verwirrt, ob er vielleicht dasselbe Spiel mit ihr spielte wie sie mit ihm. Aber warum sollte er *sie* in Sicherheit wiegen? »Niemand hat je meinen Verstand gerühmt, ich weiß nicht, ob er sonderlich bemerkenswert ist. Werdet Ihr länger bleiben?«

»Ich habe dem Herzog von St. Cado meinen Dienst aufgekündigt«, entgegnete er und entdeckte erst jetzt, daß er ihre Haarsträhne noch immer festhielt. Er ließ sie abrupt los und erhob sich wieder zu seiner vollen Größe. »Du wirst wohl fürs erste mit meiner Gegenwart vorliebnehmen müssen.«

»Ihr habt …« Sie brach ab und begann von neuem. »Das geht so einfach?«

Landry lachte, und ihr Herz überschlug sich beim Klang seiner warmen, tiefen Stimme. »Wenn du es einfach nennst, daß ich bei Nacht und Nebel das Weite gesucht habe, dann ist es das wohl.«

Oliviane zuckte zusammen und richtete sich besorgt auf. Paskal Cocherel war garantiert kein Herr, der ein solches Verhalten ohne weiteres hinnehmen würde. Schließlich war der Schwarze Landry einer seiner Anführer.

»Sie werden Euch verfolgen. Und wenn sie uns entdecken …«

»Keine Sorge! Dies ist die Hütte des ehemaligen Jagdaufsehers von St. Cado. Es gibt schon seit langer Zeit niemanden mehr, der dieses Amt versieht. Das Haus hat zudem den unschätzbaren Vorteil, daß ein Pferd den größten Teil des Weges hierher in einem Flußlauf zurücklegen kann. Auch der geschickteste Jagdhund wird keine Fährte aufnehmen können. Und wenn Cocherel dein und mein Verschwinden miteinander in Verbindung bringen sollte, wird er nie auf den Gedanken kommen, uns in seinem eigenen Wald zu suchen. Eher noch in Vannes oder vielleicht sogar in Auray. Sicher nimmt er an, daß du das Juwel dort vor deiner Flucht versteckt hast, nachdem er es nirgendwo gefunden hat.«

»Schon wieder dieser Stern!« Oliviane zuckte mit den Schultern, und der Ausschnitt ihres Kleides klaffte noch eine Spur weiter auf. »Könnt Ihr nicht damit aufhören, diesem Hirngespinst nachzujagen?«

»Es ist kein Hirngespinst!« entgegnete Landry ernst. »Für das Kreuz von Ys ist bereits viel zuviel Blut geflossen. Jeder vernünftige Mensch muß einsehen, daß es so nicht weitergehen kann!«

»Ihr täuscht Euch«, wisperte Oliviane und hielt seinem Blick stand.

Dieses Mal waren sie beide auf der Hut – beherrscht, vorsichtig, zum Kampf bereit. Und doch flackerte noch etwas anderes zwischen ihnen auf: eine unterschwellige Anziehungskraft. Ein Begehren, das nicht allein auf den erregenden Ausschnitt zurückzuführen war.

Nur die Tatsache, daß zwei schlaflose Nächte und eine Reihe von Gewaltritten hinter Landry lagen, machte es möglich, daß er Oliviane den Rücken zudrehen konnte. Hunger, Durst und Erschöpfung forderten ihren Preis.

13

Oliviane lauschte mit geschlossenen Augen auf seine regelmäßigen Atemzüge. Sie war sich des Umstands nur zu bewußt, daß sie nicht mehr allein in der Kate lebte. Die Gegenwart des Schwarzen Landry sickerte wie betäubender Mohnsaft in ihr Blut. Die Versuchung, sich einfach fallen zu lassen und seiner Führung zu unterwerfen, war geradezu übermächtig. Er mochte ein Schurke sein, ein Mörder, der ihren Großvater auf dem Gewissen hatte, aber er war dennoch ein Mann, und Männer entschieden in der Welt, was zu geschehen hatte. Zumindest hatte ihre Mutter sie dies gelehrt.

Allerdings war ihre Erziehung später von Mutter Elissa übernommen worden. Die strenge Äbtissin des Klosters von Auray hatte unter ihrem frommen Habit das Herz einer heimlichen Rebellin verborgen. Bereits der freundliche, grauhaarige Pater, der in regelmäßigen Abständen die Messe in Sainte Anne las und den Nonnen die Beichte abnahm, hatte Mutter Elissas Mißfallen erregt. Daß sich die Menschheit in zwei Hälften teilte, vermochte sie zu akzeptieren, aber weshalb die eine ausschließlich der anderen gehorchen sollte, wollte ihr nicht einleuchten.

»Vermutlich schiebt sie dem Herrn im Himmel sogar die Schuld dafür in die Schuhe, daß Eva die Erbsünde begangen hat!«

Oliviane erinnerte sich nur zu gut an die spitze Bemerkung einer anderen Novizin. Graciana war eine der wenigen gewesen, die den Mut aufgebracht hatte, Mutter Elissa zu kritisieren. Was wohl aus ihr geworden war? Hatte ihr der Stern von Armor, mit dem auch sie aus Sainte Anne fortgeschickt worden war, Glück gebracht? Oder hatte sie sich ebenfalls in dem tödlichen Netz verstrickt, das Paskal Cocherel ausgeworfen hatte, um das sagenhafte Kreuz von Ys in seinen Besitz zu bringen?[1]

Ein leises Rascheln riß Oliviane aus ihren Überlegungen. Der schlafende Mann, der sich sein Lager auf einer wärmenden Schicht Stroh genau zwischen Tür und Feuerstelle eingerichtet hatte, drehte sich zur Seite, ohne die Augen zu öffnen. Es war völlig unmöglich, die Kate zu verlassen, ohne ihn zu wecken. Hatte er diesen Platz absichtlich gewählt? Vermutlich. Dieser Mann tat nichts ohne triftigen Grund.

Jetzt vernahm sie auch das stetige Rauschen, das plötzlich viel lauter geworden war. Der Schnee war in Regen übergegangen. Er fiel auf das dichte Weidendach der Hütte, lief an den Steinen herab und verwandelte den Boden in Morast.

»Sobald der Schnee getaut ist und wir keine allzu auffälligen Spuren mehr hinterlassen, werden wir aufbrechen«, hatte der Schwarze Landry verkündet, als sie Näheres über seine Pläne hatte wissen wollen.

Ihre Frage nach dem Wohin hatte er mit jenem spöttischen Lächeln beantwortet, das sie inzwischen immer mehr zur Weißglut brachte. »Laßt Euch einfach überraschen, kleine Dame!«

Die lässige Unverschämtheit, mit der er sie bald als Edeldame, bald als dumme Gans behandelte, brachte sie ebenfalls immer mehr auf. Sie wurde nicht klug aus ihm. Mal benahm er sich wie ein ungehobelter Bauer, dann wieder wählte er seine Worte mit so viel Bedacht wie ein Seigneur aus bestem Hause. Mal duzte er sie in unver-

1 Marie Cordonnier: Graciana – Das Rätsel der Perle. Die Sterne von Armor, Band 1. Bastei-Verlag Gustav H. Lübbe. Bergisch Gladbach 1999.

schämter Vertraulichkeit, dann überhäufte er sie mit Höflichkeitsfloskeln, die einer Hofdame angemessen gewesen wären.

Woher kam er? War er der Bastard eines Edelmannes, der ihn im Schatten seiner Burg als Knappe erzogen hatte? Oder war er einfach ein geschickter Gaukler, der sich nach Lust und Laune den Menschen anpassen konnte wie ein Komödiant?

Oliviane unterdrückte einen bekümmerten Seufzer. Sie war sich nicht einmal sicher, daß er tatsächlich schlief. Vielleicht tat er nur so und bewachte jeden ihrer Atemzüge. Was erwartete er? Daß sie leise in ihren spärlichen Besitztümern kramte, ihm den Saphir aus dem Kreuz von Ys als Morgengabe präsentierte und sich dann seiner Befehlsgewalt unterwarf?

Sie täuschte sich nicht in ihren Vermutungen. Der Schwarze Landry lag ebenso wach auf seinem Lager wie sie selbst. Mit der Geduld eines Jägers belauerte er die Gestalt auf dem Strohsack. Er spürte förmlich, wie sie grübelte, nach einem Ausweg suchte und angespannt im Dunkeln wartete. Der sanfte Gehorsam, mit dem sie ihm in dieser Kate begegnete, versetzte all seine Sinne in höchste Alarmbereitschaft. Diese Frau gab nie auf. Sie führte etwas im Schilde!

Allein, was konnte sie tun? Eine schwache, hilflose Frau, die darauf angewiesen war, daß er sie beschützte und in Sicherheit brachte. Sein wacher Verstand warnte ihn dennoch davor, sie zu unterschätzen. Oliviane de Rospordon gehörte nicht zu jenen Menschen, die in einer ausweglosen Lage aufgaben, noch dazu in einem Moment, in dem sie erfahren hatte, daß sie niemandem mehr verpflichtet war. Warum sollte sie auch aufgeben, wenn sie doch einen der Sterne von Armor besaß?

Sie kamen Landry vor wie ein Spuk, diese Juwelen. Alle Welt sprach von ihnen, alle Welt suchte sie, aber niemand schien sie jemals zu Gesicht bekommen zu haben. Eine

Perle, ein geschliffener Jadestein, ein Saphir, ein Rubin und ein Diamant sollten es sein, welche die Farben seiner Heimat zwischen den Meeren symbolisierten.

Die Hartnäckigkeit, mit der ein Schurke wie Paskal Cocherel für das Kreuz von Ys mordete und brandschatzte, verlieh dem Kleinod eine zusätzliche Aura von Gefahr und Tränen. Wie sollte es ihm nur gelingen, Oliviane de Rospordon davon zu überzeugen, daß sie sich um ihrer eigenen Sicherheit willen von diesem Schatz trennen mußte?

Jeder Versuch führte nur dazu, daß sie Verrat witterte und hartnäckiger denn je abstritt, den Stern zu besitzen. Nach dem Fiasko in St. Cado mußte sie glauben, daß sie nur mit seiner Hilfe überleben konnte. Welches Argument konnte er vorbringen, daß sie ihm glaubte, ihm, den sie ja für einen Schurken und Mörder hielt?

Verbissen versuchte er, den Fluch zu unterdrücken, der sich über seine Lippen drängte. Das hatte ihm noch gefehlt, daß er sich mit einer Edeldame belastete, die seine Aufgabe behinderte und widerborstiger als jede Heckenrose war! Doch es kam nicht in Frage, sie hier zurückzulassen und sie dem Zorn des Söldnerführers auszuliefern, auch wenn sein Verstand ihm dringend dazu riet. Sie gehörten zusammen!

Ein leiser Aufschrei von der anderen Seite der Feuerstelle ließ ihn auffahren. »Was ist?«

»Entschuldigt ...« Olivianes Stimme bebte vor unterdrückten Gefühlen. »Da war ein Tier ...«

Die Gelegenheit war günstig, und Landry konnte endlich den Fluch ausstoßen, der ihm die ganze Zeit schon in der Kehle saß.

»Ihr müßt mich nicht beschimpfen«, empörte sich Oliviane entrüstet. »Ich bin es nicht gewöhnt, mein Bett mit Mäusen zu teilen, nicht einmal in Sainte Anne war das der Fall. Entschuldigt, daß ich Euch geweckt habe! Beim nächsten Mal werde ich versuchen, weder euch noch das Tier zu stören.«

»Zum Donnerwetter!« Landry gab die Hoffnung auf, doch noch Schlaf zu finden. Er stand auf, gähnte ungeniert und reckte sich, bis er mit den Fingerspitzen das Reet berührte. »Was verlangt Ihr von mir? Soll ich das Tierchen mit meinem Schwert erlegen?«

Bei der Vorstellung, wie er mit gezückter Waffe hinter der armen kleinen Maus herjagte, die sie im Grunde mehr amüsiert als erschreckt hatte, mußte Oliviane ungewollt kichern.

»Wie angenehm, daß ich zu Eurer Belustigung beitrage«, brummte er griesgrämig.

»Entschuldigt«, wiederholte Oliviane sanft und erhob sich ebenfalls.

Das Feuer in ihrem Rücken warf einen rötlichen Schimmer auf ihre zarte Gestalt, der die verführerischen Rundungen ihres Körpers betonte. In dem Wunsch, diesen Konturen mit den Fingerspitzen nachzufahren, den seidigen Glanz ihrer Haut wiederzusehen und das Gesicht in ihren schönen, duftenden Haaren zu vergraben, fuhr Landry ein süßer Schauer über den Rücken.

Sie hatte ihr Gewand zum Schlafen ausgezogen und trug nur ein dünnes Nichts, ein weißes Hemd, das Landrys Phantasie keine Grenzen setzte. Ihre offenen, leicht gewellten Haare fielen bis über die Taille herab. Als genau in diesem Moment ein Scheit im Feuer zersprang und ein kleiner Funkenregen in ihre Richtung spritzte, handelte Landry ganz instinktiv. Er riß Oliviane mit einem Ruck aus der gefährlichen Nähe des Feuers und barg sie sicherheitshalber in seinen Armen, damit ihr nichts geschah.

»Bist du närrisch, kleines Ding? Du wirst dich freiwillig dem Feuertod ausliefern!«

Oliviane machte keinen Versuch, sich zu wehren. Warm und hingebungsvoll schmiegte sie sich an ihn. Niemand hatte sie jemals so liebevoll gescholten, sie so zärtlich ›kleines Ding‹ genannt!

Landry betrachtete im Zwielicht die weiße Kurve ihres

Halses, der aus dieser Perspektive ebenso anmutig wie zerbrechlich wirkte. Sein Blick glitt wie von selbst weiter, dorthin, wo sich unter dem Leinen die wundervollen Brüste in schnellen, verräterischen Atemzügen hoben und senkten.

»Zum Henker!« knurrte er, und es klang auch ein wenig resigniert. »Ich sollte langsam gelernt haben, daß es ein Fehler ist, dich anzufassen!«

Oliviane hielt still und hoffte, daß er ihr triumphierendes kleines Lächeln nicht bemerkte, aber schon im nächsten Moment wurde ihr bewußt, daß sie einen Fehler begangen hatte. Sie hatte nicht daran gedacht, daß es auch ihre eigenen Sinne wecken würde, wenn sie ihn umschmeichelte und verführte. Sie konnte nicht mehr vernünftig denken und handeln, wenn sie nur noch das Rauschen ihres Blutes hörte und das unruhige Schlagen ihres Herzens.

Unter seinen Händen wurde ihr Körper biegsam und weich. Ihre Lippen öffneten sich wie von selbst dem drängenden Kuß, dem sie nicht entkommen konnte, dem sie gar nicht mehr entkommen *wollte*.

»Ich hatte mir geschworen, dich nicht mehr zu berühren«, hörte sie Landrys rauhe Stimme dicht an ihrem Ohr. »Was tust du mit mir, daß ich in deiner Nähe all meine Vorsätze über Bord werfe?«

Sie gab keine Antwort, und er nahm ihre Lippen stöhnend in Besitz. Oliviane erzitterte unter dem Ansturm der Leidenschaft. Und erneut flammte in ihrem Blut das Feuer des Begehrens auf. Unruhig wand sie sich in seinen Armen.

Sie hatte ohnehin nicht vorgehabt, sich zu wehren. Sie wollte ihn in jenem Zustand höchster Ekstase erschöpfen, die sie schon einmal erlebt hatten. Nur dann würde sie die Möglichkeit haben, ihn zu überwältigen und zu fliehen. Doch das Vorhaben, seine Zärtlichkeiten passiv über sich ergehen zu lassen und einen klaren Kopf zu bewahren, war von Anfang an zum Scheitern verurteilt, und schuld daran war nur ihr Körper, der sich nach Landrys Nähe sehnte.

Von den Gefühlen überwältigt, die sein Kuß in ihr weckte, verlor sie ihre Pläne völlig aus den Augen. Die Wärme seines festen Körpers drang durch den dünnen Stoff ihres Hemdes und erhitzte auch sie. Sie spürte, wie sich die empfindsamen Spitzen ihrer Brüste verhärteten, als seine Zunge die Höhle ihres Mundes erkundete, als wollte sie ihr auch das letzte Geheimnis entreißen.

Obwohl Landry im Liebesspiel viel erfahrener als Oliviane war, verwunderte auch ihn das leidenschaftliche Feuer, das diese Frau jedesmal in ihm entfachte. Keine Frage, sie war schön, aber es hatte viele schöne Frauen in seinem Leben gegeben, und bisher hatte er noch bei keiner dermaßen den Kopf verloren, selbst bei denen nicht, die es bereits in anderen Betten gelernt hatten, einen Mann zu reizen und zu betören.

Bei Oliviane verbot sich dieser Verdacht, niemand wußte es besser als er. Es lag eine stolze Reinheit, eine Bedingungslosigkeit in ihrer Hingabe, die er noch nirgendwo anders gefunden hatte und die ihn ganz und gar machtlos machte.

Oliviane spürte instinktiv den Kampf, den er mit sich führte – und sie tat alles, damit er ihn verlor, denn sie wußte, daß sie es nicht ertragen würde, wenn er sie jetzt zurückstieß. Niemals, solange sie sich erinnern konnte, hatte sie sich etwas so sehnlichst gewünscht: Sie wollte seine Küsse, sein Streicheln wieder auf ihrer Haut fühlen, wollte ihn wieder in sich spüren – sie wollte, daß sich das Wunder wiederholte, das sie im zugigen Söller der Festung von Cado kennengelernt hatte.

»Liebe mich!« raunte sie, und ihre Stimme klang seltsam fremd in ihren Ohren. »Laß uns fliehen, damit wir vergessen, wo wir sind und wer wir sind!«

Es bedurfte der Aufforderung nicht. Landrys Hände

fuhren wie im Fieber über die Linien ihres schlanken Körpers, dann spürte Oliviane, wie er sie hochhob und zu ihrem Strohsack trug.

Während er sie dort niederließ, streifte er ihr bereits das Leinengewand ab und ließ es achtlos zu Boden fallen. Oliviane stöhnte auf, so sehr sehnte sie sich nach ihm.

Unter halb gesenkten Wimpern beobachtete sie, wie er sich von seinem Wams befreite. Als er sich ihr zuwandte, lief ein Schauer der Erregung über ihre Haut, der allein von dem Blick verursacht wurde, der so verzehrend über ihre Nacktheit glitt, als müßte Landry einen Hunger damit stillen, von dessen Existenz er bisher nichts geahnt hatte.

»Wie schön du bist«, murmelte er und ließ sich wie schon einmal auf dem Boden neben ihrem Lager nieder. Aber dieses Mal tat er es nicht, um sie stumm zu betrachten. Er wollte jeden Zoll ihres Körpers mit streichelnden, fordernden Küssen erkunden.

Oliviane keuchte unter der zarten Liebkosung der warmen, seidigen Lippen. Seine Hände umspannten ihre vollen Brüste, und seine Zungenspitze umkreiste spielerisch die verhärteten Knospen. Sie stieß kleine Seufzer der Lust aus, krallte ihre Hände in seine Schultern und zeigte ihm so, daß sie vom selben Feuer erfaßt worden war wie er.

»Laß dir Zeit, meine Kleine«, raunte er so dicht an ihrem Ohr, daß sie erschauerte. »Ich werde dir so viel Entzücken bereiten, daß du diese Nacht nie vergessen wirst.«

Mit wild klopfendem Herzen ergab sich Oliviane dem erotischen Feuerwerk, das der Schwarze Landry für sie entzündete. Die bloße Berührung seines Blickes ließ ihre Haut brennen, und mit jedem Streicheln und jedem Kuß wurde das Verlangen größer, das sich tief in ihr aufbaute und mehr und mehr nach Erlösung schrie. Sie wand sich unter seinen sinnlichen Küssen und spreizte unter seinen drängenden Händen wie von selbst die Schenkel.

Er glitt ein Stück tiefer, und der dunkle Kopf, der sich über ihren Schoß beugte, verschwamm vor ihren Augen.

Halb beschämt, daß er sie dort so intensiv betrachtete, und gleichzeitig aufgewühlt von der Lust, die seine erregenden Liebkosungen in ihr weckten, biß sie sich in die Unterlippe und krallte die kleinen Fäuste in die Decke, auf der sie lag.

»Schscht! Du mußt keine Angst haben!« flüsterte Landry. Seine Hände wanderten sanft von ihren Oberschenkeln zu ihren Hüften, ehe er unter ihr Gesäß griff und sie leicht anhob. »Du bist so wunderschön!«

Seine Lippen berührten ihre Haut, und Oliviane schrie heiser auf, als seine Zunge sie dort, wo er sie eben noch mit seinem Blick liebkost hatte, streichelte, massierte und umschmeichelte. Und unter all diesen drängenden, zärtlichen Liebkosungen bauten sich in ihr die heftigsten Empfindungen auf, und eine Woge der Lust drohte über ihr zusammenzubrechen. Hilflos warf sie den Kopf von einer Seite zur anderen und rang seufzend nach Atem. Sie war verloren im Rausch der Ekstase, sie sehnte sich nach mehr und wünschte dennoch, daß dieser Zustand niemals enden möge.

Landry spürte, wie ihr Schoß unter seinen Lippen erbebte, doch er hörte nicht auf, sie mit seiner Zunge erregend zu liebkosen. Er trieb ihre Lust höher und höher, und sie schrie leise auf, als sie den Höhepunkt erreichte.

Oliviane kam erst wieder zu sich, als er ihr die kleinen Schweißtropfen von der Stirn küßte und sie beschützend an seine breite Brust zog.

»Was habt Ihr mit mir getan?« wisperte sie ungläubig.

»Du hast noch nicht viel Ahnung von der Liebe, meine Kleine«, raunte Landry und streichelte über ihr seidiges helles Haar. »Das war erst eine kleine Kostprobe des Vergnügens, das wir einander bereiten können. Wenn du dich ausgeruht hast, werde ich dir mehr zeigen ... Komm, trink einen Schluck Wein, er wird dir wieder Kraft geben. Die Nacht ist noch lang ...«

Der schwere Rotwein rann wie Öl durch Olivianes trockene Kehle. Sie schmeckte den Wein auch in Landrys hungrigen Küssen. Ihr Busen glitt über seine kratzigen Brusthaare, und ihre Beine schlangen sich wie von selbst um die seinen, als er sie eng neben sich bettete. Ihr heißer Schoß ruhte auf seinem Oberschenkel, und seine kleinen Bewegungen weckten in ihr erneut jenes quälende Verlangen, das nur er stillen konnte.

Und doch wollte sie mehr als diese aufreizende Berührung. Sie wollte, daß er sie ganz ausfüllte, daß er sie ganz in Besitz nahm. Sie wollte eins mit ihm werden und gemeinsam mit ihm den Gipfel der Lust erreichen, von dem sie eben erst zurückgekehrt war.

Landry spürte ihre Unruhe und erlaubte sich endlich, seinem eigenen Verlangen nachzugeben, das er nur noch mühsam unter Kontrolle hielt. Er drängte sie sanft auf den Rücken und kniete sich über sie.

Oliviane sah den Umriß seines athletischen Körpers, der sich gegen den Schein des Feuers abhob, und in seinen Augen lag ein Ausdruck, den sie noch nie darin gesehen hatte.

Mächtig und hart ragte sein Glied zwischen seinen Oberschenkeln auf. Fasziniert berührte sie es mit den Fingerspitzen. Wie seidenglatt es war, wie eisern und wunderschön, aber ...

»Ihr seid zu groß!«

»Das denke ich nicht, meine Kleine!« raunte Landry und spreizte ihre Beine von neuem. »Ich weiß, daß du mich aufnehmen und willkommen heißen wirst!«

Oliviane schrie leise auf, als sie die Spitze seines Gliedes in ihrem Schoß spürte. In einem Anflug von Angst wollte sie zurückweichen, aber er ließ es nicht zu. Er umfaßte ihre Schultern und zog sie zärtlich zu sich hoch, während er sich kraftvoll in ihr bewegte und tiefer und tiefer in sie eindrang.

Oliviane stöhnte in heller Lust auf, als sie gemeinsam mit Landry über eine Grenze glitt, die sie beide der Wirklichkeit entriß. Eine Welle der Glückseligkeit trug sie mit sich fort, bis sie glaubte, sich ganz in Licht und Leidenschaft aufzulösen.

Noch lange hallte die Lust in ihren Körpern nach, während über ihnen der Regen auf das Reetdach plätscherte und die dunkelste Stunde der Nacht heranbrach.

Mit einer letzten bewußten Geste legte Landry den Arm um Oliviane und barg sie an seinem Herzen. Der unendliche Friede, den er in diesem Augenblick empfand, war völlig neu für ihn, und ein nie gekanntes Glücksgefühl erfüllte ihn.

Ihr Atem glitt sanft über seine Haut, und er spürte, wie sich ihr Herzschlag langsam wieder beruhigte und sie erschöpft einschlief.

»Schlaf, mein Herz«, murmelte der Schwarze Landry und strich ihr über die wirren, seidigen Haare. »Es wird alles gut werden, ich schwöre es dir! Du mußt mir nur vertrauen!«

Oliviane hörte seine Stimme wie im Traum. Ihr Verstand begriff schon nicht mehr, was Landry sagte …

14

Oliviane zögerte. Eine innere Stimme riet ihr eindringlich, ihren Plan aufzugeben. Es war Wahnsinn, was sie vorhatte. Eine schreckliche Sünde, für die es keine Sühne geben würde. Aber hatte sie denn eine Wahl? Es würde immer so enden, daß sie nachgab, sich ihm hingab und sich damit schuldig machte. War es nicht ein Zeichen des Himmels gewesen, daß sie vor ihm die Augen aufgeschlagen hatte?

Der schlafende Mann atmete in tiefen, regelmäßigen Zügen. Er lag halb auf der Seite, so daß sie seinen Hinterkopf gar nicht verfehlen konnte. Aber er war auch der Mann, in dessen Armen sie Leidenschaft und höchste Lust kennengelernt hatte. Durfte sie ihm das auf diese brutale Weise vergelten?

Doch, es war ihre einzige Möglichkeit, der unerträglichen Situation zu entkommen und wenigstens halbwegs ihre Ehre zu bewahren, jene Ehre des Hauses Rospordon, von der sie gelernt hatte, daß sie kostbarer und wichtiger als alles andere auf der Welt war!

Oliviane kniff die Augen krampfhaft zusammen und ließ das Holzscheit in ihren Händen mit voller Wucht auf den reglosen Schädel niedersausen. Das rauhe Stöhnen, daß über seine Lippen kam, ließ sie vor Entsetzen erstarren. Was hatte sie getan?

Aus einer übel aussehenden Wunde rieselte stetig Blut in die dunklen Haare und tropfte von dort auf den Strohsack. Landry lag reglos und mit geschlossenen Augen vor ihr, und Oliviane schluchzte heiser auf. Gütiger Himmel, sie hatte ihn umgebracht! Sie hatte ihm seine Zärtlichkeiten auf diese gemeine Weise vergolten!

Voller Panik griff sie nach ihren Kleidern, schlüpfte hinein und schloß mit fliegenden Fingern die Bänder. Sie stopfte alles, was ihr an Vorräten in die Hände fiel, in den nächstbesten Mantelsack und vergewisserte sich, daß das Gürteltäschchen mit der kostbaren Salbendose an Ort und Stelle hing. Ihr Umhang lag auf dem Strohsack, aber sie wagte es nicht, ihr Opfer noch einmal anzusehen, geschweige denn es zu berühren. Sie wollte fort, nur fort!

Sie riß so hastig an der Tür, daß sie polternd aufschwang. Im ersten Moment erstaunte es Oliviane, daß alles vor ihren Augen verschwamm – der graue Wald, der regnerische Morgen, der ganze entsetzliche Tag –, dann begriff sie, daß sie weinte.

Sie durfte nicht darüber nachdenken, was sie getan hatte. Sie mußte fort, so schnell wie möglich! Hastig fuhr sie sich mit dem Handrücken über die Augen und versuchte, einen Weg zu entdecken.

Die kleine Steinkate stand so eng an einen Felsen geschmiegt, daß ihre Mauern förmlich im grauen Granit verschwanden. Knorrige Kiefern und alte Tannen umragten sie wie düstere Wächter. Zwischen Rückwand und Fels befand sich eine Art Höhle, die als Stall diente. Dort entdeckte Oliviane einen hochbeinigen Rappen, der sie aus sanften dunklen Augen fragend musterte.

»Ich konnte nichts anderes tun«, schluchzte sie, während sie versuchte, ihm den Sattel überzuwerfen, der neben dem Hafersack lag. Es kostete sie mehrere vergebliche Versuche und blutige Kratzer an den Händen. Oliviane achtete nicht darauf, sie fühlte weder Schmerzen noch Kälte. Sie war so außer sich, daß sie nur einen einzigen Gedanken hatte. Fort! Nur fort!

Mit letzter Kraft zog sie sich in den Sattel, legte den Mantelsack quer vor sich und trat dem unwilligen Rappen auffordernd in die Seite. »Komm schon«, trieb sie ihn heiser an. »Setz dich in Bewegung! Wir haben hier nichts mehr zu suchen!«

Zögernd setzte sich das Tier in Bewegung, von dem ungewohnt leichten Gewicht auf seinem Rücken zusätzlich irritiert, schließlich fiel es jedoch in einen leichten Trab. Das Pferd suchte sich selbst seinen Weg durch Regen und Unterholz, weil die junge Frau im Sattel keine Anstalten machte, es in eine bestimmte Richtung zu lenken.

Oliviane umklammerte die ledernen Zügel und konzentrierte sich darauf, auf dem Rücken des Rappen zu bleiben. Tränen und Regen vermischten sich auf ihren Wangen – Oliviane konnte gar nicht mehr aufhören zu weinen. Das ganze Elend ihrer ausweglosen Lage brach in diesem Moment über sie herein. Daß der Rappe mit dem sicheren Instinkt eines Tieres allein den Weg zu einer Landstraße fand, bemerkte sie kaum.

Theoretisch hatte alles viel einfacher gewirkt. Sie hatte den Schwarzen Landry betäuben und danach nach Rennes reiten wollen, um sich dort der Gnade Jean de Montforts zu unterwerfen. An seinem Hof mußte eine Rospordon Gehör finden – und Schutz vor der Rache eines Paskal Cocherel. Einen Schutz, den sie zudem mit dem Stern von Armor bezahlen wollte. Der rechtmäßige Fürst des Landes sollte letztendlich darüber entscheiden, was mit dem Juwel geschah. So zumindest hatte sie es sich gestern noch vorgestellt.

Doch die Wirklichkeit hatte sie auf brutale Weise aus ihren kindischen Träumen gerissen. Während Landrys Leben in der Jagdhütte langsam verlöschte, schienen sich auch ihre Kraft und ihr Stolz immer mehr zu verflüchtigen. Sie war nicht besser als er – auch nur eine Mörderin, die ein Leben zerstört hatte, weil es den eigenen Zielen im Weg gestanden hatte. Wie kam sie dazu, sich für ehrenwerter zu halten?

Der Umstand, daß sie über Tage hinweg unter äußerster

Anspannung gelebt und kaum geschlafen hatte, trug zudem dazu bei, daß Kälte und Nässe Oliviane stärker erschöpften, als es normalerweise der Fall gewesen wäre. Immer wieder verschwamm die Welt vor ihren Augen, und Oliviane drohte aus dem Sattel zu gleiten. Das Pferd schien es zu spüren, und es blieb immer wieder reglos stehen, bis sie sich wieder aufrichtete und es heiser vorwärts trieb – aufs Geratewohl die Landstraße entlang, von der sie nicht einmal wußte, wohin sie führte.

Sie entdeckte die traurige Gruppe nasser Menschen viel zu spät, die ihr plötzlich den Weg versperrte: drei schäbige Karren, deren Planen, vom Regen durchnäßt, den Frauen und Kindern nur unzureichenden Schutz gewährten, und eine Handvoll Männer und Jugendlicher, die um die Deichsel des ersten Wagens stand und heftig gestikulierte. Das graue Bündel, das zu ihren Füßen lag, entpuppte sich beim Näherkommen als toter Maulesel.

Olivianes Rappe blieb wie von selbst in der Nähe der Gruppe stehen, und ihr Anführer erfaßte die Situation sofort. Das nasse, erschöpfte Mädchen, dessen Kleider einen gewissen Wohlstand verrieten, und das wohlgenährte, starke Pferd, das ganz offensichtlich einem Krieger gehörte, schickte der Himmel!

Oliviane starrte verwirrt in das hagere braune Gesicht, das sich ihr nun entgegenhob. Schwarze lockige Strähnen klebten auf dem mageren Schädel, und eine schmale Adlernase beherrschte das befremdliche Landstreichergesicht. Gegen ihren Willen erschauerte sie, und sie hätte nicht sagen können, ob vor Furcht oder vor Kälte.

»Gott zum Gruße, schöne Reisende!«

Oliviane hörte die höflichen Worte, aber in ihrem schmerzenden Kopf fand sich keine Antwort darauf. Ihre Augen glitten von dem fremdartigen braunen Gesicht zu den anderen, die sie ebenso neugierig begafften wie ihr Anführer. Trotz ihrer helleren Hautfarbe sahen sie nicht viel vertrauenerweckender aus. Genau die Sorte von Vagabunden, denen man besser aus dem Wege ging! Doch diese Erkenntnis kam zu spät.

»Dies ist weder das richtige Wetter noch der richtige Tag für eine Reise«, sagte der Mann, und ein heiserer Akzent verlieh seinen Worten eine fremdartige Melodie. »Willst du nicht absteigen und unter unseren Planen Schutz vor dem Regen suchen? Du siehst aus, als hättest du ein wenig Erholung dringend nötig.«

Er hatte nicht damit gerechnet, daß Oliviane seiner Aufforderung dermaßen gehorsam Folge leisten würde. Geradezu dankbar dafür, daß jemand ihr die Entscheidung abnahm, glitt sie stumm aus dem Sattel. Ihr fallender Mantelsack wurde von einer geschickten braunen Hand aufgefangen, ohne daß sie es bemerkte.

Eine andere Hand stützte sie freundlich und bewahrte sie vor einem Sturz in den Schlamm der Straße. Ihre Glieder waren vor Kälte fast abgestorben, und die mitleiderregende Blässe ihres Gesichtes verriet überdeutlich, daß sie am Ende ihrer Kraft war.

»Kümmert euch um sie!« befahl die fremdartige Stimme, und Oliviane wurde von starken Armen in den Karren gehoben, wo sich Frauen und Kinder bereits eng aneinander drängten. Die alte Frau, neben der sie Platz fand, hatte offensichtlich die Befehlsgewalt über die ärmliche bunte Truppe. Die Alte warf ihr einen prüfenden Blick zu, berührte mit kühlen, knochigen Fingern Olivianes feuchte Wangen und murmelte etwas Unverständliches vor sich hin.

Oliviane sackte neben ihr zusammen. Den Rücken an das Holzgestänge des Karrens gelehnt, welches die Plane trug, ignorierte sie die neugierigen Blicke. Sie zog die Knie dicht an den Körper und legte den Kopf auf die verschränkten Arme, ehe sie erschöpft die Augen schloß. Sie spürte es kaum, als jemand eine Decke um ihre Schultern legte, die intensiv nach Heu und Ziegenstall roch. Oliviane begann zu zittern, ihre Zähne klapperten aufeinander, und im Rhythmus ihres Herzens dröhnte es in ihr in dumpfer Verzweiflung: *Mörderin! Mörderin!*

Inzwischen hatten die Männer draußen das Pferd an die Deichsel des ersten Wagens geschirrt und den Kadaver des Maultieres zerteilt. Es war alt und zäh, aber es war Fleisch für ihre Kochtöpfe. Der Zug setzte sich wieder in Bewegung, doch Oliviane hörte nicht einmal den erleichterten Seufzer, mit dem die Frauen diese Tatsache zur Kenntnis nahmen.

Irgendwo zwischen Wachen und Träumen sah sie unentwegt das bärtige Gesicht des Schwarzen Landry vor sich, ein Antlitz mit geschlossenen Augen, über dessen Schläfe rotes Blut rann. Sie hatte ihn getötet! Aber sie hatte nicht nur ihn getötet – mit dem gleichen Hieb hatte sie auch das eigene Herz zerschlagen. Es war die Strafe des Himmels, daß sie erst jetzt begriff, wie tief sie ihm verbunden war …

»Was ist es, das dich so düster und schwermütig macht? Meine Mutter sagt, du hast nicht gegessen und sprichst kein Wort mit den Frauen?«

Oliviane sah in das braune Gesicht des Anführers, von dem sie jetzt wußte, daß man ihn Juan nannte und daß er der Sohn der alten Frau war, die mit scharfer Zunge und Argusaugen über die Weiber und Kinder der Gruppe herrschte. Sie waren Gaukler, ein elender Haufen hungriger Abenteurer, Artisten, Wahrsagerinnen und Landstreicher, die von Markt zu Markt und von Fest zu Fest zogen, um leben zu können.

»Du bist schön, und du bist traurig.« Juans rauher Akzent verlieh seinen Worten besondere Eindringlichkeit. Er berührte den dicken goldenen Zopf, der Olivianes Haare bändigte, und seine Fingerkuppen glitten über die schmalen Wangen ihres blassen Gesichts. »Was ist geschehen, daß das Leben allen Glanz für dich verloren hat? Willst du uns nicht endlich deinen Namen verraten?«

»O ... Odile ...«, wisperte sie so zögernd, daß sie sich sofort verriet. Aber sie brachte ihren wirklichen Namen nicht mehr über die Lippen. Oliviane war am Lager des Schwarzen Landry für immer gestorben.

Der Mann unterdrückte ein Lächeln. Er wußte noch nicht genau, was er von ihr halten sollte. Noch respektierte er, daß ihr Pferd ihnen aus einer ausweglosen Lage geholfen hatte. Doch die Tatsache, daß er beim Durchsuchen ihres Mantelsacks nur Männerkleider und einen Beutel Silbermünzen entdeckt hatte, gab ihm zu denken. Sie sah nicht wie eine Diebin aus, aber alles sprach dafür, daß sie eine war. Wen jedoch hatte sie bestohlen? Wurde sie gesucht? Brachte sie ihn und die anderen Gaukler durch ihre Gegenwart in Gefahr?

»Nun, Odile, wohin führt dich deine Reise?« wagte er eine weitere Frage. »Du trägst vornehme Kleider, und dein Pferd, das unseren Karren zieht, ist wohl genährt und stark. Es ist das Pferd eines Kriegers, nicht das eines Mädchens ...«

Oliviane errötete und senkte den Kopf, um ihre Verlegenheit zu verbergen. Sie hatte gewußt, daß die Fragen kommen würden. Aber nicht einmal diesen Menschen konnte sie die Wahrheit gestehen. Oliviane de Rospordon war eine Mörderin, eine Verräterin! Sie besaß schon längst nicht mehr das Recht, die Barmherzigkeit des Herzogs in Rennes zu erflehen. Doch wohin sollte sie sich wenden?

»Ich habe mir das Pferd nur ausgeliehen, um nach Rennes zu reiten«, murmelte sie, unfähig sich eine andere, glaubhaftere Geschichte auszudenken.

»Diese Stadt ist auch unser Ziel«, erklärte Juan. »Man sagt, am Hofe des Herzogs der Bretagne hätten Gaukler und Artisten ein gutes Auskommen. Aber wem wirst du dein Pferd zurückgeben, wenn wir dort sind?«

Oliviane schwieg bedrückt. Sie hatte keine Übung darin zu lügen. Aber eine innere Stimme warnte sie davor, sich Juan anzuvertrauen. Er hatte etwas an sich, das sie irritierte und verunsicherte. Sie wußte nicht, was sie von seinen begehrlichen Blicken und den geraunten Worten halten sollte – sie ahnte nicht, welch große Wirkung sie sogar in diesem zerzausten Zustand noch auf Männer hatte.

»Bist du deiner Familie weggelaufen?« forschte Juan weiter.

»Ich habe keine Familie mehr«, gestand sie müde. »Ich bin allein. Es gibt keine Menschenseele, die mein Schicksal kümmert ...«

»Dann bleib bei uns, solange es dir gefällt«, bot Juan scheinbar wohlwollend an. Oliviane konnte nicht ahnen, daß er im stillen an den Beutel Silbermünzen und das Pferd dachte, die so auf höchst problemlose Weise in seinen Besitz übergingen. Er verabscheute Gewalt, auch wenn er sie von Fall zu Fall durchaus anzuwenden wußte, falls es die Umstände erforderten.

Die junge Frau hingegen hörte nur die freundlichen Worte. Der Ausweg, den er ihr bot, war so gut wie jeder andere. Sie hatte ihr Ziel, ihren Lebensmut und ihre Ehre verloren. Warum sollte sie nicht als Landstreicherin enden?

Sie sah sich in dem provisorischen Lager um, das ihre Reisegefährten am Rande eines kleinen Baches aufgeschlagen hatten, der nach den Regenfällen zu einem respektablen Fluß angeschwollen war. Obwohl sie sich erst seit zwei Tagen bei den Gauklern befand, hatte sie bereits festgestellt, daß sie von der Hand in den Mund lebten. Im Winter gab es kaum Jahrmärkte oder Dorffeste, auf denen sie ihre Künste zum besten geben konnten. Es würde ein hartes, karges Leben sein, das auf sie wartete – eine gerechte Sühne.

»Ich danke dir«, sagte sie tonlos. »Ich habe dein Mitleid nicht verdient ...«

»Du bist zu streng mit dir«, erwiderte Juan selbstgefällig. »Denkst du, wir haben nicht längst durchschaut, daß du das Pferd ebenso gestohlen hast wie den Mantelsack? Wovor fliehst du?«

»Du hast meine Sachen durchsucht?!« Ein Anflug ihres alten Hochmuts kehrte ganz plötzlich zurück.

»Du wirst noch lernen, daß ein Mann in meiner Lage vorsichtig sein muß. Ganz besonders, wenn er ein Mädchen bei sich aufnimmt, das einen Mantelsack voller Männerkleider und nicht einen einzigen Frauenrock bei sich trägt. Weißt du, was die ehrbaren Bürger mit einem schönen Mädchen machen, das als Diebin erwischt wird? Du mußt das nächste Mal vorsichtiger sein.«

Olivianes Schultern sanken mutlos nach vorne. Juan hatte recht, aber er konnte nicht wissen, daß es ihr völlig gleichgültig war, was mit ihr geschah.

»Wer war der Mann, den du bestohlen hast?«

»Ein ... ein Söldner ...«

»Was hat der Dummkopf getan? Sich schlafen gelegt, nachdem er dich besessen hat?«

Oliviane schwankte zwischen tödlicher Verlegenheit und brennender Reue. Juan hielt sie für eine Dirne, und er hatte vielleicht gar nicht so unrecht damit.

Juan lachte. »Du bist noch nicht lange in diesem Geschäft, wenn dich die Sache so mitnimmt! Hör auf, dir deinen hübschen Kopf zu zermartern. Der Kerl hat seinen Spaß gehabt und dafür bezahlt. Du wirst noch lernen, daß es keinen Sinn hat, über vergossenen Wein zu lamentieren. Trotzdem müssen wir natürlich damit rechnen, daß sich der Mord herumgesprochen hat. Du bist schön, Odile! Man vergißt dein Gesicht nicht so leicht, wenn man es einmal gesehen hat. Wir werden etwas unternehmen müssen, Und das Pferd müssen wir so schnell wie möglich verkaufen ...«

Er hatte den Arm um ihre bebenden Schultern gelegt, während er eindringlich weiter auf sie einredete. Eine ebenso beschützende wie besitzergreifende Geste, die der rothaarigen jungen Frau, die sie heimlich beobachtete, viel verriet. Ihr schmales Gesicht, das dem einer Füchsin glich, verzog sich zu einer bösen Grimasse und Eifersucht.

Juan gehörte ihr, und sie würde nicht zulassen, daß er dieses hergelaufene Weibsbild an ihre Stelle setzte! Sie würde Mittel und Wege finden, dies zu verhindern!

15

Die alte Frau, die, in Unmengen von Schals und Tüchern gehüllt, vor ihrer Behausung kauerte, glich einer grauen Eule. Die dünnen Haarsträhnen, die unter ihrem Kopftuch hervorkamen, ähnelten zerrauften Federn, und die flinken, dunklen Pupillen verrieten die Weisheit eines langen Lebens und die Erfahrung der Landstraßen.

Sie beobachtete Oliviane, die unweit von ihr auf den Stufen des Karrens hockte und blicklos auf den rauschenden Fluß hinaus starrte, versunken in einen Kummer, der weit über Traurigkeit hinausging, ergriffen von einer Verzweiflung, die sogar Hoffnungslosigkeit übertraf. Niemand sollte so gebrochen und mutlos sein, dachte die Alte. Ächzend erhob sie sich und trat zu dem Mädchen.

»Du wirst es überwinden ...«, sagte sie, und ihre Stimme krächzte, weil sie nur selten sprach.

»Nein«, wisperte Oliviane und schüttelte den blonden Kopf. »Es gibt keinen Ausweg mehr für mich. Ich wünschte, ich könnte mich in diese Fluten werfen ...«

»Unsinn! Weißt du nicht, daß das Rad des Schicksals einen jeden wieder nach oben trägt, wenn er einmal tief unten im Schlamm steckt?«

»Mich nicht ...«

»Gib mir deine Hände«, forderte die Alte und streckte ihre knochigen Finger nach ihr aus. Sie erinnerten Oliviane an vertrocknete, braune Zweige, gekrümmt und schmutzig.

»Was willst du von mir?« murmelte sie matt.

»Gib mir die Hände!« beharrte Juans Mutter und

schnalzte ungeduldig mit der Zunge. »Wir werden sehen, was die Zukunft für dich bereithält.«

Auch Mutter Elissa hatte mit einem unwilligen Zungenschnalzen ihre Mißbilligung verkündet. Die Novizinnen hatten dieses Geräusch gefürchtet, das unabwendbar mit einer Standpauke und einer unangenehmen Strafe verbunden gewesen war. Damals hatte sie keine größeren Schrecken gekannt, als den Unmut dieser frommen Dame zu erregen. Oliviane unterdrückte einen schweren Seufzer.

Sie spürte die Fingerkuppen der Alten, die über die Linien ihrer Handfläche wanderten und dort ein seltsames Kribbeln verursachten, das sich bis unter die Kopfhaut ausbreitete. Oliviane erstarrte und war zu keiner Bewegung mehr fähig. Ihr Herz klopfte plötzlich viel schneller, und sie hatte das merkwürdige Gefühl zu schweben.

Je mehr sich der Bann verstärkte, unter dem sie stand, desto leiser wurden die Stimmen um sie herum. Das Murmeln der alten Wahrsagerin formte sich zu verständlichen Worten, die zögernd und langsam von ihren Lippen kamen, als wären es Steine, die in einen Teich fielen.

»Du bist gegangen, als der Tod kam, und das Kreuz hat dich gerettet«, besagte der eigenartige Singsang. »Aber der Tod hat sich an deine Fersen geheftet und sucht jene heim, die sich deiner bedienen …«

Oliviane zuckte zusammen. Woher wußte die Alte das? Von Juan? Aber sie sprach von ›jenen‹, also betraf es auch ihren ehrgeizigen Großvater, der nicht lange genug gelebt hatte, um die Vorteile der Verbindung zu genießen, in die er sie gezwungen hatte.

»Du kannst der Vernichtung entfliehen, wenn du falschem Stolz und blindem Ehrgefühl entsagst«, fuhr die Alte fort und umklammerte Olivianes Finger jetzt so heftig, daß die junge Frau einen leisen Schmerzensschrei ausstieß. »Ich sehe die Wege, die dich zurückführen, aber du wirst nur das Glück finden, wenn du reinen Herzens auf alles verzichtest und dich ergibst.«

»Du faselst dummes Zeug!« In jäh aufflammendem Zorn riß Oliviane ihre Hand wieder zurück. »Meine Reinheit ist in Mord und Schrecken gestorben!«

»Da ist kein Blut an deinen Fingern«, widersprach die Alte und schüttelte hartnäckig den Kopf. »Es ist wahr, der Tod befand sich stets in deiner Nähe, aber du hast nichts damit zu schaffen gehabt!«

Für einen Moment gab sich Oliviane der irrwitzigen Illusion hin, daß die Alte recht haben könnte. Daß der Schwarze Landry lebte, daß der Scheithieb ihn nicht umgebracht hatte. Dann jedoch brach sie in ein hysterisches Lachen aus, das eher wie ein Schluchzen klang, und barg die Hände unter den Achselhöhlen.

»Du glaubst mir nicht«, meinte Juans Mutter. »Da ist immer noch zuviel Hochmut in deinem Kopf, Mädchen! Du wirst gut daran tun, dich zu wappnen!«

»Dies ist kein Jahrmarkt«, begehrte Oliviane auf. »Und ich bin keine dumme Magd, die dir ihre letzten Kupfermünzen gibt, um zu erfahren, ob sie jemals einen Mann finden wird. Danke, daß du mir helfen wolltest, aber ich glaube nicht an derlei Hokuspokus. Du kannst mir nicht weismachen, daß du all das in meinen Händen liest …«

»Glaube, was du möchtest«, entgegnete die Alte in stoischer Ruhe und erhob sich schwerfällig. »Es ist das alte Übel mit euch edlen Damen, Ihr haltet Euch für etwas Besseres und seid im Grunde nur arme Dinger, gefangen zwischen den Steinen Eurer Söller und dem Willen Eurer Väter und Männer ausgeliefert!«

Oliviane starrte sie an und kämpfte mit den widersprüchlichsten Gefühlen. »Aber ich bin keine noble Dame«, protestierte sie schwach und versuchte, den Husten zu unterdrücken, der sie seit ihrem verzweifelten Regenritt immer heftiger plagte.

»Natürlich«, spottete die Alte und kicherte höhnisch. »Wenn ich je eine noble Dame gesehen habe, dann bist du das, mein Mädchen. Dafür brauche ich nicht in deine

Hände, sondern nur in deine Augen zu sehen. Du bist stolz bis zur Selbstaufgabe und so verbohrt, daß man dir das Glück auf dem Silbertablett servieren könnte, und du nähmest es nicht an, weil es nicht hübsch genug poliert wurde!«

Gekränkt stand auch Oliviane auf. Sie hatte nicht darum gebeten, in die Phantastereien der Alten eingeweiht zu werden. Sie schnitt ihr eine Grimasse und drehte ihr unhöflich den Rücken zu. Ohne jedes weitere Wort ging sie hinunter zum Fluß. Vielleicht fand sie ja dort einen Platz, wo sie mit sich und ihren Gedanken allein war.

Als sie zurückkam, dampften die Kessel über den Feuerstellen, und der appetitliche Duft von gebratenen Fischen hatte alle Welt um die Glut versammelt, über der die Fische an langen Weidenästen gedreht wurden. Da Oliviane nach wie vor kaum das Nötigste zu sich nehmen konnte, mied sie auch jetzt die wartenden Menschen und wollte zwischen den Karren hindurchschlüpfen, als ihr plötzlich eine kleine Rothaarige den Weg verstellte.

»Du da, Odile! Auf ein Wort …«

Oliviane runzelte die Stirn. »Was willst du?«

»Morgen erreichen wir Rennes!«

»Um mir das zu sagen, lauerst du mir im Dunkeln auf?«

»Ich hab's nicht gern, wenn Fremde in meinem Revier wildern!« zischte die Rothaarige böse. »Denkst du, ich seh's nicht, wie du vor ihm mit den Hüften wackelst und ihn mit deinen Kuhaugen anschmachtest? Ich warne dich! Juan gehört mir!«

Olivianes erster Schrecken wich purer Erleichterung. »Ich will nichts von deinem Juan, ich schwör's dir! Du kannst ihn behalten!«

»Ich glaube dir kein Wort«, erklärte die andere kalt. »Du verdrehst ihm mit deinen feinen Kleidern und deinem hochnäsigen Gehabe den Kopf. Er schaut keine von uns mehr an, seitdem du da bist!«

»Ich hab' keine anderen Kleider!« rief Oliviane ungeduldig. Dann kam ihr eine Idee. »Es sei denn, du willst die deinen mit mir tauschen?«

Damit hatte die Rote nicht gerechnet. Sie legte die hohe Stirn über den grünlichen Fuchsaugen in Falten. »Das würdest du tun?«

»Warum nicht?« Oliviane fand immer mehr Gefallen an dem spontanen Einfall. Mit dem Gewand wurde sie vielleicht auch die Erinnerung an jene Tage los, an denen sie es getragen hatte.

»Dann komm mit!«

»Nein! Den Beutel nicht!«

Oliviane beugte sich so schnell vor, daß die rote Fanny, mit der sie die Kleider getauscht hatte, das Nachsehen hatte. Das Mädchen schob schmollend die Unterlippe vor.

»Ich denke, die Tasche gehört zu dieser Art von feinem Kleid!«

Oliviane hatte keine Lust, noch einmal mit ihr zu streiten. Sie nahm das Spitzenrestchen, die Haarspange, den Kamm und das Salbendöschen heraus. »Die Dinge haben meiner Mutter gehört, ich will sie behalten!«

Fanny betrachtete gierig die leicht ramponierten Besitztümer. »Die Spange ist schon kaputt und dem Kamm fehlen zwei Zinken, meinetwegen. Was ist in der Dose?«

Einmal mehr öffnete Oliviane das cremefarbene, runde Döschen und hielt den Balsam unter Fannys gerümpfte Nase.

»Iiiih, der stinkt ja schon! Das Zeug kannst du behalten!« Angeekelt wandte sich die Rothaarige ab. »Gib mir dafür die Spitze!«

Es war weniger eine Bitte als ein Befehl. Oliviane gab nach und verstaute das Salbendöschen und die anderen Sachen in der Tasche des ausgefransten Flanellrockes, den sie jetzt trug. Er reichte ihr nur bis eine Handbreit über die Knöchel und gab ihre schmalen Fesseln und die blassen

Füße frei, die in Holzpantinen steckten. Ein schmuddeliges Hemd mit Bänderzug und ein Fransentuch aus roter Wolle vervollständigten ihre neue Garderobe. Sie zog das Tuch fröstelnd um Kopf und Schultern und unterdrückte einen neuerlichen Hustenanfall.

»Du sollst bei mir im Wagen reisen, hat Juan gesagt«, berichtete Fanny und strich mit den Händen über die neue Pracht ihrer Kleider. Sie betrachtete den Tausch als ersten Sieg über die Rivalin und schwor sich im geheimen, daß es nicht der letzte sein würde.

Oliviane nickte stumm. Ihr war es egal, ob sie mit Fanny oder mit Juans Mutter unterwegs sein mußte. Sie verfiel immer mehr in Lethargie. In ihrem Kopf herrschte völlige Leere, und sie gab es auf, über Dinge nachzudenken, die ohnehin nicht mehr zu ändern waren. Oliviane verbrachte den folgenden Tag als Fannys stummer Schatten, der stundenlang unter der Plane des Karrens kauerte, ohne die Umgebung zur Kenntnis zu nehmen.

Juan hatte Fanny aufgetragen, ihm sofort Bescheid zu geben, sollte ›Odile‹ nach ihrem Pferd oder dem Mantelsack fragen, aber sie schien beides einfach vergessen zu haben. Sie rührte sich nicht einmal, als die Wagen unter den hallenden Torbögen von Rennes hindurchratterten. Sie schafften es gerade noch vor dem abendlichen Schließen der Tore, und die Wache schickte sie mürrisch zur Burg des Herzogs.

Im Schatten der Vorwerke hatte sich bereits allerlei Gesindel eingenistet, das der Herzog gnädig duldete, solange es die Gesetze achtete und keinen Ärger machte.

Besonders das Volk der Gaukler kam ihm dabei gelegen. Nach dem Jahreswechsel und dem Dreikönigsfest gab es immer noch genügend Gelegenheiten, das eine oder andere zu feiern. Die Bürger von Rennes trotzten mitsamt ihrem Fürsten auf diese Weise den Unbilden des feuchtkalten bretonischen Winters. Die Tatsache, daß im Land endlich Frieden in Sicht war, beflügelte sie dabei ganz besonders.

Oliviane hatte sich beim ersten Anblick von Waffenröcken und Hellebarden noch tiefer in Fannys Karren zurückgezogen. Was, wenn den Wachen der Stadt eine Beschreibung der flüchtigen Oliviane de Rospordon vorlag? Da Paskal Cocherel mit so viel Wut hinter den Sternen von Armor her jagte, würde er ihr Verschwinden vielleicht nicht ohne weiteres hinnehmen. Vielleicht fahndete er schon längst nach der flüchtigen Braut.

Es bestand aber auch durchaus die Möglichkeit, daß man inzwischen den toten Landry gefunden und Schlüsse daraus gezogen hatte, daß sich ein Mantelsack mit Frauengewändern bei ihm befunden hatte. Vielleicht hatte Ava die Gewänder längst als die ihrer Herrin erkannt, und möglicherweise ließ der Söldnerführer nicht die Braut, sondern eine flüchtige Mörderin suchen.

Gelähmt von Furcht, Selbstvorwürfen und einem Kummer, der ihr fast den Atem nahm, vergrub sie das Gesicht in den Händen. Sie wußte nicht, wie lange sie bewegungslos und mit brennenden Augen im Dunkeln gekauert hatte, als sie plötzlich direkt neben sich auf der anderen Seite der Plane Stimmen vernahm, flüsternde Stimmen.

»Sie schläft! Sie schläft immer, kannst du dich nicht einmal um andere Dinge kümmern, als um dieses dumme Weibsbild! Was ist mit dem Pferd?«

Unverkennbar Fanny! Oliviane war es nicht gelungen, ihre schwelende Eifersucht zu besänftigen – vielleicht auch, weil Juans Anteilnahme an ›Odiles‹ Schicksal nicht schwächer geworden war. Auch jetzt klang seine Stimme unzweifelhaft besorgt.

»Sie ist krank, siehst du das nicht? Dieser ständige Husten zehrt an ihren Kräften, und sie ist erbarmungswürdig blaß!«

»Du wirst auch bald blaß sein, wenn man dich wegen Pferdediebstahls aufknüpft«, warnte Fanny eindringlich. »Sieh zu, daß du den Gaul loswirst. Wir können von Glück sagen, daß die Wachen gestern abend das Kriegspferd unter all dem Schlamm nicht erkannt haben. Aber wenn der nächste Regen den Braunen abwäscht, ist es soweit!«

»Du hast recht«, räumte Juan ein. »Ich werde ihn zum Abdecker bringen müssen, aber viel bekommen wir dort nicht für ihn!«

»Für ein ausdauerndes junges Maultier wird es reichen. Vielleicht noch für ein paar Vorräte.«

»Und wenn Odile mich fragt, was aus dem Pferd geworden ist?«

»Heilige Mutter Gottes, kannst du noch etwas anderes sagen und denken außer *Odile*? Das Mädchen paßt nicht zu uns. Wir sollten sehen, daß wir sie in Rennes irgendwo loswerden ...«

»Bist du verrückt? Willst du sie dem Gericht ausliefern?« protestierte Juan.

»Das wäre das beste«, schimpfte Fanny. »Man könnte meinen, dir liegt mehr an dieser hochnäsigen Fremden als an mir! Ich möchte ...«

Das Gespräch brach ab, und die Geräusche von draußen verrieten Oliviane, daß Juan und Fanny sich leidenschaftlich küßten. Ihr heiseres Kichern und sein Stöhnen deuteten auch noch auf ein paar handfestere Zärtlichkeiten hin.

Oliviane hielt sich die Ohren zu und wünschte, sie wäre nie geboren worden.

16

»Komm schon!«

Fanny zog Oliviane rücksichtslos durch das Gewühl der Menschen in der Rue Saint Guillaume. Das unebene Kopfsteinpflaster war glitschig, und sie rutschte in ihren Holzpantinen immer wieder aus. Juans Geliebte kümmerte sich nicht darum. Über ihnen quietschten die Zunftschilder in den eisernen Halterungen im Wind, und die Straßenhändler boten lautstark ihre Waren feil.

Die blendendweißen Spitzenhauben der ehrbaren Bürgerinnen von Rennes segelten wie aufgetakelte Schiffe über die Köpfe der Menge. Von Mägden begleitet, die Einkaufskörbe oder Bündel trugen, rechneten sie völlig selbstverständlich damit, daß man vor ihnen zur Seite wich und sie respektvoll grüßte. Dann nickten die Segelschiffe einmal gnädig nach unten und schwammen weiter. Oliviane stolperte schon wieder, weil sie die Augen nicht von dem Schauspiel abwenden konnte.

Auf die Weise entgingen ihr die Pfiffe und Blicke der Handwerksburschen, die ihre Aufmerksamkeit lieber auf die beiden hübschen Landstreicherinnen konzentrierten als auf die sittsamen Bürgerinnen. Fanny hatte Oliviane dazu gezwungen, ihre Zöpfe zu lösen, und der Wind trieb ihr die seidigen Strähnen immer wieder in die Augen. Er pfiff durch das brüchige Leinen ihres Hemdes und legte sich eisig auf ihre bloßen Schultern. Das wärmende rote Tuch hatte ihr Fanny herausfordernd um die Hüften gebunden. Aber Oliviane fror längst nicht mehr – sie war bereits vollkommen erstarrt.

Sie ahnte nicht, wie reizvoll sie mit ihrem blassen, makellosen Gesicht, den offenen flachsfarbenen Haaren und der höchst spärlichen Bekleidung wirkte. Das Gesicht eines Engels über dem Körper einer verführerischen Dirne, dieser Gedanke kam jedem, der Oliviane so sah. Fanny hatte gewußt, was sie tat, als sie ihre Begleiterin so wirkungsvoll aufgeputzt hatte. Es konnte nicht allzu lange dauern, bis sie einen lüsternen Kerl fand, der genügend dafür bezahlte, daß er ein solches Prachtstück in seine Kammer zerren durfte.

Im Gewühl des Marktes gab es eine ganze Reihe von käuflichen Mädchen, die hier ihrer Profession nachgingen. Die eine oder andere verirrte sich auch in die Gassen der wohlhabenderen Bürger, wie zum Beispiel in die Rue Saint Guillaume. Vielleicht fand sich ja ein lüsterner Handwerksmeister, der eine Magd für vielfältige Dienste in seinem Hause suchte? Fanny ließ die Blicke suchend über die Gesichter gleiten.

»Einen Moment, meine Schöne!«

Oliviane kehrte abrupt in die Wirklichkeit zurück, als sie am Arm gepackt wurde und plötzlich in das faltige, hochrote Gesicht eines dicken Mannes starrte, der unter seinem Samtbarett zu ihr aufsehen mußte. Er hatte buschige graue Brauen, die wie Staubbalken über gelben, gefühllosen Augen saßen – Augen, die sie dermaßen an die des Herzogs von St. Cado erinnerten, daß sie einen schrillen Schrei ausstieß und sich so heftig von ihm losriß, daß der Stoff ihres Hemdes gefährlich knirschte.

»Laßt mich!« schrie sie panisch und rannte einfach davon.

Dummerweise übersah sie dabei einen Prellstein, der den Eingang eines prächtigen, mehrstöckigen Fachwerkhauses markierte. Sie stolperte darüber und prallte, von ihrem eigenen Schwung getragen, mit der Stirn voll gegen die geschnitzte hölzerne Rundung des Einganges. Sie spürte einen Schlag, dann explodierten grelle

Funken vor ihren Augen, und es wurde dunkel um sie herum.

Fanny hatte den Zwischenfall beobachtet. Es war nicht ganz das, was sie für ›Odile‹ geplant hatte, aber sie mußte sich wohl damit abfinden. Sie hatte die Rivalin abschieben und dabei auch noch einen fetten Gewinn erzielen wollen; nun schien es ihr jedoch besser zu sein, gleich das Weite zu suchen. Sie schlängelte sich durch die Menschentraube, die sich im Nu um das ohnmächtige Mädchen gebildet hatte, und schlüpfte durch die nächste Gasse davon.

Es würde ihr schon eine hübsche Geschichte einfallen, die sie Juan auf die Nase binden konnte, damit er mit ihr so schnell wie möglich die Stadt verließ.

Die Flüssigkeit rann heiß und schmerzlindernd durch ihre Kehle, aber sie schmeckte geradezu abscheulich. Oliviane schluckte dennoch – gezwungenermaßen, denn die Hand die den Becher führte, war so unnachgiebig wie jene, die ihren Nacken hielt.

»Heilige Anna, was ist das?« keuchte sie und schnappte nach Luft, sobald sie, von allem Zwang befreit, wieder in die weichen, duftenden Kissen sank.

»Heißer Zwiebelsaft! Er wirkt Wunder bei einem so häßlichen Husten, wie Ihr ihn habt«, hörte sie eine sachliche Frauenstimme. »Haltet Euch ruhig, Kind! Ihr habt eine Beule von der Größe eines stattlichen Hühnereis an Eurer Stirn. Ich nehme an, daß Euer armer Kopf höllisch schmerzt, sobald Ihr auch nur eine Bewegung tut. Und vermutlich ganz besonders, wenn Ihr hustet!«

Oliviane öffnete mit größter Anstrengung die Lider. Sie blickte direkt in ein breites Frauengesicht mit ruhigen grauen Augen. Das feine Netz von Fältchen in den Augenwinkeln, die tief gefurchte Stirn und der gelbliche Pergament-Teint verrieten, daß die Frau die Mitte des Lebens längst hinter sich gelassen hatte.

Die gestärkte Kegelhaube aus feinster Spitze über den grauen Haaren und das Kleid aus dunkelblauem flandrischem Tuch verrieten, daß ihre Besitzerin in besten, wenn nicht gar luxuriösen Verhältnissen lebte. Der Silberbecher in ihrer Hand war von einem wahren Meister ziseliert worden, und an ihrem Gürtel prangte der schwere Schlüsselreif der Dame eines großen Hauses.

Obwohl ihr Blick Gutmütigkeit, echte Besorgnis und unverhohlene Neugier ausdrückte, überließ sie es Oliviane, die ersten Fragen zu stellen.

»Wo bin ich?« flüsterte sie und versuchte, den süßlich widerlichen Zwiebelgeschmack in ihrem Mund durch Schlucken zu vertreiben.

Die Dame hatte recht, ihr Kopf schmerzte, als wäre er zwischen die Eisenzange eines wütenden Schmiedes geraten. Aber trotzdem vermochte sie sich an Bruchteile der Ereignisse zu erinnern: an die schrecklichen gelben Augen des Mannes, an ihr panisches Entsetzen bei seiner Berührung, an ihre kopflose Flucht. »Da war ein Stein, über den ich gestolpert bin, nicht wahr?«

»Ich weiß nicht, ob es mir leid tun soll, daß Ihr es getan habt!« entgegnete die Frau offen. »Ich denke, Ihr seid bei mir sogar mit dieser prächtigen Beule besser aufgehoben als bei Maître Crépin!«

»War das dieser gräßliche Kerl mit den gelben Wolfsaugen?«

»In der Tat. Und ich bin Dame Magali de Silvestre. Der Prellstein, der Euch aufgehalten hat, gehört zu meiner Haustür.«

»Es tut mir leid, ich ...« Oliviane wollte sich aufrichten, sank aber mit einem heiseren Schmerzenslaut wieder zurück. Ihr Kopf drohte zu zerplatzen.

»Sagte ich nicht, daß Ihr liegenbleiben solltet?« Dame Magali wrang inzwischen ein sauberes Leinentuch in einer Zinnschüssel aus und legte Oliviane das ordentlich zusammengefaltete, kühle Tuch auf die schmerzende Stirn.

»Ihr könnt von Glück sagen, daß die Haut nicht aufgerissen wurde. Ihr werdet eine Zeitlang ein ordentliches Horn mit euch herumtragen, aber Eure schöne Haut wird von einer Narbe verschont bleiben.«

»Ich danke Euch sehr. Aber ich kann nicht bleiben, ich ...«

»Ihr werdet es wohl müssen, Kind. Das Mädchen, das Euch in diese Zwickmühle manövriert hat, ist längst davongelaufen!«

Dame Magali besaß die scharfen Augen eines Adlers, und sie war, in Begleitung ihrer Köchin, eben mit vollen Körben vom Markt gekommen, als sich das Drama auf den Stufen ihres Hauses abgespielt hatte.

»Fanny«, wisperte Oliviane müde.

»Ist das Euer Name?«

»Nein ...«

Sie sprach nicht weiter, obwohl sie wußte, daß Dame Magali darauf wartete. Aber ihr konnte sie noch viel weniger die Wahrheit über sich erzählen als Juan und Fanny. Diese Frau war unzweifelhaft eine ehrbare Dame, eine wohlanständige Matrone, von der man nicht erwarten konnte, daß sie Verständnis für die Verwicklungen ihres, Olivianes, Schicksales aufbringen würde.

Die Dame des Hauses sah die feinen Linien der Anspannung und des Schmerzes in dem schönen Gesicht. Es war beileibe nicht das Gesicht einer Dirne. Es gab kaum ein schöneres Geschöpf am Hofe des Herzogs, ja nicht einmal in ganz Rennes.

Und sie hatte lange genug in dieser Stadt gelebt, um sich ein Urteil darüber erlauben zu können. Alles an dieser bezaubernden Fremden deutete auf eine Herkunft hin, die weit über der eines Straßenmädchens lag. Weshalb also trug diese prachtvolle junge Frau die zerschlissenen Kleider einer Dirne und setzte sich den Händen eines Scheusals wie Crépin aus?

Dame Magalis Interesse war in höchstem Maße geweckt. Sie hatte ein barmherziges Wesen, aber einen großen Fehler: Sie war neugierig, unendlich neugierig. Und ein solches Ereignis, welches das reichlich eintönige Einerlei ihrer behäbigen Tage auf so anregende Weise unterbrach, kam ihr gerade recht.

Trotzdem zähmte sie für den Augenblick ihre Wißbegierde. Sie hatte den Eindruck, daß es ihrem schönen Gast im Moment mehr helfen würde, wenn man ihn ein wenig in Ruhe ließ. Wenn die Erschöpfung, die Erkältung und die Kopfverletzung keinen Schaden anrichten sollten, dann mußte das Kind erst einmal wieder gesund werden.

»Ruht Euch aus, meine Liebe! Ich biete Euch die Gastfreundschaft dieses Hauses an, bis Ihr es wieder verlassen wollt. Ihr werdet sehen, es hat einigen Komfort. Seine Gnaden, der Herzog, hat es mir für meine Dienste überschrieben. Ich war seine Amme, und manchmal erweist er mir die Ehre, sich dieser Tatsache auch heute noch zu erinnern. Er ist ein gütiger und gerechter Herzog, und wir können dem Herrn dankbar sein, daß er am Ende den großen Sieg über seine Feinde davongetragen hat.«

Oliviane runzelte die Stirn. Dame Magali strömte eine mütterliche Wärme aus, die einen in Versuchung führte, sich in ihre Arme zu begeben und ihr alles Weitere zu überlassen – eine Verlockung, der Oliviane kaum widerstehen konnte.

»Wie kann ich Euch je dafür danken?« murmelte sie.

»Darüber unterhalten wir uns, wenn Ihr wieder gesund seid«, verkündete die herzogliche Amme und erhob sich von der Bettkante. Sie überzeugte sich davon, daß das kühle Leinentuch noch an Ort und Stelle lag, und strich fürsorglich über Olivianes blasse Finger.

»Schlaft, mein Kind. Ihr seht erschöpft aus, und Eurem Kopf tut nichts besser als viel Ruhe. Wir haben später noch Zeit, miteinander zu plaudern ...«

Olivianes Augen fielen wie von selbst zu.

Die ehemalige Amme des Herzogs nahm die Zinnschüssel mit dem Wasser an sich und blieb noch einen Moment am Fuße des Alkovens stehen, wo ihr unbekannter Gast, von den warmen, dunkelroten Wollvorhängen vor Zugluft geschützt, in einen tiefen Schlaf gesunken war.

»Wer du auch bist, mein Kind«, flüsterte sie. »Ich bin froh, daß es mir gelungen ist, dich vor Maître Crépin zu bewahren! Er gehört nicht zu den Männern, die ein Mädchen wie du kennenlernen sollte.«

Die junge Frau schlief fast dreißig Stunden am Stück, und Dame Magali begann sich bereits Sorgen um sie zu machen. Vielleicht war die Kopfverletzung ernsthafter als angenommen? Vielleicht sollte sie nach einem Medicus schicken? Als ihr Gast jedoch am späten Nachmittag des folgenden Tages endlich die samtig-braunen Augen aufschlug, bemerkte die Dame des Hauses es nicht einmal sofort.

Oliviane betrachtete geraume Zeit verwirrt den gerafften roten Stoff des Baldachins und der Bettvorhänge, die ihr Lager zur Decke hin und auf drei Seiten umgaben. Es fiel ihr schwer, sich zu orientieren.

Dann jedoch fiel ihr Blick auf der offenen Seite auf einen Schäferinnenstuhl, den man so an den Alkoven gerückt hatte, daß die Dame, die dort saß, das Bett jederzeit im Blick hatte. Sofern sie nicht schlummerte, wie sie es in diesem Moment tat. Regelmäßige Pfeiftöne drangen zwischen ihren halb geöffneten Lippen hervor.

Oliviane betrachtete das entspannte, mütterliche Gesicht unter den weißen Haubenflügeln. Die Falten darin wirkten eher gemütlich als streng. Der Stickrahmen, mit dem sich die Dame die Zeit vertrieben hatte, war auf ihre Knie gesunken, und ein bunter Garnstrang schlängelte sich wie eine smaragdgrüne, fröhliche Spur über den grauen Samtstoff ihrer Röcke.

Die junge Frau wagte nicht, sich zu rühren. Sie ahnte,

daß die leiseste Bewegung Dame Magali aus ihrem Schlummer reißen würde. Auch hatte sie bereits gelernt, daß ihr armer Kopf schmerzhaft gegen jede heftige Bewegung protestierte. Ein paar Atemzüge lang gönnte sie sich die Muße, über ihre Situation nachzudenken.

Sie zweifelte nicht daran, daß Fanny, Juan und die anderen Rennes inzwischen verlassen hatten. Natürlich mit dem Geld, das sie für ihr Pferd bekommen hatten, mit ihrem Mantelsack und allem, was sie besessen hatte. Ihr gehörte nichts mehr. Sogar das züchtige Nachthemd mit den langen Ärmeln, das sie trug, stammte vermutlich aus Dame Magalis umfangreichem Besitz. Alles war fort. Auch der Stern von Armor.

Sie empfand weder Empörung noch Trauer darüber. Die wenigen Tage, die sie in der Gesellschaft der Gaukler verbracht hatte, hatten ihr unbarmherzig klargemacht, daß es eine Armut gab, von der sie bisher trotz allem keine Ahnung gehabt hatte. Ein Mantelsack voller Kleider, ein Pferd und ein Frauengewand bildeten für diese armen Teufel bereits den Gipfel allen Reichtums. Man konnte sie verkaufen, um den Winter zu überleben, bis mit dem Frühling die Feste und Märkte zurückkamen.

Ihre Gedanken kehrten immer mehr ins Dunkel zurück. Das erste Entsetzen und der Schock über die eigene Tat wichen der tragischen Erkenntnis, daß sie einen entsetzlichen Fehler begangen hatte. Die alte Wahrsagerin hatte sie nur zu besänftigen versucht. Das Holzscheit, der schlafende Landry, der Hieb – es war Blut geflossen, viel zuviel Blut ...

Sie hatte in dem panischen Versuch, den Teufelskreis aus Anziehungskraft und Magie zu brechen, ein Leben zerstört, ein Leben, von dem sie jetzt erst wußte, daß es ihr unendlich teuer gewesen war. Der Mensch, den sie getötet hatte, hatte ihr die einzigen Momente der Zärtlichkeit und Liebe geschenkt, die sie jemals erleben würde.

»Du träumst!« verhöhnte sie sich bitter. »Ein Söldner

und eine davongelaufene, ehrlose Braut – wo sollte da Liebe entstehen? Er hat dich verführt, um dich besser beherrschen zu können. Um dir am Ende das Geheimnis des Sterns von Armor zu entreißen!«

Oliviane erbebte sogar jetzt noch unter der sicheren Gewißheit, daß es ihm letztendlich keine sonderlichen Schwierigkeiten bereitet hätte. Nicht nach jenen zauberhaften Stunden, in denen sie sich geliebt hatten! Von ihrem eigenen Körper, ihrem eigenen Herzen verraten, hätte sie ihm am Ende alles gegeben. Auch den Stern von Armor!

Und allein aus diesem Wissen heraus hatte sie zu dem mörderischen Schlag ausgeholt! Sie hatte gehofft, sich auf diese schreckliche Weise für immer von dem Mann befreien zu können, der so viel Macht über sie besaß. Ein verhängnisvoller Irrtum. Gemeinsam mit Landry war auch Oliviane de Rospordon gestorben.

Was sollte sie dieser gütigen Dame dort sagen, wenn sie ihr Fragen stellte?

Die Wahrheit? Diese Wahrheit zum Beispiel: »Ich bin Oliviane de Rospordon. Mein Großvater hat mich an Paskal Cocherel, den Herzog von St. Cado verkauft, und ich habe ihm mein Wort gegeben, diesen Verbrecher zu heiraten, damit unsere Familie wieder zu neuen Ehren kommt.«

O nein, es gab keine Oliviane de Rospordon mehr! Sie hatte das Recht verwirkt, unter diesem Namen Gerechtigkeit zu erbitten. Es war ein Name, der für Eidbruch, Verrat, Mord und Raub stand.

Blieb nur ›Odile‹, die dumme, verwirrte Dirne, die mit einem Trupp Gaukler durch die Lande zog und nicht wußte, woher sie kam und wohin sie ging. Würde Dame Magali diese Geschichte glauben? Vermutlich nicht. Kein Mensch war so töricht, das zu tun.

Trotzdem mußte sie weiter ›Odile‹ sein. Deren ärmliches Leben bot die Möglichkeit, die große Schuld zu sühnen – so lange, bis der Himmel endlich ein Einsehen mit ihr hatte und ihr ärmliches Dasein beendete.

Bei diesem Punkt ihrer Überlegungen angelangt, seufzte Oliviane gequält auf. Das kaum hörbare Geräusch brachte Dame Magali sofort auf die Beine.

»Ihr seid wach!« freute sie sich begeistert. »Welch ein Segen! Ich hatte mir schon Sorgen gemacht! Wie fühlt Ihr Euch? Schwach, nehme ich an, hungrig, durstig und nicht ganz von dieser Welt ... Keine Sorge, das wird sich schnell geben. Einen Moment ...«

Sie verschwand aus Olivianes Blickfeld, ihre Schritte waren an der Tür zu hören, und von dort hallten ihre Rufe nach der Dienstmagd durch das ganze Haus.

»Wir dürfen Eurem Magen nicht gleich zuviel zumuten«, plauderte sie beim Zurückkommen und schob die roten Wollvorhänge des Alkovens auch auf den anderen drei Seiten zurück. »Aber ich denke, ein wenig Milchsuppe, ein kleines Omelett und mageres Ragout könnten nicht schaden. Nein, nein, bleibt liegen, ich werde dieses Kissen unter Euren Rücken schieben, dann könnt Ihr aufrecht sitzen, ohne den Kopf bewegen zu müssen. Eure Beule schimmert in allen Farben des Regenbogens. Ich überlege mir wirklich, ob ich die Holzbalken an der Tür nicht entfernen lassen sollte ...«

Oliviane gab es fürs erste auf, dem Redeschwall folgen zu wollen. Dame Magalis Stimme verfügte über die unterschiedlichsten Tonnuancen. Beim Ruf nach der Magd klang sie wie das Horn eines Jägers, aber beim Beruhigen einer Kranken wie sanfter Nieselregen. Man konnte ihr lauschen, ohne sich anstrengen zu müssen. Oliviane dämmerte auf dem liebenswürdigen Geräuschteppich dahin, als eine Frage sie urplötzlich aus jeder Sicherheit riß.

»Du meine Güte, ich kann ja nicht immer Kind zu Euch sagen! Wollt Ihr mir nicht endlich Euren Namen verraten? Ihr müßt schließlich einen haben. Jedes Menschenkind wird von seiner Mutter mit einem Namen bedacht, wenn es auf die Welt kommt, und Ihr müßt ein besonders liebenswertes Kind gewesen sein!«

»Oli …« Im letzten Moment schloß Oliviane wieder die Lippen und verbesserte sich dann: »Odile … Meine Mutter hat mich Odile genannt!«

»Und wie hieß Euer Vater?«

Oliviane senkte die dichten Lider und bat den Himmel im voraus für die Lüge um Vergebung, aber sie erschien ihr immer noch besser als die Wahrheit. »Ich kann Euch nicht sagen, wer mein Vater war …«

Dame Magali schnalzte mitfühlend mit der Zunge und schüttelte den Kopf, daß die Haubenflügel nur so bebten. »Armes Kind!«

Oliviane ahnte nicht, daß die Dame aus den Augenwinkeln sehr wohl ihr heimliches, erleichtertes Aufatmen registrierte. Das schöne Mädchen war eine miserable Lügnerin. Die Fremde wollte also nicht sagen, wer sie war. Weshalb nicht? Die Sache wurde immer interessanter, fand Magali de Silvestre.

»Aber welches Unglück hat Euch in die Gesellschaft dieser unfreundlichen Fanny verschlagen?« forschte sie neugierig weiter. »Sie ist beileibe keine Gefährtin, die zu Euch paßt!«

Oliviane wägte vorsichtig zwischen Lüge und Wahrheit ab.

»Ich konnte mir nicht aussuchen, mit wem ich nach Rennes kam«, gestand sie ein. »Fannys Gefährten nahmen mich auf und gaben mir einen Platz in ihrem Karren. Ich war ihnen dankbar dafür …«

Eine Dienstmagd brachte ein Tablett mit Speisen und Getränken in die Kammer und unterbrach das Verhör. Beide Frauen waren auf ihre Art erleichtert darüber. Oliviane, weil sie nicht länger schwindeln mußte, und Dame Magali, weil sie sehr wohl merkte, daß sie es mit einer klugen Person zu tun hatte, die nicht gewillt war, ihre Geheimnisse zu verraten.

»Auf jeden Fall habt Ihr jetzt ein Dach über dem Kopf und seid nicht länger in Gefahr«, faßte die Dame des Hauses zusammen. »Eßt, Kind! Ihr seht aus, als hättet Ihr seit Tagen nichts Vernünftiges in den Magen bekommen.«

Die Magd hielt das Tablett, bis Dame Magali Oliviane geholfen hatte, sich aufzurichten. Sie stopfte der jungen Frau ein dickes Kissen in den Rücken und drückte ihr einen fein geschnitzten Holzlöffel in die Finger, ehe sie das Tablett auf Olivianes ausgestreckten Beinen plazierte.

»Ich nehme an, Ihr wollt nicht von mir gefüttert werden. Die Milchsuppe ist mit Zimt und Honig gewürzt, probiert nur! Sie schmeckt hervorragend und ist genau richtig, um einen empfindlichen Magen wieder an seine Arbeit zu gewöhnen!«

Oliviane gehorchte nicht zuletzt deswegen, weil sie beim Essen nicht sprechen mußte. Sie ignorierte das dumpfe Dröhnen in ihrem Kopf und begann die Suppe zu löffeln. Sie konnte sich nicht erinnern, jemals etwas so Köstliches gegessen zu haben.

Die herzliche Fürsorge ihrer Gastgeberin hatte etwas Entwaffnendes. Wie eine warme, weiche Welle schwemmte sie Protest und Widerstreben einfach hinweg. Dame Magali lächelte freundlich, gab ein paar Befehle und setzte am Ende ohne Schwierigkeiten ihren Willen durch.

Oliviane nahm sich vor, ihr mit allen Kräften zu widerstehen, aber sie ahnte bereits, daß dieser Kampf nicht leicht zu gewinnen sein würde.

17

»Ich bitte Euch, Dame Magali, laßt mich gehen!«

»Weshalb, meine liebe Odile? Gefällt es Euch unter meinem Dach so wenig?«

»Ihr wißt genau, daß dies nicht der Grund ist. Ich kann nicht bleiben ...«

»Weshalb?«

Die ruhige Behutsamkeit, mit der Dame Magali eine jede dieser sinnlosen Diskussionen führte, entlockte Oliviane ein gequältes Seufzen.

»Fragt nicht«, wisperte sie und zupfte an den hellgrünen Seidenbändern, welche das dunkelgrüne Wollkleid verzierten, das sie trug.

Der warme Farbton betonte die tiefe Blässe ihrer Haut, in der Eile hatte Dame Magali jedoch kein anderes Gewand auftreiben können, das ihrem Gast wenigstens einigermaßen paßte. ›Odile‹ war größer als die meisten Frauen, aber so schmal, daß jedes Kleid, das ihr in der Länge paßte, erbärmlich um ihre schlanke Gestalt schlotterte. Daran hatten auch die wenigen Tage nichts ändern können, in denen sie unter der Aufsicht der Hausherrin nahrhafte Mahlzeiten zu sich genommen hatte.

»Ich pflege keine Entscheidungen zu treffen, solange ich nicht die genauen Umstände und Hintergründe kenne«, lächelte die Amme des Herzogs freundlich. »Wenn Ihr meine Gastfreundschaft nicht annehmt, so müßt Ihr mir schon sagen, weshalb! Und kommt mir bitte nicht mit diesem Unsinn von Eurem vermeintlich geringen Stand!«

»Aber ...«

»Wenn ich Unsinn sage, dann meine ich Unsinn!« fiel ihr Dame Magali ungewohnt energisch ins Wort. »Ich weiß nicht, welches Drama Euch ins Unglück gestürzt hat, Odile. Aber eines weiß ich so sicher, als hätte ich Euch selbst die Ammenbrust gegeben: Ihr seid nicht in einem Gauklerkarren aufgewachsen. Eher schon in einem Kloster, wenn Ihr mich fragt ...«

Oliviane wurde noch eine Spur blasser. War diese Frau eine Hellseherin?

»Wie könnt Ihr das wissen?«

Dame Magali lachte zufrieden und gab die gewünschte Auskunft in ihrer üblichen Art: vergnügt und ausführlich.

»Ihr bekreuzigt Euch bei jedem Glockenläuten. Euer Schlaf richtet sich nach den Zeiten der Frühmesse, und Eure Leidenschaft zum Beten scheint mir – entschuldigt – weniger übertriebener Frömmigkeit als langer Gewohnheit zu entspringen. Wovor flieht Ihr in diese endlosen Litaneien? Hat man Euch nicht gelehrt, daß Gott am ehesten den Menschen hilft, die den Mut aufbringen, sich selbst zu helfen?«

»Ich bitte Euch ...«, wisperte Oliviane und mied den scharfen Blick ihrer Gastgeberin. »Ihr seid so gütig zu mir, und ich möchte Eure Mildtätigkeit nicht ausnutzen. Ich verdiene sie nicht!«

»Die Entscheidung darüber könnt Ihr getrost mir überlassen«, verkündete Dame Magali gelassen. »Laßt uns eine Abmachung treffen, Odile! Ihr bleibt unter meinem Dach, und ich verspreche Euch, nicht weiter in Euch zu dringen. Ich werde mich mit dem begnügen, was Ihr mir freiwillig erzählt, und geduldig warten, bis Ihr Vertrauen faßt. Was sagt Ihr zu diesem Angebot?«

»Habt Ihr keine Angst, daß ich Euch betrüge?« wollte Oliviane leise wissen.

»Euer Vertrauen in meine Menschenkenntnis rührt mich«, spottete Dame Magali gutmütig. »Nein. Wenn Ihr so direkt fragt, ich habe den Eindruck, daß sich das Böse in

Euch, sofern es überhaupt existiert, eher gegen die eigene Person als gegen andere richtet. Ihr braucht dringend einen Menschen, der Euch davor bewahrt, Euch selbst zu zerstören! Weshalb haßt Ihr Euch nur so sehr?«

»Vielleicht habe ich etwas Schreckliches, Unverzeihliches getan?«

»Dann werdet Ihr vermutlich einen triftigen Grund dafür gehabt haben!«

»Ich wünschte, ich hätte so viel Vertrauen in mich wie Ihr«, murmelte Oliviane bedrückt. »Warum seid Ihr so gut zu mir?«

Oliviane rechnete nicht mit einer Antwort, aber sie erhielt sie trotzdem. Dame Magali warf ihr einen eigenartigen Blick zu. »Vielleicht weil es das Anliegen einer jeden Amme ist, Leben zu schenken und zu erhalten – nicht, es zu zerstören.«

Die Worte machten Oliviane erst recht den Umfang ihrer eigenen Schuld klar. Sie hatte ein Leben aus den niedrigsten Motiven zerstört, weil sie ihren Stolz über menschliche Empfindungen gestellt hatte – weil sie Ehre für wichtiger als Zuneigung gehalten hatte.

Die Amme des Herzogs sah die Schatten, die über ›Odiles‹ Züge flogen, und hatte Mühe, ihre Neugier im Zaum zu halten. Etwas Rätselhaftes und zugleich Anrührendes ging von ihrem Schützling ohne Namen aus.

»Habt keine Angst, ich werde mir nichts antun«, flüsterte das Mädchen und straffte die Schultern, als wäre es ein Ritter, der in das letzte entscheidende Duell ging. »Das wäre der Gipfel der Feigheit und zudem eine Todsünde. Aber wenn Ihr mich schon bei Euch haben wollt, dann gebt mir wenigstens etwas zu tun. Ich ertrage es nicht, müßig die Hände in den Schoß zu legen.«

Die Hausfrau, die ihren Ehrgeiz darein legte, eine der besten von Rennes zu sein, kam dieser Bitte gerne nach. Die Arbeit erlöste Oliviane zwar nicht von ihrem Kummer, aber sie ließ ihr wenigstens kaum Zeit, überflüssigen

Gedanken nachzuhängen. Sogar zum Beten fand sie nur noch Muße, wenn sie Dame Magali in die Messe begleitete, welche die Dame bevorzugt in der Kathedrale von St. Pierre zu hören pflegte.

Das mächtige Gotteshaus mit den schweren, gedrungenen Pfeilern und den beiden Zwillingstürmen stand in der Nähe des Tors von Mordelaise. Es wurde, da es die Krönungskirche der bretonischen Herzöge war, regelmäßig auch von Jean de Montfort und seinem Hofstaat aufgesucht.

Diese Tatsache sicherte Dame Magali und ihrer Begleiterin stets einen bevorzugten Platz in der Nähe des Chorgestühls. Es dauerte nur wenige Tage, bis die Amme mit einem leisen Schmunzeln registrierte, daß ihr Schützling immer öfter seine Augen schweifen ließ, anstatt in leidenschaftlichem Gebet zu verharren.

Allein aus Odiles Gesichtsausdruck wurde sie nicht schlau. Er verriet ebenso kindliches Staunen wie Furcht, Stolz, aber auch so viel sehnsüchtige Trauer, daß sie es kaum übers Herz brachte, den Dingen einfach ihren Lauf zu lassen. Sie hatte angenommen, daß es Odile gefallen würde, das Haus zu verlassen und anderes zu sehen, aber sie schien sich selbst jede Freude zu verbieten.

An diesem Morgen waren sie unter den letzten, welche das Gotteshaus verließen, und es war nicht der Tag, an dem man auf den Stufen der Kathedrale verharrte, um noch einen neugierigen Blick in die Runde zu werfen. Ein heftiger Westwind zerrte an Mänteln und Haubenbändern, trieb alte Blätter und Unrat vor sich her und brachte Zunft- und Wirtshausschilder zum Tanzen. Graue Wolken segelten so knapp über die Schieferdächer der Stadt, als wollten sie sich daran aufschlitzen und wie aus Eimern den Regen freigeben, den sie mit sich trugen.

»Meine Güte, welch ein Sturm!« schnaufte Dame Magali und hielt ihre Haube mit der rechten Hand fest. »Kommt, Kind, ich muß noch beim Apotheker in der Rue du Griffon vorbeigehen. Wir brauchen frisches Kampferpulver und getrocknete Minze. Ich möchte zu gerne wissen, ob …«

Sie bemerkte mit einem Mal, daß Oliviane ihr überhaupt nicht zuhörte. Neugierig folgte sie deren faszinierten Blicken. Was fesselte die Aufmerksamkeit des sonst so stillen Mädchens dermaßen, daß es nichts anderes um sich herum wahrnahm?

Sie entdeckte eine Gruppe von Edelleuten, die sich hoch zu Roß von der Porte de Mordelaise her näherte, ein halbes Dutzend prächtig gekleideter Seigneurs, an deren Samtbaretts Federn wippten und auf deren Waffenröcken goldene gestickte Wappen glitzerten. Das Zaumzeug ihrer edlen Pferde glänzte, als wäre es eben erst poliert worden, und die Rösser selbst tänzelten, am kurzen Zügel gehalten, über die Pflastersteine.

Die meisten der Männer kannte Magali de Silvestre seit vielen Jahren, und auch für den einen, den sie im ersten Moment nicht einordnen konnte, fand sie nach kurzem Nachdenken den richtigen Namen. Vertraulich neigte sie sich zu Oliviane hinüber. »Ein Anblick, der das Herz einer jeden Frau erfreuen muß. Findet Ihr nicht auch?«

»Wer …« Oliviane räusperte sich. »Wer sind diese Männer?«

»Mitglieder des Rates Seiner Gnaden«, erklärte Dame Magali bereitwillig. »Gefährten seines Kampfes und seines Sieges. Ist es ein Bestimmter, der Eure Aufmerksamkeit erregt?«

Oliviane konnte nicht mehr sprechen. Sie konnte nur auf den jungen Seigneur deuten, der in lässiger Selbstverständlichkeit auf einem temperamentvollen schwarzen Hengst saß und ihn mit einer einzigen Hand bändigte. Es war ausgerechnet jener Mann, dessen Name Dame Magali nicht sofort eingefallen war.

Er trug einen königsblauen Waffenrock mit einem silbergestickten Wappen, das in einer Hälfte das Kreuz und in der anderen einen federgeschmückten Helm zeigte. Die Juwelen an seinem Schwertknauf glitzerten, und sein Barett trug, im Gegensatz zu denen der anderen Männer, keine Feder, sondern nur eine schwere Goldbrosche, deren Diamantverzierung weithin leuchtete. Die Kopfbedeckung saß schräg über einem Auge und verlieh ihm einen Hauch von Verwegenheit.

»Einer der besten Freunde Seiner Gnaden«, stellte Dame Magali den beeindruckenden Ritter vor. »Hervé de Sainte Croix, der Seigneur von Etel und Herbignac, ein prächtiger Kämpfer. Männern wie ihm haben wir es zu verdanken, daß in unserer Heimat endlich Frieden herrscht. Soweit ich weiß, war er lange Zeit als Gesandter am Hofe des französischen Königs, um dort die Sache der Montforts zu vertreten.«

Oliviane starrte auf den Reiter, obwohl sein Bild längst vor ihren Augen verschwamm. Sie mußte verrückt sein, wahnsinnig! Aber für einen winzigen Augenblick hatte sie tatsächlich geglaubt, der Schwarze Landry sei von den Toten auferstanden!

Sie hatte im ersten Moment nicht bemerkt, daß dieser Mann keinen Bart trug. Auch die eleganten Kleider waren ihr entgangen. Sie hatte einfach nur seine Silhouette erfaßt, und ihr Herz war ihm zugeflogen – erleichtert, rasend glücklich und wie von Sinnen! Wie töricht und albern! Eine dumme Ähnlichkeit von Gestik und Haltung hatte sie genarrt!

»Ehrlich gesagt, mir würde er auch gefallen«, schnatterte Dame Magali begeistert weiter. »Wenn ich ein halbes Leben jünger wäre, könnte ich mir durchaus vorstellen, einem solchen Prachtkerl schöne Augen zu machen. Na, nun guckt nicht so entrüstet, mein Kind! Wollt Ihr mir weismachen, daß es noch keinen Mann gegeben hat, der Euer stolzes Herz gerührt hat? Ah, wenn ich da an meinen armen Bertrand denke, Gott hab' ihn selig ...« Sie brach ab, weil sie merkte, daß Oliviane ihr überhaupt nicht zuhörte.

»Kind, Ihr seid bleich wie gestockte Milch«, stellte sie trocken fest. »Was ist los?«

Olivianes Kehle war wie zugeschnürt. Sie hatte eiskalte Hände, und ihr Herz raste. Der Anblick des fremden Seigneurs hatte eine Tür in ihrem Innern aufgestoßen, die sie sicher verschlossen geglaubt hatte.

»Nun, ich denke, wir werden den Apotheker für heute warten lassen. Gehen wir nach Hause, das Wetter ist ohnehin nicht dafür geeignet, überflüssige Wege zu machen. Na, kommt schon, Odile, worauf wartet Ihr?« Sie versetzte der jungen Frau einen kleinen Klaps auf den Arm, damit sie sich in Bewegung setzte.

Allerdings zitterten Olivianes Knie so sehr, daß sie kaum die wenigen Stufen hinunter auf die Straße gehen konnte. Wie blind stolperte sie ihrer davoneilenden Beschützerin nach und stieß prompt mit einem breiten, massigen Bürger zusammen, der keine Anstalten machte, ihr den Weg freizugeben.

»Ei, wen haben wir denn da? Die schöne Fremde, die unter Mutter Magalis Gluckenflügel gekrochen ist! Gott zum Gruß, reizende Jungfer! Ich habe mich schon gefragt, wann ich Euch wiedersehen werde!«

Oliviane starrte in das hochrote Gesicht von Maître Crépin, der seine gelben Raubvogelaugen begehrlich auf sie richtete. Auch in diesem Moment fiel ihr die Ähnlichkeit mit Paskal Cocherel auf, und ihre ohnehin strapazierten Nerven drohten ihr vollends durchzugehen.

»Entschuldigt, Monsieur!« Sie fuhr so heftig vor ihm zurück, daß sie fast rückwärts auf die Stufen der Kathedrale gefallen wäre. »Ich habe nicht aufgepaßt ...«

»Je nun, ich mag' es, wenn man mich nicht vergißt, mein Kätzchen ...«

»Das reicht, Maître Crépin!«

Wie eine Rachegöttin baute sich Dame Magali vor dem Bürger auf, der zwar beim Weinhandel ein respektables Vermögen verdient hatte, in ihren Augen aber gerade deswegen kaum ehrbar genannt werden konnte. Sie suchte schon seit langem nach einer Möglichkeit, ihm seine Unverschämtheiten heimzuzahlen.

»Wenn Ihr jetzt schon damit anfangt, ehrbare Jungfern zu beleidigen ...«

»Ehrbare Jungfern?« schnaufte der Weinhändler, und sein Gesicht wurde noch eine Nuance röter, ehe er vollends loslegte: »Ei, wem wollt Ihr denn dieses Märchen erzählen? Die da ist eine Dirne, auch wenn Ihr sie in feine Kleider hüllt!«

»Hütet Eure Zunge!« fauchte Dame Magali entrüstet. »Wollt Ihr achtbaren Bürgersfrauen zu nahe treten? Wagt Ihr es, das Wort der Amme Seiner Gnaden in Frage zu stellen? Dieses Mädchen ist meine Nichte, sie hat ein Anrecht auf Euren Respekt!«

Maître Crépin überlegte sich seine Antwort im letzten Moment. Trotz des miserablen Wetters hatte der unverhoffte Streit viele neugierige Zuhörer herbeigelockt. Auch die Edelmänner zügelten ihre Pferde, denn die wütende Dame in der hohen weißen Haube, die den rotbackigen Händler herunterputzte, bot ein Spektakel, das man auch in Rennes nicht alle Tage zu sehen bekam.

Hervé de Sainte Croix griff nur in die Zügel, weil es auch die anderen taten. Seine Augen unter der breiten Kante des Baretts glitten eher gleichgültig über die Köpfe der Menschen hinweg, als das Gleißen einer goldenen Haarsträhne mit einem Mal seine Aufmerksamkeit erregte. Wie gebannt starrte er auf die schmale weiße Hand, die die Locke nun wieder unter die Kapuze steckte. Die junge Frau wandte ihm den Rücken zu. Offensichtlich hatte sie mit dem Streit zu tun, der sich anbahnte.

»Bei Gott, Ihr mißversteht mich, Dame Magali!« vernahm er nun die schrille Stimme des Weinhändlers. »Ich wollte Eurer verehrten Nichte keineswegs zu nahe treten. So viel Schönheit, so viel Ehrbarkeit ...«

Die Nichte von Dame Magali de Silvestre! Der Reiter

stieß den angehaltenen Atem aus. Demnächst würde es noch einem Sonnenstrahl gelingen, ihn zum Narren zu halten. Er zuckte die Schultern und winkte seinen Begleitern, ihm zu folgen, denn er hatte nicht die Absicht, sich in Dinge einzumischen, die ihn nichts angingen.

Was er von der Amme seines Herzogs gehört hatte, ließ ihn zudem annehmen, daß sie selbst imstande sein würde, sich gegen diesen gräßlichen Kerl dort zu wehren. Und wirklich, Hervé de Sainte Croix schmunzelte, als er beobachtete, wie der Kerl jetzt katzbuckelnd das Weite suchte.

»Nun reg dich nicht auf!« Dame Magali faßte nach Olivianes eiskalten Fingern. »Dieser Mensch ist es nicht wert, daß du dich seinetwegen kränkst. Gütiger Himmel, gib mir deinen Arm, du siehst aus, als würdest du jeden Moment ohnmächtig werden.«

In Olivianes Ohren rauschte das Blut. Sie ließ Dame Magali in dem Glauben, daß der aufdringliche Weinhändler an ihrer Erregung schuld sei, und versuchte, ihre Fassung zurückzugewinnen. Sie hatte geglaubt, auf der Stelle die Besinnung zu verlieren, als die Reiter auf sie zugekommen waren. Sie hatte kaum gewagt, den Blick zu heben, und jetzt wußte sie nicht einmal mehr, ob sie enttäuscht oder erleichtert sein sollte.

Von dem Barett beschattet, hatte sie nur Mund und Nase des Seigneurs erkennen können, aber sein Kinn war makellos rasiert gewesen, glatt und ohne die Spur dunkler Bartstoppeln, und seinen Mund, in dessen Winkeln verächtliche Herablassung lauerte, hatte er fest zusammengepreßt. Ein Edelmann, selbstbewußt und nobel. Welten lagen zwischen ihm und dem Abenteurer, dessen Bild er in Olivianes Herzen heraufbeschworen hatte.

Dame Magali bugsierte sie über den Trittstein ihres Hauses, um sie vor dem Wind und den neugierigen Blicken in Sicherheit zu bringen. Vor dem mächtigen Kamin in der großen Stube mit den geschnitzten bretonischen Möbeln sank die junge Frau stumm auf eine Bank und starrte wie gelähmt auf den blankpolierten Holzboden.

»Potzblitz!« schimpfte Dame Magali eher hilflos als zornig. »Ich hätte Euch ein wenig mehr Mut und Kampfgeist zugetraut. Wollt Ihr Euch wirklich von einem geschmacklosen, lüsternen Weinhändler einschüchtern lassen, Kind? Ihr, eine Dame von Geblüt und Adel, laßt euch von diesem Lümmel beleidigen und kränkt Euch auch noch darüber?«

Sie registrierte in einem Anflug von Triumph, daß Oliviane dieses Mal die Einschätzung ihrer Herkunft nicht korrigierte.

»Der Weinhändler ist mir egal«, seufzte die junge Frau endlich und strich sich mit zitternder Hand die Kapuze von den blonden Haaren. »Ihr hättet nicht für mich lügen dürfen! Es ist mir gleich, was er über mich sagt. Mit dem meisten hat er ohnehin recht.«

»Das überlaßt nur mir zu entscheiden«, winkte ihre Gönnerin ab und öffnete die Schnalle ihres Umhangs, ehe sie den Mantel an eine Dienstmagd weitergab. »Bring uns einen Krug Gewürzwein und ein paar Mandelkekse«, befahl sie dem Mädchen. »Ich bin bis auf die Knochen durchgefroren von diesem Teufelswind!«

Die Dienerin verschwand blitzschnell, denn Dame Magalis Haushalt funktionierte so präzise wie ein gut geöltes Räderwerk. Von dieser Frau hätte sogar Mutter Elissa noch etwas lernen können. Als schließlich der Gewürzwein in den Bechern dampfte und Oliviane zaghaft daran nippte, versuchte Magali de Silvestre erneut, das Vertrauen der jungen Frau zu gewinnen. Sie hatte sich die Dinge durch den Kopf gehen lassen und war auf eine ebenso verblüffende wie abenteuerliche Möglichkeit gestoßen.

»Kann es sein, daß Euch der Seigneur de Sainte Croix kein ganz Unbekannter ist, mein Kind?«

Olivianes Kopf fuhr hoch. Sie verschüttete bei der heftigen Bewegung ein paar Tropfen Wein, die zischend ins

Kaminfeuer spritzten und den Duft von Zimt und Nelken im Raum verbreiteten. Sie wurde blaß und errötete dann, rang nach Atem und bemühte sich offensichtlich verzweifelt, die Fassung zu bewahren.

»Nein! Nein, ich habe ihn nie gesehen ... Ihr täuscht Euch!« stammelte sie völlig außer sich und stellte den Becher ab. »Ich schwöre es, ich habe ihn noch nie gesehen! Ich kenne ihn nicht.«

»Also gibt es jemanden, der ihm ähnlich sieht!« vermutete die Ältere nach kurzem Nachdenken.

Die junge Frau nickte bedrückt. Das immerhin konnte sie einräumen, ohne sich in Gefahr zu begeben. Vermutlich las man es ohnehin in ihrem Gesicht.

»Jemand, dem Ihr zugetan seid?«

Auch dies war eine ins Blaue hinein geäußerte Vermutung, aber Dame Magali sagte sich, daß bei so viel Schönheit und so viel Unglück logischerweise ein Mann seine Finger im Spiel haben mußte.

»Ich wußte es nicht!« wisperte Oliviane verzweifelt. Der Anblick des noblen Seigneurs hatte sie ganz und gar aus der Fassung gebracht.

»Was wußtet Ihr nicht?«

»Wie viel er mir bedeutet!« Oliviane vergrub das brennende Gesicht in den Händen, und ihre nächsten Worte klangen undeutlich. »Ich wünschte so sehr, ich hätte es nicht getan!«

»*Was* nicht getan? Ihn verlassen?«

»Wenn es nur das wäre!« Oliviane hob den Kopf, und die unendliche Traurigkeit in ihrem Blick verschlug sogar Dame Magali die Sprache. »Ich habe ihm das Ärgste angetan, was man einem Menschen antun kann. Ich habe seine Liebe mißbraucht, um ihn ...« Sie brachte nicht mehr über ihre Lippen.

»Um ihn zu verlassen?« hakte Dame Magali nach.

»So kann man es auch nennen«, stammelte sie und schämte sich für ihre Feigheit, die sie davon abhielt, die schlimmen Tatsachen in Worte zu fassen. »Es gibt keinen Weg zurück.«

Sie starrte in die Flammen und vergaß, wo sie sich befand und daß ihre Gönnerin sie mit interessierten Augen betrachtete. Die Amme des Herzogs hingegen schwankte zwischen Mitgefühl und Neugier. Sie hatte es gleich geahnt, daß der Himmel ihr dieses reizende Geschöpf nicht ohne tieferen Grund ins Haus geschickt hatte. ›Odile‹ benötigte unzweifelhaft einen energischen Menschen, der sich ihrer annahm.

Oliviane hingegen war ganz in die schreckliche Auflistung ihrer eigenen Fehler vertieft. *Es gibt nichts mehr, was du fürchten müßtest! Ich werde dich beschützen!* Leise hallte das Versprechen des Schwarzen Landry aus der Vergangenheit zu ihr herüber. Wieso hatte sie nicht begriffen, daß dies alles war, was sie sich wünschte: in seinen Armen Vergessen und Schutz zu finden?

»Je nun«, Dame Magali dachte nicht daran, sie ihren stummen Selbstvorwürfen zu überlassen. »Ein jeder Mensch macht Fehler, aber wir wären ein armseliger Haufen, wenn wir nicht aus ihnen lernen würden. Wollt Ihr mir nicht erzählen, was passiert ist, meine Kleine? Vielleicht entdecke ich ja einen Weg, den Ihr bisher einfach übersehen habt?«

Oliviane vermochte ein Schluchzen nicht zu unterdrücken. Es war nicht das großzügige Angebot, das sie so aufwühlte, sondern vielmehr die Tatsache, daß die andere sie ›meine Kleine‹ genannt hatte. Landry hatte dies zu ihr gesagt, und in seinen Armen hatte sie sich tatsächlich klein und zart gefühlt.

»Fragt mich nicht«, murmelte sie erstickt. »Ihr wäret entsetzt über mich, wenn Ihr es wüßtet!«

»Papperlapapp! Wenn Ihr erst einmal so alt seid wie ich, werdet Ihr auch nicht mehr so schnell entsetzt sein«, schnaufte die ehrenwerte Dame, aber einmal mehr siegte ihr Mitleid beim Anblick des kalkweißen verzweifelten

Gesichtes vor ihr. »Ich will nicht weiter in Euch dringen, aber Ihr solltet wissen, daß ich Euch in mein Herz geschlossen habe!«

Es war Magali de Silvestre nicht ganz klar, weshalb ausgerechnet jenes Geständnis ›Odile‹ dazu brachte, die Tränen zu vergießen, die sie bisher so tapfer unterdrückt hatte. Sie konnte nicht wissen, daß sie der erste Mensch in ›Odiles‹ Leben war, der ihr ein solches Geständnis gemacht hatte. Nicht einmal der Schwarze Landry hatte sich die Mühe gemacht, Oliviane in klaren Worten zu sagen, was er für sie empfand.

Dame Magali reagierte wie stets, wenn sie jemanden mochte. Sie schloß die verzweifelte junge Frau in die Arme, tätschelte ihr den Rücken und ließ sie weinen. Tränen reinigten.

18

»Wie wird er reagieren?«

Jean de Montfort war nicht der einzige, der seinen Blick auf Hervé de Sainte Croix heftete, der mit verschränkten Armen am großen Eichentisch des Herzogs stand und auf die Karten starrte, die dort ausgebreitet lagen. Alle Ratgeber Jean de Montforts erwarteten von Sainte Croix eine Antwort auf diese wichtige Frage.

»Er wird kämpften bis zum letzten«, erwiderte er knapp. »Er muß es tun, sonst rebellieren seine Männer. Das sind keine disziplinierten Soldaten. Das sind Kerle, die für die eigene Beute, das eigene Wohlergehen rauben und brandschatzen. Nur Cocherel und sein Hauptmann Gordien haben diesen wüsten Haufen einigermaßen im Griff. Wenn er auf unsere ausgeblutete Heimat losgelassen wird, müssen wir das Schlimmste fürchten!«

»Und diese Botschaften?« Der Herzog deutete auf ein paar Pergamente, die neben den Karten lagen. »Der Kerl hatte sogar die Frechheit, mich zu seiner Hochzeit am Dreikönigstag einzuladen! Ich möchte wissen, welcher Teufel den alten Rospordon geritten hat, seine Enkelin einem solchen Schurken zur Frau zu geben! Warum hat er sie nicht der Herzogin als Edeldame angetragen?«

»Ihr sorgt Euch umsonst. Die Hochzeit fand nie statt«, erklärte Sainte Croix kalt. »Die junge Braut ist verschwunden, ehe der Bund geschlossen wurde.«

»Verschwunden?« Für einen Moment waren die Ratgeber des Herzogs abgelenkt. Eine Braut aus dem noblen Geschlecht Rospordon verschwand vor der Hochzeit nicht wie ein Phantom. Entweder erlaubte sich Sainte Croix einen Scherz mit ihnen, oder es steckte mehr hinter der Geschichte!

»Was soll das heißen?« forschte Jean de Montfort mit gerunzelter Stirn. »Ich möchte meinen, Paskal Cocherel wäre überglücklich darüber gewesen, daß es ihm gelungen ist, eine Braut aus einer so angesehenen Familie zu ergattern. Auch wenn das arme Kind vermutlich arm wie eine Kirchenmaus und häßlich wie die Nacht ist, ich hätte gedacht, er würde es auf jeden Fall hüten wie seinen Augapfel, bis es von ihm schwanger ist. Er weiß zu genau, daß der Name seiner Braut seinen Nachkommen Schutz und Ehre garantieren würde.«

»Es gelang dem Mädchen, dem Herzog zu entkommen«, entgegnete Hervé de Sainte Croix knapp. »Er hat seine Männer in alle Himmelsrichtungen gesandt und das Land um St. Cado auf den Kopf gestellt, aber die junge Frau blieb wie vom Erdboden verschluckt. Die Flucht hat bei ihm einen Tobsuchtsanfall ausgelöst; er ist außer sich vor Wut, was es nicht gerade leichter macht, seine Reaktionen vorherzusagen.«

»Geht Ihr davon aus, daß das Mädchen Helfer gehabt hat?« erkundigte sich der Herzog mit einem vielsagenden Unterton.

»Anders kann ich mir die Sache kaum erklären«, entgegnete der Seigneur mit betont neutraler Stimme und hielt Jean de Montforts Blick ruhig stand.

»Dann müssen wir uns also nicht den Kopf über diese junge Frau zerbrechen«, entschied der Herzog und wandte sich wieder den dringlicheren Fragen zu. »Ihr denkt also, daß eine Belagerung von St. Cado nicht zu empfehlen ist ...«

Im Nu konzentrierten sich die Herren wieder auf die Pläne und Strategien. Hervé Sainte Croix hielt das Thema, das ihm so viel Kopfzerbrechen und so viele schlaflose Nächte beschert hatte, für abgehakt. Doch als sich der Rat verabschiedete, hielt der Herzog Hervé noch einmal zurück. Seine Neugier war noch längst nicht gestillt.

»Auf ein Wort, mein Freund ... Gönnt mir noch ein wenig Eurer Zeit! Ihr habt Euch verändert«, eröffnete er das Gespräch, nachdem sie beide auf gepolsterten Hockern vor dem flackernden Kaminfeuer Platz genommen hatten und ihre Becher gefüllt waren.

»Ihr meint, es fällt mir schwer, mich an die höfischen Manieren und die diplomatischen Formulierungen zu gewöhnen?« Ein freudloses Lächeln umspielte die wohlgeformten Lippen des Seigneurs. »Damit habt Ihr nicht einmal unrecht. Ich fange an, mich zu fragen, ob man tatsächlich so viel Zeit damit vertun sollte. Es hält nur auf und verzögert die Dinge, die man besser gleich tun sollte.«

»Ihr wißt genau, daß ich etwas anderes meine. Ihr habt jene Rücksichtslosigkeit und Unbeschwertheit eingebüßt, die Euch früher wie eine Rüstung umgab«, entgegnete Jean de Montfort ernst.

»Das Gefühl, unbesiegbar zu sein?« räumte Hervé de Sainte Croix ironisch ein. Er wußte zu gut, wovon sein Herr und Freund sprach. »In der Tat. Wie Ihr an meiner verfrühten Rückkehr seht, bin ich tatsächlich nicht unbezwingbar – eine herbe Erkenntnis für einen Mann meines Temperaments. Ich mußte aufgeben, ehe ich das Ziel erreicht hatte. Habt Ihr das schon vergessen?«

»Niemand macht Euch deswegen einen Vorwurf, mein Freund. Ihr habt dem Herzogtum unschätzbare Dienste erwiesen. Dank Euch sind wir vorbereitet, wenn Cocherel zur letzten Schlacht rüstet. Was macht Euch dennoch so gereizt und unzufrieden? Kann es sein, daß Ihr Euch selbst die Vorwürfe macht, die sonst niemand erhebt?«

»Es gibt zu viel, das nicht von Erfolg gekrönt war«, räumte Sainte Croix ein. »Oliviane de Rospordon war unter den Novizinnen von Sainte Anne. Auch dies war ein Grund, weshalb Cocherel sie unbedingt zur Frau haben wollte. Er hoffte, wenigstens diesmal nicht nur die Braut, sondern auch den Stern von Armor in seinen Besitz zu bringen. Es ist ihm mißlungen, aber ich bin ebenso gescheitert wie er. Wie es aussieht, besteht keine Möglichkeit, diesen vermaledeiten Stein zu bekommen ...«

»Erzählt mir von der Demoiselle de Rospordon. Ich kann mich an ihren Vater erinnern. Ein Mann von großer Tapferkeit und außerordentlichem Stolz. Er wollte den Rospordons zu neuer Macht verhelfen. Wie schade, daß er ohne männlichen Erben gefallen ist und nur dieses Mädchen von seinem Stamm übriggeblieben ist!«

»Oliviane de Rospordon hat sowohl die Tapferkeit als auch den bedingungslosen Stolz ihres Vaters geerbt«, räumte der Seigneur heftiger als beabsichtigt ein. »Haltet sie nicht für ein schwaches Kind.«

»Dafür spricht ihre Flucht«, nickte der Herzog zustimmend. »Trotzdem bleibt es eine unüberlegte Dummheit. Wohin könnte sie sich gewandt haben? Hat sie Schutz in einem Kloster gesucht? Habt Ihr eine Ahnung, wo der Stern von Armor geblieben sein könnte?«

»Wie Ihr wißt, hatte ich keine Gelegenheit, dies in Erfahrung zu bringen. Oliviane de Rospordon hat ihre eigenen Entscheidungen getroffen.«

Hervé de Sainte Croix wandte den Blick ab, so daß der Herzog nur sein Profil sah. Doch dies genügte, daß er die verkrampften Lippen und die heftig pochende Schläfenader bemerkte.

»Beschreibt mir die Demoiselle!«

Dem Herzog entging nicht, wie knapp die Schilderung seines Freundes ausfiel und wie betont neutral seine Stimme dabei klang.

»Ich würde sagen, das Mädchen ist ein wenig größer als die meisten anderen Frauen, schlank, mit hüftlangen blonden Haaren. Die Züge sind gefällig, das Gesicht ist oval. Braune Augen. Die Stimme dunkel, die Bewegungen voller Anmut, das Verhalten ihrer Abstammung angemessen ...«

»Sie ist schön?« Jean de Montfort wollte es genauer wissen.

»Schöner als Mond und Sonne zusammen!« brach es aus dem Seigneur heraus, und er stand so abrupt auf, daß sein Stuhl über den hölzernen Boden schrammte. »War es das, was Ihr wissen wolltet?«

»So war sie eine weitere Figur in Eurem Schachspiel, mein Freund?«

»Bei Gott, nein!« Hervé de Sainte Croix stieß die Worte so unbeherrscht hervor, daß es ihm peinlich war. »Entschuldigt, ich weiß nicht, was in mich gefahren ist.«

»Und Ihr seid sicher, daß die Dame nichts mit Eurer galligen Laune zu schaffen hat?« hakte der Herzog erneut nach.

Dieses Mal schüttelte der Seigneur stumm den Kopf, weil er fürchtete, kein Ende zu finden, wenn er anfing, seinen Zorn in Worte zu fassen.

»Nun, es wäre auch zu schön gewesen, wenn es mir tatsächlich gelänge, die Sterne von Armor vollständig in meinen Besitz zu bringen«, seufzte Jean de Montfort. »Ich werde mich mit jenen zufriedengeben müssen, die ich habe. Obwohl ich gestehe, daß ich Oliviane de Rospordon gerne kennengelernt hätte. Sie scheint mir eine höchst ungewöhnliche junge Dame zu sein.«

Er erhielt keine Antwort. Der Seigneur de Sainte Croix stützte sich am Kaminsims ab und starrte schweigend in das Feuer. Er wirkte so versunken, als sähe er dort ein Bild, das seinem Herrn verborgen blieb. Zudem trug er eine so düstere Miene zur Schau, daß nicht einmal der Herzog es wagte, noch weitere indiskrete Fragen zu stellen. Schließlich respektierte er die Wünsche eines Freundes.

»Ich verstehe keineswegs, warum Ihr mich nicht einmal mehr nach St. Pierre zum Hochamt begleiten wollt«, entrüstete sich Dame Magali. »Ihr könnt Euch doch nicht ununterbrochen in diesem Haus vergraben! Wie stellt Ihr Euch das denn vor?«

Oliviane sah von dem Spinnrad auf, das sie mit geschicktem Tritt in Gang hielt, während der feine Faden durch ihre Finger lief. Sie konnte stundenlang am Spinnrad sitzen, reglos und schweigend und nur in die eigenen melancholischen Gedanken vertieft, die wohl schuld daran waren, daß sich jener schmerzliche Zug in ihren Mundwinkeln eingenistet hatte.

»Wenn ich Euch zur Last falle, gehe ich«, bot sie leise an und erntete das übliche, entrüstete Zungenschnalzen ihrer Gönnerin. Der Kampf stand unentschieden.

»Einen wahrhaftigen Eisenschädel habt Ihr, Kind! Das ist es«, ärgerte sich Dame Magali verdrießlich. »Ihr könnt mir nicht weismachen, daß Ihr wegen Maître Crépin nicht mitkommen wollt. Ihr lauft vor der Erinnerung an diesen Mann davon, dessen Andenken Euch das Herz schwermacht! Denkt Ihr denn, Ihr seid die einzige, die in diesem Land Kummer hat?«

Oliviane sah betroffen auf, und Dame Magali nutzte die unverhoffte Gelegenheit, ihr eine neuerliche Predigt zu halten.

»Wie soll es denn weitergehen, wenn ein jeder nur an sich selbst denkt und nicht einmal den Mut aufbringt, das eigene Leben in ordentliche Bahnen zu lenken?« fragte sie und stemmte die Arme in die Hüften. »Denkt Ihr, es fällt beispielsweise unserem Herzog leicht, mit einem Schurken wie diesem Paskal Cocherel zu paktieren, nur damit unser Land endlich Frieden bekommt? Ein jeder muß Kompromisse eingehen und seinen Weg finden. Nur in unseren Träumen ist alles gerade, gerecht und unanfechtbar. Wenn sie der Wahrheit entsprächen, würde unser Herr das Kreuz von Ys mit den Sternen von Armor tragen und dem ganzen Land damit augenfällig beweisen, daß alles seine Ordnung hat. In Wahrheit ist es aber so, daß keiner so richtig an dieses sagenhafte Kreuz glauben kann und daß Seine Gnaden das Ziel wohl mit eigener Tüchtigkeit und Gerechtigkeit erreichen muß, weil es keine Wunder gibt.«

»Ihr könnt ruhig daran glauben«, widersprach Oliviane und nahm den Fuß vom Spinnrad. »Es gibt das Kreuz von Ys. Die Nonnen von Sainte Anne d'Auray haben es über die Jahrhunderte hinweg gehütet.«

Dame Magali vergaß den geplanten Kirchgang und runzelte die Stirn. »Jetzt macht Ihr Euch zu allem Überfluß auch noch lustig über mich, nicht wahr?«

»Nein«, Oliviane schüttelte den Kopf. »Das würde ich nicht wagen. Ich spreche die Wahrheit.« Sie hatte keinen Grund mehr, das Geheimnis zu wahren, denn sie besaß den Stern von Armor ja ohnehin nicht mehr. Wer konnte schon sagen, wo sich das Salbendöschen jetzt befand, das sie bei ihren Abenteuern verloren hatte? Vielleicht hatte Fanny es gefunden, oder es lag irgendwo unbeachtet und vergessen.

»Es ist zu viel Blut geflossen, um Scherze darüber zu machen«, fuhr sie nach einem tiefen Atemzug fort. »Weil er wußte, daß sich das Kreuz von Ys bei den Nonnen von Sainte Anne befand, hat der Herzog von St. Cado das Kloster überfallen und jene Frauen getötet, die nicht rechtzeitig fliehen konnten. Aber er kam zu spät. Mutter Elissa hatte das Kreuz zerstört, ehe er ankam, und die Sterne von Armor in alle Winde zerstreut. Ich selbst habe auch einen davon besessen. Den blauen Saphir!«

»Gütiger Himmel!« schnaufte die Amme des Herzogs perplex und ließ sich so schwer auf die nächstbeste Truhe fallen, daß das geschnitzte Möbel in den Eisenbändern ächzte. »Wenn das stimmt ...«

»Ihr dürft mir glauben«, behauptete das Mädchen am Spinnrad. »Ich habe den Saphir stets bei mir getragen – in einem Versteck, von dem ich dachte, daß es vollkommen sicher wäre. Aber ich habe an so vieles geglaubt, das am Ende nicht gestimmt hat ...«

»Was soll das heißen?« Dame Magali stemmte sich wieder hoch und machte den Anschein, Oliviane an den Schultern packen und schütteln zu wollen.

Die zuckte lediglich mit den Schultern und wunderte sich im stillen selbst darüber, daß sie nicht mehr als ein flüchtiges Bedauern darüber empfand, das Kleinod verloren zu haben. Der Stein war so viel wert wie das Lösegeld für einen König, aber was hätte sie schon damit anfangen können? Das Leben des Schwarzen Landry konnte sie nicht zurückkaufen!

»Am Ende habe ich das Juwel samt seinem ach so klugen Versteck verloren«, erzählte sie niedergeschlagen. »Einer Salbendose aus Alabaster, die ich von meiner Mutter geerbt hatte. Niemand kam auf die Idee, den Saphir unter halb ranzigem Ringelblumenbalsam zu suchen. Vermutlich wird er dort bleiben, bis irgend jemand das Gefäß aus purem Zufall zerschlägt ...«

»Eine Salbendose aus Alabaster?« Dame Magali hob alarmiert den Kopf. »Könnt Ihr mir das Gefäß vielleicht ein wenig genauer beschreiben?«

Oliviane sah keinen Sinn darin, aber wenn ihrer Gastgeberin so viel daran lag, die Einzelheiten zu wissen, dann konnte sie ihr diesen Gefallen tun.

»Es war eine runde Dose aus milchigem Alabaster, kaum größer als ein Augustapfel. Den Deckel zierte eine geschnitzte Heckenrose, und er saß sehr fest, weil er ein wenig klemmte.« Oliviane sah auf ihre Hände, deren rötliche Male von der Arbeit am Spinnrad zeugten. »Ich dachte, mit Hilfe des Sterns von Armor würde es mir gelingen, den Namen der Rospordons wieder zu alten Ehren zu bringen. Aber nicht einmal das habe ich vollbracht ...«

Es fiel ihr nicht auf, daß sie Dame Magali bei dieser Gelegenheit ein weiteres Geheimnis verraten hatte. Der Verlust des Sternes von Armor hatte für sie an Wichtigkeit verloren, seit ihr klargeworden war, daß sie noch etwas viel Bedeutenderes eingebüßt hatte als dieses Juwel. Etwas, das sogar noch schwerer als ihr Stolz und ihr edler Name wog – ihr Herz!

»Wartet, Kind, wartet! Rührt Euch nicht von der Stelle!« vernahm sie Dame Magalis Stimme, während Magali de Silvestre bereits mit wehendem Umhang aus der Kammer eilte.

Ihre hastigen Schritte polterten in den ersten Stock hinauf, und die Balken der Decke knirschten, als sie sich oben in einem Raum zu schaffen machte. Dann flog sie förmlich wieder in die Stube.

»Hier! Ist das Euer Eigentum?«

Oliviane starrte fassungslos auf die Handfläche ihrer Beschützerin. Sie schloß die Lider und öffnete sie von neuem, aber das Bild blieb gleich. Eine blaßgelbe Alabasterdose mit Heckenrosenmotiv auf dem Deckel! Ein solches Stück konnte es nicht zweimal geben! »Woher habt Ihr das?«

»Die Dose lag vor meiner Haustür, nachdem Ihr so schwer gestürzt wart«, berichtete die Dame mit hochrotem Gesicht und völlig außer Atem. »Ehrlich gesagt, ich habe sie einfach aufgehoben und in die nächstbeste Truhe getan, um Euch später danach zu fragen. Wie dumm von mir, sie zu vergessen!«

Zögernd griff Oliviane nach dem Behältnis und löste den Deckel. Der Balsam wirkte schmutzig und roch noch ranziger als zuvor, aber sie grub ohne Zögern ihre Finger in die Masse, bis sie auf den vertrauten Widerstand traf. Oliviane zog den Saphir aus seinem Versteck und sah sich nach einem Tuch um, damit sie ihn säubern konnte. Sie konnte ja schlecht ihre Röcke dazu verwenden.

Dame Magali waren solche Skrupel fremd. Sie besorgte die Reinigung mit einem ihrer Unterröcke. Kurze Zeit später hielt sie einen ovalen, fein geschliffenen Saphir von der erstaunlichen Größe eines Wachteleis in der Hand. Sein bläuliches Feuer fing die Flammen im Kamin ein und sprühte einer Sonne gleich kleine blaue Sterne durch den Raum.

»Heilige Mutter Gottes!« murmelte die Dame, und das Juwel wäre ihr fast aus der Hand gefallen, wenn Oliviane nicht schnell zugegriffen hätte.

»Man sagt, das Kreuz von Ys hat König Gradlon gehört«, erzählte sie weiter. »Mutter Elissa hielt sowohl die Sage als auch das Kreuz für Teufelswerk. Sie wollte es zerstören, um seine Macht für immer zu brechen. Aber wenn das Kreuz wirklich diese Kraft besitzen sollte, trägt jedes Einzelteil davon einen Bruchteil dieser Macht in sich.«

Die junge Frau schloß die Finger um den Edelstein und fühlte die scharfen geschliffenen Kanten, die sich in ihre Handfläche drückten. Es kam ihr so vor, als ginge von dieser Berührung ein Zauber aus, ein vibrierender Strom, der in ihren Körper überging. War es eine Aufforderung? Wozu? Was hatte es zu bedeuten, daß ihr das Schicksal diesen Stein zurückgegeben hatte? Was sollte sie tun?

»Meint Ihr nicht, daß es an der Zeit ist, mir alles zu erzählen?« drang Dame Magalis Stimme in Olivianes Gedanken. »Wie soll ich Euch raten oder helfen, wenn Ihr mir immer nur Bruchstücke mitteilt. Wie seid Ihr in das Kloster von Sainte Anne gekommen, und warum habt Ihr es verlassen, Demoiselle de Rospordon?«

Für einen Moment sah es so aus, als wollte Oliviane weiter leugnen und schweigen, dann entschied sie sich für das Gegenteil. Sie heftete ihre großen traurigen Augen auf die Amme des Herzogs und begann leise: »Es ist keine schöne Geschichte, aber Ihr sollt sie hören. Mein richtiger Name ist Oliviane Marie Angelique de Rospordon …«

19

»Zum Donnerwetter, das ist eine so unglaubliche Geschichte, daß ich geneigt bin, sie für wahr zu halten. Keine Menschenseele könnte so etwas erfinden!«

Dame Magali de Silvestre nickte; sie konnte die Zufriedenheit nicht verbergen, die sie erfüllte. Sie faltete die Hände vor ihren Röcken und wartete darauf, welche weiteren Schlüsse der Herzog aus den Informationen zog, die sie ihm gebracht hatte.

Jetzt richtete er seinen fragenden Blick auf sie. »Was haltet Ihr von dieser jungen Edeldame, Mutter Magali?«

Die Amme gehörte zu jener Handvoll Menschen, denen Jean de Montfort vertraute. Er hatte zudem gelernt, ihre bodenständige Art zu schätzen, mit der sie Ereignisse und Personen beurteilte, ohne sich von Rang und Namen beeindrucken zu lassen. Auch jetzt wog sie ihre Worte sorgfältig ab, aber sie kamen ohne Zögern.

»Sie hat ein edles, viel zu stolzes Herz, dessen sanfte Regungen sie verleugnet, wenn man sie nicht mit Gewalt dazu zwingt, auf es zu hören. Ihr ist wenig Gutes begegnet in den zwanzig Jahren ihres Lebens, und sie hat verlernt, auf ein Glück zu hoffen. Ihr Großvater hat sie an den Herzog von St. Cado verschachert, und sie ist allen Ernstes davon überzeugt, daß sie den alten Schurken mit ihrer erzwungenen Flucht verraten hat. Dabei würde sogar der Himmel dafür Verständnis haben, daß sie in Anbetracht dieser drohenden Ehe auf die Avancen eines gutaussehenden Abenteurers hereingefallen ist. Es ist das Schicksal der Frauen, ihr Herz dem Falschen zu schenken. Da machen auch die stolzesten Frauen keine Ausnahme. Doch Oliviane de Rospordon kann sich nicht verzeihen. Hielte sie es nicht für Sünde, sie würde ihrem Leben selbst ein Ende setzen.«

»Das mit dem Falschen wird sich schon noch zeigen«, erwiderte der Herzog ein wenig rätselhaft und kratzte sich das wohlrasierte Kinn. »Hat sie erwähnt, wie sie sich ihr Leben künftig vorstellt?«

Dame Magali wurde eine Spur vorsichtiger. Sie wollte nicht riskieren, daß die junge Frau zu allem Überfluß noch für den Mord am Schwarzen Landry zur Rechenschaft gezogen wurde. Sie hatte genug gelitten. Aber konnte das ein Mann verstehen, auch wenn er noch so klug war?

»Sie wäre bereit, Euch diesen Stein zu übergeben«, brachte sie kurz entschlossen ihr stärkstes Argument in die Verhandlungen ein.

»Das klingt, als würde sie Bedingungen daran knüpfen?« erkannte Jean de Montfort mit wachem Verstand.

»In der Tat. Ich sage es Euch ehrlich: Es sind Bedingungen, die mir nicht gefallen. Das Mädchen möchte wieder in ein Kloster eintreten und den Rest seines Lebens in Buße und Gebet verbringen.«

»Was mißfällt euch daran, Mutter Magali? Meint Ihr nicht auch, daß sie reichlich Grund zur Buße und Sühne hätte?«

Gereizt fuhr die Amme auf, und unter ihrem zornigen Blick zog sogar der Herzog den Kopf ein klein wenig ein. »Das Kind hat in Notwehr gehandelt und tapfer um seine Freiheit gekämpft, Euer Gnaden. Jeder Ritter, der in Gefangenschaft das gleiche tut, wird für seinen Mut und seine Tatkraft gerühmt. Man erteilt ihm Absolution, und damit hat es sich. Weshalb soll Oliviane de Rospordon bis ans Ende ihrer Tage büßen? Weil sie dummerweise als Frau und nicht als Erbe dieses kriegerischen Geschlechts auf die Welt gekommen ist?«

»Wäre sie ein Mann, würde es die Sache in der Tat

erleichtern!« Der Herzog schmunzelte, und gerade die Tatsache, daß er sich amüsierte, erboste seine Amme um so mehr.

»Das könnt Ihr nur sagen, weil Ihr sie noch nicht gesehen habt«, brummte sie. »Sie wäre die Zierde Eures Hofes, das Kleinod, um das sich alle Sänger scharen, um seine Schönheit zu preisen.«

»Ein Kleinod mit einem kräftigen Schlag und ausgeprägtem Eigensinn«, konterte der Herzog. »Immerhin, sie fügt sich würdig in die Reihe der Novizinnen ein, die von Sainte Anne kommen. Auch sie folgt einem Schicksal. Ich werde Oliviane de Rospordon anhören und danach über ihre Zukunft entscheiden!«

Es fiel Dame Magali unendlich schwer zu schweigen, aber sie wußte, wann es besser war, den Mund zu halten. Sie kannte diesen Mann vom ersten Schrei seines Lebens an und wußte auch, daß er sich zu nichts zwingen ließ, obwohl sie es zu gern versucht hätte.

Jean de Montfort entlockte das Mienenspiel seiner Amme ein Lächeln. Man sah ihr an, wie sehr sie sich beherrschen mußte. »Sorgt Euch nicht. Ich werde dieser tatkräftigen jungen Frau den schönen Kopf nicht abreißen. Aber ich schicke niemanden hinter Klostermauern, ohne ihn zu kennen!«

»Aber das sollt Ihr doch gar nicht tun«, platzte die Dame de Silvestre jetzt doch mit ihrem Anliegen heraus. »Bei Gott, dieser Stein ist ein Vermögen wert, und sein ideeller Wert übersteigt dies noch um ein Vielfaches. Wollt Ihr den erstaunlichen Umstand nicht honorieren, daß er Euch ohne Zwang in dem Glauben anvertraut wird, daß Eure Hände die richtigen dafür sind?«

»An was für eine Art von Honorar habt Ihr gedacht, verehrte Amme?«

»Verheiratet sie!« forderte Dame Magali mit praktischem Hausfrauenverstand. »Gebt sie einem dieser prächtigen Edelmänner, die an Eurer Seite gekämpft haben und die nun darangehen, ihre Burgen wieder aufzubauen und ihre Lehen zu ordnen. Findet einen, der ihren empfindlichen Stolz nicht mit Füßen tritt und es zu schätzen weiß, daß seine Gemahlin einen Verstand besitzt, der über den Rand ihrer Aussteuertruhe hinausreicht!«

»Habt Ihr Euch auch überlegt, was geschieht, wenn der Herzog von St. Cado von dieser Ehe erfährt? Er wird dieses Lehen dem Erdboden gleichmachen. Er zählt nicht zu den Männern, die es ertragen, daß ihnen die Braut wegläuft! Dies ist noch nicht das Land für eine romantische Idylle, meine Liebe! Im Moment herrscht kein Friede, sondern lediglich ein Gleichgewicht der Kräfte!«

Dame Magali ließ enttäuscht die Schultern sinken. »So gibt es also keinen Krieger, dem ihr zutraut, sein Lehen, sein Leben und eine unvergleichliche Frau zu verteidigen?« erkundigte sie sich ein wenig spitz.

»Ihr seid zu ungeduldig, Amme«, rügte Jean de Montfort. »Ich werde der Dame eine Eskorte schicken, die sie nach dem Vesperläuten in meine Burg bringt. Der Stern von Armor ist zu wichtig, um ihn von einer Frau ohne Schutz durch Rennes tragen zu lassen ...«

Dame Magali begriff, daß ihre Audienz damit beendet war und daß sie gehorchen mußte. »Gott zum Gruße, Euer Gnaden!«

»Behüte Euch der Himmel, Amme. Und ...« Er machte eine bedeutsame Pause, packte sie unverhofft an den Schultern und pflanzte ihr links und rechts einen fröhlich schmatzenden Kuß auf die Wange. »Habt Dank, daß Ihr Vertrauen zu mir habt. Ich werde mich bemühen, es nicht zu enttäuschen!«

Als er sie entließ, war seine Amme seltsam verwirrt und gerührt. Am Ende blieb der Dame nur ein Stoßgebet zur Heiligen Jungfrau. Hoffentlich hatte sie Oliviane de Rospordon nicht in zusätzliche Schwierigkeiten gebracht!

»Ihr macht Euch umsonst Sorgen! Was soll mir schon geschehen?«

Oliviane versuchte vergeblich, ihre Gönnerin zu beruhigen, die bereits weit vor dem Vesperläuten wie eine unruhige Katze in dem schönen Bürgerhaus an der Rue Guillaume umherschlich.

Dame Magali, die nervös die Falten ihres Kleides raffte, hätte einiges auf diese Frage antworten können, aber sie schwieg. Je länger sie über ihr Gespräch mit dem Herzog nachdachte, desto weniger vermochte sie zu sagen, ob es nun zu Olivianes Gunsten ausgegangen war oder nicht.

»Ich hoffe nur, daß ich Eure Schwierigkeiten nicht vergrößert habe«, seufzte sie schuldbewußt. Sie wagte nicht, Oliviane von ihrem Vorschlag einer möglichen Verheiratung zu berichten. Die bloße Andeutung dieser Möglichkeit hatte die junge Frau schon bei einem vorangegangenen Gespräch zu einem unerwarteten Temperamentsausbruch getrieben.

»Es ist die einzige Möglichkeit zur Sühne«, hatte sie erklärt. »Ich werde nie die Kinder eines anderen Mannes auf die Welt bringen. Wie kann ich unter diesen Umständen daran denken, Liebe zu empfangen und zu geben? Ich wäre gar nicht fähig dazu ...«

»Die Sänfte des Herzogs ist angekommen!« meldete eine Dienstmagd in die gespannte Stille des Raumes, in dem sich die Konturen der dunklen geschnitzten Möbel bereits in der beginnenden Dämmerung verloren.

»So geht mit Gott!« murmelte Dame Magali und umarmte ihren Schützling.

»Seid bedankt für alles, was Ihr für mich getan habt«, flüsterte Oliviane, und plötzlich überfiel sie die beängstigende Vorstellung, vielleicht nicht wieder in dieses Haus zurückkehren zu dürfen.

Die Sänftenträger, die draußen auf sie warteten, trugen den Löwen von Montfort im Wappen und machten den Eindruck, als wöge der kostbar geschnitzte Kasten mit den goldbestickten Samtvorhängen kaum mehr als ein Lufthauch. Vier Gardisten begleiteten die Sänfte, und einer von ihnen öffnete respektvoll die kleine Tür, damit Oliviane einsteigen und es sich auf dem gepolsterten Sitz bequem machen konnte.

Sie verbarg ihre Verblüffung über diese unerwartete Ehre. Hatte Dame Magali dem Herzog wirklich *alles* berichtet? Hatte sie jene Version der Ereignisse wiederholt, die sie, Oliviane, ihr erzählt hatte? Es war eine Version, in der gewisse Dinge fehlten, welche den Schwarzen Landry betrafen, in der keine Rede davon war, daß sie sich ihm hingegeben hatte, und in der auch ihre leidenschaftlichen Gefühle und ihre tiefe Sehnsucht nach ihm nicht vorgekommen waren.

Oliviane verkrampfte die eiskalten Finger in ihrem fehgefütterten grauen Umhang. Darunter trug sie ein rostfarbenes Samtkleid mit schmalen Pelzbesätzen, das Dame Magali extra für sie hatte anfertigen lassen. Die offenen Haare, die ihr in glänzenden Wellen bis auf die Taille fielen, waren mit einem Silberreif gebändigt und von goldfarbenem Schleierstoff bedeckt.

Nur der Wunsch, vor dem Herzog nicht als Bettlerin zu erscheinen, hatte die junge Frau bewogen, das elegante Gewand zu tragen. Sie mochte eine Bettlerin *sein,* aber sie wollte wenigstens nicht auf den ersten Blick wie eine solche wirken. Sie wagte nicht, die Vorhänge der Sänfte zu öffnen, sondern blieb im Halbdunkel sitzen und bemühte sich, das leichte Schwanken der Sänfte auszugleichen, indem sie sich besonders aufrecht hielt.

Die gleichmäßigen Stiefeltritte der Gardisten, die links und rechts der Sänfte gingen, übertönten in ihren Ohren die Geräusche der Stadt, die sich nach dem Vesperläuten auf den Feierabend einstellte. Überall wurden die Läden vor die Fenster geklappt, die Werkstätten geputzt und die Eimer mit dem schmutzigen Wasser in die Rinnen der Gassen geschüttet. Normalerweise nahmen die Knechte und

Mägde dabei keine Rücksicht auf die Passanten. Bei der Sänfte des Herzogs machten sie jedoch eine Ausnahme. Zahllose neugierige Blicke folgten dem verschlossenen Kasten, dessen Vorhänge sein Geheimnis nicht preisgaben.

Die Sänfte schwankte über die erste Zugbrücke, und Oliviane hörte, wie die Bohlen unter den Stiefeltritten ihrer Begleiter dröhnten. Sie widerstand der Versuchung hinauszusehen und wartete, bis die Tür von außen wieder geöffnet wurde.

»Gott zum Gruß. Wenn Ihr mir bitte folgen wollt, Dame!« Ein junger Page, dessen Nase über und über mit Sommersprossen übersät war, verneigte sich in höfischer Eleganz vor ihr. »Seine Gnaden erwartet Euch in seinem Arbeitskabinett.«

Olivianes Augen huschten durch den Burghof, in dem bereits die ersten Fackeln brannten. Die runden Pflastersteine glänzten vor Sauberkeit, und die steifen Standarten des Herzogs bewegten sich im Abendwind auf den Türmen. Die Sänftenträger hatten nicht vor dem großen Haupteingang haltgemacht, sondern vor einer schmalen Seitentreppe, die auf halber Höhe bei einer Spitzbogen-Pforte endete.

Die junge Frau raffte ihre Röcke, nickte dem Pagen stumm zu und stieg aus. Sie folgte ihm, als er flink vor ihr die Stufen hinauflief. Die Tatsache, daß er oben einen Moment auf sie warten mußte, veranlaßte ihn dazu, höchst ungeduldig auf den Zehenspitzen zu wippen. Oliviane nahm all diese Kleinigkeiten wie durch einen Schleier wahr. Für diesen Augenblick hatte sie Landry getötet: um dem Herzog den Stern von Armor überreichen und ihrer Familie zu neuen Ehren verhelfen zu können. Welch dummer, frevelhafter Ehrgeiz!

Nun durch diese Gänge zu schreiten erschien ihr wie der blanke Hohn. Anstatt dem Namen Rospordon neuen Glanz zu verleihen, hatte sie ihn durch Verrat und Mord tiefer denn je in den Schmutz gezogen. Es verwunderte sie ungemein, daß der Herzog sie in sein Arbeitskabinett bat und nicht gleich in den Kerker warf.

»Wir sind da!« verkündete der Knabe und hielt vor einer doppelflügeligen geschnitzten Tür. Zwei Wachen mit gefährlich aussehenden Hellebarden und prächtig bestickten Wappenröcken standen reglos zu beiden Seiten.

»Die Dame Oliviane de Rospordon«, teilte der Page dem Uniformierten mit und wartete darauf, daß sie die Tür für ihn und seine Begleiterin öffneten. Das steife Zeremoniell verriet der jungen Frau, daß es sich um eine hochoffizielle Audienz handelte, die ihr da zuteil wurde. Sie versuchte, ihre plötzliche Panik unter Kontrolle zu bringen, aber es war schon zu spät. Die Türen öffneten sich.

Im ersten Moment blinzelte sie geblendet gegen das Licht der zahllosen weißen Kerzen, die in den Leuchtern brannten und den Raum hell erstrahlen ließen. Dann erkannte sie einen großen rechteckigen Tisch aus geschnitztem Eichenholz, auf dem sich ein beeindruckendes Sammelsurium aus Pergamenten, Urkundenrollen, Schreibfedern, Siegeln, Wachs und Tintenfässern befand. An der Längsseite des Tisches stand ein gepolsterter hochlehniger Stuhl, auf dem ein dunkelhaariger Mann in mittleren Jahren saß.

Das pelzbesetzte Samtgewand und die breite Kette mit den schweren Goldgliedern machten Oliviane sogleich klar, daß sie sich vor dem Herzog befand, aber ihre Augen glitten wie magisch angezogen weiter – bis zu der stillen Gestalt, die an der marmornen Einfassung des Kamines lehnte und ihr ebenfalls entgegensah. Der Raum verschwamm plötzlich vor ihren Augen in einem gleißenden Karussell aus Licht und Feuer, und es dauerte eine Weile, bis sich ihr Blick mühsam wieder klärte.

Sie hatte ihn nur ein einziges Mal hoch zu Roß aus reichlicher Entfernung gesehen, aber sie wußte sofort, daß er es war. Er trug schwarze Beinkleider und ein burgunderfarbenes Übergewand. Ein kurzer ärmelloser Umhang mit schwarzem Pelzfutter reichte ihm bis zu den Oberschenkeln und ein juwelenverziertes Kurzschwert hing an seiner Seite.

Aus dem feinen Leinengekräusel des hochgeschlossenen Hemdes stieg ein athletischer Hals, das glatt rasierte Kinn war arrogant vorgereckt. Ein schwarzes Barett, dessen Kante so tief über Stirn und Augen gezogen war, daß Oliviane weder Schnitt noch Farbe bestimmen konnte, bedeckte seinen Kopf. Es war das erste Mal, daß sie Hervé de Sainte Croix aus unmittelbarer Nähe sah, und die Wirkung war verheerend.

Sie hatte Mühe, sich aus ihrer Verbeugung aufzurichten, und ihre blassen Lippen bebten, als sie vergeblich versuchte, Jean de Montfort ihren Respekt auszudrücken. Sie sah so verwirrt und ängstlich aus, daß der Herzog sich verblüfft fragte, ob das wirklich jene stolze junge Frau sein konnte, von der die Dame de Silvestre berichtet hatte. Er mußte geradezu den Wunsch unterdrücken, ihr zu Hilfe zu eilen. Kein Mann von Ehre und Gewissen konnte einer so liebreizenden hilflosen jungen Dame widerstehen.

»Seid an unserem Hofe willkommen, Oliviane de Rospordon«, ergriff er das Wort, als ihm klarwurde, daß sie keine Silbe über die Lippen bringen würde. Er erhob sich aus seinem Stuhl, um ihr die Hand zu reichen, damit sie sich vollends aufrichten konnte. »Darf ich Euch meinen guten Freund und Kampfgefährten Hervé de Sainte Croix vorstellen? Ich nehme an, ihr seid ihm noch nicht begegnet …«

»Nein, Euer Gnaden«, wisperte Oliviane und versuchte, den rasenden Schlag ihres Herzens unter Kontrolle zu bringen.

Es kam ihr vor, als zögen sie unsichtbare Fäden zu dem Mann am Kamin, ein Sog, dem sie hilflos ausgeliefert folgen mußte. Sie durfte sich wegen einer dummen Ähnlichkeit nicht so beeindrucken lassen! Und doch … Wenn sie doch nur seine Augen sehen könnte.

20

Er wußte, daß der Herzog ihn belauerte. Daß er auf ein Zeichen von Schwäche hoffte, einen Hinweis, der verriet, wie es um ihn stand. Er hatte jedoch genügend Zeit gehabt, sich auf diesen Moment vorzubereiten, und er hatte gelernt, jede Regung unter seiner ungerührten Miene zu verstecken. Es war lebenswichtig für ihn gewesen, diese Kunst zu beherrschen, und er zog in diesem Moment alle Register seines Könnens.

Allein, es kostete ihn seine ganze Kraft. Er hatte nicht geahnt, wie tief ihn der Anblick der schönen Frau berühren würde, die sich in Ehrfurcht und Befangenheit vor dem Herzog verbeugte, die Flut der hellen Haare, die die schmalen Schultern umfloß, die Grazie, mit der sie sich aufrichtete, das reine, klare Profil – er konnte sogar sehen, daß ihre Wimpern zitterten, als sie nun den Kopf hob und den Blick auf den Herzog richtete.

Hervé war versucht, einen Schritt auf sie zu zu machen, näher zu treten, um zu sehen, ob die Ereignisse ihre Spuren in dem makellos schönen Gesicht hinterlassen hatten. Nur unter Aufbietung seiner ganzen Beherrschung vermochte er die lässige Pose am Kamin beizubehalten und den Augenblick abzuwarten, in dem ihr Blick auf ihn fiel.

Er fixierte sie mit den dunklen Augen, und seine Blicke schienen sie förmlich durch die volle Länge des Raumes zu ihm rufen zu wollen. Noch immer empfand er jene Mischung aus rasendem Zorn und bitterer Sehnsucht, er fühlte sie, seit er begriffen hatte, daß er den dümmsten

Fehler seit Adam begangen hatte. Ein Mann mit Vernunft vertraute keiner Frau!

Er konnte erkennen, wie sie auf seinen stummen Ruf reagierte, wie ihre Augen verwirrt durch den Raum glitten und sich schließlich auf seine Gestalt hefteten. Er vermeinte sogar den Schock, der sie traf, selbst zu fühlen. Sie mußte sich fragen, ob sie dabei war, den Verstand zu verlieren, erkannte er voller Genugtuung, und er lächelte zynisch. Sie so offensichtlich leiden zu sehen kam seinem Wunsch nach Rache sehr entgegen.

Er gönnte ihr nur eine knapp bemessene, fast schon unhöfliche Verneigung, als der Herzog ihn vorstellte, und verschränkte die Arme vor der Brust. Wie es aussah, war er ohnehin nur Zaungast bei dieser Audienz. Weshalb ihn der Herzog dazugebeten hatte, war ihm ebenso ein Rätsel wie der Grund *ihrer* Anwesenheit.

Aus welchem Versteck war sie so plötzlich wieder hervorgekommen? Woher hatte sie dieses modische Gewand, dessen Linie ihre verführerische Figur so perfekt betonte, daß es für sie angefertigt worden sein mußte? Was ging hinter der blassen Stirn mit den fein geschwungenen dunkelblonden Brauen vor? Was, zum Teufel, wollte sie von Jean de Montfort? Welchen raffinierten Plan hatte ihr durchtriebener kleiner Kopf nun schon wieder ausgeheckt?

»Setzt Euch«, bat der Herzog und deutete auf ein Taburett, das ihm einen ungestörten Blick auf seinen schönen Gast erlaubte.

Oliviane folgte dem Befehl, aber der Herzog bemerkte, daß sie dem Chevalier de Sainte Croix dabei bewußt den Rücken zuwandte. Es versprach eine höchst interessante Unterhaltung zu werden.

»Ihr habt euch meiner guten Amme anvertraut, und sie hat mir das volle Ausmaß Eures Unglücks geschildert. Seid versichert, daß die Tage Eures Kummers nun vorbei sind. Ihr müßt keine Angst mehr haben, Dame Oliviane!«

»Ich bin nicht gekommen, um zu klagen«, entgegnete sie mit leiser, ein wenig heiserer Stimme. »Ich bin gekommen, weil ich Euch etwas geben möchte. Ich habe etwas in meinem Besitz, auf das ich kein Recht habe und das in Euren Händen bessere Dienste leistet. Dame Magali hat Euch sicher gesagt, was es mit diesem Juwel auf sich hat und wie viel unschuldiges Blut dafür geflossen ist.«

Wie magisch angezogen beugte sich Hervé de Sainte Croix nun doch vor, um den Stein aus unmittelbarer Nähe zu betrachten, der plötzlich auf der ausgestreckten weißen Hand der jungen Frau leuchtete. In seinen geschliffenen Seiten spiegelten sich die Kerzen, und weil Olivianes Arm leicht zitterte, tanzten blaue Funken durch den Raum. Der Stern von Armor!

Olivianes Finger schlossen sich von neuem um das Kleinod und löschten die Sterne wieder aus. Sie senkte die Lider und mied die Blicke der beiden Männer. Sie konzentrierte sich ganz auf die eine Bedingung, die sie an den Stern von Armor knüpfen wollte. Von diesem Anliegen hing ihr künftiges Dasein ab.

»Ich bin nicht an weltlichen Reichtümern interessiert, ich möchte mein Leben in Gebet und Sühne zubringen! Wenn Ihr meinen Wunsch unterstützt, wird es mir möglich sein, trotz meiner unzweifelhaften Sünden den Schleier zu nehmen und mich in ein Kloster zurückzuziehen.«

Der Herzog gab einen undefinierbaren Laut von sich, der das leise Aufstöhnen übertönte, das im selben Moment über die Lippen des Chavaliers gekommen war. Plötzliche Stille senkte sich über das Gemach, und beide Männer sahen halb erstaunt, halb fassungslos von der geschlossenen Hand hinauf in Olivianes schönes Gesicht, während die junge Frau unruhig und angespannt auf eine Antwort wartete. Kein Zweifel, sie meinte jedes ihrer Worte bitter ernst.

»Es ist lobenswert und fromm, daß Ihr der Mutter Kirche dienen wollt«, entgegnete Jean de Montfort nach einer langen Pause betont gelassen. »Aber soweit ich informiert bin, seid Ihr verlobt ...«

Oliviane zuckte zusammen. Mit diesem Einwand hatte sie am allerwenigsten gerechnet. Es konnte doch nicht im Sinne des Herzogs sein, wenn sie Paskal Cocherel zum Manne nahm und ihm zu einem Erben verhalf! Das durfte er nicht von ihr verlangen!

»Eine Ehe, die mein Großvater ausgehandelt hat«, gab sie vorsichtig zur Antwort. »Mit einem Manne, den ich wie die meisten meiner Landsleute aus tiefstem Herzen verabscheue. Besteht Ihr wirklich darauf, daß ich den Mann heirate, der die frommen Frauen von Sainte Anne geschändet, gefoltert und getötet hat?«

»Nun ...«, begann der Herzog und lehnte sich mit verschränkten Armen gegen die Kante seines Arbeitstisches. Seine Augen wanderten scheinbar absichtslos durch den Raum und blieben an Hervé de Sainte Croix hängen, der aussah, als würde er jeden Moment die Fassung verlieren. Sein Schweigen wurde nur vom Knacken der mächtigen Holzblöcke im Kamin unterbrochen.

»Bitte tut mir das nicht an!« Oliviane kümmerte sich nicht um die Etikette, nach der sie den Herzog in seinen Überlegungen eigentlich nicht hätte unterbrechen dürfen. Sie hob ihm flehend die Hände mit dem Saphir entgegen. »Ich habe Fehler gemacht und große Schuld auf mich geladen, aber ich bin bereit, dafür zu büßen. In christlicher Bescheidenheit und ohne Einschränkung, aber verlangt bitte nicht von mir, daß ich eine Ehe eingehe!«

»Aber die Ehe ist der Lebenszweck einer jeden Frau!« erinnerte der Herzog streng. »Und der Eure sogar in doppelter Hinsicht. Ihr seid die letzte des Hauses Rospordon! Wenn Ihr keinen Gemahl nehmt und keine Kinder bekommt, wird diese Familie aussterben! Eine solche Verantwortung könnt Ihr nicht einfach abschieben, indem Ihr euch hinter Klostermauern zurückzieht, Dame Oliviane!«

»Ihr wißt nicht, was Ihr von mir verlangt!« antwortete

Oliviane bebend. »Ich habe das Recht verwirkt, Leben zu schenken.«

Sie sah nicht, wie der Seigneur de Sainte Croix hinter ihr die Lippen aufeinanderpreßte. Sie war wild entschlossen, ihn zu vergessen. Er hatte ohnehin nichts damit zu tun! Sie warf den Saphir zwischen die Pergamente auf den Tisch, als wäre er ein Stück glühende Kohle. Er rollte über eine Besitzurkunde, fing sich am Band des Siegels und blieb, blaue Funken sprühend, liegen.

»Überlaßt es mir, ein Urteil über Euch und Eure Rechte zu sprechen«, widersprach der Herzog mit strenger Stimme. »Unserem Land ist im Verlauf dieses Krieges schlimmer Schaden entstanden. Viele der edelsten und tapfersten Familien mußten große Verluste hinnehmen. Es ist nicht in meinem Sinne, daß Ihr Euch in ein Kloster zurückzieht, Oliviane de Rospordon. Ich befehle Euch, daß Ihr in Eure Heimatstadt zurückgeht und Euch dort um den Wiederaufbau Eures Hauses kümmert. Ihr habt Pflichten Eurem Land und Eurem Fürsten gegenüber.«

Oliviane hielt es kaum mehr auf ihrem gepolsterten Sitz. »Aber ich ...«

»Gemach!« unterbrach sie der Herzog mit einer unmißverständlichen Geste seiner Hand. »Natürlich könnt Ihr das als Frau nicht alleine tun, das ist mir klar. Ich werde Euch also einen vertrauenswürdigen Ritter an die Seite stellen, der sich der Angelegenheit annimmt und die Soldaten kommandiert, die Eure Burgwache sein werden. Ich möchte nicht, daß die Stadt Vannes in ihrer Loyalität wankt und einem falschen Herzog zufällt. Denn es könnte sein, daß Paskal Cocherel von Eurer Anwesenheit in Vannes erfährt und zurückholen möchte, was er für sein Eigentum hält. Ihr müßt Euch der Gefahr bewußt sein, die Ihr eingeht, wenn Ihr diesem Manne in aller Öffentlichkeit trotzt. Er neigt zu heftigen Reaktionen!«

»Ich weiß es«, murmelte Oliviane. »Ich habe sowohl seine Peitsche als auch seine Faust kennengelernt. Ich bin kein Ritter, Euer Gnaden! Wie soll ich mich gegen einen solchen Mann zur Wehr setzen? Gebt Vannes einem Eurer Kampfgefährten und laßt mich in einem Kloster Buße tun!«

»Nein!«

Die unmißverständliche Absage verschlug Oliviane für einen Moment die Sprache. Sie begann, nervös an ihrem Ärmel zu zupfen, und es hätte längst nicht mehr der störrischen Geste bedurft, mit der sie dem Herzog nun das energische kleine Kinn entgegenstreckte. Es war auch so offensichtlich, daß alles in ihr gegen die Entscheidung des Herzogs rebellierte. Sie suchte nur noch nach einer halbwegs diplomatischen Formulierung; sie dachte nicht daran zu gehorchen, aber sie wollte dennoch nicht den Unmut Jean de Montforts erregen.

»Ihr werdet tun, was ich von Euch verlange!« kam er ihr zuvor. »Solltet Ihr in einem Jahr immer noch der Meinung sein, daß Ihr einem Orden beitreten wollt, werde ich noch einmal darüber nachdenken, ob ich Euch meine Erlaubnis gebe. Bis dahin könnt Ihr auch büßen, indem Ihr uns helft, dieses Land wieder in Ordnung zu bringen. Bis zu Eurer Abreise bitte ich Euch jedoch, die Gastfreundschaft dieser Burg in Anspruch zu nehmen.«

»Ich stehe unter Arrest?« erkundigte sich Oliviane leise. Anders konnte sie sich diese Einladung nicht erklären. Weshalb durfte sie nicht zu Dame Magali zurück?

»Ich bemühe mich nach besten Kräften, Euch vor den Folgen Eures eigenen ungezähmten Temperaments zu schützen, denn ich bin Euch zu großem Dank verpflichtet«, seufzte der Herzog. »Allein, ich bitte Euch, macht mir diese Aufgabe nicht zu schwer!«

Er griff nach einer Handglocke und rief den sommersprossigen Pagen wieder herbei, der allem Anschein nach draußen auf dieses Zeichen gewartet hatte.

»Geleite Dame Oliviane in das Gemach, das für sie bereitet wurde, und sei ihr zu Diensten, wenn sie etwas benötigt«, befahl der Herzog. »Und Euch, verehrte Dame, bitte ich, mir ein wenig zu vertrauen, auch wenn es Euch sichtlich schwerfällt!«

Oliviane begriff, daß ihre Audienz beendet war, und es gelang ihr, das Kabinett zu verlassen, ohne den Mann am Kamin anzusehen. Trotzdem war sie sich seiner Gegenwart überdeutlich bewußt. Weshalb hatte er diesem Gespräch beigewohnt, wo er doch keine Silbe gesagt hatte? War er etwa der Ritter, den der Herzog erwähnt hatte? Der Schreck fuhr ihr in alle Glieder.

»Kennst du den Chevalier de Sainte Croix?« Sie konnte nicht widerstehen, dem Pagen diese Frage zu stellen, während er sie durch ein wahres Labyrinth von Gängen, Treppen und steinernen Bögen führte.

»Er gehört zum engen Rat des Herzogs«, verriet der Junge, und seine Stimme klang ehrfurchtsvoll. »Man sagt, er hat Seiner Gnaden große Dienste erwiesen und viele Schlachten für ihn entschieden. Ich wünschte, ich könnte ein Ritter wie er werden.«

Oliviane sah in das begeisterte offene Jungengesicht mit den arglosen blauen Augen. An einem Schneidezahn fehlte eine kleine Ecke, und die halblangen Haare standen störrisch um seinen schmalen Kopf. Sie hätte das Kerlchen am liebsten in die Arme genommen, und dieser eigenartige Wunsch verunsicherte sie noch mehr als alles andere. Hatte sie sich nicht eben vehement dagegen gesträubt, Mutter zu werden?

»Du wirst bestimmt ein Ritter wie er werden«, murmelte sie erstickt.

»Meint Ihr?« Der Page bekam einen roten Kopf und trat aufgeregt von einem Fuß auf den anderen. »Aber Sainte Croix ist ein großer Herr. Ihr solltet ihn sehen, wenn er zu Pferde sitzt …«

»Auch er wird einmal ein Page gewesen sein«, machte ihm Oliviane Mut und ergriff die unverfängliche Möglichkeit zu weiteren Fragen. »Was weißt du denn sonst noch von dem Seigneur? Wie steht es um seine Familie? Hat er eine Gemahlin?«

»Er ist noch unverheiratet! Aber er ist so etwas wie der Lieblingstraum aller schönen Jungfern, die auf der Suche nach einem Gemahl sind«, verriet der Page, und Oliviane konnte unschwer erraten, daß der Junge den Chevalier auch darum glühend beneidete. »Sie versuchen mit allen Mitteln, ihn in ihre Fänge zu bekommen, und es werden schon Wetten darüber abgeschlossen, welche von ihnen es schafft!«

Oliviane begriff selbst nicht, warum sie der harmlose Klatsch dermaßen berührte. Sie nahm sich tapfer vor, nicht weiter nachzuhaken, doch eines mußte sie noch genauer wissen. »Gibt es denn eine Dame, die seine Favoritin zu sein scheint?«

»Das ist sein Geheimnis. Vielleicht wartet er auch darauf, daß ihm Seine Gnaden die Entscheidung abnimmt. Der Herzog belohnt seine Kampfgefährten, indem er ihnen besonders lohnende Partien verschafft«, verriet der Junge und öffnete vor Oliviane eine Rundbogentür. »Das ist Euer Gemach, Dame! Soll ich Euch eine der Kammerzofen schicken, die bei der Herzogin Dienst tun?«

»Das ist lieb von dir, aber nicht nötig!« Die junge Frau winkte ab und schritt unter dem Türsturz hindurch. »Ich möchte gerne allein sein! Ich benötige keine Magd!«

Der Page zuckte mit den Schultern, er war an die Launen der schönen Damen gewöhnt. »Ich werd' Euch holen, wenn sie zum Bankett blasen! Ist das recht?«

Es war Oliviane nicht recht, aber sie behielt es für sich. Sie nickte dem Jungen zu, schloß eigenhändig die Tür hinter ihm und seufzte gequält auf. Halb staunend, halb verärgert sah sie sich dann um. Der Herzog plante offensichtlich, sie mit weltlichem Luxus in Versuchung zu führen. Die großzügig ausgestattete Kemenate war das hübscheste Gemach, das sie jemals gesehen hatte.

Die Umrandung des Kamins, in dem ein wärmendes

Feuer flackerte, bestand ebenso wie die Rahmen der Fenster aus poliertem grünlichen Marmor. Auf dem breiten Sims standen schwere Silberleuchter mit dicken Honigwachskerzen, und der glänzende, schwarz-weiße Steinboden war mit einem wärmenden Teppich belegt, der in sommerlichen Farben erstrahlte. Das Licht der Kerzen spiegelte sich in den gläsernen Rauten der Fenster und tanzte über die weiß gekalkten Wände, die oberhalb der geschnitzten Paneele der Holzverkleidung mit Blütenranken bemalt waren, so daß sie den Eindruck gewinnen konnte, in einer Laube zu stehen.

Die Möbel – vom Alkoven mit den gedrechselten Säulen über einen runden Tisch, mehrere gepolsterte Taburetts bis hin zu den Truhen und einem entzückend geschnitzten Schäferinnenstuhl – rundeten das luxuriöse Bild ab. So viel Wärme, Licht, fröhliche Farben und glänzende Sauberkeit würden kaum ihre Wirkung auf eine junge Frau verfehlen, die zwar in einer noblen Familie, aber in bitterster Armut aufgewachsen war, hatte der Herzog angenommen. Aber er hatte sich in seinem Gast getäuscht. Wenn Oliviane eines gelernt hatte, dann jenes: Äußerlichkeiten nicht mehr so viel Wert beizumessen, wie ihnen gemeinhin beigemessen wurde.

Sie sah den Luxus, aber er führte sie nicht in Versuchung. Sie hatte viel größere Probleme damit, das Bild des Chevaliers de Sainte Croix zu vertreiben, das sich immer wieder in ihre Gedanken drängte, obwohl sie es zu vermeiden suchte.

Dieser Ritter war alles, was sie sich in ihren dummen Mädchenträumen erhofft hatte. Groß, stark, edel, mutig und nobel, der Inbegriff eines tapferen Edelmannes, der seinem Fürsten und seinem Land diente. Der Zufall der Geburt hatte aus ihm den Ratgeber eines Herzogs gemacht, während einem anderen nur das Los des Abenteurers und Söldners geblieben war.

Der Anblick des noblen Seigneurs hatte ihr in schmerzlicher Klarheit die tiefe Kluft ins Bewußtsein gerufen, die sich zwischen ihnen auftat. Sie war nicht länger das arrogante Mädchen, das in selbstgerechter Überzeugung nach St. Cado geritten war, um dort ihrem Stolz ein Opfer zu bringen. Sie hatte auf alle hinabgesehen. Auf Paskal Cocherel und noch mehr auf die Männer, die sich in seinen Dienst gestellt hatten.

Doch ihr stolzes Herz hatte sich gerade dort einem Abenteurer zugewandt, der zwar auch groß, stark und mutig, aber weder edel noch ehrlich oder gar nobel gewesen war. Hatte sie ihn nicht auch deswegen getötet? Weil sie gehofft hatte, auf diese grausame Weise von ihren unpassenden Gefühlen endgültig befreit zu werden? Weil sie Angst vor sich selbst hatte und vor dem, was sie tun würde, wenn sie auf ihr Herz hörte?

Es waren schreckliche, verabscheuungswürdige, gemeine Motive, das wurde ihr jetzt klar. Aber das Allerschlimmste war, daß dies tatsächlich die Gründe waren, die sie zu ihrer Tat getrieben hatten.

Oliviane schlug die Hände vor das Gesicht und spürte, wie heiße Tränen über ihre Wangen liefen. Es war zu spät für Reue und für Tränen. Viel zu spät.

21

»Der Page sagt, Ihr wollt nicht zu Tisch kommen. Weshalb? Seid Ihr krank?«

Oliviane fuhr mit einem leisen Aufschrei von ihrem Fenstersitz hoch. Sie hatte dort gesessen, tief in Gedanken versunken. Eine tiefe Traurigkeit hatte sie ergriffen, seit sie die eigene Niederträchtigkeit erkannt hatte. Sie hatte die Magd wieder fortgeschickt, die ihr das Haar hatte richten wollen und die Kerzen erneuert hatte. Und sie hatte dem Pagen gesagt, daß sie nichts essen wolle. Wie konnte sie essen, wenn sie soeben zu der Einsicht gekommen war, daß sie nicht einmal mehr einen Funken Ehre besaß? Obwohl sie im Schein des Feuers gegrübelt hatte, erkannte sie den Umriß der hohen Gestalt auf Anhieb. Und die Anspannung, unter der Hervé de Sainte Croix stand, schien sogleich auf sie überzugehen.

»Ihr?« Sie wich zurück.

»Der Herzog hat mich gebeten, nach Euch zu sehen, weil Ihr nicht zu Tisch gekommen seid. Gebt Ihr Euren Launen immer ohne jegliche Beherrschung nach? Ist Euch nicht bewußt, daß Jean de Montfort sich um Euch sorgt? Denkt Ihr nicht, daß er seine Zeit sinnvoller verwenden könnte, als über die Grillen einer verwöhnten Demoiselle nachzudenken?«

Die beherrschte Stimme, die ihr in höfischem, kühlem Französisch höchst unberechtigte Vorwürfe machte, ließ Oliviane für einen Moment die quälende Selbstverachtung vergessen. Dieser Mann hatte kein Recht, sich in ihr Leben zu mischen. Kein Recht, ihr eine peinigende Ähnlichkeit vorzugaukeln, die ihr Herz aussetzen ließ, und sie gleichzeitig seine Verachtung so deutlich spüren zu lassen. Kein Zweifel, er hielt sie für ein einfältiges lästiges Geschöpf.

»Ich habe den Herzog nicht darum gebeten, sich um mich zu sorgen«, entgegnete sie spröde. »Euch ebensowenig. Laßt mich in Frieden und kümmert Euch um die Damen, die Euch anschmachten.«

Sie vermied es, ihn anzusehen, aber sie spürte förmlich seinen brennenden Blick, der über ihr schönes Samtgewand wanderte. Sie fühlte auch seinen Ärger, aber sie empfand keinen Triumph darüber.

»Offensichtlich hat Eure Mutter es versäumt, Euch die einfachsten Grundsätze höfischen Benehmens zu lehren«, erwiderte er kalt. »Eine Dame Eures Standes hat Ihrem Fürsten zu gehorchen!«

Olivianes mühsam unterdrückte Gefühle machten sich in einem unwirschen Laut Luft. Sie verschlang die Finger vor der Taille ineinander und straffte die Schultern, als wollte sie sich gegen einen bevorstehenden Angriff wappnen.

»Redet nicht von Dingen, von denen Ihr nichts wißt«, entgegnete sie knapp.

»Dann klärt mich auf«, gab er ebenso unfreundlich zurück. »Denkt Ihr, Ihr habt Euch mit dem Stern von Armor das Recht erkauft, Eurem Herzog auf der Nase herumzutanzen?«

»Nein«, räumte sie in bitterem Spott ein. »Ich bin mir völlig im klaren darüber, daß ich nicht das kleinste Recht besitze. Nicht einmal jenes, selbst darüber zu bestimmen, ob ich heiraten oder Kinder in die Welt setzen möchte. Ich bin eine Frau und demzufolge das minderwertigste Wesen auf Gottes Erdboden. Unfähig, den eigenen Kopf zu gebrauchen. Unfähig, eigene Entscheidungen zu treffen, und nur dazu da, dem Manne zu gehorchen! Denn Männer wie Ihr sind schließlich die Krone der Schöpfung!«

Die Worte sprudelten wie ein Sturzbach aus ihrem

Mund, und als sie einmal zu reden begonnen hatte, konnte sie nicht so schnell wieder aufhören. Die Widersprüche ihres ganzen Daseins drängten vehement über ihre Zunge. Mutter Elissa hätte ihr vermutlich laut Beifall geklatscht. Aber Oliviane hatte sich für diese Debatte einen Gegner gesucht, der sich nicht so einfach mundtot machen ließ.

»Redet keinen Unsinn, das hat niemand behauptet!« brummte er knapp und reizte sie damit nur zu einem neuerlichen Ausbruch.

»Ach nein? Haben nicht schon die weisen Kirchenväter festgestellt, daß die weibliche Natur besonders angeleitet werden muß, weil sie schwach und sündig ist? Haben sie damit etwa nicht allen Männern dieser Welt den Freischein geliefert, über die Köpfe der Frauen hinweg ihr Leben zu dirigieren? Sie wie dumme Schafe zu verkaufen, zu gebrauchen und am Ende zu schlachten, wenn sie zu nichts mehr nütze sind? O nein, widersprecht nicht! Ich weiß, daß Ihr Euren Herrn verteidigen wollt, aber ich möchte wetten, daß auch er nicht ausschließlich an seinem Heiligenschein poliert. Wenn er mir Befehle erteilt, so deswegen, weil sie sich mit seinen Zielen vertragen, und nicht, weil er mir um meiner schönen Augen willen einen Gefallen tun möchte! Haltet mich bitte nicht für naiv!«

»Zum Teufel!« staunte der Seigneur de Sainte Croix und warf ihr einen verblüfften Blick zu. »Ihr werdet zur reinsten Furie, wenn man es wagt, Euch zu widersprechen!«

Oliviane reagierte höchst empfindlich auf seinen sarkastischen Ton. »Warum geht Ihr nicht endlich und amüsiert Euch mit Euresgleichen?«

Sie ahnte nicht, daß das Feuer die Umrisse ihrer Gestalt golden umschien und daß in ihrer Stimme die Tränen bebten, die sie mit aller Gewalt unterdrückte. Sie mochte ihre Fehler haben, stellte der Seigneur fest, aber sie besaß nicht die Spur von Koketterie. Sie kam gar nicht auf den Gedanken, daß sie ein Bild bot, welches das Herz des härtesten Mannes rühren mußte.

»Wie ihr seht, bin ich ohnehin der Hausdrachen, der jeden ehrbaren und friedfertigen Mann in den Wahnsinn treiben würde«, fügte sie resigniert hinzu. »Warum geht Ihr nicht und berichtet Eurem Herrn davon?«

»Ich beabsichtige nicht, den Pagen für Euch zu spielen. Ich bin gekommen, um Euch an die Tafel zu holen, und ich muß gestehen, ich habe Hunger!«

»Ich habe keinen Appetit!« beharrte Oliviane und begriff im selben Moment, wie kindisch ihre Auseinandersetzung mit diesem Mann war. Sie lastete ihm Dinge an, die er nicht wissen konnte. Sie ließ tatsächlich ihre Launen an ihm aus, weil er sie aus unerklärlichen Gründen dazu reizte. Wann würde sie endlich gescheit werden?

Sie strich sich mit einer müden Bewegung über die Stirn und machte in der unverwechselbar spöttischen Art, die ihr eigen war, einen Rückzug. »Entschuldigt meine Gemütslage. Aber ich begleite Euch natürlich, wenn Ihr solchen Wert auf meine Gesellschaft legt!«

Sie hörte, daß er leise fluchte, aber er trat einen Schritt näher und hielt ihr den ausgestreckten Arm entgegen. Oliviane erhob sich, um ihre Hand auf diesen Arm zu legen. Sie wußte, wie sich eine Dame zu benehmen hatte, auch wenn ihre praktischen Erfahrungen auf diesem Gebiet gleich Null waren. Doch in dem Moment, in dem ihre Finger den Stoff seines Gewandes berührten, schien ein Funke zwischen ihnen hin- und herzuspringen.

Ihre Hand zuckte zurück, und im flackernden rötlichen Schein der Flammen sah sie zum ersten Mal aus unmittelbarer Nähe in das markant geschnittene Männergesicht, aus dem sie unter buschigen dunklen Brauen tiefschwarze Augen ansahen. Gütiger Himmel, jetzt verlor sie vollends den Verstand! Wie gelähmt stand sie unter seinem Blick da, der auf eine so kühle, distanzierte Weise verächtlich wirkte, daß sie um ihre Fassung rang.

Er hatte auch die Augen des Schwarzen Landry! Aber jene hatten sie spöttisch, ungeduldig, liebevoll, verärgert, leidenschaftlich, wütend oder fassungslos angesehen. Nie jedoch auf diese abwertende, geringschätzig-arrogante Weise, die ihr den Atem nahm.

»Ich beiße Euch nicht«, sagte er eher beiläufig und griff nach ihrer Hand, um sie wieder auf seine geballte Faust zu legen. Oliviane wußte, daß er das Zittern spürte, das sie nicht unterdrücken konnte.

Es war ihr Gewissen, das ihr diesen bösen Streich spielte, das ihr etwas vorgaukelte, was sie für immer verloren hatte. Vermutlich würde sie künftig an jedem Mann Eigenschaften entdecken, die sie an Landry geliebt hatte. Vielleicht war das die schmerzlichste Strafe, die der Himmel über sie verhängte. Sie stieß bebend den Atem aus und schlug die Augen nieder, während sie mit der anderen Hand ihre Röcke raffte. Ein unmerklicher Ruck ging durch ihre Gestalt.

Einmal mehr sah sich der Seigneur gezwungen, ihre unverwechselbare Haltung zu bewundern. Er konnte fühlen, daß sie litt, aber ihr unbeugsamer Stolz hielt sie sogar in diesem Moment aufrecht. Mit blassem Gesicht und so kerzengerade, als ginge es in eine Schlacht, schritt sie schweigend an seiner Seite durch die festlich geschmückte Halle, in der der Herzog mit den Damen und Herren seines Hofes tafelte. Sie ahnte nicht, daß sie beide ein ungewöhnlich auffälliges Paar bildeten.

Eine Dame, deren warme Farben – wie das Rostrot des Kleides, das Silber des Pelzes und das flachsfarbene Gold der Haare – nur die düster-dunkle Erscheinung des Edelmannes betonte, der von Kopf bis Fuß in Schwarz gekleidet war. Bis auf einen funkelnden Diamanten, der an der Spielhahnfeder seines Baretts glänzte, hatte er auf jeden Schmuck verzichtet. Ihm folgten die verstohlenen Seufzer der Damen ebenso, wie die neugierigen Blicke der Männer seine Begleiterin nicht loßließen.

Beide teilten einen großen Teller, wie es bei Hofe üblich war. Oliviane nahm mechanisch die Bissen, die ihr Hervé de Sainte Croix mit einem silbernen Tafeldolch abschnitt und reichte. Sie schmeckte keinen Unterschied zwischen Braten, köstlichen Pasteten und raffiniert gewürzten Beilagen. Auf ihrer Zunge wurde alles zu Stroh, und nur ein reichliches Quantum Wein trug dazu bei, daß sie die geschmacklose Masse schlucken konnte.

Dafür war sie sich seiner nervenaufreibenden Gegenwart ständig bewußt. Der Ärmel seines Obergewandes berührte ihren Arm, wenn er sich zu ihr beugte, und die Feder an seinem Barett warf ihren Schatten über sie, sobald er ihr den Kopf zuwandte. Aus den kostbaren Stoffen seiner Kleidung stieg das Aroma von Nelken und Vanille, und sie fragte sich, was er wohl sagen würde, wenn sie ihm mitteilte, daß er gut und gerne der Zwillingsbruder eines Mannes sein könnte, den sie mit eigener Hand ins Jenseits befördert hatte.

Sie versuchte sich krampfhaft abzulenken, indem sie ihre Blicke durch die Halle schweifen ließ, die von unzähligen dicken Wachskerzen erleuchtet wurde, die in schweren Haltern brannten und deren feiner Duft sich mit jenem der Speisen mischte. Es war ein kleines, familiäres Abendessen mit dem Hofstaat, aber für Oliviane war es das prächtigste Bankett, an dem sie je teilgenommen hatte.

Auf dem freien Platz zwischen der hufeisenförmigen Tafel boten zwei Jongleure ihre Künste dar, und die Lakaien, die immer neue Platten herbeischleppten, ächzten unter der Last der Delikatessen. Als letztes kamen die Süßspeisen und Kuchen an die Reihe: Körbe voller Nüsse und Äpfel, ziselierte Silberschalen mit winzigen glasierten Kuchenstücken und Marzipanfrüchten. Schalen mit köstlichen Cremes, Puddings und Gelees, duftende Soßen und sämiges Fruchtmark boten für jeden noch so verwöhnten Gaumen etwas.

»Wenn Ihr dieses Kompott mit den eingelegten Rosinen und Nüssen versuchen möchtet? Ich sterbe dafür, es ist einfach köstlich ...«

Eine junge Edeldame, die ihren Teller mit einem gedrungenen, grauhaarigen Ritter teilte, saß an Olivianes linker Seite und versuchte schon seit geraumer Zeit, ihre Aufmerksamkeit zu erregen. Oliviane zwang sich dazu, ihr Lächeln zu erwidern, aber dabei stellte sie fest, daß es weniger ihrer Person als dem Seigneur de Sainte Croix galt, der das Kuchenstück, das er in der Hand hielt, so finster musterte, als wollte er es mit dem nächsten Bissen zum Zweikampf über Leben und Tod auffordern.

»Das ist sehr freundlich von Euch«, entgegnete Oliviane trotzdem betont sanft. »Aber ich kann keinen Löffel mehr essen, ohne die Nähte meines Gewandes in ernsthafte Gefahr zu bringen.«

»Wo kommt Ihr her? Ich habe Euch noch nie bei Hofe gesehen?« Einmal ermutigt, legte die junge Frau ihrer Neugierde keine Zügel mehr an. »Seid Ihr aus der Familie Sainte Croix? Ich dachte, der Seigneur hätte keine Verwandten mehr?«

»Wir sind nicht verwandt«, verriet Oliviane nach kurzem Überlegen. »Ich komme aus Vannes, und dorthin werde ich auch bald zurückgehen …«

Die andere beugte sich mit neugierig glitzernden Augen noch eine Spur näher und dämpfte dabei ihre Stimme. »Wird Euch der Seigneur de Sainte Croix auf dieser Reise begleiten?«

»Da sei Gott davor!« platzte Oliviane voller Schrecken heraus.

Die junge Edeldame brach in ungläubiges Gelächter aus und berührte vertraulich Olivianes Arm. »Das meint Ihr doch nicht ernst? Eine jede von uns würde ihr Anrecht auf die ewige Seligkeit verkaufen, käme sie dafür in den Genuß eines Lächelns von diesem Mund, der offensichtlich nur zu spotten versteht! Nehmt Euch in acht vor ihm, er bricht Herzen mit derselben Achtlosigkeit, mit der er diese Cremetörtchen vernichtet!«

Oliviane schluckte und aß aus lauter Verlegenheit doch

das angebotene Kompott. Sie konnte der Dame ja schlecht sagen, daß sie ihrerseits jenes Anrecht gerne hingegeben hätte, um von der beunruhigenden Gegenwart des Seigneurs befreit zu werden.

Doch diese Gunst sollte ihr nicht zuteil werden. Er wich ihr auch nicht von der Seite, als die Tafel aufgehoben wurde und die Gaukler von den Musikanten abgelöst wurden.

»Es hieße, Eure Besorgnis um mein Wohlergehen zu übertreiben«, lehnte sie es schroff ab, mit ihm zu tanzen.

»Noch seid Ihr keine Nonne«, erinnerte er sie sarkastisch. »Es ist nicht nötig, daß Ihr bereits nach Klosterregeln lebt!«

»Aber ich beabsichtige auch nicht, nach Euren Regeln zu leben«, fauchte sie mit mühsam gezügeltem Zorn zurück. »Warum fordert Ihr nicht die Edeldame auf, die neben mir am Tisch saß. Sie schien mir krank vor Sehnsucht nach einem hübschen Ritter zu sein ...«

»Danke für das Kompliment, aber schmachtende Frauen sind schrecklich langweilig«, entgegnete er ruhig.

»Ich hatte nicht die Absicht, Euch zu schmeicheln«, zischte Oliviane. »Ich gab lediglich die Ansicht dieser Dame wieder. Wenn Ihr es genau wissen wollt: Ich persönlich finde wenig Schmeichelhaftes an Eurer Person!«

Sein nobel gezeichneter Mund verzog sich zu einem belustigten Lächeln, das zwei Reihen prächtig weißer Zähne freigab und Olivianes Herzschlag endgültig aus dem Takt brachte.

»Mir scheint, Ihr habt eher die Absicht, Euch den nächstbesten harten Gegenstand zu suchen, um ihn mir über den Kopf zu ziehen, damit ich Euch nicht länger im Wege bin«, sagte er so gelassen, als handelte es sich um das Angebot, am nächsten Morgen mit ihm auf die Jagd zu reiten.

Oliviane wankte unter dem unerwarteten Hieb. Sie schloß gequält die Augen. Er mochte einen seiner bitteren Scherze gemacht haben, aber er hatte sie mitten ins Herz getroffen.

»Ihr wißt nicht, was Ihr sagt«, murmelte sie und hob den Blick.

Hervé de Sainte Croix bemühte sich, in den samtigen braunen Tiefen ihrer Augen zu lesen. Er suchte den unbeugsamen Stolz, aber er fand etwas anderes – etwas Unbekanntes, das eine Saite seines Herzens anschlug, von deren Existenz er bisher keine Ahnung gehabt hatte. Es waren rätselhafte Augen, die ihn wider Willen in ihren Bann zogen, die seinen Verstand lähmten und ihn Dinge tun ließen, die er besser unterlassen hätte.

Wie von selbst hob sich seine Hand und strich mit prüfenden Fingerkuppen über die seidige Wölbung ihrer kühlen Wange. Wie schön sie war, wie unglaublich weich ihre Haut! In diesem Moment erschien Oliviane ihm wie die pure Verführung. Sie waren sich beide der Blicke nicht bewußt, die sie streiften. Sie hatten vergessen, daß sie sich in der Banketthalle des Herzogs befanden.

Oliviane erholte sich als erste von der Verzauberung. Vielleicht weil sie sich der Gefahr noch eher bewußt gewesen war. Sie raffte panisch ihre Röcke und lief so flink aus dem Saal, daß sie bereits über die nächste Treppe verschwunden war, als der Seigneur de Sainte Croix ihr nacheilte, als hätte sie ihn bestohlen. Doch er holte sie nicht mehr ein.

Es war Olivianes Glück, daß sie im Treppenhaus auf den sommersprossigen Pagen stieß. Alleine hätte sie nie in ihr Gemach zurückgefunden, aber Richard tat ihr zu gerne den Gefallen. Heftig nach Luft ringend, legte sie wenig später den respekteinflößenden Eisenriegel vor, der im Gegensatz zur Festung von Cado auf der Innenseite der Tür angebracht war. Sie befand sich in Sicherheit!

In Sicherheit? Die eigenen Zweifel ließen sie leise auflachen, doch es war ein Lachen, das eher wie ein Schluchzen klang. Vielleicht hatte Dame Magali mit ihrer Angst vor dem Besuch im Palast doch den besseren Instinkt bewiesen.

22

»Ich werde Euch besuchen! Ja, ich werde Euch besuchen, sobald die Straßen einigermaßen trocken sind. Ich habe diese Stadt noch nie verlassen, aber für Euch werde ich es tun, mein Kind!«

Dame Magali schnaufte bei dieser energischen Rede und löste sich aus der Umarmung, mit der sie Oliviane umfangen gehalten hatte. »Man sieht in Vannes das Meer, nicht wahr?« suchte sie nach einem Thema, das sie von ihrer Rührung ablenken sollte. »Ich freue mich darauf, es einmal zu sehen. Ihr werdet dort glücklich sein, ich spüre es. Gehorcht dem Herzog, und Ihr werdet es nicht bereuen!«

Oliviane war mit den Gezeiten des Meeres aufgewachsen, das gegen die Hafenmolen der alten Stadt von König Nominoë schlug. Für einen Moment wurde sie von der Erinnerung überwältigt. Das festungsähnliche Haus, das die Mauern von Vannes bewachte, war vom Salzhauch der See durchdrungen gewesen, und das kleine, einsame Mädchen hatte die Schreie der Seevögel früher unterscheiden gelernt als die Worte der Menschen.

Die Sehnsucht nach der scharfen klaren Luft des Meeres war eines jener Dinge, die Oliviane tief in ihrem Herzen vergraben hatte, seit sie in das Kloster im Wald von Auray gebracht worden war. Das Meer gehörte zu einer vergangenen, glücklicheren Zeit. Mutter Elissa hatte nichts von dieser Sehnsucht hören wollen.

»Ein jeder Mensch muß sich dort bewähren, wo er seine Aufgabe findet«, hatte sie dem verängstigten Kind mitgeteilt, das ihrer Obhut anvertraut worden war. »Gott ist überall!«

Eine Behauptung, die Oliviane inzwischen mehr denn je anzweifelte. Wo war Gott gewesen, als sie das Holzscheit auf den Kopf des Schwarzen Landry geschmettert hatte? Warum hatte er zugelassen, daß sie ein solches Verbrechen beging? Auch wenn Landry in den Reihen der Söldner Sünden begangen hatte – den Tod von der Hand eines närrischen Mädchens hatte er nicht verdient!

»Ich werde nur für ein Jahr dort bleiben«, kehrte sie mit ihren Gedanken in die Wirklichkeit zurück. »Danach darf ich mich endlich in ein Kloster zurückziehen, Seine Gnaden hat es mir erlaubt.«

»Welch närrische Idee!« hielt Dame Magali mit ihrer Kritik nicht hinterm Berg. »Er wird Euch hoffentlich bis dahin mit einem bedeutenden Edelmann verheiraten und dafür sorgen, daß Ihr die Schatten der Vergangenheit vergeßt! Das Kloster ist eine fixe Idee von Euch. Ich freue mich darauf, Eure Kinder im Arm zu halten!«

»Ihr täuscht Euch«, entgegnete Oliviane so traurig, daß die Amme des Herzogs unwillkürlich schwieg. »Ich habe ein Leben zerstört, und es ist nur gerecht, daß ich dafür büße.«

»Gerecht!« entrüstete sich Dame Magali und schüttelte die schweren Brokatfalten ihre Übergewandes, als könnte sie mit dem Staub auch ihre Empörung abstreifen. »Es ist sicher gottgefällig, daß Ihr diese Tat bereut, mein Kind, aber seien wir doch einmal ehrlich: Es hat einen Schurken getroffen, um den es nicht schade ist. Einen charmanten Gauner vielleicht, aber doch einen Gesetzlosen, der zu einer Bande von Söldnern gehört hat, die unsere Heimat aufs schlimmste heimgesucht haben. Ein jeder, der nicht mehr die neue Ordnung stört, bedeutet Ruhe und Frieden für unsere Heimat. Ihr müßt endlich aufhören, Euch wegen dieses Halunken Vorwürfe zu machen. Ihr habt Krieg geführt. Manchmal müssen auch

Frauen schlimme Dinge tun, um sich und ihre Anliegen zu verteidigen.«

Vor Olivianes traurigen Augen tauchte das bärtige Gesicht des Schwarzen Landry auf. Sein Lächeln, in dem weiße Zähne schimmerten, der flirrende Spott seines Blickes. Ein Halunke? Möglicherweise – aber einer, dessen Zärtlichkeiten für alle Ewigkeiten ihre Spuren in Olivianes Herzen hinterlassen hatten.

Ein Gesetzloser? Auf jeden Fall einer, der ihr gezeigt hatte, daß Liebe mehr zählte als Stolz und Ehre. Eine Erkenntnis, zu der sie viel zu spät gelangt war und die nur dazu beitrug, daß sich in ihrem Herzen das schreckliche Gefühl von Versagen und Traurigkeit immer tiefer einnistete.

»Nun denn, wann werdet Ihr aufbrechen?« riß Dame Magali sie aus ihrem traurigen Grübeln, als sie begriffen hatte, daß Oliviane ihr nicht antworten würde.

»Morgen, nach der ersten Messe«, entgegnete die junge Frau, und ihre Blicke flogen über die Reisetruhen, die aus heiterem Himmel in ihrem Gemach aufgetaucht waren. Sie waren bis an den Rand mit allen Notwendigkeiten gefüllt, die der Herzog für eine junge Edeldame für unverzichtbar hielt. Der Umstand, daß Oliviane nichts von ihm forderte, ließ ihn noch großzügiger auftreten.

»Es kommt mir seltsam vor, nach Vannes zurückzukehren«, gab Oliviane vor ihrer mütterlichen Freundin zu. »Als ich mich von meinem Großvater verabschiedete, nahm ich an, daß ich die Stadt nie wiedersehen würde. Ich glaubte, daß ich mich, wie meine Mutter, nach meiner Heirat in jenem tödlichen Kreis aus Fehlgeburten und Schwangerschaften erschöpfen würde, um den Erben zur Welt zu bringen, den Männer für so wichtig halten.«

Ein höfliches Klopfen an der Tür unterbrach das Geplauder der beiden Frauen, und Oliviane sah auf, als sich die halbrunde Pforte öffnete. Der Anblick des Seigneurs de Sainte Croix ließ sie von ihrem Taburett hochfahren. Sie bemerkte nicht, daß sie die Hand auf ihr wild pochendes Herz gepreßt hatte.

Seit dem Bankett vor zwei Tagen hatte sie ihn nicht mehr zu Gesicht bekommen – was aber nicht hieß, daß sie nicht an ihn und sein rätselhaftes Benehmen gedacht hatte. Was wollte er? Bei seinem Anblick ging sie sofort in Verteidigungsstellung.

»Gott zum Gruße, edle Damen«, sagte er knapp und richtete sein Augenmerk mit solcher Intensität auf Oliviane, daß Dame Magali erstaunt die Brauen hob.

Sicher, Oliviane war schön. Sie trug jenen eleganten Staat, den Magali de Silvestre auf Anweisung des Herzogs bei Tuchhändlern und Schneiderinnen für sie in Auftrag gegeben hatte, aber dennoch – diese Ausschließlichkeit in den Augen des Seigneurs gab ihr zu denken. Er konnte unter den Schönsten des Landes wählen. War es möglich, daß er seine Entscheidung längst getroffen hatte?

»Seigneur! Ihr wünscht?« entgegnete Oliviane so kalt, als wäre ihr die Bewunderung in seinem Blick völlig entgangen.

Eine Auskunft darüber, wie Ihr zu reisen wünscht«, erwiderte er nicht minder frostig. »Wenn Ihr einen Wagen wünscht, wird das die Reise verzögern. Seid Ihr fähig zu reiten?«

Oliviane schwieg. Der Schwarze Landry hatte sich nicht mit derlei Höflichkeiten aufgehalten, als er sie nach St. Cado gebracht hatte. Und doch, sie hätte etwas darum gegeben, das Rad der Zeit zurückdrehen zu können.

»Ich bin eine Rospordon«, erklärte sie ihm anmaßend. »Selbstverständlich bin ich fähig zu reiten!« Im geheimen dachte sie an den kräftigen Braunen, den sie Landry gestohlen hatte. Wer ihn wohl jetzt ritt?

Dame Magali schnappte indessen nach Luft. In diesem blasierten Ton hatte sie Oliviane noch nie sprechen hören. Es schien ihr im Blut zu liegen, die große Dame zu spielen; sie konnte offenbar mühelos auf eine Fülle an Überheblichkeit zurückgreifen.

»Um so besser.« Den Edelmann brachte das kleine Scharmützel nicht weiter aus der Ruhe. Er verneigte sich in untadeliger Eleganz. »Dann sehen wir uns morgen nach der Frühmesse! Gehabt Euch wohl!«

»Morgen nach der Frühmesse?« wiederholte Oliviane atemlos und warf ihrer Besucherin einen fassungslosen Blick zu. »So schnell schon? Was habt Ihr damit zu schaffen?«

Es war Dame Magali, die ihr antwortete, und nicht der Seigneur, der sich so überstürzt verabschiedet hatte, daß er vermutlich ihre Frage gar nicht mehr vernommen hatte.

»Nun, was wohl?« Die Amme strahlte über das ganze Gesicht. Soeben hatte sie die Bestätigung dafür erhalten, daß Jean de Montfort noch immer der Fürst war, für den sie ihn hielt. »Er ist der Ritter, der Eure Männer befehligt, und er ist der Mann, den der Herzog zu Eurem Gatten bestimmt hat. Daran kann es keinen Zweifel geben! Weshalb sonst sollte er mit Euch nach Vannes reiten? Meinen Glückwunsch, Kind, ist das nicht wunderbar?«

»Nein!« rief Oliviane entsetzt und sank in plötzlicher Schwäche wieder auf das Polster. »Das darf nicht sein!«

»Heilige Mutter Gottes!« Dame Magali schlug die Hände zusammen. »Manchmal fällt es mir schwer zu begreifen, was in Eurem Kopf vorgeht, Kind! Hervé de Sainte Croix ist eine der besten Partien im ganzen Land, ein Edelmann ohne jeden Tadel. Einen besseren Gatten könnt Ihr nicht finden. Wollt Ihr das in Abrede stellen?«

»Nein.« Oliviane ließ die Hände wieder sinken, die sie vor ihr Gesicht geschlagen hatte. »Aber ich kann trotzdem nicht seine Frau werden! Niemals! Das ist schlicht unmöglich!«

»Aber weshalb? Gefällt er Euch nicht? Das könnt Ihr mir nicht erzählen!«

Oliviane lachte bitter auf. Im Grunde hatte sie die ganze Zeit gefürchtet, daß es genau darauf hinauslaufen würde. Weshalb sonst hatte der Herzog den Chevalier de Sainte

Croix gebeten, bei ihren Gesprächen dabeizusein? Es war auch der Grund dafür, daß sie beim Bankett den Teller mit ihm hatte teilen müssen und er mit solcher Selbstverständlichkeit ihre Gesellschaft gefordert hatte.

»Wollt Ihr mir nicht antworten?« beharrte Dame Magali auf ihrer Frage. »Heraus mit der Sprache! Was habt Ihr gegen diesen ehrenwerten jungen Mann als Gemahl einzuwenden? An Eurer Stelle würde ich in einen wahren Freudentaumel ausbrechen.«

»Er würde mir sehr wohl gefallen, wenn ich noch jene Oliviane de Rospordon wäre, die aus Sainte Anne geflohen ist«, gab sie müde zur Antwort. »Er ist genau so, wie Ihr sagt, aber gerade deshalb kann ich nicht seine Gemahlin werden. Es wäre schlimmster Verrat!«

»Verrat?«

Oliviane antwortete ihrer Wohltäterin nicht. In ihr tobten die widerstreitendsten Empfindungen. Aber am schlimmsten war die schreckliche Einsicht, daß es da tatsächlich ganz tief in ihrem Herzen atemlose Freude gab. War sie tatsächlich so tief gesunken, daß sie jetzt auch noch die einzige Liebe verriet, die sie jemals erlebt hatte?

Ein imposanter Zug mit drei Dutzend schwerbewaffneten Kriegern, fünf Rittern und einem halben Dutzend englischer Bogenschützen formierte sich im Vorhof der Burg von Rennes. Schwerbeladene Packpferde trotteten hinter Karren mit Hausrat und Möbeln, Vorräten und sorgsam versteckten Waffen her. Das Ganze glich jedoch mehr einem Feldzug als einer Reisegruppe, und es verriet den Eingeweihten ohne Worte, daß Jean de Montfort im Gegensatz zu vielen anderen dem zarten Frieden noch mißtraute, der zur Zeit in der Bretagne herrschte.

»Geht mit Gott, Dame Oliviane!« sagte der Herzog in diesem Moment. Oliviane hatte sich zum Abschied demütig vor ihm verneigt. Die Dame de Rospordon trug ein zimtfarbenes Reitkleid mit dunkelbraunen Pelzbesätzen, das ihre schlanke Figur vorteilhaft betonte. Ihre üppigen blonden Haare waren in einem dicken Zopf gebändigt, den eine geschickte Kammerzofe unter dem Schleier zu einer kleinen Krone aufgesteckt hatte, die die junge Frau hoheitsvoller wirken ließ.

Oliviane wußte, daß sie etwas antworten sollte, aber ihre Kehle war wie zugeschnürt. Zudem hatte sie bereits alles gesagt. Ihre Bitten waren auf taube Ohren gestoßen, und jetzt war sie nicht viel mehr als eine Befehlsempfängerin. Eine Frau, die zu gehorchen hatte.

Die rebellischen Gedanken ließen goldene Lichter in ihren sanften Augen aufblitzen, und Jean de Montfort bemerkte, wie es in den Winkeln des bezaubernden Mundes trotzig zuckte. Er schickte ein Stoßgebet zum Himmel, daß er das Richtige tat, und wandte sich mit einem Lächeln an den Seigneur, dessen kühler Blick unter dem Helm, der mit einem blankpolierten stählernen Nasensteg das Gesicht in zwei Hälften teilte, nur noch gefährlicher wirkte.

Im leichten Reiseharnisch, das beeindruckende Kampfschwert an der Seite, wirkte Hervé de Sainte Croix, als könnte er es auch im Alleingang mit den Feinden des Herzogtums aufnehmen. Aber traf dies auch auf eine bezaubernde, eigensinnige Erbin zu? Der Herzog hatte gelernt, die schönen Novizinnen von Sainte Anne als Gegnerinnen von hohem Rang zu respektieren.

»Ich vertraue Euch die Hoffnung des Hauses Rospordon an«, erklärte er seinem Freund ernster als beabsichtigt.

»Ich werde sie mit meinem Leben verteidigen!« Die Stimme wurde durch den Helm gedämpft, und Oliviane versuchte, den Schauer zu unterdrücken, der sie bei diesen Worten durchlief.

Mit fliegenden Röcken wandte sie sich ab und trat zu der hellbraunen Stute, die man für sie gesattelt hatte. Richard, der Page, hielt die Zügel und schenkte ihr sein entwaffnendes Sommersprossenlächeln. »Wie schade, daß Ihr kein Ritter seid, sonst könnte ich als Knappe mit Euch kommen!«

Oliviane erwiderte sein Lächeln. »Ich bin froh darum. Ich würde mir sonst pausenlos Sorgen machen, daß dir etwas passiert.«

»Ach, Ihr seid schlimmer als meine Mutter!« winkte der Junge ungeduldig ab. »Ich bin kein Kind mehr, ich bin ein Mann!«

Oliviane beugte sich spontan zu ihm hinunter und küßte ihn sanft auf beide Wangen. Es waren weiche Wangen, die noch nicht einmal den Flaum des ersten Bartes trugen. Die Rührung ließ ihre Stimme beben. Dieses liebenswürdige Kind, das ein Mann sein wollte, machte es ihr schwer, Haltung zu bewahren. Aber sie wollte Richard nicht beschämen, indem sie ihn auch noch umarmte.

»Ich bin sicher, du wirst eine vollkommene Zierde des Ritterstandes werden. Aber bis dahin, paß auf dich auf, mein Freund!«

Richard lief knallrot an, und der Reitknecht mußte ihn ermahnen, Oliviane die Zügel zu überlassen, als jene bereits im Sattel saß. Aber auch die Rüge konnte den Ausdruck der Anbetung nicht vertreiben, der auf dem sommersprossigen Bubengesicht erschienen war.

»Ihr laßt einen Verehrer zurück«, spottete der Seigneur de Sainte Croix, als er sich neben Oliviane an der Spitze des Trosses einordnete. »Der Kleine ist völlig aus dem Häuschen!«

»Das könnt Ihr natürlich nicht verstehen«, murmelte Oliviane seltsam gereizt. Mußte er ihr so unverblümt sagen, wie wenig er Richards Verehrung nachvollziehen konnte!

»Nun, er wird noch früh genug den wichtigsten Grundsatz eines jeden Mannes lernen!«

»Und der wäre?«

»Daß es nicht ratsam ist, einer schönen Frau zu vertrauen.«

»Warum?« Oliviane warf ihrem Begleiter, der im Sattel eines prachtvollen nachtschwarzen Schlachtrosses saß, einen unwilligen Blick zu. »Sind Frauen für Euch weniger vertrauenswürdig als Männer, die morden, verraten und foltern, um ihre Macht zu erhalten?«

Sie erhielt nur ein Knurren als Antwort, dessen Bedeutung sie beim besten Willen nicht enträtseln konnte. Während sie Seite an Seite durch die Vorhöfe der Burg trabten und schließlich über die große Zugbrücke in die Stadt hinausritten, blieb Oliviane ihren eigenen Gedanken und Gefühlen überlassen. Die grauen Granitmauern und Schieferdächer der Herzogstadt glänzten noch von der Feuchtigkeit des Morgennebels, den die Sonne erst vor kurzem vertrieben hatte. Es schien ein windiger, aber trockener Tag zu werden. Ideale Bedingungen für eine Reise.

Vom Rücken ihres Pferdes aus erschien Oliviane die Stadt bereits fremd. Noch vor wenigen Tagen war sie um diese Tageszeit hinter Dame Magali zur Messe in St. Pierre geeilt. Heute hatte der persönliche Kaplan des Herzogs ihnen seinen Segen erteilt. Die Türme von St. Pierre verschwanden mit den Häusern von Rennes am Horizont, als sie über die Landstraße in südliche Richtung trabten.

Der böige Wind zerrte an Olivianes Kleidern und den festgesteckten Haaren. Er trieb ihr den Staub in die Augen, obwohl sie mit dem Seigneur in vorderster Reihe ritt. Sie konnte nicht umhin, dabei die Leichtigkeit zu bewundern, mit der er trotz seiner schweren Rüstung und der Waffen im Sattel saß. Schon allein das dick gepolsterte Lederwams, das er unter dem Harnisch trug, wog mit Sicherheit mehr als eine goldbestickte Festrobe.

»Ihr rechnet damit, daß unser Zug angegriffen wird?« sprach sie ihn so überraschend an, daß sein Kopf zu ihr herumflog und seine behandschuhten Hände die Zügel hart anzogen.

»Ich habe gelernt, vorsichtig zu sein«, tönte seine

Stimme dumpf unter dem Helm hervor, als sie bereits nicht mehr mit einer Antwort rechnete. »Ihr solltet am allermeisten wissen, daß es besser ist, gerüstet zu sein!«

Was wollte er damit schon wieder andeuten?

»Woher sollte Paskal Cocherel wissen, daß ich unterwegs nach Vannes bin?«

Er wandte sich nicht zu ihr um, und seine Erwiderung triefte vor Sarkasmus. »Habt Ihr noch nie daran gedacht, daß es auch am Hofe des Herzogs Spione geben könnte?«

Oliviane biß sich wütend auf die Unterlippe und versagte sich jede weitere Frage. Sie hatte das deutliche Gefühl, daß Hervé de Sainte Croix vor Ärger kochte. Weil ihn der Herzog dazu gezwungen hatte, sie nach Vannes zu begleiten? Weil er die Ehre, das Haus Rospordon zu beschützen, höchst zweifelhaft fand?

23

Es begann schon wieder, aber dieses Mal würde er sich nicht narren lassen. Er hatte sein Lehrgeld bezahlt. Er würde kein zweites Mal Gefühle suchen, wo nur harter kalter Stolz existierte. Nur Eigensucht und Ehrgeiz. Trotzdem suchte sein Blick wie von selbst die anmutige Reiterin im zimtfarbenen Reisekleid. Es gab niemanden, der mit so viel Grazie im Sattel eines Pferdes saß. Die Linie ihrer Schultern war eine Augenweide, und der Faltenwurf der üppigen Röcke ließ die Kontur eines schlanken Beines erahnen, das sich um das Sattelhorn gelegt hatte.

Aber er sah auch noch etwas anderes vor sich: jenes abgrundtief traurige, anrührende Lächeln, mit dem sie die bartlosen Wangen des Pagen geküßt hatte. Und er spürte wieder und wieder den glühenden Stachel der Eifersucht, der ihn durchbohrt hatte wie der Schwerthieb eines unsichtbaren Feindes. War es schon so weit mit ihm gekommen, daß er einem kleinen Pagen den Abschiedskuß neidete? Die bloße Berührung der vollkommenen Lippen, die so herausfordernd überhebliche Dinge sagen konnten?

In ein Kloster wollte sie sich zurückziehen! Vermutlich weil sie sich zu schade dafür war, ihre stolze kleine Hand irgendeinem simplen, groben Mann zu schenken, und sei er noch so hochgeboren oder nobel. Es war keine Frömmigkeit, die sie dazu trieb, den Schleier zu nehmen, es war der Gipfel der Arroganz und Selbstverliebtheit. Daran gab es für ihn keinen Zweifel. Er kannte sie schließlich nur zu gut.

Einzig eine Frau, die bis in die Tiefe ihrer Seele hinein

kalt und ungerührt blieb, konnte eine solche Entscheidung treffen! Nur sie vermochte jenes Maß an Leidenschaft unter Kontrolle zu halten, das sie unter ihrer stolzen Fassade versteckte.

Er wußte, daß sie kein Zeichen von Schwäche erkennen lassen würde, und deswegen ersparte er es sich, sie unnötig auf die Probe zu stellen. Er gab bei Sonnenuntergang den Befehl zur Rast, und in der sinkenden Dämmerung schlugen sie ihr Lager an einem windgeschützten Platz auf, wobei sich die Männer um die Edeldame formierten und einen sicheren Schutzwall um sie herum errichteten.

Dieses Mal gab es sogar ein rechteckiges Zelt für Oliviane, dessen Stoffbahnen den Wind abhielten, während zusätzlich ein schmiedeeisernes Becken mit glühender Holzkohle für ein wenig Wärme sorgte. Eine dicke Binsenmatte schützte vor der Kälte der Erde, und Oliviane entdeckte staunend einen Klappstuhl, einen Tisch und ein Reisebett mit einer schweren Felldecke.

»Ich hoffe, es ist alles zu Eurer Bequemlichkeit?« erkundigte sich der Seigneur de Sainte Croix mit einem anzüglichen Unterton, der sie die Stirn runzeln ließ. Er hatte noch nicht einmal seinen Helm abgelegt! Warum hatte er diesen Luxus um sie herum errichten lassen, wenn er sie jetzt dafür rügen wollte?

»Ich bin es nicht gewohnt, daß man an meine Bequemlichkeit denkt«, rutschte es ihr gegen ihren Willen heraus.

»Ihr seid die Dame de Rospordon«, entgegnete er knapp. »Solltet *Ihr* das vergessen haben?«

»Habe ich Euch je gekränkt?« Oliviane suchte zwischen den Metallstegen des Helmes seinen Blick. Am liebsten hätte sie ihm das Eisending persönlich abgenommen.

»Weshalb solltet Ihr?«

»Das frage ich mich auch. Aber Ihr vermittelt mir ständig den Eindruck, daß ich Euer größtes Mißfallen errege.«

Oliviane zerrte die Handschuhe von den Fingern und warf sie ungeduldig auf das vorbereitete Lager. Vielleicht war es an der Zeit, ein paar Dinge zwischen ihnen zu klären, ehe sie die Atmosphäre noch weiter vergifteten.

»Ja, ich bin die Dame de Rospordon«, griff sie seine Worte auf. »Aber ich habe nicht darum gebeten, als solche auf die Welt zu kommen, und Ihr könnt mir glauben, daß es angenehmere Schicksale als das meine gibt. Wenn Ihr mir also etwas vorzuwerfen habt, dann tut es endlich, damit wir es hinter uns bringen. Solltet Ihr wie der Herzog denken, daß ich meine Pläne im Laufe eines Jahres ändern werde, so laßt Euch warnen: Ich werde es nicht tun. Ich beabsichtige, in zwölf Monaten den Schleier zu nehmen!«

»So ahnt Ihr es also wirklich nicht?« Seine Stimme klang dumpf, und er hob die Hände, um sich endlich von dem Helm zu befreien. Er hob ihn über sein dichtes gelocktes, tiefschwarzes Haar und rieb sich mit einer Hand die nagelneue Narbe, die darunter verborgen war und die noch immer teuflisch juckte. »Habt Ihr die Erinnerungen an die Leidenschaft in Eurem kalten, ehrgeizigen kleinen Herzen völlig erstickt? Meinen Glückwunsch, kleine Dame, Ihr habt die Selbstbeherrschung eines wahren Kriegers!«

Oliviane taumelte unter dem unerwarteten Schlag. Schon beim Anblick der Haare hatte sie geahnt und begriffen, weshalb er jene Leidenschaft für federgeschmückte Barette entwickelt hatte, die er bislang noch nie abgelegt hatte. Doch nun, da das dunkle Haar sein unverwechselbares Gesicht einrahmte, erkannte Oliviane das Ausmaß ihres Irrtums: Ihr war nicht nur eine flüchtige Ähnlichkeit vorgegaukelt worden. Er war es selbst. Hervé de Sainte Croix war … der Schwarze Landry!

Unter der Wucht des Schocks formte ihr Mund ein *»Ihr!«*, doch kein Ton kam über ihre Lippen. Er verstand sie trotzdem.

»Der Schwarze Landry, stets zu Euren Diensten, Madame!« sagte er in jenem heiseren Bretonisch, an das sie sich nur zu gut erinnerte und das er bisher unter seinen höfischen Umgangsformen so völlig verborgen hatte. »Ich hoffe, Ihr seht mir nach, daß ich kein Bedauern darüber empfinde, daß ich einen härteren Schädel als die meisten Männer besitze. Ihr habt mir eine böse Schramme zugefügt, deren Narbe mich für alle Zeiten zeichnen wird.«

»Heilige Anna!« stammelte Oliviane und rang in höchster Erregung die Hände. »Ich kann … Ich wollte … Ich muß …«

»Bemüht Euch nicht«, Hervé de Sainte Croix winkte mit einer Arroganz ab, die es mit der ihren leicht aufnehmen konnte. »Ich trage Euch den Hieb nicht nach. Es war meine eigene Einfältigkeit, die Euch die Gelegenheit dazu verschaffte. Wer einfältige Fehler macht, muß ihre Folgen tragen …«

Vor Olivianes Augen drehte sich das prächtige Zelt, und sie suchte verzweifelt nach einem Halt, um nicht zu fallen. Der Seigneur reichte ihr mit einem sarkastischen Lächeln die Hand und stützte sie höflich.

»Ihr werdet doch nicht in Ohnmacht fallen? Habt Ihr solche Angst vor dem Schwarzen Landry? Er war nur eine Rolle. Ansonsten ist es nicht meine Art, Frauen zu mißhandeln. Egal, ob es sich dabei um Damen, um Dirnen oder um Mädchen handelt, bei denen die Grenzen fließender zu sein scheinen …«

Er ließ bewußt offen, zu welcher Sorte er sie zählte. Oliviane schloß die Augen, ganz auf die Hand konzentriert, die schmerzhaft ihren Oberarm umklammerte und sie so auf den Beinen hielt.

»Wie ist das möglich?« wisperte sie heiser, ohne ihn anzusehen. »Wie könnt Ihr gleichzeitig der Schwarze Landry und der Freund des Herzogs sein?«

»Ich habe nicht nur die Ehre, sein Waffengefährte zu sein, sondern auch sein Spion«, erklärte der Ritter trocken. »Es war meine Idee, mich unter die Söldner Cocherels zu mischen, denn auf diese Weise wußten wir stets über seine Pläne und Absichten Bescheid und konnten das Nötige dagegen in die Wege leiten!«

Oliviane griff blindlings eine der tausend Fragen auf, die in diesem Moment durch ihren Kopf schossen. Es war zufällig eine äußerst wichtige. »Warum habt Ihr dann um Himmels willen die schmählichen Morde in Sainte Anne d'Auray nicht verhindert?«

»Weil Cocherel alles, was das Kreuz von Ys betrifft, als sein ureigenstes Geheimnis behandelt«, entgegnete Sainte Croix scharf, der selbst unter dieser Tatsache am meisten litt. Wie oft hatte er sich den Kopf über die Gründe zermartert, die es verhindert hatten, daß er der Äbtissin von Sainte Anne eine Warnung zukommen ließ! »Daß ich meinem Herrn als Kundschafter gedient habe, gibt Euch dennoch nicht das Recht, mir die Schuld an den Morden in die Schuhe zu schieben, die der vermeintliche Herzog von St. Cado begangen hat!«

Er sah, wie Olivianes tödlich blasses Gesicht plötzlich errötete. Er gab sie abrupt frei. Sie schwankte, war aber wieder imstande, sich auf ihren Beinen zu halten.

»Ihr wart sein Hauptmann! Seine rechte Hand! Ihr hättet es verhindern können!« warf sie ihm vor.

»Wenn ich in Auray dabeigewesen wäre, sicher!« stimmte der Chevalier zu und nickte. »Aber nicht einmal ein Mann wie Paskal Cocherel läßt seine Burg ohne Bewachung zurück, wenn er in die Schlacht zieht. Ich befand mich in der Festung von Cado, als Euer Kloster überfallen wurde.«

Oliviane preßte die Handflächen gegeneinander und kämpfte heftig atmend um Fassung. Die jähe Freude darüber, daß sie sein Leben nicht ausgelöscht hatte, erstickte unter seinen verletzend sachlichen Erklärungen. Deswegen also hatte sie der Herzog nicht als Mörderin zur Rechenschaft gezogen! Oh, wie mußten sie sich amüsiert haben, diese beiden Männer, weil sie den noblen Edelmann nicht einmal erkannte, den sie vermeintlich ins Jenseits befördert hatte!

»Euren Bart habt Ihr also abrasiert. Aber warum diese

Komödie in Rennes? Warum habt Ihr Euch nicht zu erkennen gegeben?«

»Aus Neugier«, antwortete er knapp.

Natürlich, das konnte sie nachvollziehen! Er mußte förmlich nach Rache gedürstet haben.

»Zweifellos habt Ihr euch gut unterhalten bei diesem geschmacklosen Scherz auf meine Kosten!«

»Ich würde sagen, wir sind quitt. Sicher hat Euch der Hieb mit dem Holzscheit ebenfalls ein gehöriges Maß an Genugtuung verschafft.«

»Ich dachte damals, es sei die einzige Möglichkeit, mich von Euch zu befreien ...«

»In der Tat, darin habt Ihr Euch nicht getäuscht. Es ist eine äußerst wirksame Methode, einem Manne klarzumachen, daß er sich zum Narren gemacht hat.«

Oliviane wandte sich ab. Sie konnte ihn nicht ansehen. Nicht, wenn sie an die abgrundtiefe Verzweiflung dieses Augenblickes dachte, als sie sich zwischen Ehre und Liebe falsch entschieden hatte.

»Was hattet Ihr vor?« murmelte sie tonlos. »Wolltet Ihr mich in dieser Jagdhütte gefangenhalten, bis ich Euch den Stern von Armor ausgeliefert hätte?«

Hervé de Sainte Croix dachte nicht daran, diese Frage zu beantworten. Er würde sich nicht noch lächerlicher machen, indem er von der blinden Leidenschaft eines irregeleiteten Mannes faselte. Statt dessen wollte er etwas anderes wissen.

»Nun, da alles zwischen uns geklärt ist ... Wollt Ihr mir nicht sagen, wo Ihr den Stern von Armor versteckt hattet? Es würde mich interessieren ...«

»Im Salbengefäß meiner Mutter!«

»Mein Kompliment, nur Ihr konntet kaltblütig und geistesgegenwärtig genug sein, einen solchen Ort dafür zu wählen.«

Kaltblütig und geistesgegenwärtig? War es das, was er über die einsame Frau dachte, die sich seinen Liebkosungen ergeben hatte? Die er in der kleinen Jagdhütte mit solcher Leidenschaft umfangen hatte? Hatte er sich je die Mühe gemacht, überhaupt über sie, Oliviane de Rospordon, nachzudenken? Olivianes Körper schmerzte vor Kummer. Sie wußte nicht, wie lange sie diesem Mann noch standhalten konnte.

»Und wie außerordentlich schlau von Euch, Jean de Montfort dieses Juwel quasi zu schenken! Mein Respekt gilt euren raffinierten Winkelzügen, kleine Dame!«

»Raffiniert?« Oliviane wußte nicht, was an ihrer Erkenntnis, daß sie kein Recht auf den Stern von Armor hatte, raffiniert gewesen sein sollte.

»Spielt nicht die Unschuldige!« höhnte er. »Ihr habt erreicht, daß unser Herzog Euch lebenslang verpflichtet ist. Wie kann er sich je von einer Schuld freikaufen, die nie beziffert wurde?«

Oliviane ertrug es nicht länger. Sie sah ihn stumm an. Das Gesicht des Schwarzen Landry, halb hinter Bart und Haaren verborgen, hatte sie ungeheuer fasziniert. Er hatte auf sie die Anziehungskraft eines wilden Abenteurers ausgeübt. Jetzt waren es die einprägsamen, edlen Züge eines Seigneurs, doch sein finsterer Blick enthielt nichts als Verachtung.

»Da es keine Schlechtigkeit mehr gibt, die Ihr mir nicht zutraut, sind die Fronten zwischen uns geklärt«, sagte sie unter Aufbietung ihrer ganzen Selbstbeherrschung. »In diesem Fall ist es wohl auch nicht angebracht, daß ich mich für den Hieb entschuldige. Es war so etwas wie ein Berufsrisiko, das Risiko, das ein Spion trägt.«

Hervé de Sainte Croix schwankte zwischen dem heftigen Wunsch, ihr den schlanken Hals umzudrehen, und der schrankenlosen Bewunderung für ihre Unerschrockenheit. Der Herzog hatte sich getäuscht, diese Dame benötigte keinen Ritter an ihrer Seite, sie war sehr wohl fähig, ihre Ziele allein zu erreichen.

»In der Tat«, knurrte er gereizt. »Entschuldigt mich, ich

werde Sorge tragen, daß man euch etwas zu essen bringt. Und entfernt Euch nicht zu weit vom Lager, wenn Ihr das Bedürfnis haben solltet, allein zu sein ...«

Unabhängig voneinander dachten sie beide in diesem Moment an den Schwarzen Landry, der zum ›Kindermädchen‹ für eine verzweifelte Braut geworden war, die damals nicht einmal gewußt hatte, daß es Dinge gab, die auch eine Dame im Wald allein erledigen mußte. Die Vermutung, daß er bereits damals über sie gelacht hatte, verlieh Oliviane jetzt die Kraft, so gemessen zu antworten, als befände sie sich an der Tafel des Herzogs in Rennes.

»Ich werde mich Eurer Ratschläge entsinnen«, sagte sie gelassen.

Hervé de Sainte Croix beobachtete aus ärgerlich zusammengekniffenen Augen, wie sie sich aufrichtete und das Kinn vorstreckte. In solchen Augenblicken wirkte sie noch größer. Es war dann so, als stände ihr die lange Reihe ihrer stolzen Ahnen unsichtbar zur Seite. Sie freiwillig zur Gemahlin nehmen? Wie kam Jean de Montfort nur auf diese Idee? Lieber würde er sich den Tempelrittern im Heiligen Land anschließen, als das zu tun!

Er machte auf dem Absatz kehrt und verließ grußlos das Zelt. Oliviane hörte, wie er draußen Befehle gab, die Wachen einteilte und mit einem rauhen Lachen auf einen Scherz reagierte. Im Kreise dieser Männer war er ein anderer. Aber wußte sie überhaupt, wer er in Wirklichkeit war?

Sie ließ sich auf dem Stuhl nieder und barg das brennende Gesicht in den Händen. Die Erkenntnis, daß der Schwarze Landry und Hervé de Sainte Croix ein und dieselbe Person waren, verursachte ein seltsam dumpfes Gefühl in ihrem Leib. Sie fühlte sich betrogen, verraten und zutiefst beschämt.

Aber gleichzeitig empfand sie noch etwas völlig anderes. Ein Gefühl, das warm und beglückend wie schwerer Wein durch ihre Adern rann und sie wärmte, das sie mit einem Schlag alles intensiver, bunter und leichter empfinden ließ. Der faszinierende Söldner, bei dem sie die Leidenschaft ohne Grenzen kennengelernt hatte, und der noble Edelmann, der wie eine Verkörperung ihrer Jungmädchenträume erschien, waren ein und dieselbe Person!

Sie brauchte sich ihre Sehnsucht nicht länger selbst zu verbieten! Es gab keine Todsünde, für die sie den Schleier nehmen mußte, keine frevelhafte Tat, deren Folgen sie ein Leben lang bereuen mußte! Es gab nicht einmal einen Grund, die geheimnisvolle Anziehungskraft zu leugnen, die der Seigneur de Sainte Croix auf sie ausübte.

Betäubt hob sie den Kopf, als ihr in letzter Konsequenz klarwurde, was das bedeutete. Jean de Montfort hatte ihn an ihre Seite gestellt, weil er wünschte, daß sie beide den Bund der Ehe eingingen. Er hatte ihr ein Jahr Zeit gegeben, dies zu akzeptieren, aber am Ende erwartete er, daß sie seinen Wünschen gehorchte, sonst würde er ihr diese Ehe befehlen.

Und diesen Befehlen würde auch der Seigneur de Sainte Croix gehorchen müssen, daher sein Zorn und seine schlechte Laune. Er wurde nicht gerne zu etwas gezwungen. Nicht einmal von seinem Fürsten.

»Heilige Anna! Ich – seine Gemahlin?«

24

Was hatte ihn zu dieser dummen Demaskierung getrieben, die an Theatralik nicht zu überbieten gewesen war? Schaut her, schöne Dame, hat Euer Herz nicht längst erraten, was die Augen noch nicht wahrhaben wollten? Lächerlich! So lächerlich wie sein Zorn darüber, daß ihr offensichtlich nichts Besseres einfiel, als zu bemerken, daß er seinen albernen Bart abgenommen hatte.

Unwillkürlich rieb er sich die nachwachsenden Stoppeln am Kinn, die dort schwarze Schatten warfen. Was hatte er erwartet? Daß sie etwas sagte oder tat, das den Knoten löste, der sich in seiner Brust befand, seit er in jener verteufelten Hütte die Augen aufgeschlagen und sich in seinem eigenen Blut wiedergefunden hatte? Wenn er noch lebte, so wahrhaftig nicht, weil sie es so gewollt hatte, sondern weil der Himmel ihn mit der nötigen Zähigkeit ausgestattet hatte, mit einer solchen Wunde und ohne Pferd sein Ziel zu erreichen.

Hatte er dafür seine sorgsam aufgebaute Tarnung aufgegeben, Cado verlassen, Verfolgung und Tod riskiert, nur um von ihrer Hand ins Jenseits befördert zu werden? Von einer Hand, die ihn gestreichelt und in Sicherheit gewiegt hatte? Er wollte gar nicht daran denken, was geschehen wäre, wenn ihn Cocherels Männer in diesem Zustand gefunden hätten, verletzt, wehrlos, mit einem Mantelsack voller Frauengewänder, die der Braut des Herrn gehörten.

Sie hatte gewußt, was sie tat, als sie ihn auch damit der Lächerlichkeit preisgegeben hatte. Sie hatte ihm seine Ehre, sein Pferd, seine Kleider und nicht zuletzt seine

Börse entwendet und war auf Nimmerwiedersehen verschwunden. Bis er sich unter diesen Umständen nach Rennes durchgeschlagen hatte, war kostbare Zeit vergangen, Zeit, die Paskal Cocherel genutzt hatte, um Pläne zu schmieden, über die nun niemand außer ihm selbst Bescheid wußte.

»Erobert sie für Euch, mein Freund!« hatte Jean de Montfort ihm dennoch geraten und keinen Widerspruch hören wollen. »Ihr benötigt eine Gefährtin, die nicht in Ehrfurcht vor Euch und Eurem abenteuerlichen Ruf erstarrt. Am Tage Eurer Hochzeit mache ich Euch zum Grafen von Rospordon und Herrn von Vannes! Ihr werdet diese Dame zähmen, und sie wird Euch genügend Abwechslung bieten, damit Ihr nicht auf die Idee kommt, Euer Vergnügen anderswo zu suchen.«

»Es wäre mir das größere Vergnügen, ihre Gesellschaft zu meiden!« hatte er widersprochen und erst kapituliert, als der Herzog ihm klargemacht hatte, daß Oliviane in diesem Falle einem anderen Seigneur zufallen würde.

»Sie benötigt einen Gatten, und wenn sie Euch nicht genügend verlockt ...«

So viel zu seinen idiotischen Vorsätzen, das Leben lieber als Salzknecht in Batz zu beenden, anstatt es in die geschmeidigen Hände dieser schönen Hexe zu legen. Was ihn jedoch trotzdem nicht davon abhielt, ihr wie ein Wachhund zu folgen, als sie das Zelt verließ und sich in Richtung des gewaltigen, urzeitlichen Steinkreises entfernte, in dessen Schutz sie ihr Lager aufgeschlagen hatten.

Ein blasser halber Mond stand am Himmel und machte jede Fackel überflüssig. Obwohl der Wind von Zeit zu Zeit Wolken über diese Sichel jagte, war die Lichtung von kaltem, nächtlichem Licht erfüllt, das aussah, als würde es von den Steinen selbst verströmt. Sainte Croix machte einen Bogen um eine dunkle Stelle, wo das dürre Gras zu Asche verbrannt war und davon kündete, daß die einfachen Leute immer noch jener abergläubischen Mischung aus Christentum und alter Religion huldigten, die den Priestern ein Dorn im Auge war.

Er lehnte an einer der rohen Granitsäulen, als Oliviane auf ihrem Rückweg so dicht an ihm vorbeihuschte, daß er nach ihrem Arm greifen konnte.

Ein leiser Laut des Schreckens erstarb auf ihren Lippen, als sie ihn erkannte – weniger mit ihren Augen als mit ihren Sinnen. Es erinnerte sie daran, daß ihr Instinkt sie schon gewarnt hatte, als sie nur die Hand auf seine Faust gelegt hatte, um mit ihm zum Bankett zu gehen. Wie erbärmlich kurzsichtig sie doch gewesen war! Warum hatte sie nicht mehr auf ihre Gefühle gehört?

»Bereitet es Euch eigentlich Vergnügen, mich jedesmal zu Tode zu erschrecken, wenn wir uns sehen?« hauchte sie atemlos.

»Anscheinend fürchtet Ihr weniger die Geschöpfe der Nacht als mich!«

»Wundert Euch das? Als Landry schient Ihr mir menschlicher zu sein!«

»Mehr der Knecht, auf den Ihr in Eurem Hochmut hinabsehen könnt?«

»Mehr ein Mensch, in dessen Herz noch Mitleid existierte«, widersprach sie bang.

»Was Ihr dem armen Menschen dann auch übel heimgezahlt habt!«

Oliviane hob ihr Gesicht dem Mondschein entgegen, als könnte sie aus seinem kalten Glanz Beherrschung und Kraft ziehen. Sie ahnte nicht, daß sie Hervé ein Antlitz von verzweifelter Schönheit zeigte, während sie versuchte, sich zu verteidigen.

»Woher sollte ich wissen, daß Ihr nicht der wart, der Ihr vorgabt zu sein? Ich bin keine dumme Gans, aber ich hätte nie vermutet, daß jemand so kühn sein könnte, sich in den Bau des alten Wolfes zu schleichen, um dort für die Montforts zu spionieren. Ihr selbst müßt doch fest darauf vertraut haben, daß niemand eine so absurde Idee für möglich halten würde. Andernfalls hättet Ihr diese Rolle nie gespielt, Ihr seid kein Narr. Werft Ihr mir vor, daß ich nicht klüger als alle anderen war?«

Der Umstand, daß sie die Wahrheit sagte, trug nicht dazu bei, seine Gereiztheit zu verringern. Ganz im Gegenteil.

»Hat es Euch Vergnügen gemacht, mit den Gefühlen des vermeintlich armen Teufels zu spielen, der bereit war, für Euch Kopf und Kragen zu riskieren?«

Oliviane schüttelte matt den Kopf. »Ich habe nie gelernt zu spielen, Seigneur! Meine Mutter war eine sehr fromme Frau, die mich vom ersten Tag meines Lebens an darauf vorbereitet hat, einem Orden beizutreten. Sie erschöpfte sich in einem verzehrenden Kreislauf aus Fehlgeburten und totgeborenen Söhnen. Aber erst als mein Vater fiel, wurde ich, Oliviane de Rospordon, wieder so interessant, daß mein Großvater seine ehrgeizigen Pläne mit mir verwirklichen wollte. Zu diesem Zeitpunkt war ich Novizin, und auch die Tage in Sainte Anne ließen keinen Raum für Zerstreuung!«

»Wart Ihr glücklich in Sainte Anne?«

Oliviane schüttelte stumm den Kopf, während hinter ihrer Stirn die Gedanken rasten. Es gab eine Antwort auf diese Frage, aber es war eine Antwort, die sie ihren ganzen Mut kosten würde, denn sie würde sich unbewaffnet in seine Hände geben. Sollte sie das Risiko eingehen? Und wenn ja, was würde er mit der Waffe anfangen, die sie ihm in die Hand gab?

»Ich kann mich nur an wenige Stunden erinnern, in denen ich etwas empfunden habe, das ich *Glück* nennen würde«, raunte sie verhalten. »Eine davon in einem zugigen Söller unter dem Gegurre unwilliger Tauben, die anderen unter dem Reetdach einer bescheidenen Hütte.«

Hervé de Sainte Croix starrte sie an. Eine Ader hämmerte an seinem Hals, und wäre da nicht sein Atem gewesen, der ihre Schläfen streifte, sie hätte ihn für eine Statue halten können.

»Ihr sagt, Ihr wißt nichts von Spielen, und versucht Euch dennoch an jenem mit dem Feuer«, hörte sie ihn leise erwidern. »Ich warne Euch!«

»Wovor?«

»Vor dem billigen Versuch, mich auf so simple Weise wieder in Eure Netze zu locken. Ich begehe ein und denselben Fehler nur ein einziges Mal!«

Oliviane zuckte unter der Beschuldigung zusammen. Gleichzeitig hatte sie das eigenartige Gefühl, daß die Steine näher an sie heranrückten. Sie entdeckte in ihrer Gegenwart einen stummen Trost, einen Beistand, der es ihr ermöglichte, den eigenen Stolz zu vergessen, um die Wahrheit zu sagen. Keine Lügen mehr! Wer konnte schon sagen, wann sie jemals wieder den Mut aufbringen würde, so ehrlich mit ihm zu sprechen.

»Ich will mich nicht rechtfertigen für das, was ich getan habe, aber Ihr tragt einen guten Teil Schuld an meinen Fehlern«, entgegnete sie sanft. »Ihr rügt mich dafür, daß ich kein Vertrauen gehabt habe, aber Ihr selbst habt es auch nicht aufgebracht. Ihr seid nicht auf den Gedanken gekommen, mir in meiner Not auch nur den kleinsten Hinweis zu geben. Dachtet Ihr, ich würde Euch verraten?«

»In meiner Lage war Vorsicht angebracht«, brummte er, aber sein Tonfall bewies, daß sie mit dem, was sie sagte, nicht ganz unrecht hatte.

»Ich denke, wir haben beide keinen Grund, einander Vorwürfe zu machen«, bot Oliviane eine Art Waffenstillstand an. »Der Befehl des Herzogs schmiedet uns für ein Jahr zusammen, aber danach werde ich nur in Vannes bleiben, wenn Ihr mich ausdrücklich darum bittet, Seigneur. Es liegt in Eurer Hand, was aus mir wird …«

»Ich schwöre Euch …«

»Schwört nicht!« Oliviane legte spontan ihre Fingerspitzen auf seine Lippen. »In einem Steinkreis darf man nur das schwören, was man zu halten gedenkt! Zwischen diesen Steinen herrscht eine Macht, die mehr bewirkt als menschlicher Wille!«

»Das sagt Ihr? Eine ehemalige Novizin, eine künftige Nonne? Das Inbild einer frommen Edeldame, die den Rest ihres Lebens der Gottgefälligkeit und dem Sticken von Altardecken widmen möchte?«

Oliviane spürte die spöttischen Worte unter ihren Fingerspitzen, die Bewegung der vollen Lippen, den rasch ausgestoßenen Atem. Seine Wärme, seine Gegenwart, seine Stärke, all das floß über in ihre erstarrte Seele und in ihr frierendes Herz. Er mußte es doch fühlen – oder etwa nicht?

»Ihr täuscht Euch in mir«, murmelte sie spröde. »Nicht einmal jetzt begreift Ihr, was in mir vorgeht. Ihr habt mich für immer verwandelt, und ich gehöre Euch, ob Ihr mich nun haben wollt oder nicht. Es ist Eure Entscheidung, ob Ihr das Herz ablehnt, das ich Euch gebe. Ich kann's nicht ändern, und ich werde mich fügen …«

Die Berührung ihrer Finger lähmte ihn. Seit er als kleiner Page in die Welt der Männer eingetreten war, hatte er sich nicht mehr erlaubt, Schwäche zu zeigen. Und Schwäche war es, sich danach zu sehnen, daß nicht nur diese Finger ihn berührten. Daran zu denken, wie wunderbar weich und geschmeidig sich der schlanke Frauenkörper anfühlte, wenn er sich gegen den seinen preßte.

Das Verlangen, das er so mühsam unter Kontrolle hielt, unterhöhlte seine Stärke, als wäre sie nur eine Illusion. Er rettete sich in Zorn, weil er der eigenen Reaktion nicht länger traute.

»Närrisches Zeug!« wehrte er sich gegen das zärtliche Gespinst der Verführung, in dem er sich zu verirren drohte. »Es gab nur eines zwischen uns: schlichtes, ganz normales Begehren!«

Ehe Oliviane sich bewegen konnte, hatte er sie in seine Arme gerissen und küßte sie. Er tat es bewußt fordernd, und er erwartete jeden Moment, daß sie ihm diese Beleidigung heimzahlte, daß sie sich wehrte, daß sie schrie und daß sie sich aus seiner Umarmung zu befreien versuchte.

Oliviane tat nichts von alldem. Nach dem ersten Erschrecken schmiegte sie sich nur noch enger an ihn und begegnete dem rohen Kuß mit weichen, zärtlichen Lippen. Ihre empfindsame Zungenspitze strich spielerisch über die straffen Männerlippen. Sie schmeckte den Wein, den er getrunken hatte, roch den Rauch des Feuers auf seiner Haut und spürte sein wachsendes Begehren, als er sich gegen ihren Leib drängte.

Sie erwiderte den unerwarteten Überfall mit einer Hingabe, die sie selbst erstaunte und die ihr zeigte, wie sehr sie sich nach seiner Nähe, nach seinen Zärtlichkeiten gesehnt hatte. Nie wieder wollte sie einen seiner Küsse ablehnen!

»Bei Gott! Habt Ihr den Verstand verloren?« Er gab sie ebenso plötzlich frei, wie er sie an sich gerissen hatte. Heftig um Atem ringend, zog er sich von ihr zurück und strich sich mit einer ärgerlichen Bewegung durch das dichte dunkle Haar. »Seit wann laßt Ihr Euch alles gefallen?«

»Nicht alles«, korrigierte Oliviane leise. »Nur die Dinge, die von Euch kommen. Habt Ihr es immer noch nicht begriffen? Ich werde tun, worum Ihr mich bittet!«

»Ich Euch um etwas bitten? Eher fahre ich zur Hölle, Demoiselle!«

Er stürmte durch die Nacht zum Lager und ließ Oliviane allein zwischen den Steinen zurück. Sie schlang fröstelnd die Arme um den Oberkörper und wiegte sich im Mondlicht. Beinahe schmerzlich wurde sie sich der plötzlichen Einsamkeit bewußt. Sie bereute nicht, was sie getan hatte, aber ob es das Richtige gewesen war?

Sie hatte sich bloßgestellt, ihren Stolz vergessen und sich einem Manne angeboten, der nichts von ihr wissen wollte. Noch schlimmer als diese Tatsache war jedoch die Erkenntnis, daß sie es jederzeit wieder tun würde, wenn sich ihr die Möglichkeit dazu bieten würde.

Ich sehe die Wege, die dich zurückführen, aber du wirst nur das Glück finden, wenn du reinen Herzens auf alles verzichtest und dich ergibst.

Die Worte schienen aus der Nacht zu ihr hinüberzuwehen. Es waren die Worte, die Juans Mutter nach dem Blick in Olivianes Handflächen gemurmelt hatte. Damals war Oliviane zu verwirrt und zu bekümmert gewesen, um ihnen die nötige Aufmerksamkeit zu schenken. Nun verstand sie mit einem Mal die Wahrheit, die in diesen Worten verborgen war. Sie war bereit, sich zu ergeben, etwas anderes konnte sie nicht mehr tun.

Die Befestigungen von Vannes tauchten im Schein der untergehenden Sonne am Horizont vor ihnen auf. An eine kleine Bodenerhebung geschmiegt, lag das Städtchen am Nordufer des Golfes von Morbihan. Die Türme seiner Gotteshäuser ragten über die Ramparts und Mauern, und die Möwen kreisten über dem Hafen und der Stadt. Das unverkennbare Aroma nach getrockneten Algen, nach Meer und Salz lag wie ein Willkommensgruß in der Luft, und Hervé de Sainte Croix bemerkte den tiefen Atemzug seiner Begleiterin.

Er registrierte jedoch auch, wie sich ihre Brüste unter dem engen Reisekleid wölbten, und seine Phantasie spielte ihm einen Streich, denn plötzlich sah er das, was unter jenem Kleid verborgen war, in allen verlockenden Einzelheiten vor sich. Er bewegte sich unruhig im Sattel, um das plötzliche Verlangen, das sich in ihm regte, abzuschütteln, und unterdrückte den hundertsten Fluch dieser Reise, die ihn an die Seite einer Frau zwang, die wie ein Dorn in seinem Fleisch steckte.

»Wenn wir uns beeilen, erreichen wir die Stadt noch vor dem Schließen der Tore«, knurrte er, als wäre Oliviane an einer möglichen Verzögerung schuld. »Es wäre mir lieb, wenn wir die Landstraßen endlich hinter uns hätten!«

Der unverhoffte Blickkontakt gab Oliviane Gelegenheit, ihm ein zärtliches Lächeln zuzuwerfen. Sie hatte bemerkt, daß diese Art von Lächeln stets dazu führte, daß er die Lippen hart aufeinanderpreßte und die dunklen Brauen runzelte. Es war keine erfreuliche Reaktion, aber es war wenigstens eine, die über die steinerne Gelassenheit, die er sonst zur Schau trug, hinausging.

Es war stärker als sie – sie mußte ihn einfach bei jeder Gelegenheit provozieren. Insgeheim verstand sie, daß er ihre Ankunft in Vannes herbeisehnte. Sie tat schließlich ihr Bestes, um ihn in die Enge zu treiben. Doch bisher war ihr der Erfolg versagt geblieben.

»Ihr müßt nicht wegen mir langsam reiten, Seigneur! Ich bin es gewohnt, daß man keine Rücksicht auf mich nimmt!« erklärte sie auch jetzt mit jener heiteren Sanftmut, die ihn so sehr aufbrachte.

»Zum Henker, Ihr führt Eure Zunge wie ein Ritter sein Schwert!«

»Nicht jede Frau ist auf Dauer zur Märtyrerin geeignet, Seigneur!«

»In der Tat«, gestand er mit grimmigem Humor ein. »Ihr lehrt mich Dinge, die ich bisher nicht für möglich gehalten habe.«

»Ich bin Euch stets zu Diensten.«

Der leise gezischte Disput glich einem Zweikampf. Hervé de Sainte Croix konnte nicht umhin zu bemerken, daß Oliviane sich verändert hatte. An die Stelle der stolzen Aristokratin, die sich in anerzogenem Gehorsam mit zusammengebissenen Zähnen in ihr Schicksal fügte, war eine Kriegerin getreten, die um jeden Fußbreit Boden mit ihm rang.

Vielleicht war es tatsächlich besser, wenn sie in einen Orden eintrat. Kein Mann würde sich auf Dauer ständig mit ihr messen wollen. Das Heim eines Mannes sollte ein Hort des Friedens sein und kein Schlachtfeld. Obgleich, die Schlacht mit dieser Amazone …

Er unterdrückte einen weiteren Fluch und dachte an die blasse, aufrechte Braut, die er vor wenigen Wochen aus Vannes geholt hatte. Die betörende Mischung aus Tapferkeit und Unschuld, angeborenem Stolz und versteckter Sinnlichkeit hatte ihn schon bei ihrer ersten Begegnung in ihren Bann gezogen. Und jeder weitere Blick hatte dieses unsichtbare Band zwischen ihnen verstärkt.

Es war heller Wahnsinn gewesen, sie im Söller zu lieben. Das Todesurteil für sie beide, falls auch nur der Schatten des Verdachts auf sie gefallen wäre. Dennoch hatte er nicht vermocht, der wilden Leidenschaft zu widerstehen, die sie in ihm entfachte.

Gab es eine zweite Frau auf Erden, die sich mit ihr messen konnte? Mit Abstand nicht. Aber es gab auch keine zweite Frau auf Erden, die er so meiden mußte wie sie. Sie war der einzige Mensch, den er wahrhaft fürchtete. Sie durfte nie erfahren, welche Macht sie über ihn besaß. Einmal hatte er der Schwäche für sie nachgegeben und wäre fast nicht mehr aufgewacht.

»Vorwärts!«

Der beachtliche Reisetrupp, den er anführte, folgte seinem Ruf. Vannes war in Sichtweite, und in Vannes würde die Entscheidung fallen. Zum Guten oder zum Schlechten.

25

Die massigen Granitsteine der Außenmauern hatten die Jahre der Vernachlässigung spurlos überdauert, aber das war auch schon alles, was sich zugunsten der Burg sagen ließ, die Vannes einmal beherrscht hatte. In der Annahme, daß nach dem Tod von Olivianes Großvater das Gebäude dem Verfall preisgegeben sei, bis der Herzog einen neuen Herrn bestimmen würde, hatte sich dort eine abstoßende Mischung aus Bettlern, Ratten und Möwen eingenistet.

Oliviane erschauerte vor dem Unrat, der den Boden der großen Halle bedeckte. Von draußen hörte sie das Geschrei der Galgenvögel, die die Männer des Herzogs ohne viel Federlesens aus ihren Schlupfwinkeln vertrieben. Hoch oben hingen noch die zerfetzten Reste alter Standarten, verblaßt, vergessen und zu hoch, als daß sie einer der Bettler herabgerissen und sich darin eingewickelt hätte.

Auch der mächtige Eichentisch hatte den Plünderern widerstanden. Er ging durch keine Tür, und die Platte war so stark, daß es einer wohlgeschliffenen Axt bedurft hätte, um ihn zu zerschlagen und zu verheizen. Es stank durchdringend nach Kot und vermodertem Stroh, nach faulen Algen und Schimmel, nach Verfall und Verwesung. Kurz, nach dem Untergang des stolzen Hauses Rospordon.

»Gibt es irgendwelche Räume, die man halbwegs bewohnbar machen kann?« hörte sie Hervé de Sainte Croix draußen im Gewölbe fragen, das die große steinerne Treppe trug. »Es sieht verdammt nach Regen aus, und ich hätte gerne ein Dach über dem Kopf!«

Oliviane strich angeekelt mit den Fingerspitzen über die

Schmutzschicht auf dem Tisch und gab sich einen Ruck. War es nicht ihr größter und heimlichster Wunsch gewesen, einmal die Herrin dieses Hauses zu sein? Nun, jetzt hatte sie die Gelegenheit, sich zu bewähren. Sie konnte beweisen, daß sie auch die Fähigkeiten dazu besaß.

Eine Woche später fügte Hervé de Sainte Croix ihren Vorzügen im stillen auch noch respektvoll das Talent eines geborenen Feldherrn hinzu. Sie hatte eine Schar von Knechten und Mägden angeheuert und hielt sie von Sonnenaufgang bis Sonnenuntergang mit energischer Hand auf Trab.

Sie veranlaßte, daß die Räume ausgemistet, mit Lauge geschrubbt, gesäubert und neu getüncht wurden. Sie gab eine solche Menge von Glasfenstern in Auftrag, daß die Handwerker von Vannes auf Monate, wenn nicht gar Jahre hinaus damit beschäftigt sein würden. Sie schickte die Bogenschützen los, um Stroh zu kaufen, damit die Steinböden frisch belegt werden konnten, und begann, die kühlen Vorratsgewölbe unter dem Haus mit dem Nötigsten zu füllen.

Wenn er dem Wunsch, sie zu sehen, nicht mehr widerstehen konnte, fand er sie wahlweise beim Bierbrauen, beim Kerzenziehen oder in der Küche damit beschäftigt, unter einer Vielzahl von Gerätschaften jene auszuwählen, welche ihr für die Küche eines noblen Hauses geeignet erschienen.

Und obwohl ihr Tag doppelt so ausgefüllt wie der aller anderen zu sein schien, konnte er bei diesen Gelegenheiten kein Zeichen von Erschöpfung an ihr entdecken. Im Gegenteil. In eines der schmucklosen, einfachen Gewänder gehüllt, wie es die Bürgerinnen von Vannes trugen, verströmte Oliviane eine solche Fülle von Energie und Leben, daß sich ihr niemand zu widersetzen vermochte. Dies war unzweifelhaft das Leben, für das sie geboren und erzogen worden war. Die Herrin eines großen Hauses sein!

Freilich, auch Oliviane beobachtete Hervé de Sainte

Croix schweigend, während der naßkalte Januar in einen ebenso unfreundlichen Februar überging. Jean de Montfort hatte gewußt, was er tat, als er seinem Kampfgefährten die Sicherheit des Städtchens am kleinen Meer anvertraut hatte. Der Seigneur schien nie etwas anderes getan zu haben, als Verteidigungsanlagen instand zu setzen, eine Stadtwache aufzustellen und Befehle zu erteilen, die niemand anzuzweifeln wagte.

Die junge Frau registrierte den Respekt, den die Bürger von Vannes ihm entgegenbrachten, und die unterschwellige Neugier, mit der allenthalben darüber getuschelt wurde, weshalb die Demoiselle nun doch nicht die Herzogin von St. Cado geworden war, sondern unter dem Schutz des Seigneurs in ihr Vaterhaus zurückgekehrt war. Vermutlich waren die Neuigkeiten auch längst über die Stadtmauern hinaus bis zu Paskal Cocherel gedrungen. Sicher der Grund dafür, daß auf den Ramparts von Vannes nun Tag und Nacht aufmerksame Wachen patrouillierten.

Sie hatten beide Grund, mit sich und ihrer Arbeit zufrieden zu sein, und doch war Oliviane es nicht. Die vielfältigen Pflichten gaben Hervé de Sainte Croix einen vortrefflichen Grund, sie zu meiden. Es gab Tage, an denen sie ihn nicht einmal zu Gesicht bekam, und die Sehnsucht nach ihm war immer schwerer zu ertragen. Nur ihr Stolz bewahrte sie davor, ihm einfach wie ein lästiges Hündchen nachzulaufen.

»Laßt es gut sein, Herrin!« riß sie in diesem Moment die Köchin aus ihren Gedanken. »Ihr werdet einen Ziegelstein aus diesem Brot machen, wenn Ihr es weiter so knetet und schlagt!«

Oliviane sah auf ihre bemehlten Fäuste, die, tief in der Teigmasse vergraben, ein Eigenleben geführt hatten. Mit einem tiefen Seufzer löste sie sie und strich sich eine Haarsträhne aus der Stirn, wobei sie einen Mehlstreifen über den Brauen hinterließ.

Bis auf die Mägde, die im Hintergrund Rüben putzten und Töpfe säuberten, war es um die Nachmittagszeit leer in der großen Küche, die jetzt wieder vor Sauberkeit blitzte und mit allem ausgestattet war, was ein großer Haushalt brauchte.

Die Köchin war eine stämmige Bretonin, die sich Oliviane für diese Stellung selbst angetragen hatte, und sie hatte bisher keinen Anlaß gesehen, diese Entscheidung zu bereuen. Gwenna war die Witwe eines Fischers und Mutter einer großen Kinderschar, die nun nicht länger Hunger leiden mußte. Und dies war einer von zahlreichen Gründen, weshalb Gwenna ihre neue Herrin ins Herz geschlossen hatte, die so hart schuftete wie kaum eine der Mägde. Andernfalls hätte sie vielleicht nicht gewagt, die junge Frau auf ihren verborgenen Kummer anzusprechen.

»Männer schätzen es, wenn frisches und lockeres Brot auf dem Tisch bereitliegt, aber sie vergessen meist, danach zu fragen, wer dieses Wunderwerk gebacken hat. Wenn Ihr dem Seigneur die eigene Blindheit vor Augen führen wollt, müßt Ihr schon handfestere Mittel ins Feld führen …«

»Was meinst du damit?« Oliviane runzelte verblüfft die Stirn.

»Verzeiht«, Gwenna rührte ein letztes Mal im Suppentopf, der auf dem Feuer stand, und trat näher zu ihrer Herrin. »Aber es bricht mir das Herz, wenn ich Euch noch länger dabei zusehen muß, wie Ihr Euch grämt. Warum sagt Ihr ihm nicht einfach, was Ihr fühlt?«

Oliviane errötete. Sie holte tief Luft, um dann doch nur mit den Schultern zu zucken. Gwenna hatte recht. Weshalb sollte sie sie für die Wahrheit rügen?

»Das hab' ich längst getan, Gwenna. Und weißt du, was er mir geantwortet hat? Er will lieber zur Hölle fahren, als sein Schicksal mit dem meinen verbinden!«

Die Köchin runzelte unter der frisch gestärkten Leinenhaube die Stirn und schnaufte mißbilligend über so viel Ahnungslosigkeit. »Aha? Und deswegen sieht er Euch an wie ein magerer Hofhund einen verlockenden Knochen, sobald er glaubt, daß Ihr es nicht bemerkt!«

»Tut er das?« Die aufkeimende Hoffnung in Olivianes Augen sprach für sich.

»Ihr müßt es bemerkt haben!« Gwenna sah die Verlegenheit ihrer Herrin und kam zu der Erkenntnis, daß sie bei aller Tüchtigkeit und allem Fleiß von Männern keine Ahnung zu haben schien. »Er will Euch, daran kann es keinen Zweifel geben.«

»Das wäre schön«, seufzte Oliviane und rieb ihre Mehlhände über der Schüssel von den Teigresten frei. »Aber er hat den härtesten Schädel im ganzen Land. Er wird im Notfall lieber sich selbst schaden als zuzugeben, daß er sich getäuscht hat.«

»Dann bringt Ihr ihn am besten in eine Lage, in der keine Worte mehr nötig sind«, schlug Gwenna mit ihrem praktischen Hausfrauenverstand vor.

»Heilige Anna!« Oliviane lachte gequält auf. »Als ob das so einfach wäre! Ich kann ihm doch nicht schon wieder ein Holzscheit über den Kopf ziehen!«

»Habt Ihr das schon einmal getan?« Auf Gwennas rundem Gesicht erschien ein beeindrucktes Lächeln. »Ich wußte, daß Ihr eine Frau mit Tatkraft und Verstand seid. Jetzt fühlt er sich in seinem männlichen Stolz verletzt und möchte, daß Ihr vor ihm auf dem Boden kriecht. Das erklärt natürlich einiges! Dann müßt Ihr es anders anpacken ...«

»Ich werde nicht auf die Knie gehen ...«, brauste Oliviane auf und wurde von ihrer Köchin sogleich unterbrochen. »Natürlich nicht, das verlangt ja niemand. Das ist ja das Übel, wenn zwei Dickköpfe aufeinandertreffen. Einer von euch beiden wird seinen Stolz aufgeben müssen, und ich fürchte, daß Ihr es sein müßt. Als noble Jungfer könnt Ihr Euch ja schlecht in seinen Alkoven legen oder ihn in der

Rolle der frechen Bademagd bei Maudez verführen. Wenn er fürchten müßte, daß er Euch entehrt hat oder gar Euren Ruf gefährdet …«

»So etwas sollte ich tun?« unterbrach Oliviane sie verblüfft.

»Je nun«, Gwenna hielt die Überraschung ihrer Herrin für sittliche Entrüstung und wurde ein wenig verlegen. »Das wäre eine Möglichkeit, die ich einer kühnen jungen Witwe raten würde. Aber in Eurem Fall …«

Oliviane hörte ihr längst nicht mehr zu. In ihrem Kopf nahm der Plan bereits Gestalt an. Sie legte ihre Mehlhand auf Gwennas Arm und sah sie aus ihren großen samtigen Augen bezwingend an. »Du meinst, er sucht Maudez' Badestuben regelmäßig auf?«

»Die meisten Männer tun das«, nickte Gwenna verdutzt. »Aber …«

»Du mußt mir helfen!« forderte Oliviane und fiel ihr schon wieder ins Wort. »Ich kann doch nicht einfach dort hineinmarschieren und Maudez um seinen Beistand bitten. Man muß das genau planen, damit wir zum einen nicht gestört werden, zum anderen aber auch ein paar von seinen Rittern mit ihm dort sind. Wenn er nicht wirklich in der Klemme steckt, wird er nicht nachgeben!«

»Das ist doch …!« Gwenna stemmte die Arme in die Hüften und starrte ihre Herrin fassungslos an. »Das könnt Ihr nicht tun! Ihr seid eine Edeldame, eine hochgeborene Jungfer aus bester Familie!«

»Zum Kuckuck! Du selbst hast mir doch geraten, zu diesem Mittel zu greifen!« schimpfte Oliviane mindestens ebenso empört zurück. »Komm mir jetzt bloß nicht mit Unzucht und Sünde! Er soll endlich zugeben, daß er mich liebt, daß er nicht ohne mich leben kann und Sehnsucht nach mir hat! Danach will ich gerne für den Rest meines Lebens die Zehn Gebote befolgen und meinem Gatten für immer treu sein!«

»Ach Gott!« hauchte Gwenna und bekreuzigte sich zur

Sicherheit gleich mehrmals hintereinander. »Ob das gut ausgeht?!«

»Das laß nur meine Sorge sein«, sagte Oliviane energisch. »Hilf mir bei diesem Streich, und es wird dein Schaden nicht sein!«

»Ich will nichts dafür!« schnaubte Gwenna noch eine Spur grimmiger. »Ich tu's, weil ich Euch gern hab'. Aber wenn Ihr noch eine Mutter hättet – sie würde mich teeren und federn für die Dummheit, daß ich Euch diesen Floh ins Ohr gesetzt habe. Nehmt einmal den schlimmsten Fall an: daß Ihr keinen Erfolg habt, daß der Seigneur diesen Streich in den falschen Hals bekommt und Euch für ein liederliches Frauenzimmer hält …«

Oliviane zuckte mit den Schultern und reckte das Kinn vor. »Dann kann ich auch nicht unglücklicher sein, als ich es ohnehin schon bin. Ich hab' nichts zu verlieren, Gwenna, du darfst es mir glauben!«

Die plötzliche Traurigkeit in ihrem Gesicht wirkte auf die Köchin überzeugender als alle Worte. Sie wußte, wie es einem ums Herz war, wenn man sich nach einem Kerl sehnte. Da ging es den noblen Damen wohl auch nicht viel anders als einer einfachen Köchin, die beim letzten Wintersturm ihren Mann verloren hatte.

»Überlegt es Euch gut«, warnte sie trotzdem noch einmal.

Hervé de Sainte Croix verschränkte die Arme vor der Brust und starrte über den Hafen und die Masten der Schiffe auf das Meer hinaus. Es war Ebbe, und viele der Fischerboote lagen wie gestrandete, schwerfällige Riesenfische auf Kiel. Möwen pickten im Schlick und kreisten über den Fischern, die unten auf dem gemauerten Kai ihre Netze flickten und trockneten.

Es war ein friedliches Bild, das in krassem Gegensatz zu dem Aufruhr in seinem Inneren stand, dem Aufruhr, der einmal mehr von Oliviane de Rospordon verursacht wurde.

»Es liegt in Eurer Hand, was aus mir wird!« Kein Tag, an dem er nicht an diese Worte dachte, wenn er ihr dabei zusah, wie sie diese alte Höhle in ein Heim verwandelte. Wenn er sah, wie seine Männer ihr bewundernd nachblickten und sich darin überschlugen, ihr zu Hilfe zu eilen, und wenn es nur darum ging, eine Leiter zu finden, die hoch genug war, um jene zerfetzten Standarten herabzuholen, die die Halle mehr verschandelten als schmückten.

Schweigend, allein durch ihre Haltung und ihre Taten hatte sie ihm gezeigt, daß er ihr unrecht getan hatte. In den letzten Tagen hatte er sich das Mädchen vorzustellen versucht, das in diesen Mauern aufgewachsen war, das von einer Mutter, die nicht einmal mehr die Kraft gehabt hatte, ihr einziges lebendes Kind zu lieben, zur Frömmigkeit angehalten worden war und das von den Männern dieser Familie, die ihre Ehre über jedes menschliche Gefühl stellten, zu blindem Gehorsam gezwungen worden war.

Auch er hatte diesen Gehorsam von ihr gefordert. Ohne Erklärung, ohne Vertrauen, nur aus der Tatsache heraus, daß er ein Mann und sie eine Frau war. Oliviane hatte ihm gezeigt, daß das nicht ausreichte. Aber er zürnte ihr nicht deswegen, sondern weil sie ihm täglich bewies, daß sie ihn nicht brauchte.

Sie hatte sich ja bereits in Rennes selbst aus ihrer ausweglosen Lage befreit, und diese Tatsache schmerzte mehr als der Hieb mit dem Holzscheit. Wie immer, wenn seine Überlegungen an dieser Stelle anlangten, rieb er sich automatisch die kleine Narbe. Er spürte nichts von dem Herz, das sie ihm angeblich geschenkt hatte. Er sah nur die nüchternen Blicke, die ihm galten, hörte die praktischen Forderungen und sah den Respekt, den sie sich überall erwarb. Wenn es eine Frau auf Gottes Erdboden gab, die ihn nicht brauchte, dann war dies Oliviane de Rospordon!

Himmel, er würde sich nicht lächerlich machen, indem

er ihr nachlief und sie um Verzeihung bat! Nicht nachdem er getönt hatte, lieber zur Hölle gehen zu wollen. Wenn nur dieses vermaledeite Jahr endlich vorbei wäre! Noch elf Monate, wie sollte er das aushalten, wenn er nach einem einzigen schon in diesem furchtbaren Zustand war?

Gelächter und Möwenkreischen riefen ihn in die Wirklichkeit zurück. Unten am Hafen stand jetzt eine Gruppe von Frauen bei den Fischern, und ihre hellen Stimmen erhoben sich über das Gebrumm der Männer. Scherze flogen hin und her, und einer der Jungen packte ein Mädchen mit einer weißen Haube um die Taille und küßte es unter dem lautstarken Gejohle der anderen.

Hervé de Sainte Croix starrte hinunter und ertappte sich dabei, daß er den stämmigen Burschen dort unten beneidete, der seine Kleine so unbeschwert umarmte. Er hätte gerne mit ihm getauscht. So aber unterdrückte er nur einen lästerlichen Fluch und stürmte die steinernen Treppenstufen hinunter, als wäre der Leibhaftige hinter ihm her.

Er hatte es so eilig, daß er die Magd übersah, die eben mit einem Korb voller Eier um die Ecke der Ställe gelaufen kam und gleichfalls nicht auf den Weg achtete. Sie prallten unverhofft zusammen, griffen beide gleichzeitig nach dem gefährdeten Korb und erstarrten, als sie einander in die Augen sahen.

»Zum Henker!« fluchte Hervé und betrachtete das Mädchen, das er für eine Magd gehalten hatte. »Wie lauft Ihr eigentlich herum? Geht Euch jedes Gefühl für Eure Position ab?«

In dem schlichten Rock, der langärmeligen Bluse, dem geschnürten Mieder und der weißen Leinenhaube hatte er Oliviane de Rospordon erst erkannt, als sie das Gesicht zu ihm emporgehoben hatte – zu spät, um die jähe Freude an ihrem bloßen Anblick zu verbergen. Also machte er wieder einmal ihr den Vorwurf, der im Grund ihm selbst galt. Dafür sah er in den braunen Samtaugen, wie der erste

Schreck einer so unverhüllten, verständnisvollen Zärtlichkeit Platz machte, daß ihm der Hals eng wurde.

»Seht Ihr mich in Seidenroben die Hühnerställe nach Eiern durchsuchen, Seigneur?« machte sie sich über ihn lustig.

»Warum tut Ihr das selbst? Gibt es in diesem Haus nicht genügend Hände für solche Arbeiten?« schnauzte er aufgebracht zurück. Daß er sich ihr gegenüber im Unrecht befand, brachte ihn mit jedem Zug mehr auf. »Was ist mit all diesen barfüßigen Kindern, die ständig an Euren Röcken hängen? Können sie nicht diese dummen Eier sammeln?«

»Das sind die Kinder der Köchin, und sie gehen ihr im Haus zur Hand. Ich nahm an, daß sie Euch nicht stören, nachdem Ihr Euer Quartier bei Euren Männern genommen habt. Dabei habe ich Euch extra die Kammer des Hausherrn säubern und tünchen lassen!«

Hervé wollte ihr sagen, daß er nicht der Hausherr war, aber die sanften Schatten, die ihre langen Wimpern auf die samtigen Wangen warfen, lenkten seine Aufmerksamkeit ab. Oliviane hatte trotz der vielen Arbeit die angespannte Magerkeit verloren, die er in Rennes an ihr entdeckt hatte. Sie sah blühend und jung aus, und der rosige Schimmer ihrer Lippen verlockte zum Küssen – so sehr, daß er unbewußt die Hände zu Fäusten ballte, um sich zu beherrschen.

Oliviane hingegen stellte bedrückt fest, daß der Seigneur grimmiger denn je wirkte. Gereizt und ruhelos, als nagte eine heimliche Sorge an ihm. Sie wagte nicht zu hoffen, daß sie der Grund für seine Unruhe war. Vermutlich gab es Probleme auf den Befestigungsanlagen, in der Stadt oder mit den Männern.

»Gibt es Ärger?« erkundigte sie sich vorsichtig.

»Keinen, den ich mir nicht selbst eingebrockt hätte«, gab er unwirsch zur Antwort und drückte ihr den Eierkorb in die Hände, den er vor dem Sturz bewahrt hatte. Mit hallenden Stiefeltritten setzte er seinen Weg fort, ohne ihr einen Gruß zu gönnen.

Oliviane sah ihm nach, wie er mit Riesenschritten im Haus verschwand. Ihre erste Enttäuschung machte zunächst Zorn und dann einer wütenden Entschlossenheit Platz. Wenn sie darauf wartete, daß der Schwarze Landry – so nannte sie ihn im stillen am liebsten – von selbst seine Meinung änderte, dann würde sie alt und grau werden, ehe eine Entscheidung zwischen ihnen fiel.

»Ich habe es mir überlegt, Gwenna!« murmelte sie zu allem entschlossen. »Ich werde nicht weitere elf Monate mit Warten vertrödeln und mich Nacht für Nacht nach ihm sehnen! Wir werden unseren Plan in Angriff nehmen!«

Sie vertrieb mit ihrer üblichen Energie die warnenden Stimmen in ihrem Kopf. Natürlich schickte es sich nicht für eine Edeldame, was sie da vorhatte. Sicherlich würde sich Mutter Elissa entsetzt von ihr abwenden, und der Großvater würde entrüstet Zeter und Mordio schreien. Aber erstens waren all diese ehrenwerten Herrschaften schon längst tot, und zweitens hatte es ihr bislang wenig gebracht, sich an die sittenstrengen Richtlinien zu halten, die sie ihr vorgeschrieben hatten.

Es war an der Zeit, daß sie ihrem Instinkt folgte und dem Seigneur de Sainte Croix ein wenig die Hölle heiß machte, in die er sich zurückziehen wollte.

26

»Heilige Mutter Gottes, das ist doch ...«

»Ein Wort zuviel, Maudez, und sie zieht dir bei lebendigem Leibe die Haut ab!«

»Unsere süße Herrin, das würde sie nie tun!«

Gwenna verdrehte die Augen und zog den Besitzer der Badestuben tiefer in den Hof, hinter das Brennholzfuhrwerk, das noch nicht ganz entladen war. Je weniger Zeugen es für dieses Gespräch gab, desto sicherer erschien Gwenna die ganze Angelegenheit.

»Du schweigst, verstanden?« forderte sie und bemühte sich, die ganze Autorität, die sie als Köchin des Herrenhauses genoß, in ihre Stimme zu legen. »Du hast keine Menschenseele gesehen und nichts gehört. Das ist lediglich meine arme kleine Nichte aus Penmarch, die sich bei dir als Bademagd verdingt, ich hab's dir doch schon tausendmal erklärt!«

»Begriffen hab' ich's schon«, brummte der Mann und warf der verhüllten hochgewachsenen Mädchengestalt einen so entsetzten Blick zu, daß Oliviane im Schatten ihres Umhanges trotz aller Aufregung lächeln mußte. »Aber bei allen Heiligen, ich begreife nicht, weshalb ...«

»Niemand verlangt von dir, daß du es begreifst«, schimpfte Gwenna. »Der Seigneur wird später kommen, so, wie er es jeden Freitagabend tut. Sorge dafür, daß er in der hinteren Kammer nicht gestört wird und daß ihm meine Nichte zu Diensten ist, verstanden?«

»Und wenn eine andere Magd die hintere Kammer ...

Ähm ...« Maudez räusperte sich verlegen. Gwenna wußte ja vielleicht, was in dieser Kammer geschah, aber die Herrin?

»Die Kammer ist nicht frei, basta! Hier!« Gwenna drückte dem Mann die Münze in die Hand, die Oliviane ihr zu diesem Zweck gegeben hatte. »Das dürfte genügen, um dir deine Bereitwilligkeit zu lohnen. Mach dich fort und sorg mir ja dafür, daß keiner der anderen Ritter diese Kammer betritt, ist das klar?«

»Was hat es mit dieser Kammer eigentlich auf sich?« wisperte Oliviane, als sie mit Gwenna in dem fraglichen Raum stand.

Die Einrichtung ließ auf den ersten Blick keine Schlüsse zu. Es gab den üblichen großen Zuber, der, mit einem frischen Leinentuch ausgelegt, darauf wartete, daß er mit heißem Wasser gefüllt wurde. Hinter einem Wandschirm konnte sich der Badegast entkleiden oder den Nachttopf benutzen. Ansonsten war da nur ein Tisch mit zwei Hockern und eine Art Liege, auf der ein Stapel sauberer Tücher bereitlag. Die Fensterläden waren geschlossen, und der Lärm aus den anderen Räumen des Badehauses klang lediglich gedämpft zu ihnen herüber.

Gewenna zog eine Grimasse und entschied sich für die Wahrheit. Wenn ihre Herrin ein solches Abenteuer wagte, war sie vielleicht doch nicht das unbeschriebene Blatt, für das man sie hielt.

»Maudez verkauft hier an geneigte Herren auch Liebesdienste, die über ein bloßes Bad hinausgehen. Damit ihm der Profoß nicht auf die Schliche kommt, behauptet er, daß hier lediglich Bürger baden, denen es im Gemeinschaftsraum zu laut ist.«

»Eine Dirnenkammer!« Oliviane tauschte einen vielsagenden Blick mit Gwenna und nickte dann. »Du hast recht, man darf sich nicht an solchen Dingen stören, wenn man einen Kampf gewinnen will. Sorg schnell dafür, daß sie das heiße Wasser bringen. Wir müssen ein paar ordentliche Dampfschwaden erzeugen, damit er mich nicht gleich auf Anhieb erkennt!«

Mit Maudez' Hilfe kam Gwenna dem Befehl nach, und Oliviane legte den Umhang ab, unter dem es ihr ohnehin langsam zu warm wurde. Darunter trug sie nur den einfachen Leinenkittel der Bademägde, dessen Ausschnitt mit einem Bänderzug nach Bedarf verstellt werden konnte. Sie lockerte die Schleife noch etwas und versicherte sich, daß der größte Teil ihres Busens nun unverhüllt war.

»Das genügt«, riet Gwenna. »Dem armen Teufel werden ohnehin die Augen aus dem Kopf fallen, wenn er Euch so sieht!«

»Ihr meint, es könnte gelingen?« flüsterte Oliviane.

»Seinen Blicken nach zu urteilen, ist er ohnehin nicht aus Holz, zumindest nicht, was Euch betrifft«, machte ihr die Köchin Mut und wischte sich in der dampfigen Stube den Schweiß von der Stirn. »Ich muß gehen ...«

Oliviane blieb allein zurück. Sie stand neben dem Fenster, als Maudez seinen Gast unter den üblichen Schmeicheleien hereinführte. Hervé de Sainte Croix blinzelte verblüfft gegen eine feuchte Dampfwand, hinter der kaum etwas zu erkennen war.

»Euer Bad ist bereit, Seigneur!« katzbuckelte Maudez weiter. »Auch Wein und Speisen stehen auf dem Tisch, und eine dralle junge Bademagd ist zu Euren gefälligen Diensten hier ...«

»Nimm das Frauenzimmer wieder mit!« kommandierte der Seigneur unwillig und öffnete die Schnüre seines Obergewandes. »Ich brauche kein Weib! Wie oft muß ich dir das eigentlich noch sagen?«

In seinem Rücken klappte die Tür, und er nahm an, daß Maudez und die Magd dem Befehl gefolgt waren. In der Hitze der Kammer beeilte er sich, seine Kleider abzulegen, und fluchte leise vor sich hin, als er sich an einem Hocker stieß, den er im Nebel nicht ausgemacht hatte.

»Das ist ja das reinste Dampfbad hier und ... Wer zum Teufel bist du?«

Erst in diesem Augenblick entdeckte er die Silhouette eines Mädchens, das neben dem Wandschirm stand und Wein in einen Becher groß.

»Die Bademagd, Seigneur!« wisperte sie schüchtern im Dialekt der Leute von Vannes. »Bitte erlaubt, daß ich Euch zu Diensten bin, sonst wirft mich der Herr wieder hinaus! Er sagt, ich darf nur bleiben, wenn alle mit mir zufrieden sind. Ich muß doch eine Arbeit haben!«

»Auch das noch ...« Hervé ließ sich in das heiße Wasser sinken und lehnte mit geschlossenen Augen den Kopf gegen das mehrfach gefaltete Tuch, das ihm als Polster diente. »Du kannst mir den Wein bringen und den Rücken schrubben, mehr benötige ich nicht!«

Er hörte ihre leichten Schritte und fühlte den Zinnbecher, den sie ihm in die Hand drückte. Sie hatte feuchte Finger, kein Wunder bei dieser Hitze! Als sie sich abwandte, erhaschte er auch einen Blick auf das Gewand, das sie trug – ein schlichtes Leinenhemd mit kurzen Ärmeln. Es klebte verführerisch an der Rundung ihrer Hüfte, und er schloß schnell wieder die Augen.

Seit ihm seine Gefühle für Oliviane de Rospordon so zusetzten, suchte er bei jedem weiblichen Wesen nach einer Ähnlichkeit mit ihr. Er trank den Becher in einem Zug leer und stellte ihn auf den Hocker neben dem Zuber. Dann ließ er sich mit dem Kopf unter Wasser gleiten, bis er die Luft nicht länger anhalten konnte und prustend auftauchte.

»Ich wasche Euch das Haar ...«, flüsterte die emsige kleine Bademagd und begann, seinen Kopf mit einer Mixtur aus Seifenkraut und Lauge einzuschäumen, die höchst angenehm nach Kräutern duftete.

Er knurrte unwillig, aber er überließ sich ihren Händen. Die energischen Finger, die seine Kopfhaut massierten und durch die dichte Matte seines Haares glitten, fühlen sich überraschend angenehm an. Er fing an, sich unter der Massage zu entspannen, bis sein Blick auf die verlockenden, festen Brüste der Magd fiel, auf denen das feuchte Hemd so herausfordernd klebte, daß er jede Einzelheit der rosigen Brustwarzen erkennen konnte.

Gütiger Himmel, war er schon so ausgehungert, daß er auf die absurde Idee kam, sich mit einer Bademagd zu vergnügen?

»Das genügt, geh jetzt!« schnauzte er sie an und ärgerte sich gleichzeitig darüber, daß er seine schlechte Laune an dem armen Kind ausließ, das doch wirklich nur sein Bestes tat.

»Ihr wolltet, daß ich Euch noch den Rücken wasche, Herr!« erinnerte sie schüchtern.

»Na gut, dann tu's!« brummte er, weil er einsah, daß er sie wohl nicht eher loswerden würde. Er zog die Knie an und legte den Kopf auf die verschränkten Arme. »Aber beeil dich, ich bin müde!«

Oliviane biß sich auf die Unterlippe, als sie den breiten, muskulösen Rücken unter ihren Fingern spürte. Ihr war mindestens so heiß wie dem Seigneur in dem Zuber, und sie konnte fühlen, wie ihr der Schweiß in einem dünnen Rinnsal zwischen den Brüsten hinunterlief.

Ihre Hände zitterten, als sie das eckige Seifenstück über seinen Körper rieb, bis ihn eine Lage Schaum bedeckte. Dann begann sie mit den Handflächen vorsichtig die Seife zu verteilen. Es bereitete ihr ein unvorstellbar großes Vergnügen, ihn zu berühren, die Stränge seiner harten Muskeln nachzufahren und seine warme Haut zu fühlen. Wie männlich und stark er war, durchfuhr es sie, und sie biß sich angestrengt auf die Unterlippe, um sich an die Pflichten einer einfachen Bademagd zu erinnern.

Hervé sah keine Veranlassung, ein wohliges Seufzen zu unterdrücken. Die geschickten Hände der kleinen Magd glitten so erregend über seinen Rücken, daß er jedes

Gefühl für Zeit und Raum verlor. Meine Güte, das Mädchen verstand sein Handwerk, und er konnte fühlen, wie sein ausgehungerter Körper darauf zu reagieren begann, als ihre Hände um seinen Brustkorb glitten und auch dort Seife und Lauge zärtlich verrieben.

Als er scharf Atem holte und sich aufrichtete, spürte er ihren festen Busen, der sich, von nassem Stoff bedeckt, gegen seinen Rücken drückte. Er bemerkte das Streicheln eines nassen Zopfes, der gegen seine Haut schwang und ihrer Bewegung folgte. Wütend und verlegen zugleich versuchte er, das sichtbare Zeichen seines Verlangens zu verbergen, das ihre Nähe in ihm weckte.

»Bei Gott, Mädchen, du weißt nicht, was du tust!« murmelte er und griff energisch nach ihrem Arm, um dem gefährlichen Spiel ein Ende zu bereiten.

Als er sie nach vorne zog, gab sie so geschmeidig nach, daß sie halb zu ihm in den Zuber fiel. Wasser spritzte auf den Boden, aber er beachtete es nicht. Er starrte wie gebannt in das schöne, feuchte Gesicht, in dem rote Lippen verführerisch glänzten und samtige Augen geheimnisvoll schimmerten. Das Hemd war ihr über die Schulter geglitten und enthüllte sie bis auf den Schatten der rosigen Brustwarze.

»Oliviane!«

Sie vergaß auf der Stelle, daß sich die Kante des Zubers unangenehm in ihren Magen drückte, daß sie auf hartem Holz kniete und daß sie beinahe nackt vor ihm stand. Sie verschloß seinen Mund mit einem leidenschaftlichen Kuß und ließ damit das Feuer der Lust jäh auflodern. Keiner von ihnen beiden konnte nun noch zurück.

Hervé richtete sich halb auf, hob sie in den Zuber und zog sie an seinen nassen Körper. Seine Finger umfingen ihre Brüste, und seine Daumen strichen erregend über die empfindsamen Spitzen. Seine Lippen öffneten ihren Mund, und ihre Zungen fanden sich in einem leidenschaftlichen, lustvollen Spiel.

Mit einem heiseren Stöhnen riß er ihr das nasse Hemd vom Leib und überließ sich ganz dem brennenden Begehren, das er viel zu lange unterdrückt hatte.

Rauh und drängend fuhren seine Hände über ihren erhitzten Körper, an dem sich seine Augen nicht satt sehen konnten. Da waren die vollkommenen Linien ihrer Hüften, die ihn schon in jener Nacht im Söller so entzückt hatten, und ihre Taille, die so zerbrechlich wirkte wie die eines kleinen Mädchens. Aber wie konnte es dann sein, daß ihre Küsse wie die einer leidenschaftlichen Geliebten schmeckten, die genau wußte, wie sie einen Mann um seine Beherrschung brachte?

Oliviane erbebte unter seinen fordernden Liebkosungen. Ihr Körper schien einem eigenen Rhythmus folgen zu wollen und wurde weich und biegsam unter seinen Berührungen. Sie knieten Mund an Mund und Leib an Leib voreinander in dem großen Zuber, und sie spürte, wie sich sein mächtiges Glied zwischen ihre Oberschenkel schob, bis die Spitze heiß und erregt ihre Scham berührte. Da stieß Oliviane einen kleinen heiseren Schrei aus.

»Ich will dich!« murmelte Hervé rauh. »Gott steh mir bei, aber ich kann nicht ohne dich sein!«

Sie konnte nicht genau unterscheiden, ob es nun ein Fluch, ein Stoßgebet oder ein Geständnis gewesen war, doch da zog er sie schon mit sich hoch, hob sie aus dem Zuber, trug sie hinüber auf das Lager und bettete sie zwischen die Tücher. Sie öffnete die Beine für ihn und sah ihn aus zärtlichen Augen an.

»Ich bin dein!« sagte sie schlicht.

Sie wußte nicht, ob er sie gehört hatte, sie fühlte nur, daß eine Welle der Lust sie mit sich riß, als er mächtig und tief in sie eindrang, sich schneller und schneller in ihr bewegte und sie ganz ausfüllte.

Dieses Mal gab es keinen Zorn, keine Schatten und keine Angst zwischen ihnen, nur pure Ekstase, ein grenzenloses loderndes Verlangen, dessen Feuer alle Mißverständnisse, Irrtümer und Lügen verbrannte.

Sie verschmolzen miteinander, und Oliviane stieß kleine, spitze Schreie der Lust aus, als er sich immer kraftvoller in ihr bewegte.

Es war ein so unglaublich schönes Gefühl, doch sie wollte noch mehr – sie wollte ihn ganz in sich aufnehmen. Ihre Hände glitten wie im Fieber über seinen muskulösen feuchten Rücken, und sie wölbte sich ihm bei jedem Stoß heftiger entgegen.

Ihr Körper versteifte sich, und Hervé konnte das lockende Pulsieren spüren, mit dem ihr Schoß ihn umfing. Er konnte sich nicht länger zurückhalten. Mit einem heiseren Aufschrei erreichte auch er den Höhepunkt der Lust, so berauschend und wunderbar, wie er ihn noch niemals zuvor erlebt hatte.

Als Oliviane endlich wieder die Kraft aufbrachte, die Augen zu öffnen, sah sie in sein ernstes, männliches Gesicht. Er hatte den Kopf auf den Arm gestützt und betrachtete sie so versunken, daß sie mit einem Mal Angst bekam. Sie versuchte ein kleines Lächeln, das ihre Furcht verbergen sollte, doch es mißlang ihr.

»Ich fürchte, halb Vannes hat gehört, was wir hier getrieben haben«, sagte er trocken.

Oliviane spürte die Röte, die ihr ins Gesicht kroch. Was war das? Eine Rüge? Ein Vorwurf? Hatte sie sich zu hemmungslos benommen?

»Ihr wißt, daß dies die Angelegenheit natürlich entscheidet?« erkundigte er sich in einem immer noch viel zu geschäftlichen Ton.

»Entscheidet? Wie?« flüsterte sie verwirrt. Sie hatte sich eine andere Reaktion von ihm erhofft. Nicht dieses Abwarten, diese Gelassenheit. Hatte sie zu hoch gepokert und verloren?

»Es wird nichts mit dem Klosterleben, Oliviane de Rospordon!« hörte sie ihn im selben Moment raunen. »Ihr seht selbst, daß Euer Hang zur Leidenschaft nicht zu einer Nonne paßt!«

Oliviane strich sich die halb aufgelösten, feuchten Haare aus der Stirn. Es war ihr unmöglich, auf seinen Plauderton einzugehen. Sie starrte in die dunklen Augen des Schwarzen Landry und rang nach Atem.

»Verdammt, hört mit dem Geschwätz auf und sagt endlich die Wahrheit, Hervé, Landry oder wie immer Ihr heißen mögt, Seigneur!«

»Die Wahrheit?« Hervé sah in das schöne wütende Gesicht und berührte den trotzigen Mund mit den Fingerspitzen. »Die Wahrheit ist, daß ich Angst vor dir habe, Oliviane de Rospordon. Es gefällt mir nicht festzustellen, daß ich nicht ohne dich sein kann. Ehe ich dich kannte, war mein Leben klar und einfach, jetzt besteht es nur noch aus Konfusion und Wirrnis. Wie zum Teufel kommst du zum Beispiel als Bademagd in dieses Haus? Macht es dir Vergnügen, alles auf den Kopf zu stellen?«

»In meinem Haus geht Ihr mir aus dem Weg, Seigneur! Ich sah keine andere Möglichkeit, dieses Gespräch zwischen uns herbeizuführen«, antwortete Oliviane und lächelte traurig. »Was heißt, daß Ihr nicht sein könnt ohne mich? Daß Ihr mich wenigstens begehrt, wenn Ihr schon sonst nichts für mich empfinden könnt?«

»Begehren ...«, wiederholte er, und seine Augen glitten über ihren vollkommenen Körper. »Es ist mehr als das. Es drückt mir den Atem ab und macht mich mißmutig, wenn ich Euch nicht in meiner Nähe weiß. Es reduziert meine Wünsche auf den Blick in Eure Samtaugen und macht mich zum Sklaven meines Verlangens nach Euch. Es ist so groß, daß es mir angst macht, weil ich weiß, daß es stärker als Stolz und Ehre, größer als Glaube und Hoffnung ist. Ich wollte davor fliehen, aber Ihr habt mir einen Strich durch die Rechnung gemacht, mein Herz!«

»Dann ist es Liebe!« wisperte Oliviane, und ein unvorstellbares, nie erlebtes Glücksgefühl durchrieselte sie vom Kopf bis zu den Zehenspitzen.

»Ich fürchte es!« entgegnete Hervé tiefernst. »Wollt Ihr mir wirklich auf diesem dornigen Weg folgen? Wenn er sich so fortsetzt, wie er begonnen hat, wird er ebenso viele Tränen wie Freuden bringen!«

»Das ist mir egal. Ich folge Euch bis ans Ende meiner Tage!« sagte Oliviane ebenso entschieden.

Ihre Blicke versanken ineinander, und ihre Hände fanden sich wie ihre Lippen. Es war ein scheuer, ungeheuer sanfter Kuß, der Olivianes Lippen streichelte und zärtlich über die Jochbögen ihrer Wangen glitt, wo die Wimpern zitternde Schatten warfen. Er konnte sehen, wie sie unter seinen Zärtlichkeiten erregt erschauerte.

»Wie schön du bist!« raunte Hervé. »Meine stolze, kühle Göttin, was hast du dir nur dabei gedacht, als zärtliche Bademagd zu mir zu kommen? Ich habe fast den Verstand vor Begierde verloren, als ich diese verlockenden Brüste unter dem nassen Hemd entdeckt habe!«

»Genau das wollte ich damit erreichen«, erklärte Oliviane vergnügt und revanchierte sich mit spielerischen, kleinen Küssen auf seinen Nacken. »Im Notfall hätte ich dir damit gedroht, das halbe Badehaus zusammenzukreischen, falls du dich nicht freiwillig bereit erklärt hättest, mich zur Frau zu nehmen! Soweit ich informiert bin, ist ein großer Teil deiner Ritter hier versammelt, und deine Ehre hätte dir doch nicht gestattet, mich zu schänden und dann einfach das Weite zu suche ...«

Hervés Finger schlossen sich um ihren geschmeidigen Hals. »Ich werde ihn dir eines Tages umdrehen, Frau, ist dir das klar? Kein Mann von Ehre kann sich derartige Manipulationen gefallen lassen ...«

Oliviane drängte ihre Hüften herausfordernd und sinnlich an seinen Körper. »Räche dich. Ich gehöre dir!«

»Gütiger Himmel!« murmelte der Ritter und legte seine Hände lieber um die straffen Rundungen ihres Hinterteils.

»Ich bezweifle, daß wir Zeit genug finden, in die Kirche zu kommen, wenn du so weitermachst! Meinst du nicht, wir sollten diese Kammer räumen, ehe ...«

»Ich habe Maudez ein Goldstück gegeben, er wird uns nicht stören, und ich finde, was wir bezahlt haben, können wir auch ...«

Oliviane vergaß, was sie sagen wollte, denn Hervés Lippen schlossen sich um eine ihrer Brustwarzen und begannen sanft daran zu saugen, während seine Zunge gleichzeitig die empfindsame Spitze rieb. Pfeile reinsten Feuers schossen von dort durch ihren ganzen Körper, und sie stöhnte heiser auf.

»Was tust du?«

»Dich lieben, kleine Dame!«

»Du machst mich verrückt!«

»Es gefällt mir!«

»Und wenn wir wieder zu laut werden?«

»Dann wird Maudez seinen Gästen erklären müssen, weshalb er diese lüsterne kleine Dirne in seinem Hinterzimmer verborgen hält.«

Oliviane kicherte. Sie entdeckte verblüfft, daß es die Lust nicht störte, daß es im Gegenteil sehr gut zusammenpaßte, zu lachen und zu lieben. Hervé widmete sich mit Hingabe ihrer anderen Brust, und Oliviane versuchte vergeblich, ein lustvolles Stöhnen zu unterdrücken, während sie ihre Fingerspitzen in seinen feuchten Haaren vergrub.

»Autsch!«

»Was ist?« Für einen Moment aus ihrer sinnlichen Ekstase gerissen, starrte Oliviane ihren Geliebten an, der seinen Kopf vor ihr in Sicherheit brachte.

»Ich habe da eine frische Narbe, die keine Fingernägel verträgt, kleine Dame!« sagte er mit einem schiefen Grinsen.

»Oh!« Oliviane sah betreten auf ihre Hände. Der Schlag mit dem Holzscheit. Neuerliche Röte flutete über ihr

Gesicht, ihren Hals und ihre Brüste. Würde er ihr jemals verzeihen können, daß sie ihn fast getötet hatte?

»Schscht!« Hervé las ihre Gedanken. Er hob ihr Kinn mit dem Finger an und küßte ihre weichen Lippen. »Du hast mich gezeichnet. Für mein ganzes Leben! Ich werde nie einer anderen gehören können!«

Sie erwiderte den Kuß mit leidenschaftlicher Hingabe und preßte sich atemlos gegen seinen Leib. »Schwör es mir!«

»Reicht es nicht, wenn ich das in der Kirche vor Gott tue?«

»Tu es jetzt«, bat Oliviane eindringlich. »Ich habe gelernt, die Stunden zu nützten. Wer weiß, was morgen ist! Vielleicht steht morgen Paskal Cocherel vor den Toren von Vannes, und wir müssen kämpfen. Aber jetzt bist du hier, jetzt kann ich dich spüren und hören!«

Hervé wickelte den zerzausten, nassen Zopf um seine Hand, bis sich Olivianes Gesicht so nahe vor dem seinen befand, daß er die goldenen Lichter in den braunen Augen sehen konnte. Sie hatte recht. Sie lebten in einer unsicheren Zeit, und es war nicht gut, die wenigen Augenblicke des Glücks zu verschwenden.

»Ich liebe dich, Oliviane de Rospordon. Du bist mein Leben, mein Herz, mein Atem und der liebste Gedanke in meinem Kopf. Ich kann nicht leben ohne dich, obwohl ich es weiß Gott versucht habe!«

Er konnte nicht ahnen, welch tiefe und lebenslange Wunde er mit diesem leidenschaftlichen Geständnis in Olivianes Herzen heilte. Er sah nur, wie das Gold in ihren Augen verschwamm und eine feuchte Spur der Tränen sich zu den Schläfen hin verlor.

»Du weinst? Weshalb? Ich gehöre dir, du hast keinen Grund zu weinen …«

Oliviane schniefte und versuchte, die Tränen fortzublinzeln. Sie konnte nicht sprechen, nur fühlen, und die Küsse, die ihre Schläfen berührten und dort die Tränen trockneten, sorgten nur dafür, daß sie noch heftiger nachliefen.

»Ich habe nicht gewußt, daß man vor lauter Glück weinen kann«, wisperte sie mit erstickter Stimme.

»Es sind die letzten Tränen, die ich dir erlaube! Wirst du mir gehorchen?«

Oliviane lächelte, und purer Übermut ließ sie von innen heraus leuchten. »Vielleicht, Seigneur ...«

27

»Sagt es!«

»Was soll ich sagen?«

»Zum Kuckuck, Ihr wißt es ganz genau! Ich tu keinen Schritt, ehe Ihr es nicht sagt!«

Hervé de Sainte Croix sah in die strahlenden Augen seiner schönen Braut und versuchte, wenigstens den Anschein von Strenge aufrechtzuerhalten. »Ihr wollt also den Priester, unsere Gäste und ganz Vannes warten lassen, nur um einmal mehr Euren Dickkopf durchzusetzen?«

Oliviane stand hoch aufgerichtet und stolz vor ihm – eine königliche Erscheinung, die so viel Freude ausstrahlte, daß sie heller zu leuchten schien als die bläulich changierende schwere Seide ihrer eleganten Robe. Dame Magali hatte das Gewand aus Rennes geschickt, und es paßte Oliviane wie angegossen. Die Kombination, die aus einem engen Rock aus cremefarbenem Seidenstoff und einer Tunika aus schwerer orientalischer Seide bestand, konnte nur von einer so großen Frau mit Olivianes Haltung zur Wirkung gebracht werden.

Der schwere Faltenwurf des kostbaren Stoffes betonte die vollkommenen Linien ihrer Gestalt, und obwohl der runde Ausschnitt höchst züchtig über dem Brustansatz endete, konnte Hervé nicht die Augen davon abwenden. Eine Kette aus makellos schimmernden Perlen leuchtete dort mit ihrer feinen Haut um die Wette, und über den offenen Locken trug sie einen hauchdünnen Schleier aus feinstem, schneeweißem Musselin, der mit einer zum Reif gebogenen Ranke aus grazilen goldenen Blättern in den glänzenden Haaren befestigt war.

Oliviane stand regungslos vor ihm. Sie hatte sich ganz im Blick der nachtschwarzen Augen des Mannes verloren, für den sie alles gewagt und alles gewonnen hatte. Nicht einmal jetzt, da sie gleich vor Gott und den Menschen verbunden werden sollten, konnte sie es richtig fassen. Das Glück war zu groß.

Hervé zog sie in seine Arme, und seine Lippen kamen dem verführerischen Mund ganz nahe. Er wußte sehr wohl, was sie ausgerechnet in diesem Augenblick von ihm hören wollte. »Ich bitte Euch, in Vannes zu bleiben, Demoiselle de Rospordon, und meine Gemahlin zu werden. War es das, was dir gefehlt hat, mein Herz? Ich hab' es dir schon tausendmal gesagt!«

Oliviane erwiderte hingebungsvoll den Kuß. »Ja, und tausendmal zuwenig, mein Herr!«

»Wir haben ein Leben lang Zeit, es zu wiederholen! Aber in diesem Moment sollten wir vielleicht daran denken, daß Jean de Montfort darauf wartet, Euch in die Kirche zu führen. Er sonnt sich im Glanze seines Kuppelpelzes, wie Ihr selbst sehen konntet.«

Oliviane mußte kichern, als sie sich an die Ankunft des Herzogs am Tag zuvor erinnerte. Zufrieden, aber auch vorsichtig hatte er das Paar begutachtet, das ihn gemeinsam in der großen Halle der Rospordons empfangen hatte, die nun auf das prächtigste für die Gäste und das Fest geschmückt worden war.

Er hatte auf seiner Anwesenheit bestanden, sobald er die Botschaft von der bevorstehenden Hochzeit erhalten hatte, die am Sankt Valentinstag gefeiert werden sollte, und er war mit einem großen Gefolge erschienen. Er machte keinen Hehl aus seiner Zufriedenheit, als er feststellte, daß sich zwischen den Brautleuten tatsächlich alles auf das erfreulichste gefügt hatte.

»Achtet auf meinen Freund«, hatte er Oliviane später

mit jenem freundschaftlichen Lächeln gebeten, das ihm die Treue seiner Anhänger sicherte. »Ich bin ihm sehr zugetan und würde es nicht gerne sehen, wenn Ihr es Euch zur Gewohnheit machen würdet, das Kaminholz auf seinem armen Kopf zu zerschlagen, meine Liebe!«

»Ich gebe Euch mein Wort darauf«, hatte sie mit jenem Schalk geantwortet, den man erst seit kurzer Zeit an ihr entdecken konnte. »Wenn er mich ärgert, werde ich auf Weinpokale und Nachttöpfe zurückgreifen.«

Doch nun war es ein prächtiger Hochzeitszug, der sich wenig später vom Haus der Rospordons in die ehrwürdige graue Kathedrale der Stadt bewegte, deren Glocken das Paar willkommen hießen. Die Anwesenheit des Herzogs und seiner Männer verlieh dem neuen Herrn der Stadt und seiner schönen Gemahlin einen Rang, der selbst den einfachen Bürgern schmeichelte. Vannes gewann wieder an Bedeutung unter diesem neuen Seigneur!

Man mußte nur sehen, wie sorgsam er die Braut an der Hand führte, die alles bisher Gesehene an Glanz und Schönheit übertraf. Die Menschen von Vannes, die sich nicht mehr an das traurige kleine Mädchen erinnern konnten, das ins Kloster gebracht worden war, jubelten der stolzen, hochgewachsenen Edeldame zu, als hätte es nie Zeiten gegeben, in denen man über die Hungerleider in der Festung die Nase gerümpft hatte.

Oliviane blieb trotz aller Ovationen ernst, aber der Herzog winkte gnädig in die Menge. Diese prächtige Hochzeit war nicht zuletzt eine Demonstration seiner neuen Macht. Seht her, wir können wieder Feste feiern und uns den angenehmen Dingen des Lebens zuwenden! Schon allein deswegen hatte er den Weg nach Vannes auf sich genommen!

Mit der Miene eines höchst zufriedenen Mannes legte er die schmale weiße Hand der Braut in die kräftige braune des Bräutigams und nahm gerührt den Blick leidenschaftlichster Zuneigung zur Kenntnis, den die beiden dabei tauschten. Er mochte einen geschickten Spion verloren haben, aber die Kinder dieses ungewöhnlichen Paares würden ihn dafür entschädigen: Söhne von der Kampfkraft ihres Vaters und Töchter mit der Schönheit ihrer Mutter, Söhne und Töchter, die dem Land eine glückliche Zukunft garantieren würden.

Oliviane und Hervé dachten nur an das Jetzt. Während sie die Häupter vor dem Altar neigten und die Finger ineinander verschränkten, erlebten sie beide einen Augenblick reinsten, unverfälschten Glücks. Es war ein Moment, der weder von der Ernennung Landrys zum Herrn von Vannes und Grafen von Rospordon übertroffen werden konnte noch von dem Fest, zu dem die ganze Stadt geladen war.

Die Tische der Burg bogen sich unter den Delikatessen für die hohen Gäste, und im Hof brieten über Lagerfeuern die Hammel und Ochsen am Spieß, während fässerweise der Wein ausgeschenkt wurde und die schrillen Flöten und Fiedeln der Musikanten zum Tanz aufspielten. Der Mond stand schon hoch am Himmel, als sich Maudez, der Besitzer der Badestuben, mit der Köchin Gwenna dem Reigen der anderen Paare anschloß.

Sie wußte, wen er meinte, als er vielsagend mit dem Kopf zum großen Palast deutete, dessen Glasfenster wie kostbare Edelsteine durch die Nacht leuchteten, weil dahinter Unmengen von Kerzen brannten. »Eins begreif' ich immer noch nicht, Gwenna. Weshalb hat sie für ihn die Bademagd gespielt?«

Gwenna, hinter der ein höchst anstrengender, aber ebenso erfolgreicher Tag lag, gluckste vergnügt. »Ich hab' keine Ahnung, wovon du redest, Maudez! Ich weiß nichts über eine Bademagd! Hast du ein neues Mädchen eingestellt? Paß nur auf, daß es dich nicht in Verruf bringt! Unter dem neuen Herrn wird der Profoß sicher energischer für Ordnung sorgen als früher!«

Maudez knurrte ein wenig und packte Gwenna fester

um die Taille. An ihr war ordentlich etwas zum Festhalten, und er verstand genügend von den Weibsleuten, um das auffordernde Glitzern richtig zu deuten, das in ihren Augen stand. Eine Witwe mit Lust am Leben? Je nun, das war nicht das Schlechteste, was einem Mann passieren konnte an einem solchen Abend. Als er mit ihr geraume Zeit später ein ruhiges Plätzchen irgendwo in den Gewölben der Küche suchte, huschte im Dunkeln ein anderes Paar an ihnen vorbei. So hastig und schuldbewußt, daß sie ihm unwillkürlich nachsahen.

»Wer das wohl war?« wunderte sich Maudez.

»Was geht's uns an?« winkte Gwenna großzügig ab. »Wir sind nicht die einzigen, die ein Fest feiern. Komm, ich weiß einen Platz in der Vorratskammer ...«

»Gwenna und Maudez!« kicherte im selben Moment Oliviane de Sainte Croix und hielt sich die Hand vor den Mund. »Hast du die beiden gesehen? Kannst du dir vorstellen, was sie tun?«

Der frischgebackene Graf von Rospordon brummte ein wenig unwillig vor sich hin, während er seine Gemahlin zu jenem geheimen Mauerbogen zog, der normalerweise von schweren Fallgittern verschlossen war, obwohl man ihn ohnehin nur bei Ebbe benutzen konnte.

»Kannst du dir vorstellen daß es mich überhaupt nicht interessiert, was deine tatkräftige Köchin mit dem spindeldürren Herrn der Badestuben von Vannes treibt, kleine Dame?«

»Wo führst du mich eigentlich hin?« Oliviane vermochte ihre Neugier nicht länger im Zaum zu halten. Sie hatte ihren Gemahl im Gemach des Burgherrn erwartet. Mit einladend zurückgeschlagenen Decken auf dem Alkoven, mit einem wärmenden Feuer und in einem pelzgefütterten Hausmantel, unter dem sie nichts als bloße Haut trug.

Doch Hervé hatte der Verlockung widerstanden. Er hatte sie gebeten, ihre einfachsten Kleider aus der Truhe zu holen, einen warmen Umhang überzustreifen und ihm zu folgen. Erst beim hastigen Weg durch die dunklen Gänge des großen Hauses war ihr aufgefallen, daß er die schwarzen Stiefel und das vertraute Lederwams des Schwarzen Landry trug.

Jetzt blieb er kurz stehen und hielt sie für einen leidenschaftlich drängenden Kuß fest. Laß dich überraschen, komm!«

Es roch betäubend nach Schlick und Tang, nach verrotteten Algen und Fischabfällen, und wenig später half er ihr in ein wartendes Ruderboot, ehe er sich mit voller Kraft in die Riemen legte und die kleine Nußschale am Rande des Hafens von Vannes zur Halbinsel von Séné ruderte.

Es war die hohe Zeit der Ebbe, und das Kleine Meer lag völlig ruhig unter dem Schein eines glänzenden Mondes. Oliviane stützte sich hinten mit den Händen ab und vergnügte sich damit, die dunklen Züge ihres Gemahls zu betrachten, der sich in die Ruder legte. Ab und zu nahm sie den Schimmer weißer Zähne wahr, wenn er ihr ein zärtliches Lächeln zuwarf.

Sie verlor das Gefühl für Zeit und Raum und schrak zusammen, als das Ruderboot sanft gegen einen kleinen Steg stieß, wo Hervé das Tau um einen Pfosten schlang, ehe er ihr aus dem Boot half. Stumm ließ sie sich durch die dunkle Nacht führen, und unter ihren Sohlen fühlte sie, wie Sand und Kies einander abwechselten und wieder zu Stein und schließlich zu einer Wiese wurden. Eine kleine Hütte mit einem tief herabgezogenen Reetdach duckte sich in den Windschatten einer gewaltigen Kiefer, und aus dem Augenwinkel sah Oliviane eine Gestalt davonlaufen, als Hervé die Tür aufstieß. Waren sie erwartet worden?

»Gütiger Himmel!« wisperte Oliviane und trat zögernd zwischen die vier Granitmauern.

Auch in diesem Raum brannten zahllose Kerzen. Dicke gelbe und schlanke weiße steckten in allen möglichen Haltern und beleuchteten ein Lager von wilder, romantischer

Schönheit. Getrocknete Rosenblätter lagen auf blütenweißem Leinen, und glänzende Felldecken schimmerten im Licht des hell lodernden Feuers und der Kerzen. Ein weiß gedeckter Tisch bog sich unter der Last von zahllosen silbernen Schüsseln, Früchteschalen, edelsteinverzierten Pokalen und gefüllten Weinkaraffen.

Oliviane wandte sich dem Mann zu, der mit dem frechen Grinsen des Schwarzen Landry auf sie herabsah und den Umhang von ihren Schultern streifte. Wie sie ihn liebte! Wie sie ihn anbetete!

»Ich wollte, daß du alles vergißt, was jemals dein Herz bedrückt hat«, raunte er und umfing sie in einer zärtlichen besitzergreifenden Umarmung. »Ich wollte am anderen Morgen mit dir zwischen Steinmauern erwachen und dir sagen, wie sehr ich dich liebe. Ich wollte dich mit mir nehmen und ein neues Leben mit dir beginnen!«

Oliviane legte ihre Hände um den muskulösen Nacken und vergrub ihre Fingerspitzen in den dichten Haaren. Ihre Lippen glänzten verführerisch, und sie leistete keinen Widerstand, als er ihr das Hemd über die Schultern streifte und sein Gesicht in der sanften Kuhle zwischen Hals und Schulter verbarg.

»Liebe mich, Schwarzer Landry!« wisperte sie mit erstickter Stimme. »Ich kann mir nichts Schöneres vorstellen, als jeden Tag meines Lebens von neuem mit dir zu beginnen!«

Die Burg von Cado

Februar 1365

Die Feuchtigkeit hing in den Wandteppichen und Polstern, sie ließ das Stroh faulen und machte die Gewänder in den Truhen klamm. Seit die letzten Mägde aus der Burg geflohen waren, stand es böse um die Bequemlichkeit des Herzogs von St. Cado. Dementsprechend finster war auch seine Stimmung. Der düstere Blick, den er seinem Hauptmann und Stellvertreter zuwarf, ließ sogar den abgebrühten Gordien zusammenzucken.

»Nun, was weißt du?«

»Niemand hat ihn gesehen, Paskal! Man könnte meinen, er habe nie existiert. Es gibt keine Hinweise auf einen Überfall und auch keine darauf, daß er mit der Flucht des Mädchens etwas zu tun hat. Er hat sich einfach in Luft aufgelöst!«

»Ein Kerl wie der Schwarze Landry löst sich nicht in Luft auf«, schnauzte der Herzog von St. Cado seinen Hauptmann an und hieb mit der Faust auf den Tisch.

»Dann besteht nur die Möglichkeit, daß er einer Bande Wegelagerer in die Hände gefallen ist, die in der Überzahl waren«, meinte Gordien. Diese Schicksal ereilte in diesen Tagen manchen einsamen Reisenden. »Er hat gekämpft und verloren. Sein Kadaver verrottet irgendwo im Straßengraben. Hör auf, dir den Kopf über den Kerl zu zerbrechen. Ich bin froh, daß wir ihn los sind. Ich habe ihm nie ganz getraut!«

»Weil er dich im Zweikampf besiegt hat«, erinnerte der Herzog bewußt grausam. »Du bist nicht mehr der Jüngste, mein Freund! Du konntest ihn nicht leiden, weil du gefürchtet hast, daß er dir eines Tages den Rang streitig machen wird.«

Gordien knirschte mit den Zähnen. Das mußte ihm ausgerechnet ein Mann sagen, der den Zenit seines Lebens längst überschritten hatte! Bei dem das Grau auf dem Kopf das Blond langsam überwog und dem es nicht einmal gelungen war, seine Braut daran zu hindern, ein paar Tage vor der Hochzeit das Weite zu suchen!

Paskal Cocherel sah in die stechenden kleinen Augen seines Hauptmannes und ahnte, was jener dachte. Wenn sich das Blatt nicht schnell wendete, würde er Probleme haben, seine Soldaten im kommenden Frühjahr in den Kampf zu schicken. Ausgerechnet wenn es zum letzten großen Finale mit Jean de Montfort kam, brach alles auseinander!

»Aber es gibt Neuigkeiten von der Braut«, rückte Gordien mit dem Trumpf heraus, den er noch zurückbehalten hatte. »Sie ist wieder in Vannes eingetroffen! Höchst lebendig sogar!«

»Oliviane de Rospordon?« fuhr der Herzog auf. Sie hatte seinem männlichen Stolz eine Wunde zugefügt, die immer noch eiterte.

»Eben jene. Nur daß sie jetzt Gräfin von Rospordon ist«, gab Gordien den Klatsch wieder, der an der Küste des Golfes von Morbihan genüßlich verbreitet wurde. »Der Herzog hat ihrem Gemahl diesen Titel verliehen! Vermutlich als Belohnung dafür, daß er sie geheiratet hat.«

»Ihrem Gemahl? Zum Teufel, Kerl! Laß dir die Würmer nicht einzeln aus der Nase ziehen! Sag, was du weißt! Sie hat geheiratet? Wer ist der Kerl, der es gewagt hat, sie mir wegzunehmen?«

»In Vannes herrscht jetzt der neue Graf von Rospordon, ein gewisser Hervé de Sainte Croix, einer der jungen Kampfgefährten des Herzogs. Nicht, daß ich bisher sonderlich viel von ihm gehört hätte. Angeblich war er als Gesandter am Hofe des französischen Königs und ist erst kürzlich nach Hause gekommen. Für seine Verdienste um die Ziele der Montforts bekam er die Braut und das Lehen von Vannes. Damit ist's ja nun wohl vorbei mit den Erben, die du dir von dem feinen Fräulein erhofft hast!«

Der Fluch, mit dem Cocherel auf diese Worte antwortete, ließ den Hauptmann vorsorglich in Deckung gehen. Der Becher, den sein Herr und Anführer in wildem Zorn nach ihm warf, traf nur den Wandteppich und hinterließ eine dunkle Spur Rotwein auf der feinen Stickerei.

»Da steckt ein Plan dahinter«, knurrte der Herzog und donnerte mit der Faust gegen die steinerne Umrandung des Kamins. »Vermutlich hat Montfort das Mädchen aus Cado entführen lassen, weil er nicht wollte, daß ich über die Rospordons an einen Erben von altem Blut komme. Wenn ich nur wüßte, wer ihm in der Burg geholfen hat? Ob nicht doch Landry ...«

»Wenn dem so ist, wird er ja irgendwann aus seinem Schlupfwinkel herauskommen müssen«, vermutete Gordien gereizt. »Im Moment können wir nichts tun. Wir müssen warten, bis der Frühling kommt, damit wir unsere Schlachten schlagen können!«

Paskal Cocherel machte den Eindruck, als hätte er nicht zugehört. Er starrte mit gerunzelter Stirn auf das Wandbild mit dem Rotweinfleck und ballte die Rechte zur Faust. Seit er den Sternen von Armor nachjagte, ging keiner seiner Pläne mehr auf.

»Hör auf, an diesen Unsinn mit dem Kreuz von Ys zu glauben«, riet ihm im selben Moment auch Gordien, als hätte er seine Gedanken gelesen. »Das ist ein dummes Hirngespinst von Nonnen und Weibern, das nur die Köpfe vernebelt und nichts bringt!«

»Raus!« Es war die übliche Art und Weise, mit der Cocherel unliebsame Diskussionen beendete. Gordien unterdrückte einen Fluch und wandte sich zur Tür, als ihn die kalte, grausame Stimme des Söldnerführers aufhielt.

»Sollte sich dein Kopf ebenfalls mit dummen Hoffnungen vernebeln, Gordien, dann sei gewarnt!«

Ein scharfes Zischen, ein dumpfer Aufprall – und eine Handbreit neben Gordiens Gesicht zitterte der Dolch des Herzogs in der Holzverkleidung. Der Hauptmann floh aus dem Raum, gefolgt vom Gelächter seines Anführers. Aber der Herzog von St. Cado sah nicht amüsiert aus. In seinen gelben Augen glitzerte pure Mordlust. Noch war das Spiel nicht zu Ende …

ENDE

Die Geschichte der Zwillingsschwestern Meg und Miranda – zwei Frauen auf der Suche nach Glück

England 1944. Im vom Krieg heimgesuchten Plymouth werden Zwillinge geboren: zwei kleine Mädchen, deren Eltern sie gar nicht wollten und deren ungewöhnliche Kindheit sie unzertrennlich macht. Sie brauchen niemand anderen, sie haben einander. Miranda, die lebhafte, strahlende, die sich niemals anpassen will und Meg, die stille zurückhaltende, die jedes ihrer Schwester drohende Unheil vorausahnt.
Als Meg sich verliebt, treiben die Ereignisse einen Keil zwischen beide. Ihre Lebenswege trennen sich, Miranda wird zur Gefangenen ihrer häuslichen und familiären Pflichten, während die sich hintergangen fühlende Meg den Weg zum Erfolg findet.
Aber die engen Bande zwischen den Schwestern zerreißen nicht und helfen ihnen, das Glück zu finden, als sie es schon nicht mehr erhoffen.

ISBN 3-404-12979-2

BASTEI LÜBBE

Marie Cordonnier

in Bastei-Lübbe-Taschenbuch-Programm

BASTEI LÜBBE